ENSAIO SOBRE A LUCIDEZ

D1721321

Obras do autor publicadas pela Companhia das Letras

O ano da morte de Ricardo Reis
O ano de 1993
A bagagem do viajante
O caderno
Cadernos de Lanzarote
Cadernos de Lanzarote II
Caim
A caverna
Claraboia
O conto da ilha desconhecida
Dom Giovanni ou O dissoluto absolvido
Ensaio sobre a cegueira
Ensaio sobre a lucidez
O Evangelho segundo Jesus Cristo
História do cerco de Lisboa
O homem duplicado
In Nomine Dei
As intermitências da morte
A jangada de pedra
A maior flor do mundo
Manual de pintura e caligrafia
Objecto quase
As palavras de Saramago (org. Fernando Gómez Aguilera)
As pequenas memórias
Que farei com este livro?
O silêncio da água
Todos os nomes
Viagem a Portugal
A viagem do elefante

JOSÉ SARAMAGO

ENSAIO
SOBRE A LUCIDEZ

Romance

10ª reimpressão

COMPANHIA DAS LETRAS

Capa:
Hélio de Almeida
sobre relevo de *Arthur Luiz Piza*

Revisão:
Carmen S. da Costa
Isabel Jorge Cury

Por desejo do autor, foi mantida a ortografia vigente em Portugal

Os personagens e situações desta obra são reais apenas no universo da ficção; não
se referem a pessoas e fatos concretos, e sobre eles não emitem opinião

Dados Internacionais de Catalogação na Publicação (CIP)
(Câmara Brasileira do Livro, SP, Brasil)

Saramago, José
    Ensaio sobre a lucidez / José Saramago. — São Paulo :
Companhia das Letras, 2004.
    ISBN: 978-85-359-0480-2
    1. Romance português I. Título.

04-1162   CDD-869.3

Índice para catálogo sistemático:
1. Romances : Literatura portuguesa   869.3

2012

Todos os direitos desta edição reservados à
EDITORA SCHWARCZ LTDA.
Rua Bandeira Paulista, 702, cj. 32
04532-002 — São Paulo — SP
Telefone: (11) 3707-3500
Fax: (11) 3707-3501
www.companhiadasletras.com.br
www.blogdacompanhia.com.br

A Pilar, os dias todos
A Manuel Vázquez Montalbán, vivo

Uivemos, disse o cão.
Livro das Vozes

Mau tempo para votar, queixou-se o presidente da mesa da assembleia eleitoral número catorze depois de fechar com violência o guarda-chuva empapado e despir uma gabardina que de pouco lhe havia servido durante o esbaforido trote de quarenta metros desde o lugar onde havia deixado o carro até à porta por onde, com o coração a saltar-lhe da boca, acabava de entrar. Espero não ter sido o último, disse para o secretário que o aguardava um pouco recolhido, a salvo das bátegas que, atiradas pelo vento, alagavam o chão. Ainda falta o seu suplente, mas estamos dentro do horário, tranquilizou o secretário, A chover desta maneira será uma autêntica proeza se cá chegarmos todos, disse o presidente enquanto passavam à sala onde se realizaria a votação. Cumprimentou primeiro os colegas da mesa que actuariam como escrutinadores, depois os delegados dos partidos e seus respectivos suplentes. Teve o cuidado de usar para todos as mesmas palavras, não deixando transparecer na cara nem no tom de voz quaisquer indícios que permitissem perceber as suas próprias inclinações políticas e ideológicas. Um presidente, mesmo de uma assembleia eleitoral tão comum como esta, deverá guiar-se em todas as situações pelo mais estrito sentido de independência, ou, por outras palavras, guardar as aparências. Além da humidade que tornava mais espessa a atmosfera, já de si pesada por ser interior a sala, apenas com duas janelas estreitas que davam para um pátio sombrio mesmo em dias de sol, o desassossego, empregando a comparação vernácula, cortava-se à faca. Teria sido preferível adiar as eleições, disse o delegado do partido do meio, p.d.m., desde ontem que está a chover sem parar, há derrubamentos e inundações por toda a parte, a abstenção, desta vez, vai subir em flecha. O delegado do partido da direita, p.d.d., fez um gesto concordante com a cabeça, mas considerou que a sua contribuição para a conversa deveria revestir a forma de um comentário cauteloso, Obviamente não minimizo esse risco, contudo penso que o acendrado espírito cívico dos nossos concidadãos, em tantas outras ocasiões demonstrado, é credor de toda a nossa confiança, eles são conscientes, oh sim, absolutamente conscientes, da transcendente importância destas eleições municipais para o futuro da capital. Dito isto, um e outro, o delegado do p.d.m. e o delegado do p.d.d., com ar meio céptico, meio irónico, viraram-se para o delegado do partido da esquerda, p.d.e., curiosos de saber que espécie de opinião seria ele capaz de produzir. Nesse preciso instante, salpicando água por todos os lados, irrompeu na sala o suplente da presidência, e, como seria de esperar, visto que ficava completado o elenco da mesa da assembleia, o acolhimento foi, mais do que cordial, caloroso. Não chegámos portanto a conhecer o ponto de vista do delegado do p.d.e., porém, avaliando por alguns antecedentes conhecidos, é de presumir que não deixaria de exprimir-se segundo a linha de um claro optimismo histórico, numa frase como esta, por exemplo, Os votantes do meu partido são pessoas que não se amedrontam por tão pouco, não é gente para ficar em casa por causa de quatro míseros pingos de água que caem das nuvens. Na verdade, não eram quatro pingos míseros, eram baldes, eram cântaros, eram nilos, iguazús e iangtsés, mas a fé, abençoada seja ela para todo o sempre, além de arredar montanhas do caminho daqueles que do seu poder se beneficiam, é capaz de atrever-se às águas mais torrenciais e sair delas enxuta.

Constituiu-se a mesa, cada um no lugar que lhe competia, o presidente assinou o edital e ordenou ao secretário que fosse afixá-lo, como a lei determina, à porta do edifício, mas o mandado, dando prova de uma sensatez elementar, fez notar que o papel não se aguentaria na parede nem um minuto, em dois améns se lhe esborrataria a tinta, ao terceiro o levaria o vento. Coloque-o então dentro, aonde a chuva não o alcance, a lei é omissa neste particular, o importante é que o edital fique afixado e à vista. Perguntou à mesa se estava de acordo, todos disseram que sim, com a ressalva de ter requerido o delegado do p.d.d. que a decisão ficasse exarada na acta para prevenir impugnações. Quando o secretário voltou da sua húmida missão, o presidente perguntou-lhe como estava o tempo e ele respondeu, encolhendo os ombros, Na mesma, como a lesma, Há algum eleitor lá fora, Nem sombra dele. O presidente levantou-se e convidou os membros da mesa e os representantes dos partidos a acompanhá-lo na revista à câmara de voto, que se viu estar limpa de elementos que pudessem vir a desvirtuar a pureza das escolhas políticas que ali iriam ter lugar ao longo do dia. Cumprida a formalidade, voltaram aos seus lugares para examinar os cadernos de recenseamento, que também encontraram limpos de irregularidades, lacunas e suspeitas. Tinha chegado o momento grave em que o presidente destapa e exibe a urna perante os eleitores para que possam certificar-se de que está vazia, a fim de que amanhã, sendo necessário, sejam boas testemunhas de que nenhuma acção delituosa havia introduzido nela, pela calada da noite, os votos falsos que corromperiam a livre e soberana vontade política dos cidadãos, que não se repetiria aqui uma vez mais aquela histórica fraude a que se dá o pitoresco nome de chapelada, cuja, não o esqueçamos, tanto se poderá cometer antes como durante ou depois do acto, conforme a ocasião e a eficiência dos seus autores e cúmplices. A urna estava vazia, pura, imaculada, mas não havia na sala um só eleitor, um único para amostra, a quem pudesse ser exibida. Talvez algum deles ande por aí perdido, lutando com as

11

enxurradas, suportando as chicotadas do vento, apertando contra o coração o documento que o acredita como cidadão com direito a votar, mas, tal como estão as coisas no céu, vai tardar muito a cá chegar, se é que não acaba por voltar para casa e deixar os destinos da cidade entregues àqueles que um automóvel preto vem deixar à porta e à porta depois virá recolher, cumprido o dever cívico de quem o ocupava no banco de trás.

Terminadas as operações de inspecção dos diversos materiais, manda a lei deste país que votem imediatamente o presidente, os vogais e os delegados dos partidos, assim como as respectivas suplências, desde que, claro está, estejam inscritos na assembleia eleitoral cuja mesa integram, como era o caso. Mesmo a fazer render o tempo, quatro minutos bastaram para que a urna recebesse os seus primeiros onze votos. E a espera, não havia outro remédio, começou. Ainda meia hora não tinha passado quando o presidente, inquieto, sugeriu a um dos vogais que fosse espreitar a ver se vinha alguém, se calhar apareceram eleitores, mas deram com o nariz na porta que o vento havia fechado, e logo se foram dali a protestar, se as eleições tinham sido adiadas, ao menos que tivessem a delicadeza de avisar a população pela rádio e pela televisão, que para informações dessas ainda servem. Disse o secretário, Toda a gente sabe que uma porta que se feche atirada pelo vento faz um barulho de trinta mil demónios, e aqui não se ouviu nada. O vogal hesitou, irei não irei, mas o presidente insistiu, Vá, faça-me o favor, e tenha cuidado, não se molhe. A porta estava aberta, firme no seu calço. O vogal pôs a cabeça de fora, um instante foi suficiente para olhar a um lado e a outro, e logo para recolhê-la a escorrer como se a tivesse metido debaixo de um duche. Desejava proceder como um bom vogal, agradar ao seu presidente, e, sendo esta a primeira vez que havia sido chamado a funções, queria ser apreciado pela rapidez e eficiência nos serviços que tivesse de prestar, com o tempo e a experiência, quem sabe, alguma vez chegaria o dia em que também ele presidisse a uma assembleia de voto, voos mais altos que este têm cruzado o céu da providência e já ninguém se admira. Quando ele regressou à sala, o presidente, entre pesaroso e divertido, exclamou, Homem, não era preciso deixar-se molhar dessa maneira, Não tem importância, senhor presidente, disse o vogal enquanto enxugava o queixo à manga do casaco, Conseguiu ver alguém, Até onde os meus olhos alcançaram, ninguém, a rua é como um deserto de água. O presidente levantou-se, deu uns passos indecisos diante da mesa, foi até à câmara de voto, olhou para dentro e voltou. O delegado do p.d.m. tomou a palavra para recordar o seu prognóstico de que a abstenção dispararia em flecha, o delegado do p.d.d. pulsou outra vez a corda apaziguadora, os eleitores tinham todo o dia para votar, deviam estar à espera de que o temporal amainasse. Já o delegado do p.d.e. preferiu ficar calado, pensava na triste figura que estaria a fazer se tivesse deixado sair pela boca fora o que se dispunha a dizer no momento em que o suplente do presidente entrou na sala, Quatro miseráveis gotas de água não é coisa que chegue para amedrontar os votantes do meu partido. O secretário, para quem todos olharam à espera, optou por apresentar uma sugestão prática, Creio que não seria má ideia telefonar ao ministério a pedir informações sobre como está a decorrer o acto eleitoral aqui e no resto do país, ficaríamos a saber se este corte de energia cívica é geral, ou se somos os únicos a quem os eleitores não vieram iluminar com os seus votos. Indignado, o delegado do p.d.d. levantou-se, Requeiro que fique exarado na acta o meu mais vivo protesto, como representante do partido da direita, contra os termos desrespeitosos e contra o inaceitável tom de chacota com que o senhor secretário acaba de se referir aos eleitores, esses que são os supremos valedores da democracia, esses sem os quais a tirania, qualquer das que existem no mundo, e são tantas, já se teria apoderado da pátria que nos deu o ser. O secretário encolheu os ombros e perguntou, Tomo nota do requerimento do senhor representante do p.d.d., senhor presidente, Opino que não será caso para tanto, o que se passa é que estamos nervosos, perplexos, desconcertados, e já se sabe que num estado de espírito assim é fácil dizer coisas que na realidade não pensamos, tenho a certeza de que o senhor secretário não quis ofender ninguém, ele próprio é um eleitor ciente das suas responsabilidades, a prova está em que, como todos os que nos encontramos aqui, arrostou com a intempérie para vir aonde o dever o chamava, no entanto, este reconhecimento sincero não me impede de rogar ao senhor secretário que se atenha ao cumprimento rigoroso da missão que lhe foi consignada, abstendo-se de qualquer comentário que possa chocar a sensibilidade pessoal e política das pessoas presentes. O delegado do p.d.d. fez um gesto seco que o presidente preferiu interpretar como de concordância, e o conflito não foi além, para o que fortemente contribuiu ter o representante do p.d.m. recordado a proposta do secretário, Na verdade, acrescentou, estamos aqui como náufragos no meio do oceano, sem vela nem bússola, sem mastro nem remo, e sem gasoil no depósito, Tem toda a razão, disse o presidente, vou ligar para o ministério. Havia um telefone numa mesa afastada e para lá se dirigiu levando a folha de instruções que lhe havia sido entregue dias antes e onde se encontravam, entre outras indicações úteis, os números telefónicos do ministério do interior.

A comunicação foi breve, Fala o presidente da mesa da assembleia de voto número catorze, estou muito preocupado, algo francamente estranho está a acontecer aqui, até este momento não apareceu um único eleitor a votar, já lá vai mais de uma hora que estamos abertos, e nem uma alma, sim senhor, claro, o temporal não há meio de parar, chuva, vento, inundações, sim senhor, continuaremos pacientes e a pé firme, claro, para isso viemos, nem é preciso dizer. A partir deste ponto o presidente não contribuiu para o diálogo com mais que uns quantos acenos de cabeça sempre concordantes, umas quantas interjeições abafadas e três ou quatro começos de frase que não chegou a terminar. Quando pousou o auscultador olhou para os colegas da mesa, mas na realidade não os via, era como se tivesse diante de si uma paisagem toda feita de salas vazias, de imaculados cadernos de recenseamento, com presidentes e secretários à espera, delegados de partidos a olharem desconfiados uns para os outros, deitando contas a quem poderá ganhar e a quem poderá perder com a situação, e lá longe algum vogal molhado e prestimoso regressando da entrada e informando que não vem ninguém. Que foi que responderam do ministério, perguntou o delegado do p.d.m., Não sabem que pensar, é natural que o mau tempo esteja a reter muita gente em casa, mas que em toda a cidade suceda praticamente o mesmo que aqui, para isso não encontram explicação, Por que diz praticamente, perguntou o delegado do p.d.d., Em algumas assembleias de voto, é certo que poucas, apareceram eleitores, mas a afluência é reduzidíssima, como nunca se viu, E no resto do país, perguntou o representante do p.d.e., não é só na capital que está a chover, É isso que desconcerta, há lugares onde chove tanto como aqui e apesar disso as pessoas estão a votar, como é lógico são mais numerosas nas regiões onde o tempo está bom, e por falar nisto, dizem que os serviços meteorológicos prevêem melhoria do tempo para o final da manhã, Também pode acontecer que vá de mau a pior, lembrem-se do ditado, ao meio-dia carrega ou alivia, advertiu o segundo vogal, que até agora ainda não tinha aberto a boca. Fez-se um silêncio. Então o secretário enfiou a mão num dos bolsos exteriores do casaco, sacou de lá um telefone portátil e marcou um número. Enquanto esperava que o atendessem, disse, É mais ou menos como o que se conta da montanha e de maomé, uma vez que não podemos perguntar a eleitores que não conhecemos por que é que não vêm votar, fazemos a pergunta à família, que é conhecida, olá, viva, sou eu, sim, continuas aí, por que é que ainda não vieste votar, que está a chover sei-o eu, ainda tenho as perneiras das calças molhadas, sim, é verdade, desculpa, esqueci-me de que me tinhas dito que virias depois do almoço, claro, telefonei-te porque isto aqui está complicado, nem imaginas, se eu te disser que até agora não apareceu ninguém a pôr o voto, és capaz de não acreditar, bom, então cá te espero, um beijo. Desligou o telefone e comentou, irónico, Pelo menos um voto está garantido, a minha mulher virá à tarde. O presidente e os restantes membros da mesa entreolharam-se, saltava à vista que havia que seguir o exemplo, mas não menos que nenhum deles queria ser o primeiro, seria reconhecer que em rapidez de raciocínio e desembaraço quem leva a palma nesta assembleia eleitoral é o secretário. Ao vogal que tinha ido à porta ver se chovia não lhe custou muito a compreender que ainda teria de comer muito pão e muito sal antes de chegar à altura de um secretário como o que temos aqui, capaz, com a maior sem-cerimónia do mundo, de sacar um voto de um telefone portátil como um prestidigitador tiraria de uma cartola um coelho. Vendo que o presidente, retirado a um canto, falava para casa através do seu portátil, e que outros, utilizando os seus próprios aparelhos, discretamente, em sussurros, faziam o mesmo, o vogal da porta apreciou a honestidade dos colegas que, ao não usarem o telefone fixo ali colocado, em princípio, para uso oficial, nobremente economizavam dinheiro ao estado. O único dos presentes que por não ter telefone portátil tinha de resignar-se a esperar as notícias dos outros era o representante do p.d.e., devendo acrescentar-se, no entanto, que, vivendo sozinho na capital e tendo a família na província, o pobre homem não tem a quem chamar. Uma após outra as conversas foram terminando, a mais demorada é a do presidente, pelos vistos está a exigir à pessoa com quem fala que venha imediatamente, a ver como aquilo acaba, seja como for, ele é quem deveria ter falado em primeiro lugar, se o secretário decidiu passar-lhe à frente, bom proveito lhes faça, já vimos que o tipo pertence à espécie dos vivaços, respeitasse ele a hierarquia como nós a respeitamos e teria simplesmente transmitido a ideia ao seu superior. O presidente soltou o suspiro que se lhe havia entalado no peito, meteu o telefone no bolso e perguntou, Então, souberam alguma coisa. A pergunta, além de escusada, era, como diremos, um poucochinho desleal, em primeiro lugar porque saber, aquilo a que se chama saber, sempre alguma coisa se sabe, mesmo quando não sirva para nada, em segundo lugar porque era óbvio que o perguntante se estava a aproveitar da autoridade inerente ao cargo para eludir a sua obrigação, que seria inaugurar ele, em voz e pessoa, o intercâmbio de informações. Se ainda não nos esquecemos daquele suspiro e do ímpeto exigente que em certa altura da conversa nos pareceu notar nas suas palavras, lógico será pensar que o diálogo, supõe-se que do outro lado estaria uma pessoa de família, não foi tão plácido e instrutivo quanto o seu justificado interesse de cidadão e de presidente merecia, e que, sem serenidade para lançar-se a improvisos mal amanhados, se furta agora à dificuldade convidando os subordinados a expressar-se, o que, como também sabemos, é outra maneira, mais moderna, de ser chefe. O que disseram os membros da mesa e os delegados dos partidos, tirando o do p.d.e., que, falto de informações próprias, estava ali para ouvir, foi, ou que aos familiares não lhes apetecia nada apanhar uma molha e esperavam que o céu se resolvesse a escampar para animar a votação popular, ou então, como a mulher do secretário, pensavam vir votar durante o período da tarde. O vogal da porta era o único que se mostrava contente, via-se-lhe na cara a expressão complacente de quem tem motivos para orgulhar-se dos seus méritos, o que, ao ter de traduzir-se em palavras, veio a dar nisto, Da minha casa ninguém respondeu, só pode querer dizer que já vêm aí a caminho. O presidente foi sentar-se no seu lugar e a espera recomeçou.

Foi quase uma hora depois que entrou o primeiro eleitor. Contra a expectativa geral e desalento do vogal da porta, era um desconhecido. Deixou o guarda-chuva a escorrer à entrada da sala e, coberto por uma capa de plástico rebrilhante de água, calçando botas também de plástico, avançou para a mesa. O presidente levantara-se com um sorriso nos lábios, este eleitor, homem de idade avançada, mas ainda robusto, vinha anunciar o regresso à normalidade, à habitual fila de cumpridores cidadãos avançando lentamente, sem impaciência, conscientes, como havia dito o delegado do p.d.d., da transcendente importância destas eleições municipais. O homem entregou o bilhete de identidade e o cartão de eleitor ao presidente, este anunciou com voz vibrante, quase feliz, o número do cartão e o nome do seu possuidor, os vogais encarregados da descarga folhearam os cadernos de recenseamento, repetiram, quando os encontraram, nome e número, marcaram o sinal de visto, depois, sempre pingando água, o homem dirigiu-se à câmara de voto com o boletim, daí a pouco voltou com o papel dobrado em quatro, entregou-o ao presidente, que o introduziu com ar solene na urna, recebeu os documentos e retirou-se, levando o guarda-chuva. O segundo eleitor tardou dez minutos a aparecer, mas, a partir dele, se bem que a conta-gotas, sem entusiasmo, como folhas outonais desprendendo-se lentamente dos ramos, os boletins de voto foram caindo na urna. Por mais que o presidente e os vogais retardassem as operações de escrutínio, a fila não chegava a formar-se, havia, quando muito, três ou quatro pessoas a esperar a sua vez, e de três ou quatro pessoas nunca se fará, por muito que elas se esforcem, uma fila digna desse nome. Razão tinha eu, observou o delegado do p.d.m., a abstenção será terrível, maciça, depois disto ninguém se vai entender, a única solução está na repetição das eleições, Pode ser que o temporal remita, disse o presidente, e, olhando o relógio, murmurou como se rezasse, É quase meio-dia. Resoluto, aquele a quem temos dado o nome de vogal da porta levantou-se, Se o senhor presidente me dá licença, agora que não temos ninguém a votar, vou ver como está o tempo. Não tardou mais que um instante, foi no pé esquerdo e voltou no pé direito, novamente feliz, anunciando a boa notícia, Chove muito menos, quase nada, e já começam a ver-se claros no céu. Pouco faltou para que os membros da mesa e os delegados dos partidos se juntassem num abraço, mas a alegria foi de curta duração. O monótono gotejo de eleitores não se alterou, vinha um, vinha outro, vieram a esposa, a mãe e uma tia do vogal da porta, veio o irmão mais velho do delegado do p.d.d., veio a sogra do presidente, a qual, faltando ao respeito que se deve a um acto eleitoral, informou o abatido genro de que a filha só apareceria lá para o fim da tarde, Disse que estava a pensar em ir ao cinema, acrescentou cruelmente, vieram os pais do presidente suplente, vieram outros que não pertenciam a estas famílias, entravam indiferentes, saíam indiferentes, o ambiente só se animou um pouco quando apareceram dois políticos do p.d.d., e, minutos depois, um do p.d.m., como por encanto uma câmara de televisão saída do nada tomou imagens e voltou para o nada, um jornalista pediu licença para uma pergunta, Como está a decorrer a votação, e o presidente respondeu, Podia estar melhor, mas, agora que o tempo parece ter começado a mudar, estamos certos de que a afluência de eleitores aumentará, A impressão que temos recolhido em outras assembleias eleitorais da cidade é de que a abstenção vai ser muito alta desta vez, observou o jornalista, Prefiro ver as coisas com optimismo, ter uma visão positiva da influência da meteorologia no funcionamento dos mecanismos eleitorais, bastará que não chova durante a tarde para que consigamos recuperar o que o temporal desta manhã tentou roubar-nos. O jornalista saiu satisfeito, a frase era bonita, poderia dar, pelo menos, um subtítulo de reportagem. E, porque havia chegado a hora de dar satisfação ao estômago, os membros da mesa e os delegados dos partidos organizaram-se por turnos para, com um olho posto nos cadernos de recenseamento e outro na sanduíche, comerem ali mesmo.

Havia deixado de chover, mas nada fazia prever que as cívicas esperanças do presidente viessem a ser satisfatoriamente coroadas pelo conteúdo de uma urna em que os votos, até agora, mal chegavam para lhe atapetar o fundo. Todos os presentes pensavam o mesmo, a eleição já era um tremendo fracasso político. O tempo passava. Três horas e meia da tarde tinham soado no relógio da torre quando a esposa do secretário entrou para votar. Marido e mulher sorriram um ao outro com discrição, mas também com um toque subtil de indefiníveis cumplicidades, um sorriso que causou ao presidente da mesa uma incómoda crispação interior, talvez a dor da inveja por saber que nunca viria a ser parte num sorriso como aquele. Ainda continuava a doer-lhe numa prega qualquer da carne, num recesso qualquer do espírito, quando, trinta minutos depois, olhando o relógio, perguntava a si mesmo se a mulher sempre teria ido ao cinema. Vai-me aparecer aqui, se é que aparece, à última hora, no último minuto, pensou. As maneiras de conjurar o destino são muitas e quase todas vãs, e esta, ter-se obrigado a pensar o pior confiando que viesse a suceder o melhor, sendo das mais vulgares, poderia ser uma tentativa merecedora de consideração, mas não irá dar resultado no caso presente porque de fonte digna de todo o crédito sabemos que a mulher do presidente da mesa foi de facto ao cinema e que, pelo menos até este momento, ainda não decidiu se virá votar. Felizmente, a já outras vezes invocada necessidade de equilíbrio que tem segurado o universo nos seus carris e os planetas nas suas trajectórias determina que sempre que se tire algo de um lado se ponha no outro algo que mais ou menos lhe corresponda, da mesma qualidade e na mesma proporção podendo ser, a fim de que não se acumulem as queixas por diferenças de tratamento. De outro modo não se compreenderia por que motivo, às quatro horas da tarde, precisamente a uma hora que não é tarde nem cedo, que não é carne nem peixe, os eleitores que até então se tinham deixado ficar na tranquilidade dos seus lares, parecendo ignorar abertamente o acto eleitoral, começaram a sair para a rua, a maioria pelos seus próprios meios, mas outros graças à benemérita ajuda de bombeiros e de voluntários porque os lugares onde moravam ainda se encontravam alagados e intransitáveis, e todos, todos, os sãos e os enfermos, aqueles por seu pé, estes em cadeiras de rodas, em macas, em ambulâncias, confluíam para as suas respectivas assembleias eleitorais como rios que não conhecem outro caminho que não seja o do mar. Às pessoas cépticas, ou apenas desconfiadas, essas que só estão dispostas a acreditar nos prodígios de que esperam extrair algum proveito, haverá de parecer que a acima mencionada necessidade de equilíbrio está a ser descaradamente falseada na presente circunstância, que aquela artificiosa dúvida sobre se a mulher do presidente da mesa virá ou não votar é, a todos os títulos, demasiado insignificante do ponto de vista cósmico para que seja preciso compensá-la, numa cidade entre tantas do mundo terreno, com a movimentação inesperada de milhares e milhares de pessoas de todas as idades e condições sociais que, sem se terem posto previamente de acordo sobre as suas diferenças políticas e ideológicas, decidiram, enfim, sair de casa para irem votar. Quem desta maneira argumente esquece que o universo não só tem lá as suas leis, todas elas estranhas aos contraditórios sonhos e desejos da humanidade, e na formulação das quais não metemos mais prego e mais estopa que as palavras com que malamente as nomeamos, como também tudo nos vem convencendo de que as usa para objectivos que transcendem e sempre transcenderam a nossa capacidade de entendimento, e se, nesta particular conjuntura, a escandalosa desproporção entre algo que talvez, por enquanto ainda só talvez, venha a ser roubado à urna, isto é, o voto da supostamente antipática esposa do presidente, e a maré cheia de homens e de mulheres que já vêm a caminho, nos parece difícil de aceitar à luz da mais elementar justiça distributiva, manda a prudência que por algum tempo suspendamos qualquer juízo definitivo e acompanhemos com atenção confiante o desenvolver de uns sucessos que ainda mal principiaram a delinear-se. Precisamente o que, arrebatados de entusiasmo profissional e de imparável ansiedade informativa, já andam a fazer os jornalistas da imprensa, da rádio e da televisão, correndo de um lado a outro, metendo gravadores e microfones à cara das pessoas, perguntando Que foi que o fez sair de casa às quatro horas para ir votar, não lhe parece incrível que toda a gente tenha descido à rua ao mesmo tempo, ouvindo respostas secas ou agressivas como Porque era a hora a que já tinha resolvido sair, Como cidadãos livres, entramos e saímos à hora que nos apetece, não temos de dar explicações a ninguém sobre as razões dos nossos actos, Quanto lhe pagam para fazer perguntas estúpidas, A quem importa a hora a que saio ou não saio de casa, Em que lei está escrito que tenho a obrigação de responder à pergunta, Só falo na presença do meu advogado. Também houve pessoas bem-educadas que responderam sem a repreensiva acrimónia dos exemplos que acabámos de dar, mas nem mesmo essas foram capazes de satisfazer a devoradora curiosidade jornalística, limitavam-se a encolher os ombros e a dizer, Tenho o maior respeito pelo seu trabalho e nada me agradaria mais que ajudá-lo a publicar uma boa notícia, infelizmente só posso dizer que olhei o relógio, vi que eram quatro horas e disse para a família Vamos, é agora ou nunca, Agora ou nunca, porquê, Pois aí é que está o busílis da questão, saiu-me a frase assim, Pense bem, puxe pela cabeça, Não vale a pena, pergunte a outra pessoa, talvez ela saiba, Já perguntei a cinquenta, E depois, Nenhuma me soube dar resposta, Então já vê, Mas não lhe parece uma estranha coincidência terem saído milhares de pessoas das suas casas à mesma hora para irem votar, Coincidência, com certeza, mas estranha, talvez não, Porquê, Ah, isso não sei. Os comentadores que nas várias televisões acompanhavam o processo eleitoral, dando palpites à falta de dados seguros de apreciação, inferindo do voo e do canto das aves a vontade dos deuses, lamentando que já não esteja autorizado o sacrifício de animais para nas suas vísceras ainda palpitantes decifrar os segredos do cronos e do fado, despertaram subitamente do torpor em que as perspectivas mais do que sombrias do escrutínio os haviam feito soçobrar e, certamente porque lhes parecia indigno da sua educativa missão desperdiçar tempo a discutir coincidências, lançaram-se como lobos ao extraordinário exemplo de civismo que a população da capital estava a dar ao país naquele momento, acudindo em massa às urnas quando o fantasma de uma abstenção sem paralelo na história da nossa democracia ameaçava gravemente a estabilidade não só do regime, mas também, muito mais grave, do sistema. Não ia tão longe em sustos a nota oficiosa emanada do ministério do interior, mas o alívio do governo era patente em cada linha. Quanto aos três partidos em liça, o da direita, o do meio e o da esquerda, esses, depois de deitarem rapidamente contas aos ganhos e perdas que resultariam de um tão inesperado movimento de cidadãos, tornaram públicas declarações congratulatórias nas quais, entre outras lindezas estilísticas do mesmo jaez, se afirmava que a democracia estava de parabéns. Também em termos semelhantes, mais ponto menos vírgula, se expressaram, com a bandeira nacional pendurada atrás, primeiro, o chefe do estado no seu palácio, depois o primeiro-ministro no seu palacete. À porta dos lugares de voto, as filas de eleitores, a três de fundo, davam a volta ao quarteirão até se perderem de vista.

Como os demais presidentes de mesa na cidade, este da assembleia eleitoral número catorze tinha clara consciência de que estava a viver um momento histórico único. Quando, já a noite ia muito avançada, depois de o ministério do interior ter prorrogado por duas horas o termo da votação, período a que foi preciso acrescentar mais meia hora para que os eleitores que se apinhavam dentro do edifício pudessem exercer o seu direito de voto, quando por fim os membros da mesa e os delegados dos partidos, extenuados e famintos, se encontraram diante da montanha de boletins que haviam sido despejados das duas urnas, a segunda requisitada de urgência ao ministério, a grandiosidade da tarefa que tinham por diante fê-los estremecer de uma emoção a que não hesitaremos em chamar épica, ou heróica, como se os manes da pátria, redivivos, se tivessem magicamente materializado naqueles papéis. Um desses papéis era da mulher do presidente. Veio trazida por um impulso que a obrigou a sair do cinema, passou horas numa fila que avançava com lentidão de caracol, e quando finalmente se encontrou em frente do marido, quando o ouviu pronunciar o seu nome, sentiu no coração algo que talvez fosse ainda a sombra de uma felicidade antiga, nada mais que a sombra, mas, mesmo assim, pensou que só por isso tinha valido a pena vir aqui. Passava da meia-noite quando o escrutínio terminou. Os votos válidos não chegavam a vinte e cinco por cento, distribuídos pelo partido da direita, treze por cento, pelo partido do meio, nove por cento, e pelo partido da esquerda, dois e meio por cento. Pouquíssimos os votos nulos, pouquíssimas as abstenções. Todos os outros, mais de setenta por cento da totalidade, estavam em branco.

O desconcerto, a estupefacção, mas também a troça e o sarcasmo, varreram o país de lés a lés. Os municípios da província, onde a eleição havia decorrido sem acidentes nem sobressaltos, salvo um ou outro atraso ligeiro ocasionado pelo mau tempo, e que haviam obtido resultados que não se diferenciavam dos de sempre, uns tantos votantes certos, uns tantos abstencionistas empedernidos, nulos e brancos sem significado especial, esses municípios, que o triunfalismo centralista tinha humilhado quando se pavoneou perante o país como exemplo do mais lídimo civismo eleitoral, podiam agora devolver a bofetada à procedência e rir da estulta presunção de uns quantos senhores que julgam levar o rei na barriga só porque uma casualidade os fez ir viver na capital. As palavras Esses senhores, pronunciadas com um movimento de lábios que ressumbrava desdém em cada sílaba, para não dizer em cada letra, não se dirigiam às pessoas que, tendo permanecido em casa até às quatro horas, de repente acudiram a votar como se tivessem recebido uma ordem a que não haviam podido resistir, apontavam, sim, ao governo que embandeirara em arco antes de tempo, aos partidos que já tinham começado a jogar com os votos em branco como se fossem uma vinha por vindimar e eles os vindimadores, aos jornais e mais meios de comunicação social pela facilidade com que passam dos aplausos do capitólio às precipitações da rocha tarpeia, como se eles próprios não fossem uma parte activa na preparação dos desastres.

Alguma razão tinham os zombadores da província, porém não tanta quanto criam. Por baixo da agitação política que percorre toda a capital como um rastilho de pólvora à procura da sua bomba percebe-se uma inquietação que evita manifestar-se em voz alta, salvo se se estiver entre pares, uma pessoa com os seus íntimos, um partido com o seu aparelho, o governo consigo mesmo, Que irá suceder quando a eleição for repetida, esta é a pergunta que todos vão fazendo em voz baixa, contida, segredada, para não despertar o dragão que dorme. Há quem opine que o melhor de tudo seria não espetar a vara nas costelas do bicho, deixar as coisas como estão, o p.d.d. no governo, o p.d.d. na câmara municipal, fazer de conta que não aconteceu nada, imaginar, por exemplo, que foi declarado o estado de excepção na capital e que por conseguinte se encontram suspensas as garantias constitucionais, e, passado um tempo, quando a poeira tiver assentado, quando o nefasto sucesso tiver entrado no rol dos pretéritos esquecidos, então, sim, preparar as novas eleições, principiando por uma bem estudada campanha eleitoral, rica de juramentos e promessas, ao mesmo tempo que se trataria de prevenir por todos os meios, e sem torcer o nariz a qualquer pequena ou média ilegalidade, a possibilidade de que se pudesse dar a repetição de um fenómeno que já mereceu de um reputadíssimo especialista nestas matérias a dura classificação de teratologia político-social. Também há os que expressam uma opinião diferente, protestam que as leis são sagradas, que o que está escrito é para se cumprir, doa a quem doer, e que se entramos pela vereda dos subterfúgios e pelo atalho dos arranjinhos por baixo da mesa iremos direitos ao caos e à dissolução das consciências, em suma, se a lei estipula que em caso de catástrofe natural as eleições devem ser repetidas oito dias depois, então que se repitam oito dias depois, isto é, já no próximo domingo, e seja o que deus quiser, que para isso está. Nota-se, no entanto, que os partidos, ao expressarem os seus pontos de vista, preferem não arriscar demasiado, dão uma no cravo, outra na ferradura, dizem que sim, mas que também. Os dirigentes do partido da direita, que está no governo e ocupa a câmara municipal, partem da convicção de que esse trunfo, indiscutível, dizem eles, lhes porá a vitória numa bandeja de prata, e assim adoptaram uma táctica de serenidade tingida de tacto diplomático, confiando-se ao são critério do governo, a quem incumbe fazer cumprir a lei, Como é lógico e natural numa democracia consolidada, tal a nossa, remataram. Os do partido do meio também pretendem que a lei seja respeitada, mas reclamam do governo algo que de antemão sabem ser totalmente impossível satisfazer, isto é, o estabelecimento e a aplicação de medidas rigorosas que assegurem a normalidade absoluta do acto eleitoral, mas, sobretudo, imagine-se, dos seus respectivos resultados, De modo que nesta cidade, alegaram, não possa repetir-se o vergonhoso espectáculo que acabou de dar à pátria e ao mundo. Quanto ao partido da esquerda, depois de reunidos os seus máximos órgãos directivos e após um longo debate, elaborou e tornou público um comunicado em que expressava a sua mais firme esperança de que o acto eleitoral que se avizinha irá fazer nascer, objectivamente, as condições políticas indispensáveis ao advento de uma nova etapa de desenvolvimento e amplo progresso social. Não juram que esperam ganhar as eleições e governar a câmara, mas subentende-se. À noite, o primeiro-ministro foi à televisão para anunciar ao povo que, de acordo com as leis vigentes, as eleições municipais serão repetidas no próximo domingo, iniciando-se, portanto, a partir das vinte e quatro horas de hoje, um novo período de campanha eleitoral com a duração de quatro dias, até às vinte e quatro horas de sexta-feira. O governo, acrescentou dando ao semblante uma expressão de gravidade e acentuando com intenção as sílabas fortes, confia em que a população da capital, novamente chamada a votar, saberá exercer o seu dever cívico com a dignidade e o decoro com que sempre o fez no passado, assim se dando por írrito e nulo o lamentável acontecimento em que, por motivos ainda não de todo aclarados, mas que já se encontram em adiantado curso de averiguação, o habitual esclarecido critério dos eleitores desta cidade se viu inesperadamente confundido e desvirtuado. A mensagem do chefe do estado fica para o encerramento da campanha, na noite de sexta-feira, mas a frase que a há-de rematar já foi escolhida, Domingo, queridos compatriotas, será um bonito dia.

Foi realmente um bonito dia. Logo de manhã cedo, estando o céu que nos cobre e protege em todo o seu esplendor, com um sol de ouro flamejando em fundo de cristal azul, segundo as inspiradas palavras de um repórter da televisão, começaram os eleitores a sair de suas casas a caminho das respectivas assembleias de voto, não em massa cega como se tem dito que sucedeu há uma semana, mas, não obstante ir cada um por sua conta, com tanto apuro e diligência que ainda as portas não tinham sido abertas e já extensíssimas filas de cidadãos aguardavam a sua vez. Nem tudo, porém, desgraçadamente, era honesto e límpido nos tranquilos ajuntamentos. Não havia uma fila, uma só entre as mais de quarenta espalhadas por toda a cidade, em que não se encontrassem um ou mais espias com a missão de escutar e gravar os comentários dos circunstantes, convencidas como estavam as autoridades policiais de que uma espera prolongada, tal como nos consultórios médicos acontece, leve a soltarem-se as línguas mais cedo ou mais tarde, fazendo aparecer à luz, nem que seja com uma simples meia palavra, as intenções secretas que animam o espírito dos eleitores. Na sua grande maioria os espiões são profissionais, pertencem aos serviços secretos, mas também os há que tinham vindo do voluntariado, patriotas amadores de espionagem que se apresentaram por vocação de servir, sem remuneração, palavras, todas estas, que constam da declaração ajuramentada que haviam assinado, ou, e não eram poucos os casos, vindos também pelo mórbido prazer da denúncia. O código genético disso a que, sem pensar muito, nos temos contentado em chamar natureza humana, não se esgota na hélice orgânica do ácido desoxirribonucleico, ou adn, tem muito mais que se lhe diga e muito mais para nos contar, mas essa, por dizê-lo de maneira figurada, é a espiral complementar que ainda não conseguimos fazer sair do jardim-de-infância, apesar da multidão de psicólogos e analistas das mais diversas escolas e calibres que têm partido as unhas a tentar abrir-lhe os ferrolhos. Estas científicas considerações, por muito valiosas que já sejam e por muito prospectivas que venham a ser no futuro, não nos deverão, porém, fazer esquecer as inquietantes realidades de hoje, como a de que nos acabámos de aperceber agora mesmo, e é que não só estão ali os espiões, com cara de distraídos, a escutar e a gravar às escondidas o que se diz, como há também automóveis que deslizam suavemente ao longo da fila parecendo que andam à procura de um sítio onde estacionar, mas que levam lá dentro, invisíveis aos olhares, câmaras de vídeo de alta definição e microfones da última geração capazes de transferir para um quadro gráfico as emoções que aparentemente se ocultam no sussurrar diverso de um grupo de pessoas que crêem, cada uma delas, estar a pensar noutra coisa. Gravou-se a palavra, mas também se desenhou a emoção. Já ninguém pode estar seguro. Até ao momento em que foram abertas as portas das secções de voto e as filas começaram a mover-se, os gravadores não haviam podido captar mais do que insignificantes frases, banalíssimos comentários sobre a beleza da manhã e a amena temperatura ou sobre o pequeno-almoço engolido à pressa, breves diálogos sobre a importante questão de como deixar os filhos em segurança enquanto as mães vinham votar, Ficou o pai a tomar conta, a única solução era revezar-nos, agora estou eu, depois virá ele, claro que teríamos preferido votar juntos, mas era impossível, e o que não tem remédio, já se sabe, remediado está, O nosso mais pequeno ficou com a irmã mais velha, que ainda não está em idade de votar, sim, este é o meu marido, Prazer em conhecer, Igualmente, Que linda manhã, Até parece ter sido feita de propósito,

Algum dia teria de acontecer. Apesar da agudeza auditiva dos microfones que passavam e tornavam a passar, carro branco, carro azul, carro verde, carro vermelho, carro preto, com as antenas balouçando à aragem matutina, nada de explicitamente suspeito assomava a cabeça por baixo da pele de expressões tão inocentes e corriqueiras como estas, pelo menos na aparência. No entanto, não era preciso ser-se doutorado em suspicácia ou diplomado em desconfiança para perceber algo de particular nas duas últimas frases, a da manhã que parecia ter sido feita de propósito, e em especial a segunda, de que algum dia teria de acontecer, ambiguidades acaso involuntárias, acaso inconscientes, mas, por isso mesmo, potencialmente mais perigosas, que conviria contrastar com a análise minuciosa do tom em que as ditas palavras haviam sido proferidas, mas sobretudo com a gama de ressonâncias por elas geradas, referimo-nos aos subtons, sem a consideração dos quais, se acreditarmos em recentes teorias, o grau de compreensão de qualquer discurso oralmente expresso será sempre insuficiente, incompleto, limitado. Ao espião que casualmente ali se encontrava, assim como a todos os seus colegas, tinham sido dadas instruções preventivas muito precisas sobre como actuar em casos como este. Deveria não deixar-se distanciar do suspeito, deveria colocar-se em terceira ou quarta posição atrás dele na fila dos votantes, deveria, como dupla garantia, apesar da sensibilidade do gravador que leva escondido, fixar na memória o nome e o número de eleitor quando o presidente da mesa os declamasse em voz alta, deveria simular que se havia esquecido de algo e retirar-se discretamente da fila, sair para a rua, comunicar por telefone o ocorrido à central de informações e, por fim, voltar ao terreno de caça, tomando novamente lugar na fila. No mais rigoroso sentido dos termos, não se pode comparar esta acção a um exercício de tiro ao alvo, o que daqui se espera é que o azar, o destino, a sorte, ou como diabo se lhe queira chamar, faça pôr o alvo diante do tiro.

As informações choviam na central à medida que o tempo ia

passando, porém em nenhum caso revelavam de uma forma clara e portanto futuramente irrebatível a intenção de voto do eleitor caçado, o mais que na lista se encontrava eram frases do tipo das acimas mencionadas, e até aquela que se afigurava mais suspeitosa, Algum dia teria de acontecer, perderia muito da sua aparente periculosidade se a restituíssem ao seu contexto, nada mais que uma conversa de dois homens sobre o recente divórcio de um deles, toda conduzida por meias palavras para não excitar a curiosidade das pessoas próximas, e que daquele modo havia concluído, com um tanto de rancoroso, com um tanto de resignado, mas que o trémulo suspiro saído do peito do homem que se divorciara, fosse a sensibilidade o melhor atributo do ofício de espia, deveria ter feito pender claramente para o quadrante da resignação. Que o espia não o tivesse considerado digno de nota, que o gravador não o tivesse captado, são falhas humanas e desacertos tecnológicos cuja simples eventualidade o bom juiz, sabendo o que são os homens e não ignorando o que são as máquinas, teria o dever de tomar em conta, mesmo que, e isso sim seria magnificamente justo, ainda que à primeira vista pudesse parecer escandaloso, não houvesse na matéria do processo o mais pequeno indício de não culpabilidade do acusado. Trememos só de pensar no que amanhã poderá suceder àquele inocente se o levam a interrogatório, Reconhece que disse à pessoa que estava consigo Algum dia teria de acontecer, Sim, reconheço, Pense bem antes de responder, a que se referia com essas palavras, Falávamos da minha separação, Separação, ou divórcio, Divórcio, E quais eram, quais são os seus sentimentos com respeito a esse tal divórcio, Creio que um pouco de raiva e um pouco de resignação, Mais raiva, ou mais resignação, Mais resignação, suponho, Não lhe parece, assim sendo, que o mais natural teria sido soltar um suspiro, em particular se estava a falar com um amigo, Não posso jurar que não tenha suspirado, não me lembro, Pois nós temos a certeza de que não suspirou, Como podem saber, se não estavam lá, E quem lhe disse a si que não estávamos lá, Talvez o meu amigo se recorde de me ouvir suspirar, é questão de lhe perguntarem, Pelos vistos a sua amizade por ele não é muito grande, Que quer dizer, Que chamar o seu amigo aqui é metê-lo em trabalhos, Ah, isso não, Muito bem, Posso ir-me embora, Que ideia a sua, homem, não se precipite, primeiro ainda terá de responder à pergunta que lhe tínhamos feito, Qual pergunta, Em que estava realmente a pensar quando disse ao seu amigo aquelas palavras, Já respondi, Dê-nos outra resposta, essa não serviu, Era a única que lhes podia dar porque é a verdadeira, Isso é o que julga, Só se me puser aqui a inventar, Faça-o, a nós não nos incomoda nada que invente as respostas que entender, com tempo e paciência, mais a aplicação adequada de certas técnicas, acabará por chegar à que pretendemos ouvir, Digam-me então qual é e acabemos com isto, Ah não, assim não teria graça nenhuma, que ideia faz de nós, meu caro senhor, nós temos uma dignidade científica a respeitar, uma consciência profissional a defender, para nós é muito importante que sejamos capazes de demonstrar aos nossos superiores que merecemos o dinheiro que nos pagam e o pão que comemos, Estou perdido, Não tenha pressa.

À impressionante serenidade dos votantes nas ruas e dentro das secções de voto não correspondia uma idêntica disposição de ânimo nos gabinetes dos ministros nem nas sedes dos partidos. A questão que mais preocupa a uns e a outros é a quanto montará desta vez a abstenção, como se nela é que se encontrasse a porta de salvação para a difícil situação social e política em que o país se encontra mergulhado desde há uma semana. Uma abstenção razoavelmente alta, ou até mesmo acima da máxima verificada nas eleições anteriores, desde que não exagerasse, significaria que teríamos regressado à normalidade, à conhecida rotina dos eleitores que nunca acreditaram na utilidade do voto e primam pela contumácia na ausência, dos outros que preferiram aproveitar o bom tempo e ir passar o dia à praia ou ao campo com a família, ou daqueles que, sem nenhum outro motivo, salvo a invencível preguiça, se deixaram ficar em casa. Se a afluência às urnas, maciça como na eleição anterior, já mostrara, sem margem para qualquer dúvida, que a percentagem de abstenções viria a ser baixíssima, ou até mesmo praticamente nula, o que mais confundia as instâncias oficiais, o que estava a ponto de fazê-las perder a cabeça, era o facto de os eleitores, salvo escassas excepções, responderem com um silêncio impenetrável às perguntas dos encarregados das sondagens sobre como haviam votado, É só para efeitos estatísticos, não tem que se identificar, não tem que dizer como se chama, insistiam eles, mas nem assim puderam convencer os desconfiados votantes. Oito dias antes os jornalistas ainda tinham conseguido que lhes respondessem, é certo que em tom ora impaciente, ora irónico, ora desdenhoso, respostas que em realidade eram mais um modo de calar que outra coisa, mas ao menos tinham-se trocado palavras, um lado perguntava, o outro fazia de conta, nada que se parecesse com este espesso muro de silêncio, como um mistério de todos que todos tivessem jurado defender. A muita gente há-de parecer assombrosa, para não dizer impossível de suceder, esta coincidência de procedimento entre tantos e tantos milhares de pessoas que não se conhecem, que não pensam da mesma maneira, que pertencem a classes ou níveis sociais diferentes, que, em suma, estando politicamente colocadas à direita, ao meio ou à esquerda, quando não em parte nenhuma, resolveram, cada uma por si, manter a boca fechada até à contagem dos votos, deixando para mais tarde o desvendamento do segredo. Isto foi o que, com muita esperança de acertar, quis o ministro do interior antecipar ao primeiro-ministro, isto foi o que o primeiro-ministro se apressou a transmitir ao chefe do estado, o qual, mais velho, com mais experiência e calejo, mais mundo visto e vivido, se limitou a responder em tom de sorna, Se eles não estão dispostos a falar agora, dê-me uma boa razão para que queiram falar depois. O balde de água fria do supremo magistrado da nação só não fez perder o ânimo ao primeiro-ministro e ao ministro do interior, só não os lançou às garras do desespero porque, em verdade, não tinham mais nada a que se agarrar, ainda que por tão pouco tempo. Não havia querido o ministro do interior informar que, por temor a possíveis irregularidades no acto eleitoral, previsão que os próprios factos, entretanto, se tinham encarregado de desmentir, havia mandado pôr de plantão em todas as secções de voto da cidade dois agentes à paisana de corporações policiais diferentes, ambos credenciados para inspeccionar as operações de escrutínio, mas também encarregados, cada um deles, de manter debaixo de olho o colega, não fosse dar-se o caso de ali se esconder alguma cumplicidade honradamente militante, ou simplesmente negociada na lota das traições reles. Desta maneira, entre espias e vigilantes, entre gravadores e câmaras de vídeo, tudo parecia seguro e bem seguro, a coberto de qualquer maligna interferência que desvirtuasse a pureza do acto eleitoral, e agora, terminado o jogo, nada mais restava que cruzar os braços e esperar a sentença final das urnas. Quando na assembleia eleitoral número catorze, a cujo funcionamento tivemos a enorme satisfação de consagrar, como homenagem a esses dedicados cidadãos, um capítulo completo, sem omitir mesmo certos problemas íntimos da vida de alguns deles, quando em todas as assembleias restantes, do número um ao número treze, do número quinze ao número quarenta e quatro, os respectivos presidentes despejaram os votos nas compridas bancadas que haviam servido de mesas, um rumor impetuoso de avalancha atravessou a cidade. Era o prenúncio do terramoto político que não tardaria a produzir-se. Nas casas, nos cafés, nas tabernas e nos bares, em todos os lugares públicos onde houvesse uma televisão ou uma rádio, os habitantes da capital, mais tranquilos uns que outros, esperavam o resultado final do escrutínio. Ninguém confidenciava ao seu mais próximo como havia votado, os amigos mais chegados guardavam silêncio, as pessoas mais loquazes pareciam ter-se esquecido das palavras. Às dez horas da noite, finalmente, apareceu na televisão o primeiro-ministro. Vinha com o rosto demudado, de olheiras cavadas, efeito de uma semana inteira de noites mal dormidas, pálido apesar da maquilhagem tipo boa saúde. Trazia um papel na mão, mas quase não o leu, apenas lhe lançou um olhar de vez em quando para não perder o fio do discurso, Prezados concidadãos, disse, o resultado das eleições que hoje se realizaram na capital do país foi o seguinte, partido da direita, oito por cento, partido do meio, oito por cento, partido da esquerda, um por cento, abstenções, zero, votos nulos, zero, votos em branco, oitenta e três por cento. Fez uma pausa para levar aos lábios o copo de água que tinha ao lado e prosseguiu, O governo, reconhecendo que a votação de hoje veio confirmar, agravando-a, a tendência verificada no passado domingo e estando unanimemente de acordo sobre a necessidade de uma séria investigação das causas primeiras e últimas de tão desconcertantes resultados, considera, após ter consultado com sua excelência o chefe do estado, que a sua legitimidade para continuar em funções não foi posta em causa, não só porque a eleição agora concluída foi apenas local, mas igualmente porque reivindica e assume como sua imperiosa e urgente obrigação apurar até às últimas consequências os anómalos acontecimentos de que fomos, durante a última semana, além de atónitas testemunhas, temerários actores, e se, com o mais profundo pesar, pronuncio esta palavra, é porque aqueles votos em branco, que vieram desferir um golpe brutal contra a normalidade democrática em que decorria a nossa vida pessoal e colectiva, não caíram das nuvens nem subiram das entranhas da terra, estiveram no bolso de oitenta e três em cada cem eleitores desta cidade, os quais, por sua própria, mas não patriótica mão, os depuseram nas urnas. Outro gole de água, este mais necessário porque a boca se lhe tinha secado de repente, É tempo ainda de emendar o erro, não por meio de uma nova eleição, que no actual estado de coisas poderia ser, a mais de inútil, contraproducente, mas através do rigoroso exame de consciência a que, desde esta tribuna pública, convoco os habitantes da capital, todos eles, a uns para que melhor possam proteger-se da terrível ameaça que paira sobre as suas cabeças, aos outros, sejam eles culpados, sejam eles inocentes de intenção, para que se corrijam da maldade a que se deixaram arrastar sabe-se lá por quem, sob pena de se converterem no alvo directo das sanções previstas no estado de excepção cuja declaração, após consulta, amanhã mesmo, ao parlamento, para esse efeito reunido em sessão extraordinária, e obtida, como se espera, a sua unânime aprovação, o governo vai solicitar a sua excelência o chefe do estado. Mudança de tom, braços meio abertos, mãos levantadas à altura dos ombros, O governo da nação tem a certeza de interpretar a fraternal vontade de união de todo o resto do país, esse que com um sentido cívico credor de todos os elogios cumpriu com normalidade o seu dever eleitoral, vindo aqui, como pai amantíssimo, recordar à parte da população da capital que se desviou do recto caminho a lição sublime da parábola do filho pródigo, e dizer-lhe que para o coração humano não há falta que não possa ser perdoada, assim seja sincera a contrição, assim seja total o arrependimento. A última frase de efeito do primeiro-ministro, Honrai a pátria, que a pátria vos contempla, com rufos de tambores e berros de clarins, rebuscada nos sótãos da mais bolorenta retórica patrimonial, foi prejudicada por umas Boas noites que soaram a falso, é o que as palavras simples têm de simpático, não sabem enganar.

Nos lugares, casas, bares, tabernas, cafés, restaurantes, associações ou sedes políticas onde havia votantes do partido da direita, do partido do meio e mesmo do partido da esquerda, a comunicação do primeiro-ministro foi largamente comentada, embora, como é natural, de maneiras diferentes e com matizações diversas. Os mais satisfeitos com a performance, a eles pertence o termo bárbaro, não a quem esta fábula vem narrando, eram os do p.d.d., que, com ar entendido, piscando os olhos uns aos outros, se felicitavam pela excelência da técnica que o chefe havia empregado, essa que tem sido designada pela curiosa expressão de ora-o-pau-ora-a-cenoura, aplicada predominantemente aos asnos e às mulas

36

nos tempos antigos, mas que a modernidade, com resultados mais do que apreciáveis, reaproveitou para uso humano. Alguns, no entanto, do tipo ferrabrás e mata-mouros, consideravam que o primeiro-ministro deveria ter terminado o discurso no ponto em que anunciou a declaração iminente do estado de excepção, que tudo o que disse depois era bem escusado, que com a canalha só a cacete, que se nos pomos aqui com paninhos quentes estamos lixados, que ao inimigo nem água, e outras fortes expressões de similar catadura. Os companheiros argumentavam que não seria tanto assim, que o chefe teria as suas razões, mas estes pacifistas, como sempre ingénuos, ignoravam que a destemperada reacção dos intransigentes era uma manobra táctica que tinha como objectivo manter desperta a veia combativa da militância. Para o que der e vier, havia sido a palavra de ordem. Já os do p.d.m., como oposição que eram, e estando embora de acordo quanto ao fundamental, isto é, a necessidade urgente de apurar responsabilidades e punir os faltosos, ou conspiradores, achavam desproporcionada a instauração do estado de excepção, de mais a mais sem se saber quanto tempo irá durar, e que, em última análise, era totalmente desprovido de sentido suspender direitos a quem não havia cometido outro crime que exercer precisamente um deles. Como irá terminar isto, perguntavam-se, se um cidadão qualquer se lembra de ir ao tribunal constitucional, Mais inteligente e patriótico seria, acrescentava-se, formar já um governo de salvação nacional com representação de todos os partidos, porque, existindo realmente uma situação de emergência colectiva, não é com o estado de sítio que ela se resolverá, o que aconteceu ao p.d.d. foi perder os estribos, não tarda que o vejamos cair do cavalo abaixo. Também os militantes do p.d.e. sorriam à possibilidade de que o seu partido viesse a participar num governo de coligação, mas, entretanto, o que mais os preocupava era descobrir uma interpretação do resultado eleitoral que conseguisse disfarçar a brutal queda de votos que o partido havia sofrido, pois que, alcançando os cinco por cento na última eleição realizada e tendo passado a dois e meio na primeira roda desta, se encontrava agora com a miséria de um por cento e um negro futuro por diante. O resultado da análise culminou na preparação de um comunicado em que se insinuaria que, não havendo razões objectivas que obrigassem a pensar que os votos em branco tinham pretendido atentar contra a segurança do estado ou contra a estabilidade do sistema, o correcto seria presumir a casualidade de uma coincidência entre a vontade de mudança por aquela maneira manifestada e as propostas de progresso contidas no programa do p.d.e. Nada mais, tudo isto.

Houve também pessoas que se limitaram a desligar o aparelho de televisão quando o primeiro-ministro terminou e depois, enquanto não iam para a cama, se entretiveram a falar das suas vidas, e outras houve que passaram o resto do serão a rasgar e a queimar papéis. Não eram conspiradores, simplesmente tinham medo.

Ao ministro da defesa, um civil que não havia ido à tropa, tinha sabido a pouco a declaração do estado de excepção, o que ele tinha querido era um estado de sítio a sério, dos autênticos, um estado de excepção na mais exacta acepção da palavra, duro, sem falhas de nenhum tipo, como uma muralha em movimento capaz de isolar a sedição para logo a esmagar num fulminante contra-ataque, Antes que a pestilência e a gangrena alastrem à parte ainda sã do país, preveniu. O primeiro-ministro reconheceu que a gravidade da situação era extrema, que a pátria havia sido vítima de um infame atentado contra os fundamentos básicos da democracia representativa, Eu chamar-lhe-ia antes uma carga de profundidade lançada contra o sistema, permitiu-se o ministro da defesa discordar, Assim é, mas penso, e o chefe do estado concorda com o meu ponto de vista, que, sem nunca perdermos de vista os perigos da conjuntura imediata, em ordem a variar os meios e os objectivos da acção em qualquer momento que o justifique, seria preferível que começássemos por servir-nos de métodos discretos, menos ostensivos, mas acaso mais eficazes que mandar o exército ocupar as ruas, fechar o aeroporto e instalar barreiras nas saídas da cidade, E que métodos vêm a ser esses, perguntou o ministro dos militares sem fazer o mínimo esforço para disfarçar a contrariedade, Nada que não conheça já, recordo-lhe que as forças armadas também têm os seus próprios serviços de espionagem, Aos nossos chamamos-lhes de contra-espionagem, Dá no mesmo, Sim, compreendo aonde quer chegar, Sabia que compreenderia, disse o primeiro-ministro ao mesmo tempo que fazia um sinal ao ministro do interior. Este tomou a palavra, Sem entrar aqui em certos pormenores da operação, que, como facilmente se entenderá, constituem matéria reservada, digamos mesmo top secret, o plano elaborado pelo meu ministério assenta, nas suas linhas gerais, numa ampla e sistemática acção de infiltração entre a população, a cargo de agentes convenientemente preparados, a qual possa levar-nos ao conhecimento das razões do ocorrido e habilitar-nos a tomar as medidas necessárias para liquidar o mal à nascença, À nascença, não diria eu, já o temos aí, observou o ministro da justiça, São maneiras de falar, respondeu com um leve tom de irritação o ministro do interior, que prosseguiu, É a altura de comunicar a este conselho, em absoluta e total confidencialidade, com perdão da redundância, que os serviços de espionagem que se encontram sob as minhas ordens, ou melhor, que dependem do ministério a meu cargo, não excluem a hipótese de que o sucedido tenha as suas verdadeiras raízes no exterior, que isto que estamos vendo seja só a ponta do icebergue de uma gigantesca conjura internacional de desestabilização, provavelmente de inspiração anarquista, a qual, por motivos que ainda ignoramos, teria escolhido o nosso país como sua primeira cobaia, Estranha ideia, disse o ministro da cultura, pelo menos até onde os meus conhecimentos alcançam, os anarquistas nunca se propuseram, mesmo que fosse só no campo da teoria, cometer acções dessas características e com esta envergadura, Possivelmente, acudiu sarcástico o ministro da defesa, porque os conhecimentos do caro colega ainda têm como referência temporal o idílico mundo dos seus avós, desde então, por muito estranho que possa parecer-lhe, as coisas mudaram bastante, houve uma época de niilismos mais ou menos líricos, mais ou menos sangrentos, mas o que temos hoje pela frente é terrorismo puro e duro, diverso nas suas caras e expressões, mas idêntico a si mesmo na sua essência, Cuidado com os exageros e extrapolações demasiado fáceis, interveio o ministro da justiça, parece-me arriscado, para não dizer abusivo, assimilar a terrorismo, ainda por cima com a classificação de puro e duro, o aparecimento de uns quantos votos em branco nas urnas, Uns quantos votos, uns quantos votos, balbuciou o ministro da defesa, quase paralisado de estupor, como é possível chamar-se uns quantos a oitenta e três votos em cada cem, digam-me, quando deveríamos compreender, ser conscientes de que cada voto daqueles foi como um torpedo abaixo da linha de flutuação, Talvez os meus conhecimentos sobre o anarquismo se encontrem desactualizados, não digo que não, disse o ministro da cultura, mas, tanto quanto julgo saber, embora esteja muito longe de me considerar um especialista em batalhas navais, os torpedos apontam sempre abaixo da linha de flutuação, aliás, suponho que não têm outro remédio, foram fabricados para isso mesmo. O ministro do interior levantou-se num repente como impelido por uma mola, ia defender da chocarreira frase o seu colega da defesa, denunciar talvez o défice de empatia política patente naquele conselho, mas o chefe do governo desferiu com a mão espalmada um golpe seco na mesa a reclamar silêncio e cortou, Os senhores ministros da cultura e da defesa poderão continuar lá fora o debate académico em que parecem tão empenhados, mas eu peço licença para recordar-lhes que se aqui nos encontramos reunidos, nesta sala que representa, ainda mais que o parlamento, o coração da autoridade e do poder democrático, é para que tomemos as decisões que haverão de salvar o país, esse é o nosso desafio, da mais grave crise com que teve de enfrentar-se ao longo de uma história de séculos, portanto, creio que, perante um tão tremendo repto, se deveriam calar, por indignos das nossas responsabilidades, os despautérios verbais e as questiúnculas de interpretação. Fez uma pausa, que ninguém se atreveu a interromper, depois prosseguiu, Entretanto, quero deixar muito claro ao senhor ministro da defesa que o facto de o chefe do governo se ter inclinado, nesta primeira fase do tratamento da crise, para a aplicação do plano traçado pelos serviços competentes do ministério do interior, isso não significa e nunca poderia significar que o recurso à declaração do estado de sítio tenha sido definitivamente posto de parte, tudo dependerá do rumo que os acontecimentos vierem a tomar, das reacções da população da capital, do apalpar de pulso ao resto do país, do comportamento nem sempre previsível da oposição, em particular, neste caso, do p.d.e., que já tem tão pouco que perder que não se importará de apostar o que ainda lhe resta numa jogada de alto risco, Não creio que devamos preocupar-nos muito com um partido que acabou por não conseguir mais que um por cento dos votos, observou o ministro do interior encolhendo os ombros em sinal de desdém, Leu o comunicado deles, perguntou o primeiro-ministro, Naturalmente, ler comunicados políticos faz parte do meu trabalho, pertence às minhas obrigações, é certo que há quem pague a assessores para que lhe ponham a comida já mastigada no prato, mas eu pertenço à escola clássica, só me fio na minha cabeça mesmo que seja para equivocar-me, Está a esquecer-se de que os ministros, em última análise, são os assessores do chefe do governo, E é uma honra sê-lo, senhor primeiro-ministro, a diferença, a enorme diferença consiste em que nós já lhe trazemos a comida digerida, Bom, deixemos a gastronomia e a química dos processos digestivos, e regressemos ao comunicado do p.d.e., dê-me a sua opinião, que lhe pareceu, Trata-se de uma versão tosca, ingénua, do velho preceito que manda que te juntes ao teu inimigo se não foste capaz de vencê-lo, E aplicando ao caso presente, Aplicando ao caso presente, senhor primeiro-ministro, se os votos não são teus, arranja maneira de que o pareçam, Mesmo assim, convém que nos mantenhamos atentos, o truque poderá vir a ter algum efeito na parte da população mais virada para a esquerda, Que neste momento não sabemos bem qual seja, disse o ministro da justiça, verifico que não queremos reconhecer, em voz alta e de olhos nos olhos, que a grande maioria dos tais oitenta e três por cento são votantes nossos e do p.d.m., o que deveríamos era perguntar-nos por que votaram eles em branco, aí é que se encontra o grave da situação, e não nos sábios ou ingénuos argumentos do p.d.e., Realmente, se repararmos bem, respondeu o primeiro-ministro, a nossa táctica não vem a ser muito diferente da que o p.d.e. está a usar, quer dizer, já que a maioria daqueles votos não são teus, faz de conta que também não pertencem aos teus adversários, Por outros termos, disse da esquina da mesa o ministro dos transportes e comunicações, andamos todos ao mesmo, Maneira talvez demasiado expedita de definir a situação em que nos encontramos, repare-se que falo de um ponto de vista estritamente político, mas não de todo destituída de sentido, disse o primeiro-ministro e encerrou o debate.

A rápida instauração do estado de excepção, como uma espécie de sentença salomónica ditada pela providência, veio cortar o nó górdio que os meios de comunicação social, particularmente os jornais, tinham andado a tentar desfazer com maior ou menor habilidade, com maior ou menor subtileza, mas sempre com o cuidado de que não se notasse demasiado a intenção, a partir do infausto resultado das primeiras eleições e, mais dramaticamente, das segundas. Por um lado, era seu dever, tão óbvio como elementar, condenar com energia tingida de indignação cívica, tanto nos seus próprios editoriais como em artigos de opinião encomendados adrede, o inesperado e irresponsável procedimento de um eleitorado que, enceguecido para os superiores interesses da pátria por uma estranha e funesta perversão, tinha enredado a vida política nacional de um modo jamais visto antes, empurrando-a para um beco tenebroso do qual nem o mais pintado lograva ver a saída. Por outro lado, havia que pesar e medir cuidadosamente cada palavra que se escrevia, ponderar susceptibilidades, dar, por assim dizer, dois passos em frente e um atrás, não fosse acontecer que os leitores se indispusessem com um jornal que tinha passado a tratá-los como traidores e mentecaptos depois de tantos anos de uma harmonia perfeita e assídua leitura. A declaração do estado de excepção, ao permitir ao governo assumir os poderes correspondentes e suspender de uma penada as garantias constitucionais, veio aliviar do incómodo peso e da ameaçadora sombra a cabeça de directores e administradores. Com a liberdade de expressão e de comunicação condicionadas, com a censura a olhar por cima do ombro do redactor, estava encontrada a melhor das desculpas e a mais completa das justificações, Nós bem desejaríamos, diriam eles, facilitar aos nossos estimados leitores a possibilidade, que também é um direito, de acederem a uma informação e a uma opinião isentas de interferências abusivas e intoleráveis restrições, especialmente em momentos tão delicados como os que estamos atravessando, mas a situação é esta, e não outra, só quem sempre viveu da honrada profissão de jornalista sabe quanto dói trabalhar praticamente vigiado durante as vinte e quatro horas do dia, além disso, e aqui para nós, quem tem a parte maior de responsabilidade do que está a acontecer são os eleitores da capital, não os outros, os da província, infelizmente, ainda por cima, e apesar de todos os nossos rogos, o governo não nos autoriza a fazer uma edição censurada para aqui e outra livre para o resto do país, ainda ontem um alto funcionário do ministério do interior nos dizia que a censura bem entendida é como o sol, quando nasce é para todos, para nós não é nenhuma novidade, já sabíamos que assim vai o mundo, mas sempre são os justos a pagar pelos pecadores. Não obstante todas estas precauções, tanto sobre a forma como sobre o conteúdo, cedo se tornou evidente que o interesse pela leitura dos jornais havia decaído muito. Movidos pela compreensível ansiedade de disparar e caçar em todas as direcções, houve jornais que pensaram poder lutar contra o absentismo dos compradores salpicando as suas páginas de corpos despidos em novos jardins das delícias, quer femininos, quer masculinos, mistos ou sozinhos, isolados ou em parceria, sossegados ou em acção, mas os leitores, com a paciência esgotada por um fotomaton em que as variantes de cor e de feitio, além de mínimas e de reduzido efeito estimulante, já na mais remota antiguidade haviam sido consideradas como banais lugares-comuns da exploração da líbido, continuaram, pelo alheamento, pela indiferença e até mesmo pela náusea, a fazer descer tiragens e vendas. Também não viria a ter qualquer influência favorável no balanço quotidiano do deve e haver económico, irremediavelmente em maré baixa, a busca e a exibição de intimidades pouco asseadas, de escândalos e vergonhas de toda a espécie, a velha roda das virtudes públicas mascarando os vícios privados, o carrocel festivo dos vícios privados arvorados em virtudes públicas a que até há pouco tempo nunca haviam faltado não só os espectadores, como os candidatos a dar duas voltinhas. Realmente, parecia que a maior parte dos habitantes da capital estavam decididos a mudar de vida, de gostos e de estilo. O grande equívoco deles, como a partir de agora se começará a ver melhor, foi terem votado em branco. Já que tinham querido limpeza, iriam tê-la.

Essa era a firme disposição do governo e, particularmente, do ministério do interior. A escolha dos agentes, uns vindos da secreta, outros de corporações públicas, que iriam infiltrar-se sub-repticiamente no seio das massas, havia sido rápida e eficaz. Depois de revelarem, sob juramento, como demonstração do seu carácter exemplar de cidadãos, o nome do partido em que tinham votado e a natureza do voto expresso, depois de assinarem, também sob juramento, um documento em que manifestavam o seu mais activo repúdio da peste moral que viera infectar uma importante parcela da população, a primeira actividade dos agentes, de ambos os sexos, note-se, para que não se diga, como de costume, que tudo o que é mau é obra do homem, organizados em grupos de quarenta como numa aula e orientados por monitores formados em discriminação, reconhecimento e interpretação de suportes electrónicos gravados, quer de imagem quer de som, a primeira actividade, dizíamos, consistiu em desbastar a enorme quantidade de material recolhido pelos espias durante a segunda votação, tanto dos que se tinham insinuado nas filas a escutar como dos que, assestando câmaras de vídeo e microfones, passeavam nos carros, ao longo delas. Principiando por esta operação de rebusco nos intestinos informativos, proporcionava-se aos agentes, antes de se lançarem com entusiasmo e faro de perdigueiro à acção directa, ao trabalho de campo, uma base imediata de investigação à porta fechada, de cujo teor, páginas atrás, tivemos ocasião de adiantar um breve mas elucidativo exemplo, Frases simples, correntes, como as que se seguem, Em geral não costumo votar, mas hoje deu-me para aqui, A ver se isto vai servir para alguma coisa que valha a pena, Tantas vezes foi o cântaro à fonte, que por fim lá deixou ficar a asa, No outro dia também votei, mas só pude sair de casa às quatro, Isto é como a lotaria, quase sempre sai branco, Ainda assim, há que persistir, A esperança é como o sal, não alimenta, mas dá sabor ao pão, durante horas e horas estas e mil outras frases igualmente inócuas, igualmente neutras, igualmente inocentes de culpa, foram esmiudadas até à última sílaba, esfareladas, viradas do avesso, pisadas no almofariz sob o pilão das perguntas, Explique-me que cântaro é esse, Porque é que a asa se soltou na fonte, e não durante o caminho, ou em casa, Se não era seu costume votar, porque é que votou desta vez, Se a esperança é como o sal, que acha que deveria ser feito para que o sal fosse como a esperança, Como resolveria a diferença de cores entre a esperança, que é verde, e o sal, que é branco, Acha realmente que o boletim de voto é igual a um bilhete de lotaria, Que era o que estava a querer dizer quando disse a palavra branco, e novamente, Que cântaro é esse, Foi à fonte porque estava com sede, ou para encontrar-se com alguém, A asa do cântaro é símbolo de quê, Quando deita sal na comida, está a pensar que lhe deita esperança, Porque é que traz vestida uma camisa branca, Afinal, que cântaro era esse, um cântaro real, ou um cântaro metafórico, E o barro, que cor tinha, era preto, era vermelho, Era liso, ou levava desenhos, Tinha incrustações de quartzo, Sabe o que é o quartzo, Já ganhou algum prémio na lotaria, Porque é que na primeira votação só saiu de casa às quatro horas, quando já não chovia há mais de duas, Quem é a mulher que está ao seu lado nesta imagem, De que se riam com tanto gosto, Não lhe parece que um acto importante como é o de votar deveria merecer de todos os eleitores com sentido de responsabilidade uma expressão grave, séria, compenetrada, ou considera que a democracia dá vontade de rir, Ou talvez pense que dá vontade de chorar, Que lhe parece, de rir, ou de chorar, Fale-me novamente do cântaro, diga-me por que não pensou em tornar a pegar-lhe a asa, há colas próprias, Significará essa dúvida que a si também lhe falta uma asa, Qual, Gosta do tempo em que lhe calhou viver, ou teria preferido viver em outro, Voltemos ao sal e à esperança, que quantidade dela será conveniente pôr para não tornar intragável aquilo de que se estava à espera, Sente-se cansado, Quer ir para casa, Não tenha pressa, as pressas são péssimas conselheiras, uma pessoa não pensa bem nas respostas que vai dar, e as consequências daí resultantes podem ser as piores, Não, não está perdido, que ideia a sua, pelos vistos ainda não compreendeu que aqui dentro as pessoas não se perdem, acham-se, Esteja tranquilo, não estamos a ameaçá-lo, só queremos que não tenha pressa, nada mais. Chegados a este ponto, encantoada e rendida a presa, fazia-se-lhe então a pergunta fatal, Agora vai-me dizer como votou, isto é, a que partido deu o seu voto. Ora, havendo sido chamados ao interrogatório quinhentos suspeitos caçados nas filas dos eleitores, situação em que se poderia encontrar qualquer de nós vista a patente evanescência da matéria de uma acusação pobremente representada pelo tipo de frases de que demos convincente amostra, captadas pelos microfones direccionais e pelos gravadores, o lógico, tendo em consideração a relativa amplidão do universo questionado, seria que as respostas se distribuíssem, ainda que com uma pequena e natural margem de erro, na mesma proporção dos votos que haviam sido expressos, isto é, quarenta pessoas a declararem com orgulho que tinham votado no partido da direita, este que está no governo, um número igual condimentando a resposta com uma pitada de desafio para afirmarem ter votado na única oposição verdadeiramente digna desse nome, isto é, no partido do meio, e cinco, nada mais que cinco, acuadas, entaladas contra a parede, Votei no partido da esquerda, diriam firmes, mas ao mesmo tempo com o tom de quem se desculpa de uma teimosia que não está na sua mão evitar. O restante, aquele enorme resto de quatrocentas e quinze respostas, deveria ter dito, de acordo com a lógica modal das sondagens, Votei em branco. Esta resposta directa, sem ambiguidades de presunção ou prudência, seria a que dariam um computador ou uma máquina de calcular e seria a única que as suas inflexíveis e honestas naturezas, a informática e a mecânica, poderiam permitir-se, mas aqui estamos a tratar com humanos, e os humanos são universalmente conhecidos como os únicos animais capazes de mentir, sendo certo que se às vezes o fazem por medo, e às vezes por interesse, também às vezes o fazem porque perceberam a tempo que essa era a única maneira ao seu alcance de defenderem a verdade. A julgar pelas aparências, portanto, o plano do ministério do interior havia fracassado, e, de facto, naqueles primeiros instantes, a confusão entre os assessores foi vergonhosa e absoluta, parecia não ser possível encontrar uma forma de rodear o inesperado obstáculo, salvo se se ordenasse submeter a tratos toda aquela gente, o que, como é do conhecimento geral, não está bem visto nos estados democráticos e de direito suficientemente hábeis para alcançar os mesmos fins sem ter de recorrer a meios tão primários, tão medievais. Foi nesta complicada situação que o ministro do interior mostrou a sua envergadura política e a sua invulgar flexibilidade táctica e estratégica, quem sabe se prenunciadora de mais altos destinos. Duas foram as decisões que tomou, e ambas importantes. A primeira, que mais tarde viria a ser denunciada como iniquamente maquiavélica, constante de nota oficial do ministério distribuída aos meios de comunicação social por intermédio da agência oficiosa estatal, consistiu num comovido agradecimento, em nome de todo o governo, aos quinhentos cidadãos exemplares que nos últimos dias se tinham vindo apresentar motu próprio às autoridades, oferecendo o seu leal apoio e toda a colaboração que lhes fosse requerida para o avanço das investigações em curso sobre os factores de anormalidade verificados durante os dois últimos actos eleitorais. A par deste dever de elementar gratidão, o ministério, antecipando-se a perguntas, avisava as famílias de que não deveriam surpreender-se nem inquietar-se pela falta de notícias dos seus queridos ausentes, porquanto nesse mesmo silêncio, precisamente, estava a chave que poderia garantir a segurança pessoal deles, posto o grau máximo de segredo, vermelho/vermelho, que havia sido atribuído à delicada operação. A segunda decisão, para conhecimento e exclusivo uso interno, traduziu-se numa inversão total do plano anteriormente elaborado, o qual, como decerto estaremos lembrados, previa que a infiltração maciça de investigadores no seio das massas viesse a ser o meio por excelência que levaria à decifração do mistério, do enigma, da charada, do quebra-cabeças, ou como se lhe queira chamar, do voto em branco. A partir de agora os agentes passavam a trabalhar divididos em dois grupos numericamente desiguais, o mais pequeno para o trabalho de campo, do qual, verdade seja dita, já não se esperavam grandes resultados, o maior para prosseguir com o interrogatório das quinhentas pessoas retidas, não detidas, note-se bem, aumentando quando, como e quanto fosse necessário a pressão física e psicológica a que já estavam submetidas. Como o ditado antigo andara séculos a ensinar, Mais valem quinhentos pássaros na mão que quinhentos e um a voar. A confirmação não tardou. Quando, depois de muita habilidade diplomática, de muito rodear e muito tentear, o agente a trabalhar no campo, isto é, na cidade, lograva fazer a primeira pergunta, Quer dizer-me, por favor, em quem votou, a resposta que lhe davam, como um recado bem aprendido, era, palavra por palavra, o que se encontrava expresso na lei, Ninguém pode ser, sob qualquer pretexto, obrigado a revelar o seu voto nem ser perguntado sobre o mesmo por qualquer autoridade. E quando, em tom de quem não dá demasiada importância ao assunto, fazia a segunda pergunta, Desculpe esta minha curiosidade, por acaso não terá votado em branco, a resposta que ouvia restringia habilmente o âmbito da questão a uma simples questão académica, Não senhor, não votei em branco, mas se o tivesse feito estaria tanto dentro da lei como se tivesse votado em qualquer das listas apresentadas ou anulado o voto com a caricatura do presidente, votar em branco, senhor das perguntas, é um direito sem restrições, que a lei não teve outro remédio que reconhecer aos eleitores, está lá escrito com todas as letras, ninguém pode ser perseguido por ter votado em branco, em todo o caso, para sua tranquilidade, torno a dizer-lhe que não sou dos que votaram em branco, isto foi um falar por falar, uma hipótese académica, nada mais. Em situação normal, ouvir uma resposta destas duas ou três vezes não teria especial importância, apenas demonstraria que umas quantas pessoas neste mundo conhecem a lei em que vivem e fazem questão de que se saiba, mas ver-se obrigado a escutá-la, imperturbável, sem mover uma sobrancelha, cem vezes seguidas, mil vezes seguidas, como uma litania aprendida de cor, era mais do que podia suportar a paciência de alguém que, havendo sido industriado para uma tarefa de tanto melindre, se via incapaz de levá-la a cabo. Não é portanto de estranhar que a sistemática obstrução dos eleitores tivesse feito com que alguns dos agentes perdessem o domínio dos nervos e passassem ao insulto e à agressão, comportamentos estes, aliás, de que nem sempre saíam bem parados, considerando que actuavam sozinhos para não espantar a caça e que não era raro que outros eleitores, sobretudo em sítios dos chamados de má nota, aparecessem, com as consequências que facilmente se imaginam, a socorrer o ofendido. Os relatórios que os agentes transmitiam à central de operações eram desalentadoramente magros de conteúdo, nem uma única pessoa, nem uma só, havia confessado ter votado em branco, algumas delas faziam-se desentendidas, diziam que outro dia, com mais vagar, falariam, agora levavam muita pressa, antes que a loja feche, mas os piores de todos eram os velhos, que o diabo os carregasse, parecia que uma epidemia de surdez os havia encerrado a todos numa cápsula insonorizada, e quando o agente, com desconcertante ingenuidade, escrevia a pergunta num papel, os descarados diziam, ou que tinham partido os óculos, ou que não percebiam a caligrafia, ou que simplesmente não sabiam ler. Havia outros agentes, no entanto, mais hábeis, que tinham tomado a ideia da infiltração a sério, no seu significado exacto, deixavam-se ver pelos bares, pagavam bebidas, emprestavam dinheiro a jogadores de póquer sem fundos, iam muito aos espectáculos desportivos, em particular ao futebol e ao basquetebol, que são os que mais se mexem nas bancadas, metiam conversa com os vizinhos, e, no caso do futebol, se o empate era daqueles sem golos chamavam-lhe, ó astúcia sublime, com subentendido na voz, resultado em branco, a ver no que dava. E o que dava era o mesmo que nada. Mais tarde ou mais cedo sempre acabaria por chegar o momento das perguntas, Quer dizer-me por favor em que partido votou, Desculpe esta minha curiosidade, por acaso não terá votado em branco, e então repetiam-se as respostas já conhecidas, ora a solo, ora em coro, Eu, que ideia, Nós, que fantasia, e imediatamente se aduziam as razões legais, com todos os seus artigos e alíneas, e com tal fluência expostas que parecia que os habitantes da cidade em idade de votar haviam passado, todos eles, por um curso intensivo sobre leis eleitorais, tanto nacionais como estrangeiras.

Com o passar dos dias, de um modo ao princípio quase imperceptível, começou a notar-se que a palavra branco, como algo que se tivesse tornado obsceno ou mal soante, estava a deixar de ser utilizada, que as pessoas se serviam de rodeios ou de perífrases para substituí-la. De uma folha de papel branco, por exemplo, dizia-se que era desprovida de cor, uma toalha que toda a vida tinha sido branca passou a ser cor de leite, a neve deixou de ser comparada a um manto branco para tornar-se na maior carga alvacenta dos últimos vinte anos, os estudantes acabaram com aquilo de dizer que estavam em branco, simplesmente confessavam que não sabiam nada da matéria, mas o caso mais interessante de todos foi o súbito desaparecimento da adivinha com que, durante gerações e gerações, pais, avós, tios e vizinhos supuseram estimular a inteligência e a capacidade dedutiva das criancinhas, Branco é, galinha o põe, e isto aconteceu porque as pessoas, recusando-se a pronunciar a palavra, se aperceberam de que a pergunta era absolutamente disparatada, uma vez que a galinha, qualquer galinha de qualquer raça, nunca conseguirá, por mais que se esforce, pôr outra coisa que não sejam ovos. Parecia portanto que os altos destinos políticos prometidos ao ministro do interior haviam sido truncados à nascença, que a sua sorte, depois de quase ter tocado o sol, ia ser afogar-se mofinamente no helesponto, mas uma outra ideia, repentina como o raio que ilumina a noite, fê-lo levantar-se de novo. Nem tudo estava perdido. Mandou recolher às bases os agentes adstritos ao trabalho de campo, despediu sem contemplação os contratados a prazo, passou um raspanete aos secretas do quadro e deitou mãos à obra.

Estava claro que a cidade era uma termiteira de mentirosos, que os quinhentos que se encontravam em seu poder também mentiam com todos os dentes que tinham na boca, mas entre aqueles e estes havia uma diferença, enquanto uns ainda eram livres de entrar e sair de suas casas, e, esquivos, escorregadios como enguias, tanto apareciam como desapareciam, para mais tarde reaparecerem e outra vez se sumirem, lidar com os outros era a coisa mais fácil do mundo, bastava descer às caves do ministério, não estavam ali todos os quinhentos, não caberiam, distribuídos na sua maioria por outras unidades investigadoras, mas a meia centena deles mantidos em observação permanente deveria ser mais que bastante para um primeiro tratamento. Embora a fiabilidade da máquina tivesse sido posta em dúvida pelos especialistas da escola céptica e alguns tribunais se recusassem a admitir como prova os resultados obtidos nos exames, o ministro do interior tinha esperança de que da utilização do aparelho poderia saltar ao menos alguma pequena chispa que o ajudasse a sair do escuro túnel onde as investigações tinham enfiado a cabeça. Tratava-se, como certamente já se percebeu, de fazer regressar à liça o famoso polígrafo, também conhecido como detector de mentiras, ou, em termos mais científicos, aparelho que serve para registar em simultâneo várias funções psicológicas e fisiológicas, ou, com mais pormenor descritivo, instrumento registador de fenómenos fisiológicos cujo traçado é obtido electricamente sobre uma folha de papel húmido impregnado de iodeto de potássio e amido. Ligado à máquina por um emaranhado de cabos, braçadeiras e ventosas, o paciente não sofre, só tem de dizer a verdade, toda a verdade e só a verdade, e, já agora, não crer, ele próprio, na asserção universal que desde o princípio dos tempos nos anda a atroar os ouvidos com a balela de que a vontade tudo pode, aqui está, para não irmos mais longe, um exemplo que flagrantemente o nega, pois essa tua estupenda vontade, por muito que te fies nela, por mais tenaz que se tenha mostrado até hoje, não poderá controlar as crispações dos teus músculos, estancar a sudação inconveniente, impedir a palpitação das pálpebras, disciplinar a respiração. No fim dir-te-ão que mentiste, tu negarás, jurarás que disseste a verdade, toda a verdade e só a verdade, e talvez seja certo, não mentiste, o que acontece é que és uma pessoa nervosa, de vontade forte, sim, mas como uma espécie de trémulo junco que a mínima aragem faz estremecer, tornarão a atar-te à máquina e então será muito pior, perguntar-te-ão se estás vivo e tu, claro está, responderás que sim, mas o teu corpo protestará, desmentir-te-á, o tremor do teu queixo dirá que não, que estás morto, e se calhar tem razão, talvez, antes de ti, o teu corpo saiba já que te vão matar. Não é natural que tal venha a suceder nas caves do ministério do interior, o único crime desta gente foi votar em branco, não teria importância de maior se tivessem sido só os do costume, mas foram muitos, foram demasiados, foram quase todos, que mais dá que seja um direito teu inalienável se te dizem que esse direito é para usar em doses homeopáticas, gota a gota, não podes vir por aí com um cântaro cheio a transbordar de votos brancos, por isso é que te caiu a asa, bem nos parecia a nós que havia algo de suspeito nessa asa, se aquilo que poderia levar muito sempre se satisfez com levar pouco, isso sim que é uma modéstia digna de todos os louvores, a ti o que te fez perder foi a ambição, pensaste que ias subir ao astro-rei e caíste de chapão nos dardanelos, recorda que dissemos o mesmo ao ministro do interior, mas ele pertence a outra raça de homens, os machos, os viris, os de barba dura, os que não curvam a cerviz, a ver agora como vais tu livrar-te do caçador de mentiras, que traços reveladores das tuas grandes e pequenas misérias irás deixar na tira de papel impregnado de iodeto de potássio e amido, vês, tu que te julgavas outra coisa, a isto pode ser reduzida a tão badalada suprema dignidade da pessoa humana, afinal tanto como um papel molhado.

Ora, um polígrafo não é uma máquina apetrechada com um disco que ande para trás e para diante e nos diga, consoante os casos, O sujeito mentiu, O sujeito não mentiu, se assim fosse não haveria nada mais fácil que ser juiz para condenar ou absolver, os comissariados de polícia ver-se-iam substituídos por departamentos de psicologia mecânica aplicada, os advogados, perdidos os clientes, desceriam os taipais dos cartórios, os tribunais ficariam entregues às moscas até que se lhes encontrasse outra serventia. Um polígrafo, íamos dizendo, não consegue ir a parte nenhuma sem ajuda, necessita ter ao seu lado um técnico habilitado que lhe interprete os riscos traçados no papel, mas isto não quer dizer que o dito técnico seja conhecedor da verdade, o que ele sabe é só aquilo que está diante dos seus olhos, que a pergunta feita ao paciente sob observação produziu o que poderíamos chamar, inovadoramente, uma reacção alergográfica, ou, em palavras mais literárias mas não menos imaginativas, o desenho da mentira. Alguma coisa, no entanto, se teria ganho. Pelo menos seria possível proceder a uma primeira escolha, trigo para um lado, joio para outro, e restituir à liberdade, à vida familiar, descongestionando as instalações, aqueles sujeitos, enfim ilibados, que, sem que a máquina os desmentisse, tivessem respondido Não à pergunta Votou em branco. Quanto aos restantes, aqueles que carregassem na consciência a culpa de transgressões eleitorais, de nada lhes serviriam reservas mentais do tipo jesuítico ou espiritualistas introspecções do tipo zen, o polígrafo, implacável, insensível, denunciaria instantaneamente a falsidade, tanto fazendo que negassem haver votado em branco como afirmassem ter votado no partido tal ou tal. Pode-se, em circunstâncias favoráveis, sobreviver a uma mentira, mas não a duas. Porém, pelo sim, pelo não, o ministro do interior havia dado ordem de que, qualquer que viesse a ser o resultado dos exames, ninguém seria posto em liberdade por agora, Deixá-los estar, nunca se sabe até onde poderá chegar a malícia humana, disse ele. E tinha razão, o diabo do homem. Depois de muitas dezenas de metros de papel riscado, garatujado, em que haviam sido registados os tremores da alma dos sujeitos observados, depois de perguntas e respostas repetidas centenas de vezes, sempre as mesmas, sempre iguais, houve um agente do serviço secreto, rapaz ainda novo, pouco experiente em tentações, que se deixou cair com a inocência de um cordeiro acabado de nascer na provocação lançada por certa mulher, nova e bonita, que acabara de ser submetida ao exame do polígrafo e por ele havia sido classificada de fingida e falsa. Disse então a mata-hari, Esta máquina não sabe o que faz, Não sabe o que faz, porquê, perguntou o agente, esquecido de que o diálogo não fazia parte do trabalho de que havia sido encarregado, Porque nesta situação, com toda a gente posta sob suspeita, bastaria que se pronunciasse a palavra Branco, sem mais nada, sem sequer pretender saber se a pessoa tinha votado ou não, para provocar-lhe reacções negativas, sobressaltos, angústias, mesmo que o examinado fosse a mais perfeita e mais pura personificação da inocência, Não acredito, não posso estar de acordo, retorquiu o agente, seguro de si, alguém que esteja em paz com a sua consciência não dirá nem mais nem menos que a verdade e portanto passará sem problemas a prova do polígrafo, Não somos robôs nem pedras falantes, senhor agente, disse a mulher, em toda a verdade humana há sempre algo de angustioso, de aflito, nós somos, e não estou a referir-me simplesmente à fragilidade da vida, somos uma pequena e trémula chama que a cada instante ameaça apagar-se, e temos medo, acima de tudo temos medo, Está enganada, eu não o tenho, treinaram-me para dominar o medo em todas as circunstâncias, e além disso, por natureza, não sou medricas, nem em pequeno o era, redarguiu o agente, Sendo assim, por que não experimentamos, propôs a mulher, deixe-se ligar à máquina e eu faço as perguntas, Está doida, sou um agente de autoridade, o suspeito é você, não eu, Sempre é certo que tem medo, Já lhe disse que não, Então ligue-se à máquina e mostre-me o que é um homem e a sua verdade. O agente olhou a mulher, que sorria, olhou o técnico, que se esforçava por disfarçar o sorriso, e disse, Muito bem, uma vez não são vezes, consinto em submeter-me à experiência. O técnico ligou os cabos, apertou as braçadeiras, ajustou as ventosas, Já está preparado para começar, quando quiserem. A mulher inspirou fundo, reteve o ar nos pulmões durante três segundos e soltou bruscamente a palavra, Branco. Não chegava a ser uma pergunta, não passava de uma exclamação, mas as agulhas moveram-se, riscaram o papel. Na pausa que se seguiu as agulhas não chegaram a parar por completo, continuaram a vibrar, a fazer pequenos traços, como se fossem ondulações causadas por uma pedra atirada à água. A mulher olhava-os, não ao homem atado, e depois, sim, voltando para ele os olhos, perguntou num tom de voz suave, quase meigo, Diga-me, por favor, votou em branco, Não, não votei em branco, nunca votei nem votarei em branco na minha vida, respondeu com veemência o homem. Os movimentos das agulhas foram rápidos, precipitados, violentos. Outra pausa. Então, perguntou o agente. O técnico tardava a responder, o agente insistiu, Então, que diz a máquina, A máquina diz que o senhor mentiu, respondeu confuso o técnico, É impossível, gritou o agente, eu disse a verdade, não votei em branco, sou um profissional do serviço secreto, um patriota que defende os interesses da nação, a máquina deve é estar avariada, Não se canse, não se justifique, disse a mulher, acredito que tenha dito a verdade, que não votou em branco nem votará, mas recordo-lhe que não era disso que se tratava, eu só pretendi demonstrar-lhe, e consegui, que não nos podemos fiar demasiado no nosso corpo, A culpa foi toda sua, pôs-me nervoso, Claro, a culpa foi minha, a culpa foi da eva tentadora, mas a nós ninguém nos veio perguntar se nos sentimos nervosos quando nos vemos atados a essa maquineta, O que vos põe nervosos é a culpa, Talvez, mas então vá lá dizer ao seu chefe por que é que, estando você inocente das nossas maldades, se portou como um culpado, Não tenho nada que dizer ao meu chefe, o que se passou aqui é como se nunca tivesse sucedido, respondeu o agente. Depois, dirigindo-se ao técnico, Dê-me esse papel, e já sabe, silêncio absoluto se não quiser vir a arrepender-se de ter nascido, Sim senhor, fique descansado, a minha boca não se abrirá, Eu também nada direi, acrescentou a mulher, mas ao menos explique lá ao ministro que as astúcias não serviram de nada, que nós todos continuaremos a mentir quando dissermos a verdade, que continuaremos a dizer a verdade quando estivermos a mentir, tal como ele, tal como você, agora imagine que eu lhe tinha perguntado se queria ir para a cama comigo, que responderia, que diria a máquina.

A frase predilecta do ministro da defesa, Uma carga de profundidade lançada contra o sistema, parcialmente inspirada na inesquecível experiência de um histórico passeio submarino de meia hora em águas mansas, começou a ganhar força e a atrair as atenções quando os planos do ministro do interior, apesar de um ou outro pequeno êxito conseguido, porém sem significado apreciável no conjunto da situação, se revelaram impotentes para chegar ao fundamental, isto é, persuadir os habitantes da cidade, ou, com mais precisão nominativa, os degenerados, os delinquentes, os subversivos do voto em branco, a que reconhecessem os seus erros e implorassem a mercê, ao mesmo tempo penitência, de um novo acto eleitoral, aonde, no momento designado, acudiriam em massa a purgar os pecados de um desvario que juraram não voltar a repetir. Tornara-se manifesta para todo o governo, com excepção dos ministros da justiça e da cultura, seu quê duvidosos, a necessidade urgente de dar uma nova volta de aperto à tarraxa, tanto mais que a declaração do estado de excepção, de que tanto se esperava, não havia produzido qualquer efeito perceptível no sentido desejado, porquanto, não tendo os cidadãos deste país o saudável costume de exigir o regular cumprimento dos direitos que a constituição lhes outorgava, era lógico, era mesmo natural que não tivessem chegado a dar-se conta de que lhos haviam suspendido. Impunha-se, por conseguinte, a imposição de um estado de sítio a sério, que não fosse uma coisa para inglês ver, com recolher obrigatório, encerramento das salas de espectáculo, patrulhamento intensivo das ruas por forças militares, proibição de ajuntamentos de mais de cinco pessoas, interdição absoluta de entradas e saídas da cidade, procedendo-se em simultâneo ao levantamento das medidas restritivas, se bem que muito menos rigorosas, ainda em vigor no resto do país, a fim de que a diferença de tratamento, por ostensiva, tornasse mais pesada e explícita a humilhação que se infligiria à capital. O que pretendemos dizer-lhes, declarou o ministro da defesa, a ver se o percebem de uma vez para sempre, é que não são dignos de confiança e que como tal têm de ser tratados. Ao ministro do interior, forçado a disfarçar de qualquer maneira os fracassos dos seus serviços secretos, pareceu-lhe bem a declaração imediata do estado de sítio, e, para mostrar que continuava com algumas cartas na mão e não se tinha retirado do jogo, informou o conselho de que, após uma exaustiva investigação, em íntima colaboração com a interpol, se havia chegado à conclusão de que o movimento anarquista internacional, Se é que existe para algo mais que para escrever piadas nas paredes, deteve-se um instante à espera dos risos condescendentes dos colegas, depois do que, satisfeito com eles e consigo mesmo, terminou a frase, Não teve qualquer participação no boicote do acto eleitoral de que fomos vítimas, e que portanto se trata de uma questão meramente interna, Com perdão do reparo, disse o ministro dos negócios estrangeiros, esse advérbio meramente não me parece do mais apropriado, e devo mesmo recordar a este conselho de que já não são poucos os estados que me manifestaram a sua preocupação de que o que está a suceder aqui possa vir a atravessar as fronteiras e espalhar-se como uma nova peste negra, Branca, esta é branca, corrigiu com um sorriso pacificador o chefe do governo, E então, sim, rematou o ministro dos negócios estrangeiros, então poderemos, com muito mais propriedade, falar de cargas de profundidade contra a estabilidade do sistema democrático, não simplesmente, não meramente, num país, neste país, mas em todo o planeta. O ministro do interior sentia que se lhe estava a escapar o papel de figura principal a que os últimos acontecimentos o haviam alcandorado, e, para não perder de todo o pé, depois de ter agradecido e reconhecido com imparcial galhardia a justeza dos comentários do ministro dos negócios estrangeiros, quis mostrar que também ele era capaz das mais extremas subtilezas de interpretação semiológica, É interessante observar, disse, como os significados das palavras se vão modificando sem que nos apercebamos, como tantas vezes as utilizamos para dizer precisamente o contrário do que antes expressavam e que, de certo modo, como um eco que se vai perdendo, continuam ainda a expressar, Esse é um dos efeitos do processo semântico, disse lá do fundo o ministro da cultura, E isso que tem que ver com os votos em branco, perguntou o ministro dos negócios estrangeiros, Com os votos em branco, nada, mas com o estado de sítio, tudo, emendou triunfante o ministro do interior, Não percebo, disse o ministro da defesa, É muito simples, Será simples tudo o que você quiser, mas não percebo, Vejamos, vejamos, que significa a palavra sítio, já sei que a pergunta é retórica, não precisam de responder, todos sabemos que sítio significa cerco, significa assédio, não é verdade, Como até agora dois e dois têm sido quatro, Então, ao declararmos o estado de sítio é como se estivéssemos a dizer que a capital do país se encontra sitiada, cercada, assediada por um inimigo, quando a verdade é que esse inimigo, permita-se-me chamar-lhe desta maneira, não é fora que está, mas dentro. Os ministros olharam uns para os outros, o chefe do governo fez cara de desentendido e pôs-se a mexer nuns papéis. Mas o ministro da defesa ia triunfar na batalha sematológica, Há outra maneira de entender as coisas, Qual, Que os habitantes da capital, ao desencadearem a rebelião, suponho que não estou a exagerar dando o nome de rebelião ao que está a acontecer, foram por isso justamente sitiados, ou cercados, ou assediados, escolha o termo que mais lhe agradar, a mim é-me totalmente indiferente,

Peço licença para recordar ao nosso caro colega e ao conselho, disse o ministro da justiça, que os cidadãos que decidiram votar em branco não fizeram mais que exercer um direito que a lei explicitamente lhes reconhece, portanto, falar de rebelião num caso como este, além de ser, como imagino, uma grave incorrecção semântica, espero que me desculpem por estar penetrando num terreno em que não sou competente, é também, do ponto de vista legal, um completo despropósito, Os direitos não são abstracções, respondeu o ministro da defesa secamente, os direitos merecem-se ou não se merecem, e eles não os mereceram, o resto é conversa fiada, Tem toda a razão, disse o ministro da cultura, de facto os direitos não são abstracções, têm existência até mesmo quando não são respeitados, Ora, ora, filosofias, Tem alguma coisa contra a filosofia, senhor ministro da defesa, As únicas filosofias que me interessam são as militares, e ainda assim com a condição de que nos conduzam à vitória, eu, caros senhores, sou um pragmático de caserna, a minha linguagem, gostem dela ou não gostem, é pão pão, queijo queijo, mas, já agora, para que não me olhem como a um inferior em inteligência, apreciaria que se me explicasse, se não se trata de demonstrar que um círculo pode ser convertido num quadrado de área equivalente, como é que um direito não respeitado pode ter existência, Muito simples, senhor ministro da defesa, esse direito existe em potência no dever de que seja respeitado e cumprido, Com sermões cívicos, com demagogias dessas, digo-o sem ânimo de ofender, é que não vamos a parte nenhuma, estado de sítio em cima deles e já veremos se lhes dói ou não dói, Salvo se o tiro nos vier a sair pela culatra, disse o ministro da justiça, Não vejo como, Por enquanto também eu não, mas será só questão de esperar, ninguém se tinha atrevido a conceber que alguma vez, em algum lugar do mundo, pudesse suceder o que sucedeu no nosso país, e aí o temos, tal qual um nó cego que não se deixa desatar, temo-nos reunido ao redor desta mesa para tomar decisões que, não obstante as propostas aqui apresentadas como seguro remédio para a crise, até agora nada conseguiram, esperemos então, não tardaremos a conhecer a reacção das pessoas ao estado de sítio, Não posso permanecer calado depois de ouvir isto, rompeu o ministro do interior, as medidas que tomámos foram unanimemente aprovadas por este conselho e, ao menos que eu recorde, nenhum dos presentes trouxe ao debate diferentes e melhores propostas, a carga da catástrofe, sim, chamarlhe-ei catástrofe e chamar-lhe-ei carga, ainda que a alguns dos senhores ministros lhes pareça uma exageração minha e o estejam a demonstrar com esse arzinho de irónica suficiência, a carga da catástrofe, torno a dizer, temo-la levado, em primeiro lugar, como compete, o excelentíssimo chefe do estado e o senhor primeiroministro, e depois, com as responsabilidades inerentes aos cargos que ocupamos, o ministro da defesa e eu próprio, quanto aos demais, e estou a referir-me em particular ao senhor ministro da justiça e ao senhor ministro da cultura, se em certos momentos tiveram a bondade de iluminar-nos com as suas luzes, não dei eu por nenhuma ideia que valesse a pena considerar por mais tempo que o que levámos a escutá-la, As luzes com que, segundo as suas palavras, alguma vez terei bondosamente iluminado este conselho, não eram luzes minhas, eram as da lei, nada mais que da lei, respondeu o ministro da justiça, E no que à minha humilde pessoa respeita e à parte que me cabe nesta generosa distribuição de puxões de orelhas, disse o ministro da cultura, vista a miséria de orçamento que me dão não se me pode pedir mais, Agora percebo melhor o porquê dessa sua inclinação para os anarquismos, fuzilou o ministro do interior, mais cedo ou mais tarde sempre acaba por se sair com a piada.

O primeiro-ministro tinha chegado ao fim dos seus papéis. Tilintou de leve com a esferográfica no copo da água, a pedir atenção e silêncio, e disse, Não quis interromper o vosso interessante debate, com o qual, apesar de provavelmente vos ter parecido algo distraído, creio haver aprendido bastante, porque, como por experiência devemos saber, não se conhece nada melhor que uma boa discussão para descarregar as tensões acumuladas, em especial numa situação com as características que esta não cessa de mostrar, ao compreendermos que é necessário fazer alguma coisa e não vislumbramos o quê. Meteu uma pausa no discurso, fingiu consultar umas notas e continuou, Portanto, agora que já se encontram calmos, distendidos, com os ânimos menos inflamados, podemos, enfim, aprovar a proposta do senhor ministro da defesa, isto é, a declaração do estado de sítio por um período indeterminado e com efeitos imediatos a partir do momento em que seja tornada pública. Ouviu-se um murmúrio de assentimento mais ou menos geral, se bem que com variantes de tom cuja origem não foi possível identificar, apesar de o ministro da defesa ter feito passear os olhos numa rápida excursão panorâmica para surpreender qualquer discrepância ou algum mitigado entusiasmo. O primeiro-ministro prosseguiu, Infelizmente, a experiência também já nos ensinou que até as mais perfeitas e acabadas ideias podem fracassar quando chega a hora da sua execução, seja por hesitações de último momento, seja por desajuste entre aquilo de que se estava à espera e aquilo que realmente se obteve, seja porque se deixou fugir o domínio da situação num momento crítico, seja por uma lista de mil outras razões possíveis que não vale a pena estar a esmiuçar aqui nem teríamos tempo para examinar, por tudo isto torna-se indispensável ter sempre preparada e pronta para aplicar uma ideia substituta, ou complementar da anterior, que impeça, como neste caso poderia ocorrer, o surgimento de um vazio de poder, outra expressão, essa mais temível, é o poder na rua, de desastrosas consequências. Acostumados à retórica do primeiro-ministro, do tipo três passos em frente, dois à retaguarda, ou, como mais popularmente se diz, do jeito de fazes-que-andas-mas-não-andas, os ministros aguardavam com paciência a última palavra, a derradeira, a final, aquela que daria a explicação de tudo. Não aconteceu assim desta vez. O primeiro-ministro molhou novamente os lábios, limpou-os a um lenço branco que extraiu de uma algibeira interior do casaco, pareceu que ia consultar as suas notas, mas deixou-as de lado no último instante, e disse, Se os resultados do estado de sítio vierem a mostrar-se abaixo das expectativas, isto é, se tiverem sido incapazes de reconduzir os cidadãos à normalidade democrática, ao uso equilibrado, sensato, de uma lei eleitoral que, por imprudente desatenção dos legisladores, deixou as portas abertas àquilo a que, sem temor ao paradoxo, seria lícito classificar como um uso legal abusivo, então este conselho fica a saber desde já que o primeiro-ministro prevê a aplicação de uma outra medida que, além de reforçar no plano psicológico esta que acabámos de tomar, refiro-me, obviamente, à declaração de estado de sítio, poderia, estou convencido disso, reequilibrar só por si o perturbado fiel da balança política do nosso país e acabar de uma vez para sempre com o pesadelo em que temos estado mergulhados. Nova pausa, novo molhar de lábios, novo passar do lenço pela boca, e prosseguiu, Poder-se-á perguntar porquê, sendo assim, não a aplicamos imediatamente em lugar de desperdiçar tempo com a implantação de um estado de sítio que de antemão sabemos irá dificultar seriamente, em todos os aspectos, a vida da população da capital, tanto dos culpados como dos inocentes, sem dúvida a questão contém algo de pertinente, no entanto existem factores importantes que não podemos deixar de ter em conta, alguns de natureza puramente logística, outros não, residindo o principal no efeito, que não será exagero imaginar traumático, que resultaria da introdução súbita dessa medida extrema, por isso penso que deveremos optar por uma sequência gradual de acções, sendo o estado de sítio a primeira delas. O chefe do governo mexeu outra vez nos papéis, mas não tocou no copo de água, Embora compreendendo a vossa curiosidade, disse, nada mais adiantarei sobre este assunto, salvo informar-vos de que fui recebido hoje de manhã em audiência por sua excelência o presidente da república, lhe expus a minha ideia e dele recebi inteiro e incondicional apoio. A seu tempo sabereis o resto. Agora, antes de encerrar esta produtiva reunião, rogo a todos os senhores ministros, e em especial aos da defesa e do interior, sobre cujos ombros pesará a complexidade das acções destinadas a impor e fazer cumprir a declaração de estado de sítio, que ponham a sua maior diligência e a sua maior energia neste desiderato. Às forças militares e às forças policiais, quer agindo no âmbito das suas áreas específicas de competência, quer em operações conjuntas, e observando sempre um rigoroso respeito mútuo, evitando conflitos de precedência que só prejudicariam os fins em vista, cabe a patriótica tarefa de reconduzir ao redil a grei tresmalhada, se me permitis que utilize esta expressão tão querida aos nossos antepassados e tão fundamente enraizada nas nossas tradições pastoris. E, lembrai-vos, tudo deveis fazer para que aqueles que, por enquanto, ainda não são mais que nossos adversários, não venham a transformar-se em inimigos da pátria. Que deus vos acompanhe e guie na vossa sagrada missão para que o sol da concórdia volte a iluminar as consciências e a paz restitua à convivência dos nossos concidadãos a harmonia perdida.

À mesma hora que o primeiro-ministro aparecia na televisão a anunciar o estabelecimento do estado de sítio invocando razões de segurança nacional resultantes da instabilidade política e social ocorrente, consequência, por sua vez, da acção de grupos subversivos organizados que reiteradamente haviam obstaculizado a expressão eleitoral popular, unidades da infantaria e da polícia militarizada, apoiadas por tanques e outros carros de combate, tomavam posições em todas as saídas da capital e ocupavam as estações de caminho de ferro. O aeroporto principal, a uns vinte e cinco quilómetros ao norte da cidade, encontrava-se fora da área específica de controlo do exército e portanto continuaria a funcionar sem mais restrições que as previstas em ocasiões de alerta amarelo, o que queria dizer que os turistas poderiam continuar a pousar e a levantar voo, mas as viagens dos naturais, embora não de todo proibidas, seriam firmemente desaconselhadas, salvo circunstâncias especiais, a examinar caso a caso. As imagens das operações militares, com a força imparável do directo, como dizia o repórter, invadiram as casas dos confundidos habitantes da capital. Ele eram os oficiais a dar ordens, ele eram os sargentos a berrar para as fazer cumprir, e eram os sapadores a instalar barreiras, e eram ambulâncias, unidades de transmissão, holofotes iluminando a estrada até à primeira curva, vagas de soldados saltando dos camiões e ocupando posições, armados até aos dentes, e equipados tanto para uma dura batalha imediata como para uma longa campanha de desgaste. As famílias cujos membros tinham as suas ocupações de trabalho ou de estudo na capital não faziam mais que abanar a cabeça perante a demonstração bélica e murmurar, Estão doidos, mas as outras, as que todas as manhãs mandavam um pai ou um filho à fábrica instalada em qualquer dos polígonos industriais que rodeavam a cidade e que todas as noites esperavam recebê-los de regresso, essas perguntavam-se como e de quê iriam viver a partir de agora, se não era permitido sair, nem entrar se podia. Pode ser que passem salvos-condutos aos que trabalham fora da periferia, disse um ancião reformado há tantos anos que ainda usava a linguagem dos tempos das guerras franco-prussianas ou outras de similar veterania. Porém, não estava de todo fora da razão o avisado velho, a prova é que logo no dia seguinte as associações empresariais se davam pressa em levar ao conhecimento do governo as suas fundadas inquietações, Embora apoiando sem reservas, e com um sentido patriótico a coberto de qualquer dúvida, as enérgicas medidas tomadas pelo governo, diziam, como um imperativo de salvação nacional que finalmente se vem opor à actividade deletéria de mal encapotadas subversões, permitimo-nos, não obstante, e com o máximo respeito, solicitar às instâncias competentes a urgente passagem de salvos-condutos aos nossos empregados e trabalhadores, sob pena, se tal providência não for posta em prática com a brevidade desejada, de graves e irreversíveis prejuízos para as actividades industriais e comerciais que desenvolvemos, com os subsequentes e inevitáveis danos para a economia nacional na sua totalidade. Na tarde desse mesmo dia, um comunicado conjunto dos ministérios da defesa, do interior e da economia veio precisar, ainda que expressando a compreensão e a simpatia do governo da nação para com as legítimas preocupações do patronato, que uma eventual distribuição dos salvos-condutos solicitados nunca poderia ser efectuada com a amplitude desejada pelas empresas, porquanto uma tal liberalidade por parte do governo inevitavelmente faria perigar a solidez e a eficácia dos dispositivos militares encarregados da vigilância da nova fronteira que rodeava a capital. No entanto, como mostra da sua abertura e disposição a obviar aos piores inconvenientes, o governo admitia a possibilidade de passar aqueles documentos aos gestores e quadros técnicos que viessem a ser declarados indispensáveis ao regular funcionamento das empresas, assumindo estas, porém, a inteira responsabilidade, inclusive do ponto de vista penal, pelas acções, dentro e fora da cidade, das pessoas seleccionadas para beneficiar da regalia. Em qualquer caso, essas pessoas, no caso de vir a ser aprovado o plano, teriam de reunir-se cada manhã de dia útil em locais a designar, para dali, em autocarros escoltados pela polícia, serem transportadas às diversas saídas da cidade, donde, por sua vez, outros autocarros as levariam aos estabelecimentos fabris ou de serviços onde trabalhassem e de onde, ao fim do dia, haveriam de regressar. Todas as despesas resultantes destas operações, desde o fretamento de autocarros à remuneração devida à polícia pelos serviços de escolta, seriam integralmente suportadas pelas empresas, embora com alta probabilidade a deduzir nos impostos, decisão esta a ser tomada em devido tempo, após estudo de viabilidade a cargo do ministério das finanças. Pode-se imaginar que as reclamações não se ficaram por aqui. É um dado básico da experiência que as pessoas não vivem sem comer nem beber, ora, considerando que a carne vinha de fora, que o peixe vinha de fora, que de fora vinham as verduras, que de fora, enfim, vinha tudo, e que o que esta cidade, sozinha, produzia ou podia armazenar não daria para sobreviver nem uma semana, seria preciso pôr a funcionar sistemas de abastecimento mais ou menos semelhantes aos que proverão de técnicos e gestores as empresas, mas muito mais complexos, dado o carácter perecível de certos produtos. Sem esquecer os hospitais e as farmácias, os quilómetros de ligaduras, as montanhas de algodões, as toneladas de comprimidos, os hectolitros de injectáveis, as grosas de preservativos. E há que pensar ainda na gasolina e no gasóleo, levá-los às estações de serviço, salvo se a alguém do governo ainda vier a ocorrer a maquiavélica ideia de castigar duplamente os habitantes da capital, obrigando-os a andar à pata. Ao cabo de poucos dias o governo já tinha compreendido que um estado de sítio tem muito que se lhe diga, sobretudo se não há verdadeiramente intenção de matar os sitiados à fome, como era prática corrente no passado remoto, que um estado de sítio não é coisa que se improvise assim do pé para a mão, que é preciso saber muito bem aonde se pretende chegar e como, medir as consequências, avaliar as reacções, ponderar os inconvenientes, calcular os ganhos e as perdas, que mais não seja para evitar o excesso de trabalho com que, de um dia para o outro, os ministérios se encontraram, desbordados por uma inundação incontível de protestos, reclamações e pedidos de esclarecimento, quase sempre sem saberem que resposta seria a melhor para cada caso, porquanto as instruções vindas de cima não tinham feito mais que contemplar os princípios gerais do estado de sítio, com total desprezo pela miuçalha burocrática dos pormenores de execução, que é por onde o caos invariavelmente penetra. Um aspecto interessante da situação, que a veia satírica e a costela burlona dos mais graciosos da capital não poderiam deixar escapar, era a circunstância de que o governo, sendo de facto e de jure o sitiante, era ao mesmo tempo um sitiado, não só porque as suas salas e ante-salas, os seus gabinetes e corredores, as suas repartições e arquivos, os seus ficheiros e os seus carimbos, se encontravam situados no miolo da cidade, e de alguma maneira organicamente o constituíam, mas também porque uns quantos dos seus membros, pelo menos três ministros, alguns secretários e subsecretários, assim como um par de directores-gerais, residiam nos arredores, isto para não falar daqueles funcionários que todas as manhãs e todas as tardes, num sentido e no outro, tinham de usar o comboio, o metro ou o autocarro se não dispunham de transporte próprio ou não queriam sujeitar-se às dificuldades do tráfego urbano. As histórias, que nem sempre eram contadas somente à boca pequena, exploravam o conhecido tema do caçador caçado, o ir-por-lã-e-vir-tosquiado, mas não se contentavam com essas pueris inocências, com esse humor de jardim infantil da belle époque, também criavam variantes caleidoscópicas, algumas delas radicalmente obscenas e, à luz do bom gosto mais elementar, condenavelmente escatológicas. Por desgraça, e com isto ficavam uma vez mais demonstrados o curto alcance e a debilidade estrutural de sarcasmos, motejos, zombarias, ridiculices, chascos, anedotas e mais piadas com que se pretende ferir um governo, nem o estado de sítio se levantava, nem os problemas de abastecimento se resolviam.

Passaram os dias, as dificuldades iam em crescendo contínuo, agravavam-se e multiplicavam-se, brotavam debaixo dos pés como tortulhos depois da chuva, mas a firmeza moral da população não parecia inclinada a rebaixar-se nem a renunciar àquilo que havia considerado justo e que expressara no voto, o simples direito a não seguir nenhuma opinião consensualmente estabelecida. Alguns observadores, em geral correspondentes de meios de comunicação estrangeiros enviados à pressa para cobrir o acontecimento, assim se diz na gíria da profissão, e portanto com pouco trato das idiossincrasias locais, comentaram com estranheza a ausência absoluta de conflitos entre as pessoas, apesar de se terem verificado, e logo provado como tais, acções de agentes provocadores que estariam a tentar criar situações de uma instabilidade tal que pudessem justificar, aos olhos da denominada comunidade internacional, o salto que até agora não havia sido dado, isto é, passar de um estado de sítio para um estado de guerra. Um dos comentadores levou a sua ânsia de originalidade ao ponto de interpretar o facto como um caso único, nunca visto na história, de unanimidade ideológica, o que, a ser verdade, faria da população da capital um interessantíssimo caso de monstruosidade política, digno de estudo. A ideia era, a todas as luzes, um perfeito disparate, nada tinha que ver com a realidade, aqui como em qualquer outro lugar do planeta as pessoas são diferentes umas das outras, pensam diferentemente, não são todas pobres nem todas ricas, e, quanto aos remediados, uns são-no mais, outros são-no menos. O único assunto em que, sem precisarem de debate prévio, estiveram de acordo, esse já o conhecemos, portanto não vale a pena voltarmos à vaca-fria. Ainda assim, é natural que se queira saber, e a pergunta foi muitas vezes feita, quer por jornalistas estrangeiros quer por nacionais, por que singulares motivos não se tinham dado até agora incidentes, brigas, tumultos, cenas de pugilato ou coisa pior entre os que haviam votado em branco e os outros. A questão mostra à saciedade a que ponto são importantes alguns conhecimentos elementares de aritmética para o cabal exercício da profissão de jornalista, bastaria que estes se tivessem lembrado de que as pessoas que votaram em branco representavam oitenta e três por cento da população da capital e que as restantes, todas somadas, não iam além de dezassete por cento, e ainda haveria que não esquecer a discutida tese do partido da esquerda, aquela de que o voto em branco e o seu próprio, falando por via de metáfora, são unha com carne, e que se os eleitores do p.d.e., esta conclusão já é da nossa lavra, não votaram todos em branco, embora seja evidente que muitos o fizeram na repetição do escrutínio, foi simplesmente porque lhes faltou a palavra de ordem. Ninguém acreditaria se disséssemos que dezassete se enfrentaram a oitenta e três, o tempo das batalhas ganhas com a ajuda de deus já passou. Outra curiosidade natural será a de querer saber-se o que sucedeu àquelas quinhentas pessoas apanhadas nas filas de votantes pelos espiões do ministério do interior, aquelas que sofreram depois tormentosos interrogatórios e tiveram de padecer a agonia de verem os seus segredos mais íntimos devassados pelo detector de mentiras, e também, segunda curiosidade, o que andarão a fazer os agentes especializados dos serviços secretos e os seus auxiliares de graduação inferior. Sobre o primeiro ponto, não temos mais que dúvidas e nenhuma possibilidade de as aclarar. Há quem diga que os quinhentos reclusos continuam, de acordo com o conhecido eufemismo policial, a colaborar com as autoridades com vista ao esclarecimento dos factos, outros afirmam que estão a ser postos em liberdade, embora aos poucos de cada vez para não darem demasiado nas vistas, porém, os mais cépticos admitem a versão de que os levaram a todos para fora da cidade, que se encontram em paradeiro desconhecido e que os interrogatórios, não obstante os nulos resultados até agora obtidos, continuam. Vá lá a saber-se quem terá razão. Quanto ao segundo ponto, esse sobre que andarão a fazer os agentes dos serviços secretos, aí sobram-nos as certezas. Como outros honrados e dignos trabalhadores, saem todas as manhãs de suas casas, palmilham a cidade de uma ponta à outra, à cata de indícios, e, quando lhes parece que o peixe estará disposto a picar, experimentam uma táctica nova, a qual consiste em deixar-se de circunlóquios e perguntar de supetão a quem os escuta, Falemos francamente, como amigos, eu votei em branco, e você. Ao princípio, os interpelados limitavam-se a dar as respostas já conhecidas, que ninguém pode ser obrigado a revelar o seu voto, que ninguém pode ser perguntado sobre ele por qualquer autoridade, e se alguma vez algum deles teve a boa lembrança de exigir ao curioso impertinente que se identificasse, que declarasse ali mesmo e já em nome de que poder e autoridade tinha feito a pergunta, então assistiu-se ao regalador espectáculo de ver um agente do serviço secreto a meter os pés pelas mãos e retirar-se de rabo entre as pernas, porque, claro está, não cabe na cabeça de ninguém que ele se atrevesse a abrir a carteira para mostrar o cartão que, com fotografia, selo branco e faixa com as cores da bandeira, o acreditava como tal. Mas isto, como dissemos, foi ao princípio. A partir de certa altura, começou a correr a voz popular de que a melhor atitude, em situações como esta, seria não dar troco aos perguntadores, virar-lhes simplesmente as costas, ou, em casos extremos de insistência, exclamar alto e bom som Não me chateie, se não se preferisse, ainda mais simplesmente, e com mais eficácia resolutiva, mandá-los à merda. Naturalmente, as partes de serviço entregues pelos agentes da secreta aos seus superiores camuflavam estes desaires, escamoteavam estes reveses, contentando-se com insistir na obstinada e sistemática ausência de espírito de colaboração de que o sector populacional suspeito continuava a dar provas. Poderia pensar-se que esta ordem de coisas tinha chegado a um ponto em tudo semelhante àquele em que dois lutadores dotados de igual fortaleza, um empurrando daqui, outro empurrando dali, se era certo que não arredavam pé de onde o tinham posto, tão-pouco logravam avançar um dedo que fosse, e que, por conseguinte, só o esgotamento final de um deles acabaria por entregar a vitória ao outro. Na opinião do principal e mais directo responsável dos serviços secretos, o empate seria rapidamente desfeito se um dos lutadores recebesse a ajuda de outro lutador, o que, nesta situação concreta, se lograria pondo de parte, por inúteis, os processos persuasórios até então empregados e adoptando sem qualquer reserva métodos dissuasórios que não excluíssem o uso da força bruta. Se a capital se encontra, por suas repetidas culpas, submetida ao estado de sítio, se às forças militares compete impor a disciplina e proceder em conformidade no caso de alteração grave da ordem social, se os altos comandos assumem a responsabilidade, sob palavra de honra, de não hesitar quando chegar a hora de tomar decisões, então os serviços secretos se encarregarão de criar os focos de agitação adequados que justificarão a priori a severidade de uma repressão que o governo, generosamente, tem desejado, por todos os meios pacíficos e, repita-se a palavra, persuasórios, evitar. Os insurrectos não poderão vir depois com queixas, assim o tinham querido, assim o tiveram. Quando o ministro do interior foi com esta ideia ao gabinete restrito, ou de crise, que entretanto havia sido criado, o primeiro-ministro recordou-lhe que ainda dispunha de uma arma para resolver o conflito e que somente no improvável caso de ela vir a falhar tomaria em consideração não apenas o novo plano, como outros que entretanto surgissem. Se foi laconicamente, em quatro palavras, que o ministro do interior exprimiu o seu desacordo, Estamos a perder tempo, o ministro da defesa precisou de mais para garantir que as forças militares saberiam cumprir com o seu dever, Como fizeram sempre, sem olhar a sacrifícios, ao longo de toda a nossa história. A delicada questão ficou por ali, o fruto ainda parecia não estar maduro. Foi então que o outro lutador, farto de esperar, arriscou um passo em frente. Uma manhã as ruas da capital apareceram invadidas por gente que levava ao peito autocolantes com, vermelho sobre negro, as palavras, Eu votei em branco, das janelas pendiam grandes cartazes que declaravam, negro sobre vermelho, Nós votámos em branco, mas o mais arrebatador, o que se agitava e avançava sobre as cabeças dos manifestantes, era um rio interminável de bandeiras brancas que levaria um correspondente despistado a correr ao telefone para informar o seu jornal de que a cidade se havia rendido. Os altifalantes da polícia esgoelavam-se a berrar que não eram permitidos ajuntamentos de mais de cinco pessoas, mas as pessoas eram cinquenta, quinhentas, cinco mil, cinquenta mil, quem é que, numa situação destas, se vai pôr a contar de cinco em cinco. O comando da polícia queria saber se podia usar os gases lacrimogéneos e carregar com os camiões da água, o general da divisão norte se o autorizavam a mandar avançar os tanques, o general da divisão sul, aerotransportada, se haveria condições para lançar os pára-quedistas, ou se, pelo contrário, o risco de que fossem cair em cima dos telhados o desaconselhava. A guerra estava, portanto, a ponto de estalar.

Foi então que o primeiro-ministro, perante o governo reunido em plenário e o chefe do estado a presidir, revelou o seu plano, Chegou a hora de partir a espinha à resistência, disse, deixemo-nos de acções psicológicas, de manobras de espionagem, de detectores de mentiras e outros artilúgios tecnológicos, uma vez que, apesar dos meritórios esforços do senhor ministro do interior, ficou demonstrada a incapacidade desses meios para resolver o problema, acrescento a propósito que considero também inadequada a intervenção directa das forças armadas visto o inconveniente mais que provável de um morticínio que é nossa obrigação evitar sejam quais forem as circunstâncias, o que em contrapartida a tudo isto vos trago aqui é nada mais e nada menos que uma proposta de retirada múltipla, um conjunto de acções que alguns talvez considerem absurdas, mas que tenho a certeza nos levarão à vitória total e ao regresso à normalidade democrática, a saber, e por ordem de importância, a retirada imediata do governo para outra cidade, que passará a ser a nova capital do país, a retirada de todas as forças do exército que ainda ali se encontram, a retirada de todas as forças policiais, com esta acção radical a cidade insurgente ficará entregue a si mesma, terá todo o tempo de que precisar para compreender o que custa ser segregada da sacrossanta unidade nacional, e quando não puder aguentar mais o isolamento, a indignidade, o desprezo, quando a vida lá dentro se tiver tornado num caos, então os seus habitantes culpados virão a nós de cabeça baixa a implorar o nosso perdão. O primeiro-ministro olhou em redor, É este o meu plano, disse, submeto-o ao vosso exame e à vossa discussão, mas, escusado seria dizê-lo, conto que seja aprovado por todos, os grandes males pedem grandes remédios, e se é verdade que o remédio que vos proponho é doloroso, o mal que nos ataca é simplesmente mortal.

Em palavras ao alcance da inteligência das classes menos ilustradas, mas não de todo inscientes da gravidade e diversidade de mazelas de toda a espécie que vêm ameaçando a já precária sobrevivência do género humano, o que o primeiro-ministro havia proposto era, nem mais nem menos, fugir ao vírus que tinha atacado a maior parte dos habitantes da capital e que, já que o pior sempre está esperando atrás da porta, talvez acabasse por infectar o que restava deles e até mesmo, quem sabe, todo o país. Não que ele próprio e o governo no seu conjunto tivessem receio de ser contaminados pela picadela do insecto subvertedor, avonde temos visto como não obstante alguns choques pessoais e certas ligeiríssimas diferenças de opinião, em todo o caso incidindo mais sobre os meios que sobre os fins, se tem mantido até agora inabalável a coesão institucional entre os políticos responsáveis pela gestão de um país sobre o qual, sem dizer água vai, caiu uma calamidade nunca vista na longa e desde sempre trabalhosa história dos povos conhecidos. Ao contrário do que certamente pensaram e terão posto a correr alguns mal-intencionados, não se tratava de uma fuga cobarde, mas antes de uma jogada estratégica de primeira ordem, sem paralelo na audácia, cujos resultados, prospectivamente, já quase se podiam alcançar com a mão, como um fruto na árvore. Agora só faltava que, para a perfeita coroação da obra, a energia posta na realização do plano estivesse à altura da firmeza dos propósitos. Em primeiro lugar haverá que decidir quem irá sair da cidade e quem nela ficará. Sairão, claro está, sua excelência o chefe do estado e todo o governo até ao nível de subsecretário, acompanhados pelos seus assessores mais chegados, sairão os deputados da nação para que não se veja interrompida a produção legislativa, sairão as forças do exército e da polícia, incluindo a de trânsito, mas a vereação municipal permanecerá em bloco com o seu respectivo presidente, permanecerão as corporações de bombeiros, não vá a cidade abrasar-se por algum descuido ou acto de sabotagem, também permanecerão os serviços de limpeza urbana por causa das epidemias, e, obviamente, serão garantidos o abastecimento de água e o fornecimento de energia eléctrica, esses bens essenciais à vida. Quanto à comida, um grupo de especialistas em alimentação, também chamados nutricionistas, já havia sido encarregado de elaborar uma ementa de pratos mínimos que, sem reduzir a população à fome, lhe fizesse sentir que um estado de sítio levado às últimas consequências não é precisamente o mesmo que umas férias na praia. Aliás, o governo estava convencido de que as coisas não iriam chegar tão longe. Não passariam muitos dias antes que se apresentassem em qualquer dos postos militares à saída da capital os costumados parlamentários de bandeira branca alçada, a da rendição incondicional, não a da insurgência, que uma e outra tenham a mesma cor é uma coincidência realmente notável sobre a qual, por agora, não nos deteremos a reflectir, mais adiante se verá se haverá motivos bastantes para a ela voltarmos.

Depois da reunião plenária do governo, a que supomos ter feito suficiente referência na última página do capítulo anterior, o gabinete ministerial restrito, o de crise, discutiu e tomou um ramalhete de decisões que a seu tempo serão trazidas à luz, se o desenvolvimento dos sucessos, entretanto, como cremos ter advertido já noutra ocasião, as não vier a converter em nulidades ou obrigar a substituir por outras, pois que, como convém ter sempre presente, se é certo que o homem põe, deus é o que dispõe, e têm sido poucas as ocasiões, nefastas quase todas, em que os dois, postos de acordo, dispuseram juntos. Uma das questões mais acesamente discutidas foi o procedimento da retirada do governo, quando e como deveria fazer-se, com discrição ou sem ela, com ou sem imagens de televisão, com ou sem bandas de música, com grinaldas nos carros, ou não, levando, ou não, a bandeira nacional a drapejar sobre o guarda-lamas, e um nunca acabar de pormenores para os quais foi necessário recorrer uma e muitas vezes ao protocolo do estado, que jamais, desde a fundação da nacionalidade, se tinha visto em semelhantes apuros. O plano de retirada a que finalmente se chegou era uma obra-prima de acção táctica, consistindo basicamente numa bem estudada dispersão dos itinerários com vista a dificultar ao máximo concentrações de manifestantes acaso mobilizados para expressar o desgosto, o descontentamento ou a indignação da capital pelo abandono a que ia ser votada. Haveria um itinerário exclusivo para o chefe do estado, mas também para o primeiro-ministro e para cada um dos membros do gabinete ministerial, num total de vinte e sete percursos diferentes, todos sob a protecção do exército e da polícia, com carros de assalto nas encruzilhadas e ambulâncias na cauda dos cortejos, para o que desse e viesse. O mapa da cidade, um enorme painel iluminado sobre o qual se trabalhou arduamente durante quarenta e oito horas, com a participação de comandos militares e policiais especializados em rastreios, mostrava uma estrela vermelha de vinte e sete braços, catorze virados ao hemisfério norte, treze apontando ao hemisfério sul, com um equador que dividia a capital em duas metades. Por esses braços se haveriam de encanar os negros automóveis das entidades oficiais, rodeados de guarda-costas e olqui-tolquis, vetustos aparelhos ainda usados neste país, mas já com orçamento aprovado para modernização. Todas as pessoas que entravam nas diversas fases da operação, qualquer que fosse o grau da sua participação, tiveram de jurar segredo absoluto, primeiro com a mão direita posta sobre os evangelhos, depois sobre a constituição encadernada em marroquim azul, rematando o duplo compromisso com uma jura das fortes, recuperada da tradição popular, Que o castigo, se a este juramento falto, caia sobre a minha cabeça e sobre a cabeça dos meus descendentes, até à quarta geração. Assim calafetado o sigilo, marcou-se a data para daí a dois dias. A hora da saída, simultânea, isto é, a mesma para todos, seria as três da madrugada, quando só os insones graves dão voltas na cama e fazem promessas ao deus hipnose, filho da noite e irmão gémeo de tánatos, para que lhes acuda na aflição, derramando sobre as suas pisadas pálpebras o suave bálsamo das dormideiras. Durante as horas que ainda faltavam, os espias, regressados em massa ao campo de operações, não iriam fazer outra coisa que palmilhar em todos os sentidos as praças, avenidas, ruas e travessas da cidade, auscultando disfarçadamente o pulsar da população, sondando desígnios mal ocultos, juntando palavras ouvidas aqui e além, em ordem a perceber se algo haveria transpirado das decisões tomadas no conselho de ministros, em particular no que à iminente retirada do governo se referia, porquanto um espião realmente digno desse nome é obrigado a observar como princípio sagrado, como regra de ouro, como letra de decreto, nunca se fiar de juramentos, venham eles donde vierem, ainda que tenham sido feitos pela própria mãe que lhes deu o ser, e ainda menos quando em vez de um juramento tiverem sido dois, e menos ainda quando em vez de dois foram três. Neste caso, porém, não houve mais remédio que reconhecer, embora com certo sentimento de frustração profissional, que o segredo oficial havia sido bem guardado, convencimento empírico com o qual se veio a mostrar de acordo o sistema de computação central do ministério do interior, o qual, depois de muito espremer, coar e combinar, baralhando e tornando a dar os milhares de fragmentos de conversas captados, não encontrou um único sinal equívoco, um único indício suspeito, a ponta mínima de um fio capaz de trazer na outra ponta, ao puxar, qualquer funesta surpresa. As mensagens despachadas pelos serviços secretos ao ministério do interior eram, de modo soberano, tranquilizadoras, mas não somente essas, também as que a eficiente inteligência militar, a investigar por sua conta e à revelia dos seus competidores civis, ia remetendo aos coronéis da informação e da psico reunidos no ministério da defesa, poderiam haver coincidido com as primeiras naquela expressão que a literatura tornou clássica, Nada de novo na frente ocidental, excepto, claro está, o soldado que acaba de morrer. Desde o chefe do estado até ao último dos assessores não houve quem não deixasse sair do peito um suspiro de alívio. Graças a deus, a retirada iria fazer-se tranquilamente, sem causar excessivos traumas a uma população porventura já arrependida, em parte, de um comportamento sedicioso a todas as luzes inexplicável, mas que, apesar disso, numa mostra de civismo digna de todos os louvores e que augurava melhores dias, não parecia ter a intenção de hostilizar, quer por actos quer por palavras, os seus legítimos governantes e representantes neste momento de dolorosa, porém indispensável, separação. Assim se concluía de todos os informes e assim foi que aconteceu.

Às duas horas e trinta minutos da madrugada já toda a gente estava pronta para soltar as amarras que a prendiam ao palácio do presidente, ao palacete do chefe do governo e aos diversos edifícios ministeriais. Alinhados à espera os rebrilhantes automóveis pretos, defendidas as camionetas dos arquivos por seguranças armados até aos dentes, podiam cuspir dardos envenenados por incrível que pareça, em posição os batedores da polícia, de prevenção as ambulâncias, e lá dentro, nos gabinetes, abrindo e fechando ainda os últimos armários e gavetas, os governantes fugitivos, ou desertores, a quem em estilo elevado deveríamos chamar prófugos, compungidamente recolhiam as últimas recordações, uma fotografia de grupo, outra com dedicatória, um anel de cabelos, uma estatueta da deusa da felicidade, um apara-lápis do tempo da escola, um cheque devolvido, uma carta anónima, um lencinho

81

bordado, uma chave misteriosa, uma caneta fora de uso com o nome gravado, um papel comprometedor, outro papel comprometedor, mas esse para o colega da secção ao lado. Umas quantas pessoas destas à beira das lágrimas, homens e mulheres que mal conseguiam dominar a emoção, perguntavam-se se algum dia regressariam aos lugares queridos que haviam sido testemunhas da sua ascensão na escala hierárquica, outras, a quem os fados não tinham ajudado tanto, sonhavam, apesar dos desenganos e injustiças, com mundos diferentes e novas oportunidades que os colocassem, finalmente, no lugar merecido. Às três horas menos quinze minutos, quando ao longo dos vinte e sete percursos já as forças do exército e da polícia se encontravam estrategicamente distribuídas, não esquecendo os carros de assalto que dominavam os cruzamentos principais, foi dada ordem de reduzir a intensidade da iluminação pública em toda a capital como maneira de cobrir a retirada, por muito que nos choque a crueza da expressão. Nas ruas por onde os automóveis e os camiões teriam de passar não se enxergava uma alma, uma só que fosse, vestida à paisana. Quanto ao resto da cidade, não variavam as informações continuamente recebidas, nenhum grupo, nenhum movimento suspeito, os noctívagos que recolhiam a suas casas ou delas tinham saído não pareciam gente de temer, não levavam bandeiras ao ombro nem disfarçavam garrafas de gasolina com a ponta de um trapo a sair do gargalo, não faziam molinetes com cachaporras ou correntes de bicicleta, e se de algum se poderia jurar que não ia por caminho recto, isso não haveria que atribuí-lo a desvios de carácter político, mas sim a desculpáveis demasias alcoólicas. Às três horas menos três minutos os motores dos veículos que compunham as caravanas foram postos em marcha. Às três em ponto, como havia sido previsto, deu-se começo à retirada.

Então, ó surpresa, ó assombro, ó prodígio nunca visto, primeiro o desconcerto e a perplexidade, depois a inquietação, depois o medo, filaram as unhas nas gargantas do chefe do estado e do chefe do governo, dos ministros, secretários e subsecretários, dos deputados, dos seguranças dos camiões, dos batedores da polícia, e até, se bem que em menor grau, do pessoal das ambulâncias, por profissão habituado ao pior. À medida que os automóveis iam avançando pelas ruas, acendiam-se nas fachadas, umas após outras, de cima a baixo, as lâmpadas, os candeeiros, os focos, as lanternas de mão, os candelabros quando os havia, talvez mesmo alguma velha candeia de latão de três bicos, daquelas alimentadas a azeite, todas as janelas abertas e resplandecendo para fora, a jorros, um rio de luz como uma inundação, uma multiplicação de cristais feitos de lume branco, assinalando o caminho, apontando a rota da fuga aos desertores para que não se perdessem, para que não se extraviassem por atalhos. A primeira reacção dos responsáveis pela segurança dos comboios foi pôr de lado todas as cautelas, mandar pisar os aceleradores a fundo, dobrar a velocidade, e assim mesmo se começou por fazer, com a alegria irreprimível dos motoristas oficiais, os quais, como é universalmente conhecido, detestam ir a passo de boi quando levam duzentos cavalos no motor. Não lhes durou muito a correria. A decisão, por brusca, por precipitada, como todas as que são fruto do medo, deu origem a que, praticamente em todos os percursos, ora um pouco mais à frente ora um pouco mais atrás, se produzissem pequenas colisões, em geral era o automóvel de trás a dar uma trombada no que o precedia, ditosamente sem consequências de maior gravidade para os passageiros, foi um sobressalto de susto e pouco mais, um hematoma na testa, um arranhão na cara, um jeito no pescoço, nada que baste para justificar amanhã uma medalha por ferimentos, cruz de guerra, coração púrpura ou qualquer engendro similar. As ambulâncias chegaram-se à frente, prestes o pessoal médico e de enfermagem correu a acudir aos feridos, a confusão era enorme, deplorável em todos os seus aspectos, paradas as caravanas, chamadas telefónicas pedindo informações sobre o que se estava a passar nos outros percursos, alguém a exigir em altos brados que lhe fizessem o ponto da situação, e ainda por cima estas fiadas de prédios iluminados como árvores de natal, só faltam os fogos-de-artifício e as rodas de cavalinhos, menos mal que não aparecem pessoas às janelas a gozar com o espectáculo que a rua lhes oferece grátis, a rir, a fazer chacota, apontando a dedo os carros abalroados. Subalternos de curtas vistas, daqueles para quem só o instante de agora interessa, como quase todos o são, certamente pensariam assim, pensá-lo-iam também, talvez, uns quantos subsecretários e assessores de escasso futuro, mas nunca por nunca ser um primeiro-ministro, e ainda menos tão previsor como este se tem manifestado. Enquanto o médico lhe pincelava o queixo com um anti-séptico e interrogava os seus botões sobre se seria exceder-se nos cuidados aplicar ao ferido uma injecção antitetânica, o chefe do governo dava voltas à inquietação que lhe sacudira o espírito logo que os primeiros prédios se iluminaram. Sem dúvida era caso para desconcertar o mais fleumático dos políticos, sem dúvida era inquietante, desassossegador, mas pior, muito pior, era não ver ninguém naquelas janelas, como se as caravanas oficiais estivessem a fugir ridiculamente do nada, como se as forças do exército e da polícia, carros de assalto e camiões da água incluídos, tivessem sido desprezadas pelo inimigo e agora não tivessem a quem combater. Ainda um tanto atordoado pelo choque, mas já com o adesivo colado no queixo e tendo recusado com estóica impaciência a injecção antitetânica, o primeiro-ministro lembrou-se de súbito de que a sua primeira obrigação era ter telefonado ao chefe do estado, perguntar-lhe como se encontrava, interessar-se pela saúde da presidencial pessoa, e que tinha de fazê-lo agora mesmo, sem mais perda de tempo, não fosse o caso de ele, por maliciosa astúcia política, se antecipar, E apanhar-me com as calças na mão, murmurou sem pensar no significado literal da frase. Pediu ao secretário que fizesse a chamada, um outro secretário respondeu de lá, o secretário daqui disse que o senhor primeiro-ministro desejava falar ao senhor presidente, o secretário de lá disse um momento por favor, o secretário daqui passou o telefone ao primeiro-ministro, e este, como competia, esperou, Como estão por aí as coisas, perguntou o presidente, Umas quantas chapas amolgadas, nada de importância, respondeu o primeiro-ministro, Pois por aqui, nada, Não houve colisões, Só uns pequenos embates, Sem gravidade, espero, Sim, estas blindagens são à prova de bomba, Lamento que me obrigue a recordar-lhe, senhor presidente, que nenhuma blindagem de automóvel é à prova de bomba, Não precisava de mo dizer, sempre haverá uma lança para uma couraça, sempre haverá uma bomba para uma blindagem, Está ferido, Nem um arranhão. A cara de um oficial da polícia apareceu à janela do carro, fez sinal de que a viagem podia prosseguir, Já estamos outra vez a andar, informou o primeiro-ministro, Aqui quase não chegámos a parar, respondeu o chefe do estado, Senhor presidente, uma palavra, Diga, Não posso esconder-lhe que me sinto preocupado, agora muito mais que no dia da primeira eleição, Porquê, Estas luzes que se acenderam à nossa passagem e que, com toda a probabilidade, vão continuar a acender-se durante o resto do caminho, até sairmos da cidade, a ausência absoluta de pessoas, repare que não se distingue uma só alma nas janelas nem nas ruas, é estranho, muito estranho, começo a pensar que deverei admitir o que até agora recusava, que há uma intenção por trás disto, uma ideia, um objectivo pensado, as coisas estão a passar-se como se a população obedecesse a um plano, como se houvesse uma coordenação central, Não acredito, o meu caro primeiro-ministro sabe muito melhor do que eu que a teoria da conspiração anarquista não tinha qualquer ponta por onde se lhe pegasse, e que a outra teoria, de que um estado estrangeiro malvado estava empenhado numa acção desestabilizadora contra o nosso país, não valia mais que a primeira, Julgávamos que tínhamos a situação completamente controlada, que éramos donos e senhores da situação, e afinal saltaram-nos ao caminho com uma surpresa que nem o mais pintado pareceria capaz de imaginar, um perfeito golpe de teatro, tenho de reconhecê-lo, Que pensa fazer,

Por agora, continuar com o plano que elaborámos, se as circunstâncias futuras aconselharem a introduzir-lhe alterações só o faremos depois de um exame exaustivo dos novos dados, seja como for, quanto ao fundamental, não prevejo que tenhamos de efectuar qualquer mudança, E na sua opinião o fundamental é, Discutimolo e chegámos a acordo, senhor presidente, isolar a população, deixá-los cozer a fogo lento, mais cedo ou mais tarde é inevitável que comecem a dar-se conflitos, os choques de interesses irão suceder-se, a vida tornar-se-á cada vez mais difícil, em pouco tempo o lixo invadirá as ruas, imagine, senhor presidente, o que será tudo isto se as chuvas voltarem, e, tão certo como eu ser primeiro-ministro, haverá graves problemas no abastecimento e distribuição dos alimentos, nós nos encarregaremos de os criar se assim se mostrar conveniente, Crê então que a cidade não poderá resistir por muito tempo, Assim é, além disso, há outro factor importante, talvez o mais importante de todos, Qual, Por muito que se tenha tentado e continue a tentar-se, nunca se há-de conseguir que as pessoas pensem todas da mesma maneira, Desta vez até se diria que sim, Seria demasiado perfeito para poder ser verdadeiro, senhor presidente, E se existe realmente por aí, pelo menos há pouco tinha-o admitido como hipótese, uma organização secreta, uma máfia, uma camorra, uma cosa nostra, uma cia ou um kgb, A cia não é secreta, senhor presidente, e o kgb já não existe, A diferença não será grande, mas imaginemos algo assim, ou ainda pior, se é possível, mais maquiavélico, inventado agora para criar esta quase unanimidade à volta de, se quer que lhe diga, nem sei bem de quê, Do voto em branco, senhor presidente, do voto em branco, Até aí sou capaz de chegar por minha própria conta, o que me interessa é aquilo que não sei, Não duvido, senhor presidente, Continue, por favor, Embora eu seja obrigado a admitir, em teoria, sempre em teoria, a possibilidade da existência de uma organização clandestina decidida contra a segurança do estado e contra a legitimidade do sistema democrático, essas coisas não se fazem sem contactos, sem reuniões, sem células, sem aliciamentos, sem papéis, sim, sem papéis, o senhor presidente bem sabe que neste mundo é totalmente impossível fazer qualquer coisa sem papéis, e nós, a par de não termos uma só informação que seja sobre qualquer actividade das que acabei de mencionar, também não encontrámos, ao menos, uma simples folha de agenda que dissesse Avante, companheiros, le jour de gloire est arrivé, Não compreendo por que teria de ser em francês, Por aquilo da tradição revolucionária, senhor presidente, Que extraordinário país este nosso, onde sucedem coisas nunca antes vistas em nenhuma outra parte do planeta, Não precisarei de lhe recordar, senhor presidente, que não foi esta a primeira vez, Precisamente a isso me estava a referir, meu caro primeiro-ministro, É evidente que não há a menor probabilidade de uma relação entre os dois acontecimentos, É evidente que não, a única coisa que têm em comum é a cor, Para o primeiro não se encontrou até hoje uma explicação, E para este também a não temos, Lá chegaremos, senhor presidente, lá chegaremos, Se não dermos antes com a cabeça numa parede, Tenhamos confiança, senhor presidente, a confiança é fundamental, Em quê, em quem, diga-me, Nas instituições democráticas, Meu caro, reserve esse discurso para a televisão, aqui só nos ouvem os secretários, podemos falar com clareza. O primeiro-ministro mudou de conversa, Já estamos a sair da cidade, senhor presidente, Por este lado, também, Peço-lhe que olhe para trás, senhor presidente, por favor, Para quê, As luzes, Que têm as luzes, Continuam acesas, ninguém as apagou, E que conclusões quer que eu tire destas luminárias, Não sei bem, senhor presidente, o natural seria que as fossem apagando à medida que fôssemos avançando, mas não, aí estão elas, imagino que vistas do ar aparecerão como uma enorme estrela de vinte e sete braços, Pelos vistos, tenho um primeiro-ministro poeta, Não sou poeta, mas uma estrela é uma estrela é uma estrela, ninguém o pode negar, senhor presidente, E agora que vamos fazer, O governo não vai ficar de braços cruzados, ainda não se nos acabaram as munições, ainda temos setas na aljava, Espero que a pontaria não lhe falhe, Só precisarei de ter o inimigo ao meu alcance, Mas esse é precisamente o problema, não sabemos onde o inimigo está, nem sequer sabemos quem ele é, Há-de aparecer, senhor presidente, é questão de tempo, eles não podem permanecer escondidos eternamente, Assim o tempo não nos falte, Havemos de encontrar uma solução, Já estamos a chegar à fronteira, continuaremos a conversa no meu gabinete, apareça logo, aí pelas seis da tarde, Sim senhor presidente, lá estarei.

A fronteira era igual em todas as saídas da cidade, uma pesada vedação amovível, um par de tanques, cada um no seu lado da estrada, umas quantas barracas, e soldados armados, metidos em uniformes de campanha e com as caras pintadas. Focos potentes iluminam o platô. O presidente saiu do automóvel, retribuiu com um gesto civil e meio displicente a impecável continência do oficial no comando, e perguntou, Como vão as coisas por aqui, Sem novidade, calma absoluta, senhor presidente, Alguém tentou sair, Negativo, senhor presidente, Suponho que estará a referir-se a veículos motorizados, a bicicletas, a carroças, a trotinetas, A veículos motorizados, sim senhor presidente, E pessoas a pé, Nem uma para amostra, Claro que já pensou que os fugitivos poderão não vir pela estrada, Sim senhor presidente, de toda a maneira não conseguirão atravessar, além das patrulhas convencionais que vigiam metade da distância que nos separa das duas saídas mais próximas, a um lado e a outro, dispomos de sensores electrónicos que seriam capazes de dar sinal de um rato se os tivéssemos regulado para detectar pequenos corpos, Muito bem, conhece com certeza o que se diz nestas ocasiões, a pátria vos contempla, Sim senhor presidente, temos consciência da importância da nossa missão, Suponho que terão recebido instruções para o caso de haver tentativas de saída em massa, Sim senhor presidente, Quais são, Primeiro, dar voz de alto, Isso é óbvio, Sim senhor presidente, E se eles não fizerem alto, Se não fizerem alto disparamos para o ar,

E se apesar disso avançarem, Então intervirá uma secção da polícia antidistúrbios que nos foi afectada, E ela como actuará, Aí é conforme, senhor presidente, ou lançam o gás lacrimogéneo, ou atacam com os carros da água, essas acções não são da competência do exército, Parece-me notar nas suas palavras um certo tom crítico, É que em minha opinião não são maneiras de fazer uma guerra, senhor presidente, Interessante observação, e se as pessoas não recuarem, É impossível que não recuem, senhor presidente, gases lacrimogéneos e água à pressão não há quem consiga aguentá-los, Mas imagine que sim, que ordens tem para uma hipótese dessas, Disparar às pernas, Porquê às pernas, Não queremos matar compatriotas nossos, Mas sempre poderá suceder, Sim senhor presidente, sempre poderá suceder, Tem família na cidade, Sim senhor presidente, Imagine que vê a sua mulher e os seus filhos à frente de uma multidão que avança, A família de um militar sabe como deve comportar-se em todas as situações, Suponho que sim, mas imagine, faça um esforço, As ordens são para se cumprirem, senhor presidente, Todas, Até hoje tenho a honra de haver cumprido todas as que me deram, E amanhã, Espero não ter que vir a dizer-lho, senhor presidente, Oxalá. O presidente deu dois passos para o carro, de repente perguntou, Tem a certeza de que a sua mulher não votou em branco, Poria as mãos no fogo, senhor presidente, Poria mesmo, É uma maneira de falar, quero dizer que tenho a certeza de que ela cumpriu o seu dever de eleitora, Votando, Sim, Mas isso não responde à minha pergunta, Pois não, senhor presidente, Então responda, Não posso, senhor presidente, Porquê, Porque a lei não mo permite, Ah. O presidente olhou demoradamente o oficial, depois disse, Até à vista, capitão, é capitão, não é, Sim senhor presidente, Boas noites, capitão, talvez voltemos a ver-nos, Boas noites, senhor presidente, Reparou que não lhe perguntei se tinha votado em branco, Reparei, sim, senhor presidente. O carro arrancou em grande velocidade. O capitão levou as mãos à cara. O suor escorria-lhe da testa.

As luzes começaram a apagar-se quando o último camião da tropa e a última furgoneta da polícia saíram da cidade. Um após outro, como quem se despede, foram desaparecendo os vinte e sete braços da estrela, ficando apenas a desenhar o impreciso roteiro das ruas desertas a escassa iluminação pública que ninguém se lembrou de fazer regressar ao normal de todas as noites. Saberemos até que ponto está a cidade viva quando os negrumes intensos do céu principiarem a dissolver-se na vagarosa maré de profundo azul que uma boa visão já seria capaz de distinguir subindo do horizonte, então ver-se-á se os homens e as mulheres que habitam os andares destes prédios saem para o seu trabalho, se os primeiros autocarros recolhem os primeiros passageiros, se as carruagens do metropolitano atroam velozmente os túneis, se as lojas abrem as suas portas e retiram os taipais, se os jornais chegam aos quiosques. A esta hora matutina, enquanto se lavam, vestem e tomam o café com leite de todas as manhãs, as pessoas ouvem a rádio a anunciar, excitadíssima, que o presidente, o governo e o parlamento abandonaram a cidade esta madrugada, que não há polícia na cidade e o exército se retirou, então ligam a televisão, que no mesmo tom lhes oferece a mesma notícia, e tanto uma como outra, rádio e televisão, com pequenos intervalos, vão informando que, sendo sete horas exactas, será transmitida uma importante comunicação do chefe do estado dirigida a todo o país e, em particular, como teria de ser, aos obstinados habitantes da cidade capital. Por enquanto os quiosques ainda não estão abertos, é inútil descer à rua para comprar o jornal, da mesma maneira que não vale a pena, se bem que alguns, mais modernos, já o tentaram, procurar na rede, a de internet, a previsível descompostura presidencial. O secretismo oficial, se é certo que, ocasionalmente, pode ser tocado pela peste da inconfidência, como ainda não há muitas horas ficou demonstrado com o concertado acender das luzes dos prédios, é no mais alto ponto escrupuloso sempre que nele se encontrarem envolvidas autoridades superiores, as quais, como é mais do que sabido, por um dá cá aquela palha, não só exigem rápidas e completas explicações aos faltosos, como de vez em quando lhes cortam as cabeças. Faltam dez minutos para as sete, a estas horas já muitas das pessoas que ainda preguiçam deveriam estar na rua a caminho dos empregos, mas um dia não são dias, é como se tivesse sido decretada tolerância de ponto para o funcionalismo público, e, no que às empresas particulares respeita, o mais provável é que a maior parte delas se mantenham fechadas o dia todo, a ver no que irá isto dar. Cautela e caldos de galinha nunca fizeram mal a quem tem saúde. A história mundial dos tumultos tem-nos mostrado que, quer se trate de uma alteração específica da ordem pública, quer de uma simples ameaça dela, os melhores exemplos de prudência são-nos em geral oferecidos pelo comércio e indústria com porta para a rua, atitude assustadiça que é nosso dever respeitar, uma vez que são estes os ramos de actividade profissional que mais têm que perder, e invariavelmente perdem, em estilhaçamentos de montras, assaltos, saqueios e sabotagens. Às sete horas menos dois minutos, com a expressão e a voz lutuosa que as circunstâncias impunham, os locutores de serviço às televisões e às rádios anunciaram finalmente que o chefe do estado iria falar à nação. A imagem seguinte, cenograficamente introdutória, mostrou uma bandeira nacional a mover-se extenuada, lânguida, preguiçosa, como se estivesse, a cada instante, à beira de resvalar desamparada do mastro. Estava de calmaria o dia em que lhe foram tirar o retrato, comentou alguém numa destas casas. A simbólica insígnia pareceu ressuscitar aos primeiros acordes do hino nacional, a aragem mole havia dado subitamente lugar a um vento enérgico que só poderia ter vindo do vasto oceano e das batalhas vencedoras, soprasse ele um poucochinho mais, com um poucochinho mais de força, e certamente veríamos aparecer valquírias cavalgando com heróis na garupa. Depois, sumindo-se ao longe, na distância, o hino levou a bandeira consigo, ou a bandeira levou consigo o hino, a ordem dos factores é indiferente, e então o chefe do estado apareceu ao povo por trás de uma secretária, sentado, com os olhos severos fixos no teleponto. À sua direita, posta em sentido, a bandeira, não a outra, esta de interior, compunha discretamente as pregas. O presidente entrelaçou os dedos talvez para disfarçar uma contracção involuntária, Está nervoso, disse o homem do comentário sobre a falta de vento, vamos a ver com que cara explicará a partida canalhesca que acabam de nos pregar. As pessoas que aguardavam a iminente demonstração oratória do chefe do estado não poderiam, nem por sombras, imaginar o esforço que aos assessores literários da presidência da república lhes havia custado preparar o discurso, não quanto ao arrazoado propriamente dito, que só teria de pulsar umas quantas cordas do alaúde estilístico, mas ao vocativo que, segundo a norma, o deveria abrir, as palavras padronizadas que, na generalidade dos casos, dão começo a arengas desta natureza. Na verdade, considerando a melindrosa matéria da comunicação, seria pouco menos que ofensivo dizer Queridos Compatriotas, ou Estimados Concidadãos, ou então, modo mais simples e mais nobre se a hora fosse de tanger com adequado trémolo o bordão do amor à pátria, Portugueeeeesas, Portugueeeeeses, palavras estas que, apressamo-nos a esclarecer, só aparecem graças a uma suposição absolutamente gratuita, sem qualquer espécie de fundamento objectivo, a de que o teatro dos gravíssimos acontecimentos de que, como é nosso timbre, temos vindo a dar minuciosa notícia, seja acaso, ou acaso tivesse sido, o país das ditas portuguesas e dos ditos portugueses. Tratou-se de um mero exemplo ilustrativo, nada mais, do qual, apesar da bondade das nossas intenções, nos adiantamos a pedir desculpa, em especial porque se trata de um povo universalmente famoso por ter sempre exercido com meritória disciplina cívica e religiosa devoção os seus deveres eleitorais.

Ora, regressando à morada de que temos feito posto de observação, convém dizer que, ao contrário do que seria natural esperar, nenhum dos ouvintes, quer da rádio quer da televisão, reparou que da boca do presidente não saiu nenhum dos habituais vocativos, nem este, nem aquele, nem aqueloutro, talvez porque o pungente dramatismo das primeiras palavras atiradas ao éter, Falo-vos com o coração nas mãos, tivesse desaconselhado aos assessores literários do chefe do estado, por supérflua e inoportuna, a introdução de qualquer dos referidos estribilhos. De facto, há que reconhecer que seria de uma total incongruência principiar por dizer carinhosamente Estimados Concidadãos ou Queridos Compatriotas, como quem se dispõe a anunciar que a partir de amanhã baixará em cinquenta por cento o preço da gasolina, para logo a seguir atirar aos olhos da audiência trespassada de pavor uma sangrenta, escorregadia e ainda palpitante víscera. O que o presidente da república ia comunicar, adeus, adeus, até outro dia, já era do conhecimento de todos, mas compreende-se que as pessoas tivessem curiosidade de ver como iria ele descalçar a bota. Eis por conseguinte o discurso completo, a que só faltam, por intransponível impossibilidade de transcrição, a tremura da voz, a compunção do gesto, a aguinha ocasional de uma lágrima mal contida, Falo-vos com o coração nas mãos, falo-vos despedaçado pela dor de um afastamento incompreensível, como um pai abandonado pelos filhos a quem tanto amara, perdidos, perplexos, eles e eu, ante a sucessão de uns acontecimentos insólitos que vieram romper a sublime harmonia familiar. E não digais que fomos nós, que fui eu próprio, que foi o governo da nação, assim como os deputados eleitos, os que nos separámos do povo. É certo que nos retirámos essa madrugada para outra cidade que a partir de agora passará a ser a capital do país, é certo que decretámos para esta capital que foi e deixou de ser um rigoroso estado de sítio que, pela própria força das coisas, vai dificultar seriamente o funcionamento equilibrado de uma aglomeração urbana de tanta importância e com estas dimensões físicas e sociais, é certo que vos encontrais cercados, rodeados, confinados dentro do perímetro da cidade, que não podeis sair dela, que se o tentais sofrereis as consequências de uma imediata resposta pelas armas, mas o que não podereis nunca é dizer que a culpa a têm estes a quem a vontade popular, livremente expressa em sucessivas, pacíficas e leais disputas democráticas, confiou os destinos da nação para que a defendêssemos de todos os perigos internos e externos. Vós, sim, sois os culpados, vós, sim, sois os que ignominiosamente haveis desertado do concerto nacional para seguirdes o caminho torcido da subversão, da indisciplina, do mais perverso e diabólico desafio ao poder legítimo do estado de que há memória em toda a história das nações. Não vos queixeis de nós, queixai-vos antes de vós próprios, não destes que também pela minha voz falam, estes, ao governo me refiro, que uma e muitas vezes vos pediram, que digo eu, rogaram e imploraram que emendásseis a vossa maliciosa obstinação, cujo sentido último, apesar dos ingentes esforços de investigação postos em marcha pelas autoridades do estado, ainda hoje, desgraçadamente, se mantém impenetrável. Durante séculos e séculos fostes a cabeça do país e o orgulho da nação, durante séculos e séculos, quando em horas de crise nacional, de aflição colectiva, o nosso povo habituou-se a virar os olhos para este burgo, para estas colinas, sabendo que daqui lhe acudiria o remédio, a palavra consoladora, o rumo certo para o futuro. Haveis atraiçoado a memória dos vossos antepassados, eis a dura verdade que atormentará para todo o sempre a vossa consciência, eles ergueram, pedra a pedra, o altar da pátria, vós decidistes destruí-lo, que a vergonha caia pois sobre vós. Com toda a minha alma, quero acreditar que a vossa loucura será transitória, que não perdurará, quero pensar que amanhã, um amanhã que rezo aos céus não se faça esperar demasiado, o arrependimento penetrará docemente nos vossos corações e voltareis a congraçar-vos com a comunidade nacional, raiz de raízes, e com a legalidade, regressando, como o filho pródigo, à casa paterna. Agora sois uma cidade sem lei. Não tereis aqui um governo para vos impor o que deveis e o que não deveis fazer, como deveis e como não deveis comportar-vos, as ruas serão vossas, pertencem-vos, usai-as como vos apeteça, nenhuma autoridade aparecerá a cortar-vos o passo e a dar-vos o bom conselho, mas também, atentai bem no que vos digo, nenhuma autoridade virá proteger-vos de ladrões, violadores e assassinos, essa será a vossa liberdade, desfrutai dela. Talvez imagineis, ilusoriamente, que, entregados ao vosso alvedrio e aos vossos livres caprichos, sereis capazes de organizar melhor e melhor defender as vossas vidas que o que em favor delas nós havíamos feito com os métodos antigos e as antigas leis. Terrível equívoco o vosso. Antes cedo que tarde sereis obrigados a tomar chefes que vos governem, se é que não serão eles a irromper bestialmente do caos inevitável em que ireis cair, e impor-vos a sua lei. Então vos dareis conta da dimensão trágica do vosso engano. Talvez venhais a rebelar-vos como no tempo dos constrangimentos autoritários, como no ominoso tempo das ditaduras, mas, não tenhais ilusões, sereis reprimidos com igual violência, e não sereis chamados a votar porque não haverá eleições, ou talvez, sim, as haja, mas não serão isentas, limpas e honestas como as que haveis desprezado, e assim será até ao dia em que as forças armadas que, comigo e com o governo da nação, hoje decidiram abandonar-vos ao destino que havíeis escolhido, tenham de regressar para vos libertar dos monstros por vós próprios gerados. Todo o vosso sofrimento haverá sido inútil, vã toda a vossa teimosia, e então compreendereis, demasiado tarde, que os direitos só o são integralmente nas palavras com que tenham sido enunciados e no pedaço de papel em que hajam sido consignados, quer ele seja uma constituição, uma lei ou um regulamento qualquer, compreendereis, oxalá convencidos, que a sua aplicação desmedida, inconsiderada, convulsionaria a sociedade mais solidamente estabelecida, compreendereis, enfim, que o simples senso comum ordena que os tomemos como mero símbolo daquilo que poderia ser, se fosse, e nunca como sua efectiva e possível realidade. Votar em branco é um direito irrenunciável, ninguém vo-lo negará, mas, tal como proibimos às crianças que brinquem com o lume, também aos povos prevenimos de que vai contra a sua segurança mexer na dinamite. Vou terminar. Tomai a severidade dos meus avisos, não como uma ameaça, mas como um cautério para a infecta supuração política que haveis gerado no vosso seio e em que vos estais revolvendo. Voltareis a ver-me e a ouvir-me no dia em que tiverdes merecido o perdão que, apesar de tudo, estamos inclinados a conceder-vos, eu, vosso presidente, o governo que haveis elegido em melhores tempos, e a parte sã e pura do nosso povo, essa de que neste momento não sois dignos. Até esse dia, adeus, e que o senhor vos proteja. A imagem grave e compungida do chefe do estado desapareceu e em seu lugar tornou a surgir a bandeira hasteada. O vento agitava-a de cá para lá, de lá para cá, como uma tonta, ao mesmo tempo que o hino repetia os bélicos acordes e os marciais acentos que haviam sido compostos em eras passadas de imparável exaltação patriótica, mas que agora pareciam soar a rachado. Sim senhor, o homem falou bem, resumiu o mais velho da família, e há que reconhecer que tem toda a razão no que disse, as crianças não devem brincar com o lume porque depois é certo e sabido que mijam na cama.

As ruas, até aí praticamente desertas, fechado o comércio quase todo, quase vazios os autocarros que passavam, encheram-se de gente em poucos minutos. Os que tinham ficado em casa debruçavam-se às janelas para ver o concurso, palavra que não quer dizer que as pessoas caminhassem todas na mesma direcção, eram antes como dois rios, um a subir, outro a descer, e acenava-se de um lado para o outro como se a cidade estivesse em festa, como se fosse feriado municipal, por ali não se viam ladrões nem violadores nem assassinos, ao contrário dos mal-intencionados prognósticos do presidente fugido. Em alguns andares dos prédios, aqui, além, estavam fechadas as janelas, com as persianas, quando as havia, melancolicamente descidas, como se um doloroso luto tivesse ferido as famílias que ali residiam. Nesses andares não se tinham acendido as alertas luzes da madrugada, quando muito os residentes teriam espreitado por trás das cortinas com um aperto no coração, ali vivia gente com ideias políticas muito firmes, pessoas que tendo votado, quer na primeira eleição quer na segunda, nas suas preferências de toda a vida, o partido da direita e o partido do meio, não tinham agora qualquer motivo para festejar, e, bem pelo contrário, temiam o desencadear de ataques da massa ignara que cantava e gritava nas ruas, o rebentar das sacrossantas portas do lar, a conspurcação das recordações de família, o saque das pratas, Cantem, cantem, que logo choram, diziam uns aos outros para dar-se coragem. Quanto aos votantes do partido da esquerda, aqueles que não estavam a aplaudir das janelas é porque tinham descido à rua, como facilmente se pode demonstrar, nesta em que nos encontramos, por uma bandeira que de vez em quando, a modos de tomar o pulso, assoma por cima do caudaloso rio de cabeças. Ninguém foi trabalhar. Os jornais esgotaram-se nos quiosques, todos eles traziam na primeira página a arenga do presidente, além de uma fotografia tirada no acto da leitura, provavelmente, a avaliar pela expressão dolorida do rosto, no momento em que ele dissera que estava a falar com o coração nas mãos. Poucos eram os que perdiam tempo a ler o que já sabiam, a quase todos o que acima de tudo interessava era informar-se do que pensavam os directores dos jornais, os editorialistas, os comentadores, alguma entrevista de última hora. Os títulos de abertura atraíam a atenção dos curiosos, eram enormes, garrafais, outros, nas páginas interiores, de tamanho normal, mas todos pareciam ter nascido da cabeça de um mesmo génio da síntese titulativa, aquela que permite dispensar sem remorso a leitura da notícia que vem a seguir. Havia-os sentimentais como A Capital Amanheceu Órfã, irónicos como A Castanha Rebentou Na Boca Dos Provocadores ou O Voto Branco Saiu-Lhes Preto, pedagógicos como O Estado Dá Uma Lição À Capital Insurrecta, vingativos como Chegou A Hora Do Ajuste De Contas, proféticos como Tudo Será Diferente A Partir De Agora ou A Partir De Agora Nada Será Igual, alarmistas como A Anarquia À Espreita ou Movimentações Suspeitas Na Fronteira, retóricos como Um Discurso Histórico Para Um Momento Histórico, bajuladores como A Dignidade Do Presidente Desafia A Irresponsabilidade Da Capital, bélicos como O Exército Cerca A Cidade, objectivos como A Retirada Dos Órgãos De Poder Fez-Se Sem Incidentes, radicais como A Câmara Municipal Deve Assumir Toda A Autoridade, tácticos como A Solução Está Na Tradição Municipalista. Referências à estrela maravilhosa, a dos vinte e sete braços de luz, foram poucas e mesmo essas metidas a trouxe-mouxe no meio das notícias, sem a graça atractiva de um título, ainda que fosse irónico, ainda que fosse sarcástico, do género E Ainda Se Queixam De Que A Electricidade Está Cara. Alguns dos editoriais, se bem que aprovando a atitude do governo, Nunca as mãos lhes doam, exortava um deles, atreviam-se a expressar certas dúvidas sobre a alegada razoabilidade da proibição de sair da cidade imposta aos habitantes, É que, uma vez mais, para não variar, vão pagar os justos pelos pecadores, os honestos pelos malfeitores, aí temos o caso de dignas cidadãs e de dignos cidadãos que, tendo cumprido com requintado escrúpulo o seu dever de eleitores votando em qualquer dos partidos legalmente constituídos que ordenam o quadro de opções políticas e ideológicas em que a sociedade se reconhece de modo consensual, vêem agora coarctada a sua liberdade de movimentos por culpa de uma insólita maioria de perturbadores cuja única característica há quem diga que é não saberem o que querem, mas que, em nosso entender, o sabem muito bem e estão a preparar-se para o assalto final ao poder. Outros editoriais iam mais longe, reclamavam a abolição pura e simples do segredo de voto e propunham para o futuro, quando a situação se normalizasse, como por jeito ou por força terá de suceder algum dia, a criação de uma caderneta de eleitor, na qual o presidente da assembleia de voto, após conferir, antes de o introduzir na urna, o voto expresso, anotaria, para todos os efeitos legais, tanto os oficiais como os particulares, que o portador havia votado no partido tal ou tal, E por ser verdade e tê-lo comprovado, sob palavra de honra o assino. Se tal caderneta já existisse, se um legislador consciente da possibilidade do uso libertino do voto tivesse ousado dar este passo, articulando o fundo e a forma de um funcionamento democrático totalmente transparente, todas as pessoas que haviam votado no partido da direita ou no partido do meio estariam agora a fazer as malas para emigrar com destino à sua verdadeira pátria, essa que sempre tem abertos os braços para receber aqueles a quem mais facilmente pode apertar. Caravanas de automóveis e autocarros, de furgonetas e camiões de mudanças, levando arvoradas as bandeiras dos partidos e buzinando a compasso, pê dê dê, pê dê eme, não tardariam a seguir o exemplo do governo, a caminho dos postos militares da fronteira, sentados os meninos e as meninas com o rabo de fora das janelas, a gritar aos peões da insurreição, Vão pondo as barbas de molho, miseráveis traidores, Esperem-lhe pela pancada quando voltarmos, bandidos de merda, Filhos da grande puta que vos pariu, ou então, máximo insulto no vocabulário do jargão democrático, berrando, Indocumentados, indocumentados, indocumentados, e isto não seria verdade, porque todos aqueles contra quem gritavam também teriam em casa ou levariam no bolso a sua própria caderneta de eleitor, onde, ignominiosamente, como marcado a ferros, estaria escrito e carimbado Votou em branco. Só os grandes remédios são capazes de curar os grandes males, concluía seraficamente o editorialista.

A festa não durou muito. É certo que ninguém se decidiu a ir para o trabalho, mas a consciência da gravidade da situação não tardou a fazer baixar o tom às manifestações de alegria, havia mesmo quem se perguntasse, Alegres, porquê, se nos isolaram aqui como se fôssemos pestíferos em quarentena, com um exército de armas aperradas, prontas a disparar contra quem pretenda sair da cidade, façam-me o favor de dizer onde estão as razões para alegrias. E outros diziam, Temos de organizar-nos, mas não sabiam como se fazia isso, nem com quem, nem para quê. Alguns sugeriam que fosse um grupo falar com o presidente da câmara municipal, oferecer leal colaboração, explicar que as intenções das pessoas que haviam votado em branco não eram deitar abaixo o sistema e tomar o poder, que aliás não saberiam que fazer depois com ele, que se haviam votado como votaram era porque estavam desiludidos e não encontravam outra maneira de que se percebesse de uma vez até onde a desilusão chegava, que poderiam ter feito uma revolução, mas com certeza iria morrer muita gente, e isso não queriam, que durante toda a vida, pacientemente, tinham ido levar os seus votos às urnas e os resultados estavam à vista, Isto não é democracia nem é nada, senhor presidente da câmara. Houve quem fosse de opinião que deveriam ponderar melhor os factos, que seria preferível deixar à câmara municipal a responsabilidade de dizer a primeira palavra, se aparecemos lá com todas essas explicações e todas essas ideias vão pensar que há uma organização política detrás de tudo isto a mexer os cordelinhos, e nós somos os únicos a saber que não é verdade, repare-se que a situação deles também não é fácil, se o governo lhes deixou uma batata quente nas mãos, a nós não convém aquecê-la ainda mais, um jornal escreveu que a câmara deveria assumir toda a autoridade, que autoridade, com que meios, a polícia foi-se embora, não há sequer quem oriente o trânsito, com certeza não estamos à espera de que os vereadores venham para a rua executar o trabalho daqueles a quem antes davam ordens, já se fala por aí que os empregados dos serviços municipais de recolha do lixo vão entrar em greve, se isto é verdade, e não devemos surpreender-nos se tal vier a suceder, está claro que só poderá tratar-se de uma provocação, seja ela da iniciativa da própria câmara ou, como seria mais provável, a mando do governo, vão tratar de amargar-nos a vida de mil maneiras, temos de estar preparados para tudo, incluindo, ou principalmente, o que agora nos pareça impossível, o baralho têm-no eles, e as cartas na manga também. Outros, do tipo pessimista, apreensivo, achavam que não havia saída para a situação, que estavam condenados ao fracasso, isto vai ser como de costume, cada um por si e os mais que se lixem, a imperfeição moral do género humano, quantas vezes o temos dito, não é de hoje nem é de ontem, é histórica, vem do tempo da maria-cachucha, agora parecerá que estamos solidários uns com os outros, mas amanhã começaremos às turras, e logo o passo a seguir será a guerra aberta, a discórdia, a confrontação, enquanto eles lá fora gozam de palanque e fazem apostas sobre o tempo que conseguiremos resistir, vai ser bonito enquanto durar, sim senhor, mas a derrota é certa e garantida, de facto, sejamos razoáveis, a quem passaria pela cabeça que uma acção destas conseguisse levar a sua avante, pessoas a votarem maciçamente em branco sem que ninguém as tivesse mandado, só de loucos, por enquanto o governo ainda não saiu do seu desconcerto e está a tentar recuperar o fôlego, porém a primeira vitória já lá a têm, viraram-nos as costas e mandaram-nos à merda, que, na opinião deles, é o que merecemos, e há que contar também com as pressões internacionais, aposto que a esta hora os governos e os partidos em todo o mundo não pensam noutra coisa, eles não são estúpidos, percebem muito bem que isto pode tornar-se num rastilho de pólvora, pega-se fogo aqui e vai rebentar lá adiante, de todo o modo, já que para eles somos merda, então vamos sê-lo até ao fim, ombro com ombro, e desta merda que somos algo os salpicará a eles.

No dia seguinte confirmou-se o rumor, os camiões da limpeza urbana não saíram à rua, os recolhedores do lixo declararam-se em greve total e tornaram públicas umas reivindicações salariais que o porta-voz da câmara imediatamente acudiu a protestar serem de todo inaceitáveis, e muito menos nesta altura, disse, quando a nossa cidade se encontra a braços com uma crise sem precedentes e de desenlace altamente problemático. Na mesma linha de acção alarmista, um jornal que desde a sua fundação se tinha especializado no ofício de amplificador das estratégias e tácticas governamentais, fossem quais fossem as suas cores partidárias, do meio, da direita e dos matizes intermédios, publicava um editorial assinado pelo director em que se admitia como muito provável que a rebeldia dos habitantes da capital viesse a terminar num banho de sangue se estes, como tudo fazia esperar, não viessem a depor a sua obstinação. Ninguém, dizia, se atreverá a negar que o governo levou a sua paciência a extremos impensáveis, mais não se lhe poderá pedir, ou então perder-se-ia, e talvez para sempre, aquele harmonioso binómio autoridade-obediência à luz do qual floresceram as mais felizes sociedades humanas e sem o qual, como a história amplamente o tem demonstrado, nem uma só delas teria sido exequível. O editorial foi lido, a rádio repetiu as passagens principais, a televisão entrevistou o director, e nisto se estava quando, meio-dia exacto era, de todas as casas da cidade saíram mulheres armadas de vassouras, baldes e pás, e, sem uma palavra, começaram a varrer as testadas dos prédios em que viviam, desde a porta até ao meio da rua, onde se encontravam com outras mulheres que, do outro lado, para o mesmo fim e com as mesmas armas, haviam descido. Afirmam os dicionários que a testada é a parte de uma rua ou estrada que fica à frente de um prédio, e nada há de mais certo, mas também dizem, dizem-no pelo menos alguns, que varrer a sua testada significa afastar de si alguma responsabilidade ou culpa. Grande engano o vosso, senhores filólogos e lexicólogos distraídos, varrer a sua testada começou por ser precisamente o que estão a fazer agora estas mulheres da capital, como no passado também o haviam feito, nas aldeias, as suas mães e avós, e não o faziam elas, como o não fazem estas, para afastar de si uma responsabilidade, mas para assumi-la. Possivelmente foi pela mesma razão que ao terceiro dia saíram à rua os trabalhadores da limpeza. Não traziam uniformes, vestiam à civil. Disseram que os uniformes é que estavam em greve, não eles.

Ao ministro do interior, que havia sido o da ideia, não lhe assentou nada bem que os empregados dos serviços de recolha do lixo tivessem espontaneamente regressado ao trabalho, atitude que, na sua compreensão de ministro, mais do que uma demonstração de solidariedade com as admiráveis mulheres que tinham feito da limpeza da sua rua uma questão de honra, facto que nenhum observador imparcial teria dúvida em reconhecer, tocava, sim, as raias da cumplicidade criminosa. Mal lhe chegou a má notícia, ordenou por telefone ao presidente da câmara municipal que os responsáveis pelo desrespeito às ordens recebidas fossem imediatamente reduzidos à obediência, o que, traduzido em palavras claras, significava voltar à greve, sob pena, no caso de a insubordinação continuar, de processos disciplinares sumários, com todas as consequências punitivas previstas nas leis e nos regulamentos, desde suspensão de salário e exercício a despedimento cru e duro. O presidente da câmara respondeu-lhe que as coisas sempre parecem fáceis de resolver quando são vistas de longe, mas que quem está no terreno, quem tem de resolver os bicos-de-obra, a esses há que escutá-los com atenção antes de se passar às decisões, Por exemplo, senhor ministro, imagine que eu dou essa ordem aos homens, Não imagino, estou a dizer-lhe que o faça, Sim, senhor ministro, de acordo, mas permita-me então que seja eu a imaginar, imagino portanto que dei ordem para voltarem à greve e que eles me mandam pentear macacos, que faria o ministro se se encontrasse num caso destes, como os obrigaria a cumprir se estivesse no meu lugar, Em primeiro lugar, a mim ninguém me mandaria pentear macacos, em segundo lugar, não estou nem estarei nunca no seu lugar, sou ministro, não sou presidente de câmara, e, já que estou com a mão nesta massa, observo-lhe que esperaria desse presidente de câmara, não só a colaboração oficial e institucional a que por lei está comprometido e que me é naturalmente devida, como também um espírito de partido que, neste caso, mais me parece brilhar pela ausência, Com a minha colaboração oficial e institucional sempre o senhor ministro poderá contar, conheço as minhas obrigações, mas quanto ao espírito de partido, melhor é não falarmos, veremos o que dele restará quando esta crise chegar ao fim, Está a fugir ao problema, senhor presidente da câmara, Não estou, não senhor, senhor ministro, necessito é que me diga como devo fazer para obrigar os trabalhadores a voltarem à greve, É assunto seu, não meu, Agora é o meu prezado colega de partido que está a querer fugir ao problema, Em toda a minha vida política nunca fugi a um problema, Está a querer fugir a este, está a querer fugir à evidência de que não disponho de quaisquer meios para fazer cumprir a sua ordem, a não ser que pretenda que chame a polícia, se é esse o caso recordo-lhe que a polícia já cá não está, saiu da cidade com o exército, ambos levados pelo governo, além disso, convenhamos que seria grossa anormalidade usar a polícia para, a bem ou a mal, e mais a mal que a bem, convencer os trabalhadores a entrarem em greve, quando desde sempre ela foi usada para rebentá-la, por infiltrações e outros processos menos subtis, Estou assombrado, um membro do partido da direita não fala assim, Senhor ministro, daqui por algumas horas, quando a noite chegar, terei de dizer que é noite, seria estúpido ou cego se afirmasse que é dia, Que tem isso que ver com o assunto da greve, Queiramo-lo ou não, senhor ministro, é noite, noite cerrada, percebemos que está a suceder algo que vai muito para lá da nossa compreensão, que excede a nossa pobre experiência, mas estamos a agir como se se tratasse do mesmo pão cozido, feito com a farinha de sempre no forno do costume, e não é assim, Terei de pensar muito seriamente se não devo pedir-lhe que apresente a sua demissão, Se o fizer, tira-me um peso de cima, conte desde já com a minha mais profunda gratidão. O ministro do interior não respondeu logo, deixou passar alguns segundos para recuperar a calma, depois perguntou, Que acha então que deveríamos fazer, Nada, Por favor, meu caro, não se pode pedir a um governo que não faça nada numa situação como esta, Permita-me que lhe diga que numa situação como esta, um governo não governa, só parecerá governar, Não posso estar de acordo consigo, alguma coisa temos feito desde que isto começou, Sim, somos como um peixe filado no anzol, agitamo-nos, sacudimos a linha, damos esticões, mas não conseguimos compreender porquê um simples pedaço de arame recurvo foi capaz de nos prender e manter presos, talvez nos venhamos a soltar, não digo que não, mas arriscamo-nos a que o bucho vá agarrado ao anzol, Sinto-me realmente perplexo, Só há uma coisa a fazer, Qual, se agora mesmo acabou de dizer-me que não adianta fazer seja o que for, Rezar para que dê resultado a táctica definida pelo primeiro-ministro, Que táctica, Deixá-los cozer a fogo lento, disse ele, mas mesmo isso muito temo que venha a jogar contra nós, Porquê, Porque serão eles a orientar a cozedura, Então cruzamos os braços, Falemos seriamente, senhor ministro, estará o governo disposto a acabar com a farsa do estado de sítio, mandar avançar o exército e a aviação, pôr a cidade a ferro e fogo, ferir e matar dez ou vinte mil pessoas para dar um exemplo, e depois meter três ou quatro mil na prisão, acusando-as não se sabe de que crime quando precisamente crime não existe, Não estamos em guerra civil, o que queremos, simplesmente, é chamar as pessoas à razão, mostrar-lhes o engano em que caíram ou as fizeram cair, isso é o que falta averiguar, fazer-lhes perceber que um uso sem freio do voto em branco tornaria ingovernável o sistema democrático, Não parece que os resultados, até agora, tenham sido brilhantes, Levará o seu tempo, mas por fim as pessoas verão a luz, Não o sabia com essas tendências místicas, senhor ministro, Meu caro, quando as situações se complicam, quando se tornam desesperantes, agarramo-nos a tudo, estou até convencido de que alguns dos meus colegas de governo, se isso servisse de alguma coisa, não se importariam nada de ir de romeiros, de vela na mão, a fazer promessas ao santuário, Já que me fala disso, há aqui uns santuários de outro género aonde eu gostaria que o ministro do interior fizesse chegar uma velinha das suas, Explique-se, Diga por favor aos jornais e à gente da televisão e da rádio que não deitem mais gasolina na fogueira, se a sensatez e a inteligência nos faltam, arriscamo-nos a que tudo isto vá pelos ares, deve ter lido que o director do jornal do governo cometeu hoje a estupidez de admitir a possibilidade de que isto venha a terminar num banho de sangue, O jornal não é do governo, Se este comentário me é permitido, senhor ministro, teria preferido outro comentário seu, O homenzinho excedeu-se, passou as marcas, acontece sempre que se quer apresentar mais serviço que aquele que foi encomendado, Senhor ministro, Diga, Que faço finalmente com os empregados do serviço municipal de limpeza, Deixe-os trabalhar, dessa maneira a câmara municipal ficará bem vista aos olhos da população e isso poderá ser-nos útil no futuro, além do mais, há que reconhecer que a greve era só um dos elementos da estratégia, e de certeza não o de maior importância, Não seria bom para a cidade, nem agora nem no futuro, que a câmara municipal fosse utilizada como uma arma de guerra contra os seus munícipes, A câmara não pode ficar à margem de uma situação como esta, a câmara está neste país e não noutro, Não estou a pedir que nos deixem à margem da situação, o que peço é que o governo não ponha obstáculos ao exercício das minhas competências próprias, que em nenhum momento queira dar ao público a impressão de que a câmara municipal não passa de mais um instrumento da sua política repressiva, com perdão da palavra, em primeiro lugar porque não é verdade, e em segundo lugar porque não o será nunca, Temo não o compreender, ou compreendê-lo demasiado bem, Senhor ministro, um dia, não sei quando, a cidade voltará a ser a capital do país, É possível, não é certo, depende de até onde queiram chegar com a rebelião, Seja como for, é preciso que esta câmara municipal, comigo aqui ou com qualquer outro presidente, jamais possa ser olhada como cúmplice ou co-autora, mesmo que apenas indirectamente, de uma repressão sangrenta, o governo que a ordene não terá outro remédio que aguentar-se com as consequências, mas a câmara, essa, é da cidade, não a cidade da câmara, espero ter sido suficientemente claro, senhor ministro, Tão claro que lhe vou fazer uma pergunta, Ao seu dispor, senhor ministro, Votou em branco, Repita, por favor, não ouvi bem, Perguntei-lhe se votou em branco, perguntei-lhe se era branco o voto que pôs na urna, Nunca se sabe, senhor ministro, nunca se sabe, Quando tudo isto terminar, espero vir a ter consigo uma longa conversa, Às suas ordens, senhor ministro, Boas tardes, Boas tardes, A minha vontade seria ir aí e dar-lhe um puxão de orelhas, Já não estou na idade, senhor ministro, Se alguma vez vier a ser ministro do interior, saberá que para puxões de orelhas e outras correcções nunca houve limite de idade, Que não o ouça o diabo, senhor ministro, O diabo tem tão bom ouvido que não precisa que lhe digam as coisas em voz alta, Valha-nos então deus, Não vale a pena, esse é surdo de nascença.

Assim terminou a elucidativa e chispeante conversação entre o ministro do interior e o presidente da câmara municipal, depois de terem esgrimido, um e outro, pontos de vista, argumentos e opiniões que, com todas as probabilidades, terão desorientado o leitor, já duvidoso de que os dois interlocutores pertençam de facto, como antes pensava, ao partido da direita, aquele mesmo que, como poder, anda a praticar uma suja política de repressão, tanto no plano colectivo, submetida a cidade capital ao vexame de um estado de sítio ordenado pelo próprio governo do país, como no plano individual, interrogatórios duros, detectores de mentiras, ameaças e, sabe-se lá, torturas das piores, embora mande a verdade dizer que, se as houve, não poderemos testemunhar, não estávamos presentes, o que, reparando bem, não significa muito, porquanto também não estivemos presentes na travessia do mar vermelho a pé enxuto, e toda a gente jura que aconteceu. No que ao ministro do interior se refere, já deverá ter sido notado que na couraça de guerreiro indómito que, em surda competição com o ministro da defesa, se esforça por exibir, há como que uma falha subtil, ou, para falar popularmente, uma racha onde cabe um dedo. Não fora assim e não teríamos tido que assistir aos sucessivos fracassos dos seus planos, à rapidez e facilidade com que o gume da sua espada perde o fio, como neste diálogo se acabou de confirmar, que, tendo as entradas sido de leão, foram as saídas de sendeiro, para não dizer coisa pior, veja-se por exemplo a falta de respeito demonstrada ao afirmar taxativamente que deus é mouco de nascença. Quanto ao presidente da câmara municipal, usando as palavras do ministro do interior, alegra-nos verificar que viu a luz, não a que o dito ministro quer que os votantes da capital vejam, mas a que os ditos votantes em branco esperam que alguém comece a ver. O mais corrente neste mundo, nestes tempos em que às cegas vamos tropeçando, é esbarrarmos, ao virar a esquina mais próxima, com homens e mulheres na maturidade da existência e da prosperidade, que, tendo sido aos dezoito anos, não só as risonhas primaveras do estilo, mas também, e talvez sobretudo, briosos revolucionários decididos a arrasar o sistema dos pais e pôr no seu lugar o paraíso, enfim, da fraternidade, se encontram agora, com firmeza pelo menos igual, repoltreados em convicções e práticas que, depois de haverem passado, para aquecer e flexibilizar os músculos, por qualquer das muitas versões do conservadorismo moderado, acabaram por desembocar no mais desbocado e reaccionário egoísmo. Em palavras não tão cerimoniosas, estes homens e estas mulheres, diante do espelho da sua vida, cospem todos os dias na cara do que foram o escarro do que são. Que um político do partido da direita, homem entre os quarenta e os cinquenta anos, depois de ter levado toda a sua vida sob o guarda-sol de uma tradição refrescada pelo ar condicionado da bolsa de valores e embalada pelo zéfiro vaporoso dos mercados, tenha tido a revelação, ou a simples evidência, do significado profundo da mansa insurgência da cidade que está encarregado de administrar, é algo digno de registo e merecedor de todos os agradecimentos, tão pouco habituados estamos a fenómenos desta singularidade.

Não terá passado sem reparo, por parte de leitores e ouvintes especialmente exigentes, a escassa atenção, escassa para não dizer nula, que o narrador desta fábula tem vindo a dar aos ambientes em que a acção descrita, por outro lado bastante lenta, decorre. Excepto o primeiro capítulo, em que ainda é possível observar umas quantas pinceladas adrede distribuídas sobre a assembleia eleitoral, e ainda assim limitadas a portas, lucernas e mesas, e também se exceptuarmos a presença do polígrafo ou máquina de apanhar mentirosos, o resto, que já não é pouco, passou-se como se os figurantes do relato habitassem um mundo imaterial, alheios ao conforto ou ao desconforto dos lugares onde se encontravam, e unicamente ocupados em falar. A sala onde o governo do país, por mais que uma vez, acidentalmente com assistência e participação do chefe do estado, se reuniu para debater a situação e tomar as medidas necessárias à pacificação dos ânimos e à tranquilidade das ruas, terá com certeza uma grande mesa à volta da qual os ministros se sentavam em cómodas cadeiras estofadas, e em cima da qual era impossível que não houvesse garrafas de água mineral e copos a condizer, lápis e esferográficas de cores diversas, marcadores, relatórios, volumes de legislação, blocos de apontamentos, microfones, telefones, a parafernália do costume em lugares deste calibre. Haveria lustres suspensos do tecto e apliques nas paredes, haveria portas almofadadas e janelas com cortinados, haveria alcatifas no chão, haveria quadros nas paredes e alguma tapeçaria antiga ou moderna, infalivelmente o retrato do chefe do estado, o busto da república, a bandeira da pátria. De nada disto se falou, de nada disto se falará no futuro. Mesmo aqui, no mais modesto se bem que amplo escritório do presidente da câmara municipal, com varanda para a praça e uma grande vista aérea da cidade na parede maior, não faltaria com que encher de substanciais descrições uma página ou duas, aproveitando ao mesmo tempo a dadivosa pausa para respirar fundo antes de enfrentarmos os desastres que aí vêm. Muito mais importante nos parece observar as rugas de apreensão que se cavaram na testa do presidente da câmara, talvez esteja a pensar que falou de mais, que deu ao ministro do interior a impressão, se não a certeza, de haver-se bandeado às hostes do inimigo, e que, com esta imprudência, terá comprometido, acaso sem remédio, a sua carreira política dentro e fora do partido. A outra possibilidade, tão remota como inimaginável, seria a de que as suas razões tivessem empurrado na boa direcção o ministro do interior e o levassem a reconsiderar de alto a baixo as estratégias e as tácticas com que o governo pensa acabar com a sedição. Vemo-lo abanar a cabeça, sinal seguro de que, depois de ter examinado rapidamente a hipótese, a pusera de parte por estupidamente ingénua e perigosamente irrealista. Levantou-se da cadeira onde havia permanecido sentado depois da conversa com o ministro e aproximou-se da janela. Não a abriu, correu um pouco a cortina e olhou para fora. A praça tinha o aspecto do costume, gente que passava, três pessoas sentadas num banco à sombra de uma árvore, os terraços dos cafés com os seus clientes, as vendedeiras de flores, uma mulher seguida por um cão, os quiosques de jornais, autocarros, automóveis, a paisagem de sempre. Vou sair, decidiu. Regressou à mesa e ligou para o chefe de gabinete, Necessito dar uma volta por aí, disse, comunique-o aos vereadores que se encontrarem no edifício, mas só no caso de perguntarem por mim, quanto ao resto, deixo-o nas suas mãos, Direi ao seu motorista que ponha o carro à porta, Faça-me esse favor, mas, já agora, avise-o de que não vou precisar dele, eu mesmo conduzirei, Ainda volta hoje à câmara, Espero que sim, avisá-lo-ei se resolver o contrário, Muito bem, Como está a cidade, Nada a assinalar de muito grave, não têm chegado à câmara notícias piores que as habituais, acidentes de trânsito, um ou outro engarrafamento, um pequeno incêndio sem consequências, um assalto frustrado a uma dependência bancária, Como se arranjaram eles, agora que estamos sem polícia, O assaltante era um pobre diabo, um amador, e a pistola, embora fosse autêntica, estava descarregada, Para onde o levaram, As pessoas que o desarmaram foram entregá-lo a um quartel de bombeiros, Para quê, se aí não há instalações para manter alguém detido, Em algum sítio tinham de ir pô-lo, E que aconteceu depois, Contaram-me que os bombeiros estiveram uma hora a dar-lhe bons conselhos e depois puseram-no em liberdade, Não podiam fazer outra coisa, Sim, senhor presidente, de facto não podiam fazer outra coisa, Diga à minha secretária que me avise quando o carro estiver à porta, Sim senhor. O presidente da câmara recostou-se na cadeira, à espera, cavadas outra vez as rugas da testa. Ao contrário das predições dos agoireiros, não se tinham dado durante estes dias nem mais roubos, nem mais violações, nem mais assassínios que antes. Parecia que a polícia, afinal, não fazia nenhuma falta à segurança da cidade, que a própria população, espontaneamente ou de maneira mais ou menos organizada, tinha tomado à sua conta as tarefas de vigilância. Este caso da agência bancária, por exemplo. O caso da agência bancária, pensou, nada significa, o homem devia estar nervoso, pouco seguro de si, era um novato, e os empregados do banco perceberam que dali não vinha perigo, mas amanhã poderá não ser assim, que estou eu a dizer, amanhã, hoje, agora mesmo, durante estes últimos dias houve crimes na cidade que obviamente vão ficar sem castigo, se não temos polícia, se os delinquentes não são presos, se não há investigação nem processo, se os juízes vão para casa e os tribunais não funcionam, é inevitável que a criminalidade aumente, parece que toda a gente está à espera de que a câmara municipal se encarregue do policiamento da cidade, pedem-no, exigem-no, protestam que sem segurança não haverá tranquilidade, e eu pergunto-me como, pedir voluntários, criar milícias urbanas, não me digam que vamos sair para a rua feito gendarmes de opereta, com uniformes alugados nos guarda-roupas de teatro, e as armas, onde estão as armas, e saber usá-las, e não é só, é ser capaz de usá-las, puxar de uma pistola e disparar, alguém imagina ver-me a mim, e aos vereadores, e aos funcionários da câmara, a perseguir pelos telhados o assassino da meia-noite e o violador das terças-feiras, ou nos salões da alta sociedade o ladrão de luva branca. O telefone deu sinal, era a secretária, Senhor presidente, já tem o seu carro à espera, Obrigado, disse, vou sair agora, não sei se ainda voltarei hoje, se surgir algum problema chame-me ao telefone móvel, Que tudo lhe corra bem, senhor presidente, Por que me diz isso, Nos tempos que correm é o mínimo que poderemos desejar uns aos outros, Posso fazer-lhe uma pergunta, Claro que sim, desde que eu tenha resposta para ela, Se não quiser, não responda, Estou à espera da pergunta, Em quem votou, Em ninguém, senhor presidente, Quer dizer que se absteve, Quero dizer que votei em branco, Em branco, Sim senhor presidente, em branco, E diz-mo assim, sem mais nem menos, Também mo perguntou sem mais nem menos, E isso parece que lhe deu a confiança suficiente para responder, Mais ou menos, senhor presidente, só mais ou menos, Se bem a entendo, também pensou que poderia ser um risco, Tinha esperança de que o não fosse, Afinal, como vê, teve razão em confiar, Quer dizer que não serei convidada a apresentar a minha demissão, Sossegue, durma em paz, Seria muito melhor que não precisássemos do sono para estar em paz, senhor presidente, Bem dito, Qualquer o diria, senhor presidente, não ganharei o prémio da academia com esta frase, Terá portanto de contentar-se com o meu aplauso, Dou-me por mais que compensada, Ficamos então assim, se houver necessidade chame-me ao telefone móvel, Sim senhor,

Até amanhã, se não for até logo, Até logo, até amanhã, respondeu a secretária.

O presidente da câmara municipal arrumou sumariamente os documentos espalhados sobre a mesa de trabalho, na sua maioria eram já como se tivessem que ver com outro país e outro século, não com esta capital em estado de sítio, abandonada pelo seu próprio governo, cercada pelo seu próprio exército. Se os rasgasse, se os queimasse, se os atirasse para o cesto dos papéis, ninguém lhe viria pedir contas pelo que tinha feito, as pessoas agora têm coisas muito mais importantes em que pensar, a cidade, reparando bem, já não faz parte do mundo conhecido, tornou-se numa panela cheia de comida podre e de vermes, numa ilha empurrada para um mar que não é o seu, um lugar onde rebentou um perigoso foco de infecção e que, à cautela, foi posto em regime de quarentena, à espera de que a peste perca a virulência ou, por não ter mais a quem matar, acabe por se devorar a si mesma. Pediu ao contínuo que lhe trouxesse a gabardina, pegou na pasta dos assuntos a estudar em casa e desceu. O motorista, que estava à espera, abriu a porta do carro, Disseram-me que não precisa de mim, senhor presidente, Assim é, pode ir para casa, Então, até amanhã, senhor presidente, Até amanhã. É interessante como levamos todos os dias da vida a despedir-nos, dizendo e ouvindo dizer até amanhã, e, fatalmente, em um desses dias, o que foi último para alguém, ou já não está aquele a quem o dissemos, ou já não estamos nós que o tínhamos dito. Veremos se neste amanhã de hoje, a que também costumamos chamar o dia seguinte, encontrando-se uma vez mais o presidente da câmara e o seu motorista particular, serão eles capazes de compreender até que ponto é extraordinário, até que ponto foi quase um milagre terem dito até amanhã e verem que se cumpriu como certeza o que não havia sido mais que uma problemática possibilidade. O presidente da câmara entrou no carro. Ia dar uma volta pela cidade, olhar as pessoas à passagem, sem pressas, estacionando uma vez por outra e sair para caminhar um pouco a pé, escutar o que se dissesse, enfim, tomar o pulso à cidade, avaliar a força do febrão que se estava incubando. De leituras da infância recordava que um certo rei do oriente, não estava bem certo de que fosse rei ou imperador, o mais provável é que se tratasse do califa da época, saía disfarçado de vez em quando do seu palácio para ir misturar-se com o povinho, com a arraia-miúda, e ouvir o que de si se dizia no franco parlatório das ruas e das praças. Na verdade, não seria tão franco quanto isso porque naquele tempo, como sempre, também não haviam faltado espiões para tomarem nota das apreciações, das queixas, das críticas e de algum embrionário planeamento de conspiração. É regra invariável do poder que, às cabeças, o melhor será cortá-las antes que comecem a pensar, depois pode ser demasiado tarde. O presidente da câmara não é rei desta cidade cercada, e quanto ao vizir do interior, esse exilou-se para o outro lado da fronteira e está, a esta hora, seguramente, em reunião de trabalho com os seus colaboradores, iremos sabendo quais, e para quê. Por isso este presidente da câmara não necessita ir disfarçado com barba e bigode, a cara que leva posta no sítio da cara é a sua de sempre, apenas um pouco mais preocupada que de costume, como se tem notado pelas rugas da testa. Algumas pessoas reconhecem-no, mas são poucas as que o saúdam. Não se creia, porém, que os indiferentes ou os hostis são só aqueles que votaram de origem em branco, e por conseguinte veriam nele um adversário, também não poucos dos votantes do seu próprio partido e do partido do meio o olham com indisfarçada suspicácia, para não dizer mesmo declarada antipatia, Que andará este tipo a fazer aqui, pensarão, por que veio misturar-se à escumalha dos brancosos, devia era estar no seu trabalho a merecer o que lhe pagam, se calhar, como agora a maioria passou a ser outra, veio à caça de votos, se foi essa a ideia está bem tramado, que eleições não as vai haver aqui tão cedo, se eu fosse governo sei bem o que faria, dissolveria esta câmara e nomearia em seu lugar uma comissão administrativa decente, de absoluta confiança política. Antes de prosseguirmos este relato, convirá explicar que o emprego da palavra brancoso poucas linhas atrás não foi ocasional ou fortuito nem resultou de um erro de digitação no teclado do computador, e muito menos se tratou de um neologismo que o narrador teria ido a correr inventar para suprir uma falta. O termo existe, existe mesmo, pode ser encontrado em qualquer dicionário, o problema, se problema é, reside no facto de as pessoas estarem convencidas de que conhecem o significado da palavra branco e dos seus derivados, e portanto não perdem tempo a ir certificar-se à fonte, ou então padecem da síndroma de intelecto preguiçoso e por aí se ficam, não vão mais além, à bela descoberta. Não se sabe quem terá sido na cidade o curioso investigador ou casual achador, o certo é que a palavra se espalhou rapidamente e logo com o sentido pejorativo que a simples leitura já parece provocar. Embora não nos tivéssemos referido anteriormente ao facto, deplorável em todos os seus aspectos, os próprios meios de comunicação social, em particular a televisão estatal, já estão a empregar a palavra como se se tratasse de uma obscenidade das piores. Quando ela nos aparece escrita e somente a olhamos não se dá tanto por isso, mas se a ouvimos pronunciar, com aquele franzir enojado de lábios e aquele retintim de desprezo, é preciso ser-se dotado da armadura moral de um cavaleiro da távola redonda para não correr imediatamente, de baraço ao pescoço e túnica de penitente, dando punhadas no peito e renegando todos os velhos princípios e preceitos, Brancoso fui, brancoso não serei, que me perdoe a pátria, que me perdoe o rei. O presidente da câmara municipal, que nada terá que perdoar, uma vez que não é rei nem o será nunca, nem sequer candidato às próximas eleições, deixou de observar os transeuntes, procura agora indícios de desleixo, de abandono, de deterioramento, e, pelo menos à primeira vista, não os encontra. As lojas e os grandes armazéns estão abertos, ainda que não pareça que estejam a fazer negócio por aí além, os automóveis circulam sem mais impedimentos que um ou outro engarrafamento de pouca monta, à porta dos bancos não há filas de clientes inquietos, aquelas que sempre se formam em alturas de crise, tudo parece normal, nem um só roubo de estição, nem uma só briga de tiros e navalhas, nada que não seja esta tarde luminosa, nem fria, nem quente, uma tarde que parece ter vindo ao mundo para satisfazer todos os desejos e acalmar todas as ansiedades. Mas não a preocupação ou, para ser mais literário, o desassossego interior do presidente da câmara. O que ele sente, e talvez, entre todas estas pessoas que passam, seja o único a senti-lo, é uma espécie de ameaça flutuando no ar, aquela que os temperamentos sensíveis percebem quando a massa de nuvens que tapa o céu se crispa à espera de que o trovão deflagre, quando uma porta rangeu no escuro e uma corrente de ar gelado nos veio tocar o rosto, quando um presságio maligno nos abriu as portas do desespero, quando uma risada diabólica nos dilacerou o delicado véu da alma. Nada de concreto, nada a respeito do qual se pudesse conversar com conhecimento de causa e objectividade, mas o certo é que o presidente da câmara tem de fazer um esforço enorme para não fazer parar a primeira pessoa que se cruze com ele e dizer-lhe, Tenha cuidado, não me pergunte tenho cuidado porquê, cuidado com quê, só lhe peço que tenha cuidado, pressinto que alguma coisa de mau está prestes a suceder, Se o senhor, que é presidente da câmara e tem responsabilidades, não sabe, como poderei sabê-lo eu, perguntar-lhe-iam, Não importa, o importante é que tenha cuidado, É alguma epidemia, Não creio, Um terramoto, Não nos encontramos numa região de sismos, nunca houve aqui terramotos, Uma inundação, uma cheia, Há muitos anos que o rio não sobe às margens, Então, Não lhe sei dizer, Vai-me desculpar a pergunta que lhe vou fazer, Já está desculpado mesmo antes de a ter feito, Por acaso o senhor presidente não terá, digo isto sem intenção de ofender, bebido um copo a mais, como deve saber o último é sempre o pior, Só bebo às refeições, e sempre com moderação, não sou um alcoólico, Sendo assim, não compreendo, Quando tiver sucedido, compreenderá,

Quando tiver sucedido o quê, Aquilo que está para suceder. Perplexo, o interlocutor olhou à sua volta, Se é de um polícia que está à procura para me levar preso, disse o presidente da câmara, não se canse, todos se foram, Não estava à procura de um polícia, mentiu o outro, fiquei de me encontrar aqui com um amigo, sim, ali está ele, então até outro dia, senhor presidente, passe bem, eu, com toda a franqueza, se estivesse no seu lugar, ia para casa agora mesmo e deitava-me, dormindo a gente esquece tudo, Nunca me deito a esta hora, Para estar deitado todas as horas são boas, assim lhe diria o meu gato, Posso fazer-lhe também uma pergunta, Ora essa, senhor presidente, à vontade, Votou em branco, Anda a fazer um inquérito, Não, é só uma curiosidade, mas se não quiser, não responda. O homem hesitou um segundo, depois, sério, respondeu, Sim senhor, votei em branco, que eu saiba não é proibido, Proibido não é, mas veja o resultado. O homem parecia ter-se esquecido do amigo imaginário, Senhor presidente, eu, pessoalmente, não tenho nada contra si, sou até capaz de reconhecer que tem feito bom trabalho na câmara municipal, mas a culpa disso a que está a chamar resultado não é minha, votei como me apeteceu, dentro da lei, agora vocês que se amanhem, se acham que a batata escalda, soprem-lhe, Não se altere, eu só pretendi avisá-lo, Ainda estou para saber de quê, Mesmo querendo, não saberia explicar, Então tenho estado aqui a perder o meu tempo, Desculpe-me, tem o seu amigo à espera, Não tenho nenhum amigo à espera, só queria era ir-me embora, Então agradeço-lhe que tenha ficado um pouco mais, Senhor presidente, Diga, diga, não faça cerimónia, Se algo sou capaz de entender do que se passa na cabeça da gente, o que o senhor tem aí é um remorso de consciência, Remorso pelo que não fiz, Há quem afirme que esse é o pior de todos, o remorso de termos permitido que se fizesse, Talvez tenha razão, vou pensar nisso, seja como for, tenha cuidado, Terei, senhor presidente, e agradeço-lhe o aviso, Embora continuando a não saber de quê, Há pessoas que nos merecem confiança, É a segunda pessoa que mo diz hoje, Nesse caso pode dizer que já ganhou o dia, Obrigado, Até à vista, senhor presidente, Até à vista.

O presidente voltou atrás, ao sítio onde havia deixado o carro estacionado, ia satisfeito, pelo menos conseguira avisar uma pessoa, se ele passar palavra, em poucas horas toda a cidade estará alerta, pronta para o que der e vier, Não devo estar em meu juízo perfeito, pensou, é evidente que o homem nada dirá, não é parvo como eu, bem, não se trata de uma questão de parvoíce, que eu tenha sentido uma ameaça que sou incapaz de definir é coisa minha, não dele, o melhor que tenho a fazer é seguir o conselho que me deu, ir para casa, nunca terá sido perdido o dia em que fomos contemplados, ao menos, com um bom conselho. Entrou no carro e avisou dali o chefe de gabinete de que não voltaria à câmara municipal. Morava numa rua do centro, não longe da estação do metro de superfície que servia uma grande parte do sector leste da cidade. A mulher, médica cirurgiã, não estará em casa, hoje é o seu turno de piquete nocturno no hospital, e, quanto aos dois filhos, o rapaz está no exército, possivelmente é um dos que estão a defender a fronteira com uma metralhadora pesada a postos e a máscara contra os gases pendurada ao pescoço, e a rapariga, no estrangeiro, trabalha como secretária e intérprete num organismo internacional, daqueles que vão instalar as suas monumentais e luxuosas sedes nas cidades mais importantes, politicamente falando, claro está. A ela, de alguma coisa lhe haverá servido ter um pai bem colocado no sistema oficial dos favores que se cobram e se pagam, que se fazem e se retribuem. Como até os melhores conselhos, na melhor das hipóteses, só se seguem em metade, o presidente da câmara não se deitou. Estudou os papéis que havia trazido, tomou decisões sobre alguns, a outros adiou-os para segundo exame. Quando a hora de jantar se aproximou, foi à cozinha, abriu o frigorífico, mas não encontrou nada que lhe despertasse o apetite. A mulher tinha pensado nele, não o deixaria passar fome, mas o esforço de pôr a mesa, aquecer a comida, lavar depois os pratos, parecia-lhe hoje sobre-humano. Saiu e foi a um restaurante. Já sentado à mesa, enquanto esperava que o servissem, telefonou à mulher, Como vai o teu trabalho, perguntou-lhe, Sem demasiados problemas, e tu como estás, Estou bem, só um pouco inquieto, Não te pergunto porquê, com esta situação, É algo mais, uma espécie de estremecimento interior, uma sombra, como um mau agouro, Não te conhecia supersticioso, Sempre chega a hora para tudo, Ouço ruído de vozes, onde estás, No restaurante, depois irei para casa, ou talvez passe antes por aí a ver-te, ser presidente da câmara abre muitas portas, Posso estar a operar, posso demorar-me, Bom, já o pensarei, um beijo, Outro, Grande, Enorme. O criado trouxe-lhe o prato, Aqui tem, senhor presidente, que lhe faça bom proveito. Estava a levar o garfo à boca quando uma explosão fez estremecer de alto a baixo o edifício, ao mesmo tempo que rebentavam em estilhaços os vidros de dentro e fora, mesas e cadeiras foram atiradas ao chão, havia pessoas a gritar e a gemer, algumas estavam feridas, outras aturdidas pelo choque, outras trémulas de susto. O presidente da câmara sangrava de um corte na cara causado por um pedaço de vidro. Era evidente que tinham sido atingidos pela onda expansiva do rebentamento. Deve ter sido na estação de metro, disse entre soluços uma mulher que tentava levantar-se. Apertando um guardanapo contra a ferida, o presidente da câmara correu para a rua. Os vidros estalavam-lhe debaixo dos pés, lá adiante erguia-se uma espessa coluna de fumo negro, pareceu-lhe mesmo ver um resplendor de incêndio, Aconteceu, é na estação, pensou. Tinha lançado fora o guardanapo ao compreender que levar a mão apertada contra a cara lhe entorpecia os movimentos, agora o sangue descia livremente pela face e pelo pescoço e ia empapar-se no colarinho. Perguntando-se a si mesmo se o serviço ainda funcionaria, parou um momento para marcar o número do telefone que atendia as emergências, mas o nervosismo da voz que lhe respondeu indicava que a notícia já era lá conhecida, Fala o presidente da câmara, rebentou uma bomba na estação principal do metro de superfície sector leste, mandem tudo o que puderem, os bombeiros, a protecção civil, escuteiros, se ainda se encontram, enfermeiros, ambulâncias, material de primeiros socorros, tudo o que tiverem ao vosso alcance, ah, outra coisa, se há alguma maneira de saber onde vivem agentes da polícia reformados, chamem-nos também, que venham ajudar, Os bombeiros já vão a caminho, senhor presidente, estamos a fazer todos os esforços para. Cortou a ligação e precipitou-se outra vez à carreira. Havia pessoas correndo ao seu lado, algumas, mais rápidas, passavam-lhe à frente, a ele pesavam-lhe as pernas, eram como chumbo, e parecia que os foles dos pulmões se recusavam a respirar o ar espesso e malcheiroso, e uma dor, uma dor que rapidamente se lhe fixara à altura da traqueia, aumentava a cada instante. A estação estava já a uns cinquenta metros, o fumo pardo, cinzento, iluminado pelo incêndio, subia em novelos furiosos. Quantos mortos estarão ali dentro, quem pôs esta bomba, perguntou-se o presidente da câmara. Ouviam-se já perto as sereias das viaturas dos bombeiros, os uivos aflitivos, mais de quem implora socorro do que de quem o vem trazer, eram cada vez mais agudos, de um momento para o outro vão irromper de uma destas esquinas. A primeira viatura apareceu quando o presidente da câmara abria caminho por entre o ajuntamento de pessoas que tinham corrido a ver o desastre, Sou o presidente, dizia, sou o presidente da câmara, deixem-me passar, por favor, e sentia-se dolorosamente ridículo ao repeti-lo uma e outra vez, consciente de que o facto de ser presidente não lhe abriria todas as portas, ali dentro, mesmo, para não ir mais longe, havia pessoas para quem se tinham fechado definitivamente as da vida. Em poucos minutos, grossos jorros de água estavam a ser projectados pelas aberturas do que antes haviam sido portas e janelas, ou subiam ao ar e iam molhar as estruturas superiores para tentar reduzir o perigo de que o fogo alastrasse. O presidente da câmara dirigiu-se ao chefe dos bombeiros, Que lhe parece isto, comandante, perguntou, Do pior que vi alguma vez, até tenho a impressão de que me cheira a fósforo, Não diga isso, não é possível, Será impressão minha, quem dera que esteja enganado. Nesse momento apareceu um carro de reportagem da televisão, logo apareceram outros, da imprensa, da rádio, agora o presidente da câmara, rodeado de projectores e microfones, responde às perguntas, Quantos mortos calcula que terá havido, De que informações dispõe já, Quantos feridos, Quantas pessoas queimadas, Quando pensa que a estação poderá voltar a funcionar, Há alguma suspeita de quem tenham sido os autores do atentado, Foi recebido algum aviso antes do rebentamento, Em caso afirmativo, quem o recebeu, e que medidas foram tomadas para evacuar a estação a tempo, Parece-lhe que se terá tratado de uma acção terrorista executada por algum grupo relacionado com o actual movimento de subversão urbana, Espera que venham a verificar-se mais atentados deste tipo, Como presidente da câmara municipal e única autoridade da cidade, quais são os meios de que dispõe para proceder às necessárias investigações. Quando a chuva de perguntas se interrompeu, o presidente da câmara deu a única resposta possível naquela circunstância, Algumas das questões ultrapassam as minhas competências, portanto não lhes posso responder, suponho, no entanto, que o governo não deverá tardar a fazer uma declaração oficial, quanto às questões restantes, só posso dizer que estamos a fazer tudo quanto é humanamente possível para acudir às vítimas, oxalá consigamos chegar a tempo, ao menos para algumas, Mas quantos mortos há, afinal, insistiu um jornalista, Quando pudermos entrar naquele inferno o saberemos, até esse momento poupe-me, por favor, a perguntas estúpidas. Os jornalistas protestaram que aquela não era uma maneira correcta de tratar a comunicação social, que estavam ali a cumprir com o seu dever de informar e portanto tinham direito a que os respeitassem, mas o presidente da câmara cortou à nascença o discurso corporativo, Hoje houve um jornal que se atreveu a pedir um banho de sangue, ainda não foi desta vez, os queimados não sangram, só se transformam em torresmos, e agora deixem-me passar, por favor, não tenho mais nada a dizer, serão convocados quando dispusermos de informações concretas. Ouviu-se um murmúrio geral de desaprovação, lá atrás uma palavra desdenhosa, Quem julga ele que é, mas o presidente da câmara não fez nenhum esforço para averiguar donde viera o desacato, ele próprio não fizera mais que perguntar-se durante as últimas horas, Quem julgo eu que sou.

Duas horas depois o fogo foi declarado extinto, mais duas horas durou o rescaldo, mas ainda não era possível saber quantas pessoas tinham morrido. Umas trinta ou quarenta que, com ferimentos de diversa gravidade haviam escapado aos piores efeitos da explosão por se encontrarem numa zona do átrio afastada do local do rebentamento, foram transportadas ao hospital. O presidente da câmara manteve-se ali até ao final do rescaldo, só aceitou retirar-se depois de o comandante dos bombeiros lhe ter dito, Vá descansar, senhor presidente, deixe o resto connosco, e faça algo a esse ferimento que tem na cara, não percebo como ninguém aqui deu por ele, Não tem importância, estavam ocupados em coisas mais sérias. Depois perguntou, E agora, Agora, procurar e retirar os cadáveres, alguns estarão despedaçados, a maior parte carbonizados, Não sei se poderei suportar, No estado em que o vejo, não suportará, Sou um cobarde, A cobardia nada tem que ver com isto, senhor presidente, eu desmaiei a primeira vez, Obrigado, faça o que puder, Apagar o último tição, o mesmo que nada, Pelo menos estará aqui. Sujo de fuligem, com a face negra de sangue coagulado, começou, penosamente, a caminhar em direcção a casa. Doía-lhe o corpo todo, de ter corrido, da tensão nervosa, de ter estado tanto tempo de pé. Não valia a pena telefonar à mulher, a pessoa que de lá o atendesse com certeza diria, Lamento, senhor presidente, a senhora doutora está a operar, não pode vir ao telefone. De um lado e do outro da rua havia pessoas às janelas, mas ninguém o reconheceu. Um autêntico presidente de câmara transporta-se no seu carro oficial, tem um secretário para lhe levar a pasta dos documentos, três guarda-costas para lhe abrirem caminho, e aquele que ali vai é um vagabundo sujo e fedorento, um homem triste à beira das lágrimas, um fantasma a quem ninguém empresta um balde de água para lavar o lençol. O espelho do elevador mostrou-lhe a cara carbonizada que teria neste momento se se encontrasse no átrio da estação quando a bomba explodiu, Horror, horror, murmurou. Abriu a porta com as mãos trémulas e dirigiu-se à casa de banho. Retirou do armário a caixa de primeiros socorros, o maço de algodão, a água oxigenada, um desinfectante líquido iodado, pensos adesivos de tamanho grande. Pensou, O mais certo é isto precisar de uns pontos. A camisa estava manchada de sangue até ao cós das calças, Sangrei mais do que julgava. Despiu o casaco, desfez a custo o nó pegajoso da gravata, tirou a camisa. A camisola interior também estava suja de sangue, O que deveria era lavar-me, meter-me debaixo do duche, não, não pode ser, seria um disparate, a água arrastaria a crosta que cobre a ferida e o sangue voltaria a correr, disse em voz baixa, deveria, sim, deveria, deveria quê. A palavra era como um corpo morto que tivesse vindo atravessar-se no seu caminho, tinha de descobrir o que ela queria, levantar o cadáver. Os bombeiros e os auxiliares da protecção civil entram na estação. Levam macas, protegem as mãos com luvas, a maior parte deles nunca pegou num corpo queimado, agora irão saber o que custa. Deveria. Saiu da casa de banho, foi ao escritório, sentou-se à secretária. Pegou no telefone e marcou um número reservado. São quase três horas da madrugada. Uma voz respondeu, Gabinete do ministro do interior, quem fala, O presidente da câmara da capital, desejo falar com o senhor ministro, é urgentíssimo, se está em casa ponha-me em comunicação, Um momento, por favor. O momento durou dois minutos, Estou, Senhor ministro, há algumas horas explodiu uma bomba na estação do metro de superfície sector leste, ainda não se sabe quantas mortes terá causado, mas tudo indica que serão muitas, os feridos contam-se por três ou quatro dezenas, Já estou informado, Se só agora lhe telefono é porque estive todo o tempo no local, Fez muito bem. O presidente da câmara respirou fundo, perguntou, Não tem nada para me dizer, senhor ministro, A que se refere, Se tem alguma ideia acerca de quem pôs a bomba, Parece bastante claro, os seus amigos do voto em branco resolveram passar à acção directa, Não acredito, Quer acredite, quer não, a verdade é essa, É, ou vai ser, Entenda-o como quiser, Senhor ministro, o que se passou aqui foi um crime hediondo, Suponho que tem razão, assim se lhes costuma chamar, Quem pôs a bomba, senhor ministro, Você parece perturbado, aconselho-o a ir descansar, volte a telefonar-me quando for dia, mas nunca antes das dez da manhã, Quem pôs a bomba, senhor ministro, Que pretende insinuar, Uma pergunta não é uma insinuação, insinuação seria se eu lhe dissesse o que ambos estamos a pensar neste momento, Os meus pensamentos não têm por que coincidir com o que pensa um presidente de município, Coincidem desta vez, Cuidado, está a ir demasiado longe, Não estou a ir, já cheguei, Que quer dizer, Que estou a falar com quem tem directa responsabilidade no atentado, Está doido, Preferiria estar, Atrever-se a lançar suspeitas sobre um membro do governo, isto é inaudito, Senhor ministro, a partir deste momento deixo de ser presidente da câmara municipal desta cidade sitiada, Amanhã falaremos, de todo o modo tome já nota de que não aceito a sua demissão, Terá de aceitar o abandono, faça de conta que morri, Nesse caso aviso-o, em nome do governo, de que se arrependerá amargamente, ou nem terá tempo para arrepender-se, se não guardar sobre este assunto um silêncio absoluto, suponho que não lhe deverá custar muito, uma vez que me diz que está morto, Nunca imaginei que se pudesse estar tanto. O telefone foi desligado no outro lado. O homem que havia sido presidente da câmara municipal levantou-se e foi para o quarto de banho. Despiu-se e meteu-se debaixo do duche. A água quente desfez rapidamente a crosta que se formara sobre a ferida, o sangue começou a correr. Os bombeiros acabam de encontrar o primeiro corpo carbonizado.

Vinte e três mortos já contados, e não sabemos quantos ainda se irão descobrir debaixo dos escombros, vinte e três mortos pelo menos, senhor ministro do interior, repetia o primeiro-ministro batendo com a mão direita espalmada nos jornais abertos sobre a mesa, Os meios de comunicação social são praticamente unânimes em atribuir o atentado a algum grupo terrorista relacionado com a insurreição dos brancosos, senhor primeiro-ministro, Em primeiro lugar peço-lhe, como um grande favor, que não volte a pronunciar na minha presença a palavra brancoso, é só por uma questão de bom gosto, nada mais, e em segundo lugar explique-me o que significa, na sua boca, a expressão praticamente unânimes, Significa que há apenas duas excepções, estes dois pequenos jornais que não aceitam a versão que começou a correr e exigem uma investigação a fundo, Interessante, Veja, senhor primeiro-ministro, a pergunta deste. O primeiro-ministro leu em voz alta, Queremos Saber Donde Veio A Ordem, E este, menos directo, mas que aponta na mesma direcção, Queremos A Verdade Doa A Quem Doer. O ministro do interior continuou, Não é alarmante, não creio que tenhamos de preocupar-nos, até é conveniente que estas dúvidas apareçam para que não se diga que é tudo a voz do amo, Quer então dizer que vinte e três ou mais mortos não o preocupam, Tratava-se de um risco calculado, senhor primeiro-ministro, À vista do que sucedeu, um risco muito mal calculado, Reconheço que também poderá ser considerado assim, Tínhamos pensado num artefacto não demasiado potente, que pouco mais causasse que um susto, Infelizmente algo terá falhado na cadeia de transmissão da ordem, Gostaria de ter a certeza de que foi essa a única razão, Tem a minha palavra, senhor primeiro-ministro, posso assegurar-lhe que a ordem foi correctamente dada, A sua palavra, senhor ministro do interior, Dou-lha pelo que valha, Sim, pelo que valha, Fosse como fosse, saberíamos que haveria mortos, Mas não vinte e três, Se tivessem sido só três não estariam menos mortos que estes, a questão não está no número, A questão também está no número, Quem quiser os fins terá de querer os meios, permita-me que lho recorde, Já ouvi essa frase muitas vezes, E esta não foi a última, mesmo que não seja da minha boca que a ouça na próxima vez, Senhor ministro do interior, nomeie imediatamente uma comissão de investigação, Para chegar a que conclusões, senhor primeiro-ministro, Ponha a comissão a funcionar, o resto ver-se-á depois, Muito bem, Providencie todo o auxílio necessário às famílias das vítimas, tanto dos falecidos como dos que se encontram hospitalizados, dê instruções à câmara municipal para que se encarregue dos enterros, No meio de toda esta confusão, esqueci-me de o informar de que o presidente da câmara se demitiu, Demitiu-se, porquê, Mais exactamente, abandonou o cargo, Demitir-se ou ter abandonado, é-me indiferente neste momento, pergunto é porquê, Chegou à estação logo após a explosão e os nervos foram-se-lhe abaixo, não aguentou o que viu, Nenhuma pessoa o aguentaria, eu não o aguentaria, imagino que o senhor ministro do interior também não, portanto terá de haver outro motivo para um abandono tão súbito como esse, Pensa que o governo tem responsabilidade no caso, não se limitou a insinuar a suspeita, foi mais do que explícito, Crê que tenha sido ele quem soprou a ideia a estes dois jornais, Com toda a franqueza, senhor primeiro-ministro, não creio, e olhe que bem me apeteceria carregá-lo com a culpa, Que vai fazer agora esse homem, A mulher é médica nos hospitais, Sim, conheço-a, Têm de que viver enquanto não encontrar uma colocação, E entretanto, Entretanto, senhor primeiro-ministro, se é isso que quer dizer, mantê-lo-ei debaixo da mais estrita vigilância, Que diabo se passou na cabeça desse homem, parecia-me de toda a confiança, membro leal do partido, excelente carreira política, um futuro, A cabeça dos seres humanos nem sempre está completamente de acordo com o mundo em que vivem, há pessoas que têm dificuldade em ajustar-se à realidade dos factos, no fundo não passam de espíritos débeis e confusos que usam as palavras, às vezes habilmente, para justificar a sua cobardia, Vejo-o conhecedor da matéria, foi das suas próprias experiências que lhe veio esse saber, Teria eu o cargo que desempenho no governo, este de ministro do interior, se tal me tivesse acontecido, Suponho que não, mas neste mundo tudo é possível, imagino que os nossos melhores especialistas em tortura também beijam os filhos quando chegam a casa, e alguns, se calhar, chegam mesmo a chorar no cinema, O ministro do interior não é excepção, sou um sentimental, Folgo em sabê-lo. O primeiro-ministro folheou lentamente os jornais, olhou as fotografias uma a uma com um misto de repugnância e apreensão, e disse, Deve querer saber por que não o demito, Sim senhor primeiro-ministro, tenho curiosidade em conhecer as suas razões, Se eu o fizesse, as pessoas iriam pensar uma destas duas coisas, ou que, independentemente da natureza e do grau de culpa, o considerava responsável directo do que havia sucedido, ou que, simplesmente, castigava a sua suposta incompetência por não ter previsto a eventualidade de um acto de violência deste tipo, abandonando a capital à sua sorte, Calculava que as razões fossem essas, conheço as regras do jogo, Evidentemente, uma terceira razão, possível, como tudo o é, mas improvável, estava fora de causa, Qual, A de que revelasse publicamente o segredo deste atentado, O senhor primeiro-ministro sabe melhor que ninguém que nenhum ministro do interior, em qualquer época e em qualquer país do mundo, abriu alguma vez a boca para falar das misérias, das vergonhas, das traições e dos crimes do seu ofício, portanto pode ficar descansado, também neste caso não serei uma excepção, Se vem a saber-se que aquela bomba foi mandada pôr por nós, daremos aos que votaram em branco a última razão que lhes faltava, É uma maneira de ver que, com perdão, me parece ofender a lógica, senhor primeiro-ministro, Porquê, E que, se me permite dizê-lo, não honra o habitual rigor do seu pensamento, Explique-se, É que, quer venha a saber-se, ou não, se eles passavam a ter razão, é porque já a tinham antes. O primeiro-ministro afastou os jornais da sua frente e disse, Tudo isto me faz recordar a velha história do aprendiz de feiticeiro, aquele que não soube conter as forças mágicas que tinha posto em movimento, Quem é, neste caso, em sua opinião, senhor primeiro-ministro, o aprendiz de feiticeiro, eles, ou nós, Receio bem que ambos, eles meteram-se por um caminho que não tem saída e não pensaram nas consequências, E nós fomos atrás deles, Assim é, agora trata-se de saber qual será o próximo passo, No que ao governo respeita, nada mais que manter a pressão, é evidente que depois do que acaba de ocorrer não nos convém ir mais longe na acção, E eles, Se são certas as informações que me chegaram antes mesmo de vir para aqui estariam a preparar uma manifestação, Que pretendem eles conseguir com isso, as manifestações nunca serviram para nada, ou então nunca as autorizaríamos, Suponho que apenas querem protestar contra o atentado, e, no que se refere à autorização do ministério do interior, desta vez nem sequer têm de perder tempo a pedi-la, Sairemos alguma vez desta embrulhada, Isto não é assunto para feiticeiros, senhor primeiro-ministro, sejam eles diplomados ou aprendizes, mas no fim, como sempre, ganhará aquele que tiver mais força, Ganhará aquele que tiver mais força no derradeiro instante, e aí ainda não chegámos, a força que agora temos pode não ser suficiente nessa altura, Eu tenho confiança, senhor primeiro-ministro, um estado organizado não pode perder uma batalha destas, seria o fim do mundo, Ou o começo doutro, Não sei que deva pensar dessas palavras, senhor primei-ro-ministro, Por exemplo, não pense em ir dizer por aí que o pri-meiro-ministro anda com ideias derrotistas, Nunca tal coisa me passaria pela cabeça, Ainda bem, Evidentemente, o senhor pri-meiro-ministro falava em teoria, Assim é, Se não precisa mais de mim, volto ao meu trabalho, O presidente disse-me que teve uma inspiração, Qual, Não quis explicar-se mais, aguarda os aconteci-mentos, Oxalá sirva para algo, É o chefe do estado, Isso mesmo queria eu dizer, Mantenha-me ao corrente, Sim senhor primeiro-ministro, Até logo, Até logo, senhor primeiro-ministro.

As informações chegadas ao ministério do interior eram cor-rectas, a cidade preparava-se para uma manifestação. O número definitivo de mortos havia passado a trinta e quatro. Não se sabe de onde nem como, nasceu a ideia, logo aceite por toda a gente, de que os corpos não deveriam ser enterrados nos cemitérios como mortos normais, que as sepulturas deveriam ficar per omnia sæcula sæculorum no terreno ajardinado fronteiro à estação de metro. Contudo, algumas famílias, não muitas, conhecidas pelas suas convicções políticas de direita e inamovíveis da certeza de que o atentado havia sido obra de um grupo terrorista directamen-te relacionado, como afirmavam os meios de comunicação social, com a conspiração contra o estado de direito, recusaram-se a entregar à comunidade os seus inocentes mortos, Estes, sim, ino-centes de toda a culpa, clamavam, porque haviam sido em toda a sua vida cidadãos respeitadores do próprio e do alheio, porque haviam votado como os seus pais e avós, porque eram pessoas de ordem e agora vítimas mártires da violência assassina. Alegavam também, já noutro tom, talvez para que não parecesse demasiado escandalosa uma tal falta de solidariedade cívica, que possuíam os seus jazigos históricos e que era arraigada tradição da estirpe fami-liar que se mantivessem unidos, depois de mortos, também per omnia sæcula sæculorum, aqueles que, em vida, unidos sempre haviam vivido. O enterro colectivo não iria ser, portanto, de trinta e quatro cadáveres, mas de vinte e sete. Mesmo assim, há que reconhecer que era muita gente. Enviada não se sabe por quem, mas não certamente pela câmara municipal, que, como sabemos, estará sem mando até que o ministro do interior exare o necessário despacho de substituição, enviada por não se sabe quem, dizíamos, apareceu no jardim uma máquina enorme e cheia de braços, dessas chamadas polivalentes, como um gigante transformista, que arrancam uma árvore no tempo que leva a soltar um suspiro e que teriam sido capazes de abrir as vinte e sete covas em menos de um amém-jesus se os coveiros dos cemitérios, também eles apegados à tradição, não se tivessem apresentado para executar o trabalho artesanalmente, isto é, com enxada e pá. O que a máquina veio fazer foi precisamente arrancar meia dúzia de árvores que estorvavam, ficando o terreno, depois de bem calcado e aplanado a cilindro, como se para campo santo e descanso eterno tivesse sido criado de raiz, e logo foi, à máquina nos referimos, plantar noutro sítio as árvores e as suas sombras.

Três dias depois do atentado, manhã cedo, começaram as pessoas a sair para a rua. Iam caladas, graves, muitas levavam bandeiras brancas, todas um fumo branco no braço esquerdo, e não venham os protocolistas em exéquias dizer-nos que um sinal de luto não pode ser branco, quando estamos informados de que neste país já o foi, quando sabemos que para os chineses o foi sempre, e isto para não falarmos dos japoneses, que iriam agora todos de azul se o caso fosse com eles. Às onze horas a praça já estava cheia, mas ali não se ouvia mais que o imenso respirar de multidão, o surdo sussurro do ar entrando e saindo dos pulmões, inspirar, expirar, alimentando de oxigénio o sangue destes vivos, inspirar, expirar, inspirar, expirar, até que de repente, não completemos a frase, esse momento, para os que aqui vieram, sobreviventes, ainda está por chegar. Viam-se inúmeras flores brancas, crisântemos em quantidade, rosas, lírios, jarros, alguma flor de cacto de translúcida alvura, milhares de malmequeres a quem se perdoava o botãozinho negro do centro. Alinhadas a vinte passos, as urnas foram subidas aos ombros de parentes e amigos dos falecidos, os que os tinham, levadas em andamento funerário até às covas, e depois, sob a orientação habilitada dos enterradores de profissão, paulatinamente descidas por cordas até tocarem com um som cavo no fundo. As ruínas da estação pareciam desprender ainda um cheiro de carne queimada. A não poucos há-de parecer incompreensível que uma cerimónia tão comovedora, de tão pungente luto colectivo, não tivesse sido agraciada pelo influxo consolatório que teria resultado dos exercícios rituais de encomendação dos vários institutos religiosos implantados no país, por esta maneira se privando as almas dos defuntos do seu mais seguro viático e a comunidade dos vivos de uma demonstração prática de ecumenicidade que talvez pudesse contribuir para reconduzir ao aprisco a transviada população. O motivo da deplorável ausência só pode ser explicado pelo temor das diversas igrejas de se tornarem alvo de suspeitas de cumplicidade, ao menos tácticas, que as estratégicas seriam muito mais graves, com a insurgência branca. Também não devem ser alheias a esta falta umas quantas chamadas telefónicas feitas pessoalmente pelo primeiro-ministro com mínimas variações sobre o mesmo tema, O governo da nação lamentaria que uma impensada assistência da vossa igreja ao acto fúnebre anunciado, se bem que espiritualmente justificada, viesse a ser considerada e em consequência explorada como apoio político, se não mesmo ideológico, ao obstinado e sistemático desacatamento que uma importante parte da população da capital tem vindo a opor à legítima e constitucional autoridade democrática. Foram portanto lhanamente laicos os enterros, o que não quer dizer que algumas silenciosas orações particulares, aqui e além, não tivessem subido aos diversos céus e lá acolhidas com benevolente simpatia. Ainda as covas se encontravam abertas, houve alguém, sem dúvida com a melhor das intenções, que se adiantou para pronunciar um discurso, mas o propósito foi imediatamente contestado pelos circunstantes, Nada de discursos, aqui cada um com o seu desgosto e todos com a mesma pena. E tinha razão quem deste claro modo se pronunciou. Além disso, se a ideia do frustrado orador era essa, seria impossível fazer ali de enfiada o elogio fúnebre de vinte e sete pessoas, entre homens e mulheres, e alguma criancinha ainda sem história. Que aos soldados desconhecidos não lhes façam nenhuma falta os nomes que usaram em vida para que todas as honras, as devidas e as oportunas, lhes sejam prestadas, bem está, se nisso quisermos convir, mas estes defuntos, na sua maioria irreconhecíveis, dois ou três deles por identificar, se alguma coisa ainda querem é que os deixemos em paz. Àqueles leitores pontilhosos, justamente preocupados com a boa ordenação do relato, que desejem saber por que não se fizeram as indispensáveis e já habituais provas de adn, só podemos dar como resposta honesta a nossa total ignorância, embora nos permitamos imaginar que aquela conhecidíssima e malbaratada expressão, Os nossos mortos, tão comum, de tão rotineiro consumo nas arengas patrióticas, teria sido aqui tomada à letra, isto é, sendo estes mortos, todos eles, pertença nossa, a nenhum deveremos considerar exclusivamente nosso, donde resulta que uma análise ao adn que levasse em conta todos os factores, incluindo, em particular, os não biológicos, por muito que rebuscasse na hélice não conseguiria mais que confirmar uma propriedade colectiva que já antes não precisava de provas. Fortes motivos teve portanto aquele homem, se é que não foi antes uma mulher, quando disse, consoante acima ficou registado, Aqui, cada um com o seu desgosto e todos com a mesma pena. Entretanto, a terra foi empurrada para dentro das covas, distribuíram-se as flores equanimemente, aqueles que tinham razões para chorar foram abraçados e consolados pelos outros, se tal era possível sendo a dor tão recente. O ente querido de cada um, de cada família, está aqui, porém não se sabe exactamente onde, talvez nesta cova, talvez naquela, o melhor será que choremos sobre todas elas, estava com a verdade aquele pastor de ovelhas que disse, vá lá saber-se onde o teria aprendido, Não há maior respeito que chorar por alguém a quem não se conheceu.

O inconveniente destas digressões narrativas, ocupados como estivemos com intrometidos excursos, é acabar por descobrir, porém demasiado tarde, que, mal nos tínhamos precatado, os acontecimentos não esperaram por nós, que já lá vão adiante, e que, em lugar de havermos anunciado, como é elementar obrigação de qualquer contador de histórias que saiba do seu ofício, o que iria suceder, não nos resta agora outro remédio que confessar, contritos, que já sucedeu. Ao contrário do que tínhamos suposto, a multidão não se dispersou, a manifestação prossegue, e agora avança em massa, a toda a largura das ruas, em direcção, segundo se está vozeando, ao palácio do chefe do estado. E no caminho fica-lhes, nem mais nem menos, a residência oficial do primeiro-ministro. Os jornalistas da imprensa, da rádio e da televisão que acompanham a cabeça da manifestação tomam nervosas notas, descrevem os sucessos via telefone às redacções em que trabalham, desafogam, excitados, as suas inquietações profissionais e de cidadãos, Ninguém parece saber aqui o que se vai passar, mas temos motivos para temer que a multidão se esteja a preparar para tomar de assalto o palácio presidencial, não sendo de excluir, diríamos até, admitimo-lo como altamente provável, que venha a saquear a residência oficial do primeiro-ministro e todos os ministérios que encontre pela frente, não se trata de uma previsão apocalíptica fruto do nosso espanto, bastará olhar para os rostos descompostos de toda esta gente, vê-se que não há nenhum exagero em dizer que cada uma destas caras reclama sangue e destruição, e assim chegamos à lamentável conclusão, ainda que muito nos custe dizê-lo em voz alta e para todo o país, que o governo, que tão eficaz se tinha mostrado noutros apartados e por isso foi aplaudido pelos cidadãos honestos, actuou com uma censurável imprudência quando decidiu deixar a cidade abandonada aos instintos das multidões enfurecidas, sem a presença paternal e dissuasória dos agentes de autoridade na rua, sem polícia de choque, sem gases lacrimogéneos, sem carros da água, sem cães, enfim, sem freio, para que fique tudo dito em uma só palavra. O discurso da catástrofe anunciada atingiu o ponto mais alto do histerismo informativo à vista da residência do chefe do governo, um palacete burguês do estilo oitocentista tardio, aí os gritos dos jornalistas transformaram-se em alaridos, É agora, é agora, agora tudo pode acontecer, que a virgem santíssima nos proteja a todos, que os gloriosos manes da pátria, lá do empíreo aonde subiram, possam abrandar os corações coléricos desta gente. Tudo poderia acontecer, realmente, mas afinal nada aconteceu, salvo deter-se a manifestação, esta pequena parte que dela vemos, no cruzamento em que o palacete, com o seu jardinzinho à volta, ocupa uma das esquinas, o resto derramando-se pela calçada abaixo, pelos largos e ruas limítrofes, se ainda cá estivessem os aritméticos da polícia diriam que, ao todo, não eram mais que cinquenta mil pessoas, quando o número exacto, o número autêntico, porque as contámos todas, uma por uma, era dez vezes maior.

Foi aqui, estando a manifestação parada e em absoluto silêncio, que um arguto repórter de televisão descobriu naquele mar de cabeças um homem que, apesar de levar um penso que lhe cobria quase metade da cara, ainda assim pôde reconhecer, e tanto mais facilmente quanto é certo que no primeiro relance de olhos havia tido a sorte de captar, fugidia, uma imagem da face sã, que, como se compreenderá sem dificuldade, tanto confirma o lado da ferida como é por ele confirmada. Arrastando atrás de si o operador de imagem, o repórter começou a abrir caminho por entre a multidão, dizendo para um lado e para outro, Com licença, com licença, deixem passar, abram campo, é muito importante, e logo, quando já se aproximava, Senhor presidente, senhor presidente, por favor, mas o que ia pensando não era tão cortês, Que raio veio fazer aqui este gajo. Os repórteres são em geral dotados de boa memória e este não tinha esquecido a afronta pública de que a corporação informativa fora vítima imerecida na noite da bomba por parte do presidente da câmara municipal. Agora iria ele saber como elas doíam. Meteu-lhe à cara o microfone e fez ao operador de imagem um sinal ao estilo de seita secreta que tanto poderia significar Grava como Esborracha-o, e que, na presente situação, provavelmente significaria uma e outra coisas, Senhor presidente, permita-me que lhe manifeste a minha estupefacção por vir encontrá-lo aqui, Estupefacção, porquê, Acabo agora mesmo de o dizer, por vê-lo numa manifestação destas, Sou um cidadão como outro qualquer, manifesto-me quando e como entenda, e muito mais agora que já não é necessário pedir autorização, Não é um cidadão qualquer, é o presidente da câmara municipal, Está enganado, há três dias deixei de ser presidente da câmara, pensei que a notícia já fosse conhecida, Que eu saiba, não, até agora não recebemos qualquer comunicação oficial sobre o assunto, nem da câmara, nem do governo, Suponho que não se está à espera de que eu convoque uma conferência de imprensa, Demitiu-se, Abandonei o cargo, Porquê, A única resposta que tenho para lhe dar é uma boca fechada, a minha, A população da capital quererá conhecer os motivos por que o seu presidente da câmara, Repito que já não o sou, Os motivos por que o seu presidente da câmara se incorporou a uma manifestação contra o governo, Esta manifestação não é contra o governo, é de pesar, as pessoas vieram enterrar os seus mortos, Os mortos já foram enterrados e, não obstante, a manifestação prossegue, que explicação tem para isso, Pergunte a estas pessoas, Neste momento é a sua opinião que me interessa, Vou aonde elas vão, nada mais, Simpatiza com os eleitores que votaram em branco, com os brancosos, Votaram como entenderam, a minha simpatia ou a minha antipatia nada têm que ver com o caso, E o seu partido, que dirá o seu partido quando tiver conhecimento de que participou na manifestação, Pergunte-lhe, Não teme que lhe venham a ser aplicadas sanções, Não, Porque está tão seguro disso, Pela muito simples razão de que já não estou no partido,

Expulsaram-no, Abandonei-o, da mesma maneira que tinha abandonado o cargo de presidente da câmara municipal, Qual foi a reacção do ministro do interior, Pergunte-lhe, Quem lhe sucedeu ou vai suceder no cargo, Investigue, Iremos vê-lo noutras manifestações, Apareça e logo saberá, Deixou a direita, onde fez toda a sua carreira política, e agora passou-se para a esquerda, Um dia destes espero compreender para onde me passei, Senhor presidente, Não me chame presidente, Desculpe, foi a força do hábito, confesso-lhe que me sinto desconcertado, Cuidado, o desconcerto moral, parto do princípio de que é moral o seu desconcerto, é o primeiro passo no caminho que leva à inquietação, daí para diante, como vocês tanto gostam de dizer, tudo pode acontecer, Estou confundido, não sei que hei-de pensar, senhor presidente, Apague a gravação, os seus patrões poderão não gostar das últimas palavras que você disse, e não torne a chamar-me presidente, por favor, Já tínhamos desligado a câmara, Melhor para si, assim evita trabalhos, Diz-se que a manifestação irá agora ao palácio presidencial, Pergunte aos organizadores, Onde estão, quem são eles, Suponho que todos e ninguém, Tem de haver uma cabeça, isto não são movimentos que se organizem por si mesmos, a geração espontânea não existe, e muito menos em acções de massa com esta envergadura, Não tinha sucedido até hoje, Quer então dizer que não acredita que tenha sido espontâneo o movimento do voto em branco, É abusivo pretender inferir uma coisa da outra, Tenho a impressão de que sabe muito mais deste assunto do que quer fazer parecer, Sempre chega a hora em que descobrimos que sabíamos muito mais do que antes julgávamos, e agora deixe-me, vá à sua vida, procure outra pessoa a quem fazer perguntas, repare que o mar de cabeças já começou a mover-se, A mim o que me assombra é que não se ouça um grito, um viva, um morra, uma palavra de ordem que expresse o que a gente quer, só este silêncio ameaçador que causa arrepios na espinha, Reforme a sua linguagem de filme de terror, talvez, no fim de contas, as pessoas só se tenham cansado das palavras, Se as pessoas se cansam das palavras fico sem emprego, Não dirá em todo o dia de hoje coisa mais certa, Adeus, senhor presidente, De uma vez por todas, não sou presidente. A cabeça da manifestação tinha rodado um quarto de volta sobre si mesma, agora subia a íngreme calçada em direcção a uma avenida comprida e larga ao fim da qual viraria à direita, recebendo no rosto, a partir daí, o afago da fresca aragem do rio. O palácio presidencial estava a uns dois quilómetros de distância, tudo por caminho chão. Os repórteres tinham recebido ordem para deixarem de acompanhar a manifestação e correrem a tomar posições em frente do palácio, mas a ideia geral, quer entre os profissionais que trabalhavam no terreno quer nos quartéis-generais das redacções, era que, do ponto de vista do interesse informativo, a cobertura havia resultado em pura perda de tempo e de dinheiro, ou, querendo usar uma expressão mais forte, numa indecente patada nos tomates da comunicação social, ou, desta vez com delicadeza e finura, uma não merecida desconsideração. Estes gajos nem para manifestações servem, dizia-se, ao menos que atirem uma pedra, que queimem o chefe do estado em efígie, que partam umas quantas vidraças das janelas, que entoem um canto revolucionário daqueles de antigamente, qualquer coisa que mostre ao mundo que não estão mortos como aqueles a quem acabaram de enterrar. A manifestação não lhes premiou as esperanças. As pessoas chegaram e encheram a praça, estiveram meia hora a olhar em silêncio para o palácio fechado, depois dispersaram-se e, uns andando, outros nos autocarros, outros à boleia de desconhecidos solidários, foram para casa.

O que a bomba não tinha conseguido fazer, fê-lo a pacífica manifestação. Inquietos, assustados, os votantes indefectíveis dos partidos da direita e do meio, p.d.d. e p.d.m., reuniram os seus respectivos conselhos de família e decidiram, cada um em seu castelo, mas unânimes na deliberação, abandonar a cidade. Consideravam que a situação criada, uma nova bomba que amanhã poderia rebentar contra eles e as ruas impunemente tomadas pelo populacho, deveria levar o governo a convencer-se da necessidade de uma revisão dos rigorosos parâmetros que havia estabelecido para a aplicação do estado de sítio, em especial a escandalosa injustiça que representava fazer recair o mesmo duro castigo, sem distinção, sobre os firmes defensores da paz e sobre os declarados fautores da desordem. Para não se lançarem na aventura às cegas, alguns deles, com boas relações nas esferas do poder, aplicaram-se a sondar por telefone a disposição do governo quanto ao grau de probabilidade de uma autorização, expressa ou tácita, que permitisse a entrada no território livre daqueles que, com bastos motivos, já começavam a designar-se a si mesmos como encarcerados no seu próprio país. As respostas recebidas, no geral vagas e em alguns casos contraditórias, embora não dando para extrair conclusões seguras sobre o ânimo governamental na matéria, foram no entanto suficientes para que se admitisse como hipótese válida que, observadas certas condições, pactuadas certas compensações materiais, o êxito da evasão, ainda que relativo, ainda que não podendo contemplar todos os postulantes, era, pelo menos, concebível, quer dizer, podia-se alimentar alguma esperança. Durante uma semana, em absoluto segredo, o comité organizador das futuras caravanas de automóveis, formado em número igual por categorizados militantes de ambos os partidos e com a assistência de consultores delegados dos diversos institutos morais e religiosos da capital, debateu e finalmente aprovou um audacioso plano de acção que, em memória da famosa retirada dos dez mil, recebeu, por proposta de um erudito helenista do partido do meio, o nome de xenofonte. Três dias, não mais, foram dados às famílias candidatas à migração para que decidissem, de lápis em punho e lágrima ao canto do olho, sobre o que conviria levar e sobre o que teriam de deixar ficar. Sendo o género humano aquilo que sabemos, não poderiam faltar os caprichos egoístas, as distracções fingidas, os aleivosos apelos às sentimentalidades fáceis, as manobras de enganosa sedução, mas também houve casos de admiráveis renúncias, daquelas que ainda nos permitem pensar que se perseverarmos nesses e noutros gestos de meritória abnegação, acabaremos por cumprir com acrescimentos a nossa pequena parte no projecto monumental da criação. Foi a retirada fixada para a madrugada do quarto dia, e veio a calhar que seria uma noite de desatinada chuva, mas isso não seria uma contrariedade, antes pelo contrário, iria dar à colectiva migração um toque de gesta heróica para recordar e inscrever nos anais familiares como clara demonstração de que nem todas as virtudes da raça haviam sido perdidas. Não é a mesma coisa transportar-se uma pessoa num carro, tranquilamente, com a meteorologia em repouso, e ter de levar os limpa-vidros a trabalhar como doidos para afastar as toalhas de água que lhe caem do céu. Um problema grave, que seria minuciosamente debatido pela comissão, foi o que pôs em cima da mesa a questão de como iriam reagir à maciça fuga os praticantes do voto em branco, vulgarmente conhecidos como brancosos. É importante ter presente que muitas destas preocupadas famílias habitam em prédios onde também vivem inquilinos da outra margem política, os quais, numa atitude deploravelmente revanchista, poderiam, empregando um termo suave, dificultar a saída dos retirantes, se não mesmo, mais rudemente, impedi-la de todo. Furam-nos os pneus dos carros, dizia um, Levantam barricadas nos patamares, dizia outro, Encravam os elevadores, acudia um terceiro, Metem silicone nas fechaduras dos automóveis, reforçava o primeiro, Rebentam-nos o pára-brisas, aventava o segundo, Agridem-nos quando pusermos um pé fora de casa, avisava o seguinte, Retêm o avô como refém, suspirou um outro de modo que levaria a pensar que inconscientemente o desejava. A discussão prosseguiu, cada vez mais acesa, até que alguém recordou que o comportamento de tantos milhares de pessoas ao longo de todo o percurso da manifestação havia sido, de qualquer ponto de vista, correctíssimo, Eu até diria exemplar, e por conseguinte não parecia haver razões para recear que as coisas fossem passar-se agora de maneira diferente, Ainda por cima estou convencido de que vai ser um alívio para eles verem-se livres de nós, Tudo isso está muito bem, interveio um desconfiado, os tipos são estupendos, maravilhosos de cordura e civismo, mas há algo aí de que lamentavelmente nos estamos a esquecer, De quê, Da bomba. Como já tinha ficado dito na página anterior, este comité, de salvação pública, como a alguém ocorreu chamar-lhe, nome aliás logo rebatido por mais do que justificadas razões ideológicas, era amplamente representativo, o que significa que naquela ocasião havia umas duas boas dezenas de pessoas sentadas ao redor da mesa. A perturbação foi digna de ver-se. Todos os outros assistentes baixaram a cabeça, depois um olhar repreensivo reduziu ao silêncio, para o resto da reunião, o temerário que parecia desconhecer uma regra de conduta básica em sociedade, a que ensina que é de má educação falar de corda em casa de enforcado. O embaraçoso incidente teve uma virtude, pôs toda a gente de acordo sobre a tese optimista que havia sido formulada. Os factos posteriores vieram a dar-lhe razão. Às três em ponto da madrugada do dia marcado, tal como o governo havia feito, as famílias começaram a sair de casa com as suas malas e as suas maletas, os seus sacos e os seus embrulhos, os seus gatos e os seus cães, algum cágado arrancado ao sono, algum peixinho japonês de aquário, alguma gaiola de periquitos, alguma arara no poleiro. Mas as portas dos outros inquilinos não se abriram, ninguém veio ao patamar para gozar o espectáculo da fuga, ninguém lançou piadas, ninguém insultou, e também não foi por estar a chover que ninguém foi debruçar-se às janelas para ver as caravanas em debandada. Naturalmente, sendo o barulho tanto, imagine-se, sair para a escada arrastando toda aquela tralha, os elevadores zumbindo a subir, zumbindo a descer, as recomendações, os súbitos alarmes, Cuidado com o piano, cuidado com o serviço de chá, cuidado com a salva de prata, cuidado com o retrato, cuidado com o avô, naturalmente, dizíamos, os inquilinos das outras casas tinham despertado, porém nenhum deles se levantou da cama para ir espreitar ao ralo da porta, apenas diziam uns para os outros enquanto se aconchegavam nos lençóis, Vão-se embora.

Regressaram quase todos. À semelhança do que havia dito há dias o ministro do interior quando teve de explicar ao chefe do governo as razões da diferença de potência entre a bomba que se tinha mandado colocar e a bomba que efectivamente viria a explodir, também no caso da migração se verificou uma gravíssima falha na cadeia de transmissão das ordens. Como a experiência não se tem cansado de nos demonstrar após exame ponderado de tantos casos e suas respectivas circunstâncias, não é infrequente que as vítimas tenham a sua quota-parte de responsabilidade nas desgraças que lhes caem em cima. De ocupados que tinham estado com as negociações políticas, nenhuma delas, no entanto, como não tardará a perceber-se, conduzida nos níveis decisórios mais apropriados a uma perfeita consecução do plano xenofonte, os atarefados notáveis do comité esqueceram-se, ou nem tal coisa lhes chegou a passar pela cabeça, de comprovar se a frente militar iria estar informada da evasão e, o que não era menos importante, pelos ajustes. Algumas famílias, meia dúzia se tanto, ainda conseguiram atravessar a linha em um dos postos fronteiriços, mas isso foi porque o jovem oficial que se encontrava no comando se tinha deixado convencer não só pelos reiterados protestos de fidelidade ao regime e de limpeza ideológica dos fugitivos, mas também pelas insistentes afirmações de que o governo era conhecedor da retirada e a aprovava. No entanto, para tirar-se das dúvidas que de súbito o assaltaram, telefonou a dois dos postos próximos, de onde os colegas tiveram a caridade de lhe recordar que as ordens dadas ao exército, desde o começo do bloqueio, eram de não deixar passar vivalma, mesmo que fosse para ir salvar o pai da forca ou dar à luz o menino na casa de campo. Angustiado por haver tomado uma decisão errada, que certamente iria ser considerada como desobediência flagrante e talvez premeditada às ordens recebidas, com conselho de guerra e a mais do que provável exautoração final, o oficial gritou que descessem imediatamente a barreira, bloqueando assim a quilométrica caravana de carros e furgonetas carregados até aos tejadilhos que pela estrada fora se alongava. A chuva continuava a cair. Escusado será dizer que, postos de súbito perante as suas responsabilidades, os membros do comité não se deixaram ficar de braços cruzados à espera de que o mar vermelho se lhes abrisse de par em par. De telefone móvel em punho puseram-se a acordar todas as pessoas influentes que em sua ideia pudessem ser arrancadas ao sono sem reagirem com excessiva irritação, e é bem possível que o complicado caso acabasse por se resolver da melhor maneira para os aflitos fugitivos se não fosse a intransigência feroz do ministro da defesa, que simplesmente resolveu pôr os pés à parede, Sem minha ordem ninguém passa, disse. Como certamente já se percebeu, o comité havia-se esquecido dele. Dir-se-á que um ministro de defesa não é tudo, que acima de um ministro de defesa se encontra um primeiro-ministro a quem o dito deve acatamento e respeito, que mais acima ainda está um chefe de estado a quem iguais, se não maiores, acatamento e respeito se devem, ainda que, verdade seja dita, no que a este concerne, na maioria dos casos apenas para inglês ver. E tanto assim é que, depois de uma dura batalha dialéctica entre o primeiro-ministro e o ministro da defesa, em que as razões de um lado e do outro esfogueteavam como tiros cruzados de balas tracejadoras, o ministro acabou por render-se. Contrariado, sim, de péssimo humor, sim, mas cedeu. Como é natural quererá saber-se que argumento decisivo, daqueles sem resposta, terá o primeiro-ministro utilizado para reduzir à obediência o recalcitrante interlocutor. Foi simples e foi directo, Meu caro ministro, disse, ponha-me essa cabeça a trabalhar, imagine as consequências amanhã se fechamos hoje as portas a pessoas que votaram em nós, Que eu me lembre, a ordem emanada do conselho de ministros foi a de não deixar passar ninguém, Felicito-o pela excelente memória, mas às ordens, de vez em quando, há que flexibilizá-las, sobretudo quando haja nisso conveniência, que é precisamente o que sucede agora, Não alcanço, Eu explico, amanhã, resolvido este bico-de-obra, esmagada a subversão e serenados os ânimos, convocaremos novamente eleições, é ou não é assim, É assim, Crê que poderemos ter a certeza de que aqueles a quem tivéssemos repelido tornariam a votar em nós, O mais provável é que não votassem, E nós precisamos desses votos, lembre-se de que o partido do meio nos anda a pisar os calcanhares, Compreendo, Sendo assim, dê as suas ordens, por favor, para que deixem passar as pessoas, Sim senhor. O primeiro-ministro desligou o telefone, olhou o relógio e disse à esposa, Parece que ainda poderei dormir uma hora e meia ou duas, e acrescentou, Desconfio que este tipo vai de mala aviada na próxima remodelação do governo, Não deverias consentir que te faltassem ao respeito, disse a cara-metade, Ninguém me falta ao respeito, minha querida, abusam é do meu bom feitio, isso sim, Vem a dar no mesmo, rematou ela, apagando a luz. O telefone voltou a tocar ainda não haviam passado cinco minutos. Era outra vez o ministro da defesa, Desculpe-me, não quereria cortar-lhe o merecido descanso, mas infelizmente não tenho outro remédio, Que há agora, Um pormenor em que não reparámos, Que pormenor, perguntou o primeiro-ministro, sem disfarçar o assomo de impaciência que lhe causou o plural, É simples, mas muito importante, Siga para a frente, não me faça perder tempo, Pergunto-me se poderemos ter a certeza de que toda aquela gente que quer entrar é do nosso partido, pergunto-me se devemos considerar suficiente que afirmem terem votado nas eleições, pergunto-me se entre as centenas de veículos parados nas estradas não haverá alguns com agentes da subversão preparados para infectar com a peste branca a parte ainda não contaminada do país. O primeiro-ministro sentiu um aperto de coração ao perceber que tinha sido apanhado em falso, Trata-se de uma possibilidade a ter em conta, murmurou, Precisamente por isso é que estou a telefonar, disse o ministro da defesa, dando outra volta ao parafuso. O silêncio que se sucedeu a estas palavras demonstrou uma vez mais que o tempo não tem nada que ver com o que dele nos dizem os relógios, essas maquinetas feitas de rodas que não pensam e de molas que não sentem, desprovidas de um espírito que lhes permitiria imaginar que cinco insignificantes segundos escandidos, o primeiro, o segundo, o terceiro, o quarto, o quinto, haviam sido uma agónica tortura para um lado e um remanso de sublime gozo para o outro. Com a manga do pijama às listas, o primeiro-ministro fez por secar a testa que se lhe tinha alagado de suor, depois, escolhendo cautelosamente as palavras, disse, De facto, o assunto está a exigir uma abordagem diferente, uma avaliação ponderada que dê a volta completa ao problema, afunilar os ângulos de exame é sempre um erro, Essa é também a minha opinião, Como está a situação neste momento, perguntou o primeiro-ministro, Muito nervosismo de parte a parte, em alguns postos foi mesmo preciso fazer disparos para o ar, Tem alguma sugestão a fazer-me como ministro da defesa, Em condições de manobra melhores que estas mandaria carregar, mas com todos aqueles automóveis a engarrafar as estradas é impossível, Carregar, como, Por exemplo, faria avançar os tanques, Muito bem, e quando os tanques tocassem com o focinho o primeiro carro, bem sei que os tanques não têm focinho, é só uma maneira de dizer, em sua opinião que acha que sucederia, O normal é as pessoas assustarem-se quando vêem um tanque a avançar para elas, Mas, segundo acabo de ouvir da sua boca, as estradas estão entupidas, Sim senhor, Portanto não seria fácil ao carro da frente voltar para trás, Não senhor, seria até muito difícil, mas, de uma maneira ou outra, se não os deixamos entrar, terão de o fazer, Mas não na situação de pânico que um avanço de tanques com canhões apontados com certeza iria provocar, Sim, senhor, Em suma, não tem uma ideia para resolver a dificuldade, repisou o primeiro-ministro, já seguro de que havia retomado o comando e a iniciativa, Lamento ter que reconhecê-lo, senhor primeiro-ministro, Como quer que seja, agradeço-lhe ter chamado a minha atenção para um aspecto do caso que se me havia escapado, Podia ter acontecido a qualquer, Sim, a qualquer, sim, mas não deveria ter-me acontecido a mim, O senhor primeiro-ministro tem tantas coisas na cabeça, E agora vou ter mais esta, resolver um problema para o qual o senhor ministro da defesa não encontrou saída, Se assim o entender, ponho o meu cargo à disposição, Não creio ter ouvido o que disse, e não creio que o queira ouvir, Sim senhor primeiro-ministro. Houve outro silêncio, este muito mais breve, três segundos apenas, durante os quais o gozo sublime e a tortura agónica se aperceberam de que tinham trocado de assento. Outro telefone soou no quarto. A mulher atendeu, perguntou quem falava, depois segredou baixinho ao marido, ao mesmo tempo que tapava o bocal do telefone, É o do interior. O primeiro-ministro fez sinal de que esperasse, depois deu ordens ao ministro da defesa, Não quero mais tiros para o ar, quero sim a situação estabilizada enquanto não se tomam as medidas necessárias, faça-se saber às pessoas dos primeiros carros que o governo se encontra reunido a estudar a situação, que em pouco tempo espera apresentar propostas e directrizes, que tudo se resolverá a bem da pátria e da segurança nacional, insista nestas palavras, Permito-me recordar-lhe, senhor primeiro-ministro, que os carros se contam por centenas, E quê, Não podemos levar essa mensagem a todos, Não se preocupe, desde que o saibam os primeiros em cada posto, eles se encarregarão de a fazer chegar, como um rastilho, ao fim da coluna, Sim senhor, Mantenha-me ao corrente, Sim senhor. A conversação seguinte, com o ministro do interior, iria ser diferente, Não perca tempo a dizer-me o que se passa, já estou informado, Talvez não lhe tenham dito que a tropa disparou, Não tornará a disparar, Ah, Agora o que é necessário é fazer voltar aquela gente para trás, Se o exército não o conseguiu, Não conseguiu nem podia conseguir, certamente não quererá que o ministro da defesa mande avançar os tanques, Claro que não, senhor primeiro-ministro, A partir deste momento, a responsabilidade passa a ser sua, A polícia não serve para estas situações e eu não tenho autoridade sobre o exército, Não estava a pensar nas suas polícias nem em nomeá-lo a si chefe do estado-maior general, Receio não compreender, senhor primeiro-ministro, Faça saltar da cama o seu melhor redactor de discursos, ponha-o a trabalhar à vista, e entretanto despache à comunicação social a informação de que o ministro do interior falará pela rádio às seis horas, a televisão e os jornais ficam para depois, o importante neste caso é a rádio, São quase cinco horas, senhor primeiro-ministro, Não precisa de mo dizer, tenho relógio, Desculpe, só queria mostrar que o tempo é apertado, Se o seu escritor não for capaz de arrumar trinta linhas num quarto de hora, com ou sem sintaxe, melhor é pô-lo na rua, E que deverá ele escrever, Qualquer arrazoado que convença aquela gente a voltar para casa, que lhe inflame os brios patrióticos, diga que é um crime de lesa-pátria deixar a capital abandonada às mãos das hordas subversivas, diga que todos aqueles que votaram nos partidos que estruturam o actual sistema político, incluindo, como não se pode evitar referir, o partido do meio, nosso directo competidor, constituem a primeira linha de defesa das instituições democráticas, diga que os lares que deixaram desprotegidos serão assaltados e saqueados pelas quadrilhas insurrectas, não diga que nós os assaltaremos se for necessário, Podíamos acrescentar que cada cidadão que decida regressar a casa, quaisquer que sejam a sua idade e a sua condição social, será considerado pelo governo como um fiel propagandista da legalidade, Propagandista não me parece muito apropriado, é demasiado vulgar, demasiado comercial, além disso, a legalidade já goza de suficiente propaganda, levamos o tempo todo a falar dela, Então, defensores, heraldos ou legionários, Legionários é melhor, e soa forte, marcial, defensores seria um termo sem tesura, daria uma ideia negativa, de passividade, heraldos cheira a idade média, ao passo que a palavra legionários sugere imediatamente acção combativa, ânimo atacante, ainda por cima, como sabemos, é um vocábulo de sólidas tradições, Espero que as pessoas que se encontram na estrada possam ouvir a mensagem, Meu caro, parece que o acordar demasiado cedo lhe obnubila a capacidade perceptiva, eu apostaria o meu cargo de primeiro-ministro em como neste momento todos os rádios dos carros estão ligados, o que importa é que a notícia da comunicação ao país seja anunciada já e repetida minuto a minuto, O que eu temo, senhor primeiro-ministro, é que o estado de espírito de todas aquelas pessoas não esteja muito no sentido de se deixarem convencer, se lhes dizemos que vai ser lida uma comunicação do governo, o mais provável é pensarem que os autorizamos a passar, as consequências da decepção podem ser gravíssimas, É muito simples, o seu redactor de arengas vai ter de justificar o pão que come e todo o mais que lhe pagamos, ele que se desenrasque com o léxico e a retórica, Se o senhor primeiro-ministro me permite manifestar uma ideia que me ocorreu mesmo agora, Manifeste lá, mas observo-lhe que estamos a perder tempo, já passam cinco minutos das cinco horas, A comunicação teria muito mais força persuasiva se fosse o senhor primeiro-ministro a fazê-la, Sobre isso não tenho a menor dúvida, Nesse caso, por que não, Porque me reservo para outra circunstância, uma que esteja à minha altura, Ah, sim, creio compreender, Repare, é uma mera questão de senso comum, ou, digamos, de graduação hierárquica, assim como seria ofensivo para a dignidade da suprema magistratura da nação pôr o chefe do estado a pedir a uns quantos condutores que desengarrafem as estradas, também este primeiro-ministro deverá ser protegido de

151

tudo quanto possa trivializar o seu estatuto de superior responsável da governação, Estou a ver a ideia, Ainda bem, é sinal de que conseguiu despertar completamente, Sim senhor primeiro-ministro, E agora ao trabalho, o mais tardar às oito horas essas estradas têm de estar despejadas, a televisão que saia com os meios terrestres e aéreos de que dispõe, quero que o país inteiro veja a reportagem, Sim senhor, farei o que puder, Não fará o que puder, fará o que for necessário para que os resultados sejam os que acabo de lhe exigir. O ministro do interior não teve tempo para responder, o telefone havia sido desligado. Assim é que eu gosto de te ouvir falar, disse a mulher, Quando me chega a mostarda ao nariz, E que farás se ele não puder resolver o problema, Vai de mala aviada e com os trastes às costas, Como o da defesa, Exacto, Não podes estar a demitir ministros como se fossem criadas de servir, São criadas de servir, Sim, mas depois não terás outro remédio que meter outras, Essa é uma questão a pensar com calma, A pensar, quê, Prefiro não falar disso agora, Sou a tua mulher, ninguém nos ouve, os teus segredos são os meus segredos, Quero dizer que, tendo em conta a gravidade da situação, a ninguém causaria surpresa que eu decidisse assumir as pastas da defesa e do interior, dessa maneira a situação de emergência nacional teria o seu reflexo nas estruturas e no funcionamento do governo, isto é, para uma coordenação total, uma centralização total, essa poderia ser a palavra de ordem, Seria um risco tremendo, ganhar tudo ou perder tudo, Sim, mas se conseguisse triunfar de uma acção subversiva que não teve paralelo em nenhum tempo e em nenhum lugar, uma acção subversiva que veio atingir o órgão mais sensível do sistema, o da representação parlamentar, então a história dar-me-ia um lugar inapagável, um lugar para sempre único, como salvador da democracia, E eu seria a mais orgulhosa das esposas, sussurrou a mulher, chegando-se serpentinamente a ele como se de repente tivesse sido tocada pela varinha mágica de uma voluptuosidade raras vezes observada, mistura de desejo carnal e entusiasmo político, mas o marido, consciente da gravidade da hora e fazendo suas as duras palavras do poeta, Porque te lanças aos pés/ das minhas botas grossas?/ Porque soltas agora o teu cabelo perfumado/ e abres traidoramente os teus braços macios?/ Eu não sou mais que um homem de mãos grossas/ e coração voltado para um lado/ que se for necessário/ pisar-te para passar/ te pisará, Bem sabes, arredou bruscamente para o lado a roupa da cama e disse, Vou acompanhar o desenrolar das operações no escritório, tu dorme, descansa. Passou pela cabeça da mulher o rápido pensamento de que, em situação tão crítica como a presente, quando um apoio moral valeria o seu peso em ouro se peso tivesse um apoio somente moral, o código, livremente aceite, das obrigações conjugais básicas, no capítulo de socorros mútuos, determinava que se levantasse imediatamente e fosse preparar, por suas próprias mãos, sem chamar a criada, um chá reconfortante com o seu competente adereço alimentício de bolos secos, porém, despeitada, frustrada, com a nascente volúpia já de todo desmaiada, virou-se para o outro lado e fechou firmemente os olhos, com a leve esperança de que o sono ainda fosse capaz de aproveitar os restos para com eles lhe organizar uma pequena fantasia erótica privada. Alheio às desilusões que havia deixado atrás de si, levando vestido sobre o pijama às riscas um roupão daqueles de seda ornamentado de motivos exóticos, com pavilhões chineses e elefantes dourados, o primeiro-ministro entrou no escritório, acendeu todas as luzes e, sucessivamente, pôs a funcionar o aparelho de rádio e a televisão. O ecrã da têvê mostrava ainda a mira fixa, era demasiado cedo para o início da emissão, mas em todas as estações de rádio já se falava animadamente do engarrafamento monstro das estradas, opinava-se extensamente sobre o que a todas as luzes parecia constituir uma tentativa maciça de evasão do desafortunado cárcere em que a capital por sua má cabeça se havia convertido, embora não faltassem também comentários à mais do que previsível consequência de que um tal entupimento circulatório, pela sua dimensão fora do comum, iria tornar impossível a passagem dos grandes camiões que todos os dias transportavam víveres para a cidade. Não sabiam ainda estes comentadores que os ditos camiões estavam retidos, por severa determinação militar, a três quilómetros da fronteira. Fazendo-se transportar em motos, os repórteres radialistas faziam perguntas ao longo das colunas de automóveis e furgonetas e confirmavam que efectivamente se tratava de uma acção colectiva organizada dos pés à cabeça, reunindo famílias inteiras, para escapar à tirania, à atmosfera irrespirável que as forças da subversão haviam imposto à capital. Alguns dos chefes de família queixavam-se da demora, Estamos aqui há quase três horas e a fila não se move um milímetro, outros protestavam que tinha havido traição, Garantiram-nos que poderíamos passar sem problemas, e aqui está o brilhante resultado, o governo pôs-se na alheta, foi para férias e deixou-nos entregues aos bichos, e agora que tínhamos a oportunidade de sair daqui não tem vergonha de nos fechar a porta na cara. Havia crises de nervos, crianças a chorar, anciãos pálidos de fadiga, homens exaltados a quem se tinham acabado os cigarros, mulheres exaustas que tentavam pôr alguma ordem no desesperado caos familiar. Os ocupantes de um dos carros tentaram dar meia volta e regressar à cidade, mas foram obrigados a desistir perante a saraivada de insultos e impropérios que lhes caiu em cima, Cobardes, ovelhas negras, brancosos, cabrões de merda, infiltrados, traidores, filhos da puta, agora percebemos porque estavam aqui, vieram para desmoralizar as pessoas decentes, mas se pensam que os vamos deixar ir embora, o melhor é tirarem daí o sentido, se é preciso furam-se-lhes as rodas a ver se aprendem a respeitar o sofrimento alheio. O telefone tocou no escritório do primeiro-ministro, podia ser o ministro da defesa, ou o do interior, ou o presidente. Era o presidente, Que se passa, por que não fui eu informado em devido tempo da barafunda que está armada nas saídas da capital, perguntou, Senhor presidente, o governo tem a situação controlada, em pouco tempo o problema estará resolvido, Sim, mas eu deveria ter sido informado, deve-se-me essa atenção, Considerei, e assumo pessoalmente a responsabilidade da decisão, que não havia motivo para ir interromper o seu sono, de todo o modo propunha-me telefonar-lhe dentro de vinte minutos, meia hora, repito, assumo toda a responsabilidade, senhor presidente, Bom, bom, agradeço-lhe a intenção, mas, se não se desse o caso de a minha mulher ter o saudável costume de se levantar cedo, o chefe do estado ainda estaria a dormir enquanto o país arde, Não arde, senhor presidente, já foram tomadas todas as medidas convenientes, Não me diga que vai mandar bombardear as colunas de veículos, Como já deve ter tido tempo de saber, nunca foi esse o meu estilo, senhor presidente, Era uma maneira de falar, evidentemente nunca pensei que cometesse semelhante barbaridade, Não tarda que a rádio anuncie que o ministro do interior falará ao país às seis horas, aí está, aí está, já estão a dar o primeiro anúncio, e haverá outros, está tudo organizado, senhor presidente, Reconheço que já é alguma coisa, É o princípio do êxito, senhor presidente, estou convencido, firmemente convencido, de que vamos fazer com que toda aquela gente regresse em paz e em boa ordem às suas casas, E se não o conseguirem, Se não o conseguirmos, o governo demite-se, Não me venha para cá com esse truque, sabe tão bem como eu que, na situação em que o país se encontra, eu não poderia, mesmo que tivesse vontade disso, aceitar a sua demissão, Assim é, mas eu tinha de o dizer, Bom, agora que já estou acordado não se esqueça de me comunicar o que se for passando. As rádios insistiam, Interrompemos uma vez mais a emissão para informar que o ministro do interior fará às seis horas uma comunicação ao país, repetimos, às seis horas o ministro do interior fará uma comunicação ao país, repetimos, fará ao país uma comunicação o ministro do interior às seis horas, repetimos, uma comunicação ao país fará às seis horas o ministro do interior, a ambiguidade desta última fórmula não passou despercebida ao primeiro-ministro, que, durante uns quantos segundos, sorrindo aos seus pensamentos, se entreteve a imaginar como diabo conseguiria uma comunicação fazer um ministro do interior. Talvez pudesse ter chegado a alguma conclusão proveitosa para o futuro se de repente a mira fixa do televisor não se tivesse sumido do ecrã para dar vez à costumada imagem da bandeira a oscilar na ponta do mastro, preguiçosamente, como quem acabou de acordar, enquanto o hino fazia retumbar os seus trombones e os seus tambores, com algum trinado de clarinete pelo meio e alguns convincentes arrotos de bombardino. O locutor que apareceu vinha com o nó da gravata torcido e mostrava cara de poucos amigos, como se acabasse de ser vítima de uma ofensa que não estaria disposto a perdoar nem a esquecer tão cedo, Considerando a gravidade do momento político e social, disse, e atendendo ao sagrado direito da população do país a uma informação livre e plural, damos hoje início à nossa emissão antes da hora. Como muitos dos que nos escutam, acabámos de tomar conhecimento de que o ministro do interior falará pela rádio às seis horas, plausivelmente para expressar a atitude do governo perante o intento de saída da cidade por parte de muitos dos seus habitantes. Não crê esta televisão ter sido alvo de uma discriminação proposidata e intencional, pensamos antes que só uma inexplicável desorientação, inesperada em personalidades políticas tão experimentadas como as que formam o actual governo da nação, levou a que esta televisão tivesse sido esquecida. Pelo menos, aparentemente. Argumentar-se-á talvez com a hora relativamente matutina a que a comunicação vai ser feita, mas os trabalhadores desta casa, em todo o seu longo historial, já deram provas suficientes de abnegação pessoal, de dedicação à causa pública e do mais estreme patriotismo para não serem agora relegados à humilhante condição de informadores de segunda mão. Temos confiança em que, até à hora prevista para a anunciada comunicação, ainda seja possível chegar a uma plataforma de acordo que, sem retirar aos nossos colegas da rádio pública o que já lhes foi concedido, restitua a esta casa o que por mérito próprio lhe pertence, isto é, o lugar e as responsabilidades de primeiro meio informativo do país. Enquanto aguardamos esse acordo, e esperamos ter notícias dele a qualquer momento, informamos que um helicóptero da televisão está levantando voo neste preciso instante para oferecer aos nossos telespectadores as primeiras imagens das enormes colunas de veículos que, no cumprimento de um plano de retirada a que, segundo já apurámos, foi dado o evocativo e histórico nome de xenofonte, se encontram imobilizadas nas saídas da capital. Felizmente, cessou há mais de uma hora a chuva que durante toda a noite fustigou as sacrificadas caravanas. Não falta muito para que o sol se erga do horizonte e rompa as sombrias nuvens. Oxalá que o seu aparecimento faça retirar as barreiras que, por motivos que não logramos compreender, ainda impedem que esses nossos corajosos compatriotas alcancem a liberdade. Que assim seja, para o bem da pátria. As imagens seguintes mostraram o helicóptero no ar, depois, apanhado de cima, o pequeno espaço do heliporto donde tinha acabado de descolar, e logo a primeira visão dos telhados e das ruas próximas. O chefe do governo pôs a mão direita em cima do telefone. Não chegou a esperar um minuto, Senhor primeiro-ministro, começou o ministro do interior, Já sei, não diga mais, cometemos um erro, Disse cometemos, Sim, cometemos, porque se um se equivocou e o outro não corrigiu, o erro é de ambos, Não tenho a sua autoridade nem a sua responsabilidade, senhor primeiro-ministro, Mas tem tido a minha confiança, Que quer então que faça, Falará na televisão, a rádio transmitirá em simultâneo e a questão fica arrumada, E deixamos sem resposta a impertinência dos termos e do tom com que os senhores da têvê trataram o governo, Recebê-la-ão a seu tempo, não agora, depois eu me encarregarei deles, Muito bem, Já tem a comunicação consigo, Sim senhor, quer que lha leia, Não vale a pena, reservo-me para o directo, Tenho de ir, estou quase na hora, Já sabem que vai lá, perguntou com estranheza o primeiro-ministro, Encarreguei o meu secretário de estado de negociar com eles, Sem o meu conhecimento, Sabe melhor do que eu que não tínhamos alternativa, Sem a minha aprovação, repetiu o primeiro-ministro, Recordo-lhe que tenho tido a sua confiança, foram palavras suas, além disso, se um errou e o outro corrigiu, o acerto é de ambos, Se às oito horas isto não estiver resolvido, aceitarei a sua imediata demissão, Sim senhor primeiro-ministro. O helicóptero voava baixo por cima de uma das colunas de carros, as pessoas acenavam na estrada, deviam estar a dizer umas às outras, É da televisão, é da televisão, e ser da televisão aquela passarola giratória era, para todos, a garantia segura de que o impasse estava a ponto de se resolver. Se a televisão veio, diziam, é um bom sinal. Não foi. Às seis horas em ponto, já com uma leve claridade rósea no horizonte, a voz do ministro do interior começou a ouvir-se nas rádios dos carros, Queridos compatriotas, queridas compatriotas, o país tem vivido nas últimas semanas aquela que é sem dúvida a mais grave crise de quantas a história do nosso povo regista desde o alvorecer da nacionalidade, nunca como agora foi tão imperiosa a necessidade de uma defesa à outrance da coesão nacional, alguns, uma minoria em comparação com a população do país, mal aconselhados, influenciados por ideias que nada têm que ver com o correcto funcionamento das instituições democráticas vigentes e do respeito que se lhes deve, vêm-se comportando como inimigos mortais dessa coesão, é por isso que sobre a pacífica sociedade que temos sido paira hoje a ameaça terrível de um enfrentamento civil de consequências imprevisíveis para o futuro da pátria, o governo foi o primeiro a compreender a sede de liberdade expressada na tentativa de saída da capital levada a cabo por aqueles a quem sempre reconheceu como patriotas da mais pura água, esses que em circunstâncias das mais adversas têm actuado, quer pelo voto quer pelo exemplo da sua vida dia a dia, como autênticos e incorruptíveis defensores da legalidade, assim reconstituindo e renovando o melhor do velho espírito legionário, honrando, ao serviço do bem cívico, as suas tradições, ao virarem decididamente as costas à capital, sodoma e gomorra reunidas no nosso tempo, assim demonstraram um ânimo combativo merecedor de todos os louvores e que o governo reconhece, porém, tendo em consideração o interesse nacional na sua globalidade, o governo crê, e nesse sentido apela à reflexão daqueles a quem em particular me estou dirigindo, milhares de homens e mulheres que durante horas aguardaram com ansiedade a palavra esclarecedora dos responsáveis pelos destinos da pátria, o governo crê, repito, que a acção militante mais apropriada à circunstância presente consistirá na reintegração imediata desses milhares de pessoas na vida da capital, o regresso aos lares, bastiões da legalidade, quartéis da resistência, baluartes onde a memória impoluta dos avoengos vigia as obras dos seus descendentes, o governo, volto a dizer, crê que estas razões, sinceras e objectivas, expostas com o coração nas mãos, devem ser pesadas por aqueles que dentro dos seus carros estejam escutando esta comunicação oficial, por outro lado, e embora os aspectos materiais da situação sejam os que menos devam contar num cômputo em que só os valores espirituais predominam, o governo aproveita a oportunidade para revelar o seu conhecimento da existência de um plano de assalto e saque das casas abandonadas, o qual, aliás, segundo as últimas informações, já teria entrado em execução, como se conclui da nota que acaba de me ser entregue, até este momento, que saibamos, são já dezassete as casas assaltadas e saqueadas, observem, queridos compatriotas e queridas compatriotas, como os vossos inimigos não perdem tempo, tão poucas horas foram as que decorreram depois da vossa partida, e já os vândalos arrombam as portas dos vossos lares, já os bárbaros e selvagens saqueiam os vossos bens, está portanto na vossa mão evitar um desastre maior, consultai a vossa consciência, sabeis que o governo da nação está ao vosso lado, agora tereis de ser vós a decidir se estais ou não estais ao lado do governo da nação. Antes de desaparecer do ecrã, o ministro do interior ainda teve tempo para disparar um relance de olhos em direcção à câmara, havia na sua cara segurança e também algo que se parecia muito a um desafio, mas era preciso estar metido no segredo destes deuses para interpretar com total correcção aquele rápido olhar, não se enganou o primeiro-ministro, para ele foi o mesmo que se o ministro do interior lhe tivesse atirado cara a cara, O senhor, que tanto presume de tácticas e de estratégias, não teria feito melhor. Assim era, tinha de reconhecê-lo, porém, ainda faltava ver que resultados sairiam dali. A imagem passara novamente para o helicóptero, apareceu outra vez a cidade, outra vez apareceram as infindáveis colunas de carros. Durante uns bons dez minutos nada se moveu. O repórter esforçava-se por encher o tempo, imaginava os conselhos de família no interior dos automóveis, louvava a comunicação do ministro, increpava os assaltantes das casas, exigia contra eles todos os rigores da lei, mas era patente que a inquietação o ia penetrando a pouco e pouco, estava mais que visto que as palavras do governo tinham caído em saco roto, não que ele, ainda à espera do milagre de último instante, ousasse dizê-lo, mas qualquer telespectador medianamente experimentado em decifrar audiovisuais teria de aperceber-se da aflição do pobre jornalista. Então deu-se o tão desejado, o tão ansiado prodígio, precisamente quando o helicóptero sobrevoava o final de uma coluna, o último carro da fila começou a dar meia volta, logo seguido pelo que estivera à sua frente, e logo outro, e outro, e outro. O repórter deu um grito de entusiasmo, Caros telespectadores, estamos a assistir a um momento verdadeiramente histórico, acatando com exemplar disciplina o apelo do governo, numa manifestação de civismo que ficará inscrita em letras de ouro nos anais da capital, as pessoas iniciaram o seu regresso a casa, terminando portanto da melhor maneira o que poderia ter-se tornado numa convulsão, assim avisadamente o havia dito o senhor ministro do interior, de consequências imprevisíveis para o futuro da nossa pátria. A partir daqui, durante alguns minutos ainda, a reportagem passou a adoptar uma tonalidade decididamente épica, transformando a retirada destes derrotados dez mil em vitoriosa cavalgada das valquírias, colocando wagner no lugar de xenofonte, tornando em odoríferos e ascendentes sacrifícios aos deuses do olimpo e do walhall a malcheirosa fumaça vomitada pelos tubos de escape. Nas ruas já havia brigadas de repórteres, tanto de jornais como de rádios, e todos tentavam deter por um instante os carros a fim de recolherem dos passageiros, ao vivo, na fonte directa, a expressão dos sentimentos que animavam os retornados na sua forçada volta a casa. Como era de esperar, encontravam de tudo, frustração, desalento, raiva, ânsia de revindicta, não saímos desta vez mas sairemos doutra, edificantes afirmações de patriotismo, exaltadas declarações de fidelidade partidária, viva o partido do centro, viva o partido do meio, maus cheiros, irritação por uma noite inteira sem pregar olho, tire para lá a máquina, não queremos fotografias, concordância e discordância quanto às razões apresentadas pelo governo, algum cepticismo sobre o dia de amanhã, temor a represálias, crítica à vergonhosa apatia das autoridades, Não há autoridades, lembrava o repórter, Pois aí é que está o problema, não há autoridades, mas o que principalmente se observava era uma enorme preocupação pela sorte dos haveres deixados nas casas a que os ocupantes dos carros só tinham pensado regressar quando a rebelião dos brancosos tivesse sido esmagada de vez, com certeza a esta hora as casas assaltadas já não são dezassete, quem sabe quantas mais terão sido já despojadas até à última alcatifa, até ao último jarrão. O helicóptero mostrava agora do alto como as colunas de automóveis e furgonetas, os que antes haviam sido os últimos eram agora os primeiros, se iam ramificando à medida que penetravam nos bairros próximos do centro, como a partir de certa altura já não era possível distinguir na confusão do tráfego aqueles que vinham daqueles que estavam. O primeiro-ministro ligou para o presidente, uma conversação expedita, pouco mais que mútuas congratulações, Esta gente tem é água chilra nas veias, permitiu-se o chefe do estado desdenhar, estivesse eu num daqueles carros e juro-lhe que estoiraria com quantas barreiras me viessem pôr adiante, Ainda bem que é o presidente, ainda bem que não estava lá, disse o primeiro-ministro, sorrindo, Sim, mas se as coisas voltarem a complicar-se, então será a altura de pôr em prática a minha ideia, Que continuo sem saber qual seja, Um destes dias dir-lhe-ei, Conte com toda a minha melhor atenção, a propósito, vou convocar para hoje o conselho de ministros a fim de debatermos a situação, seria da maior utilidade que o senhor presidente estivesse presente se não tem obrigações mais importantes que satisfazer, Será questão de acertar as coisas, só tenho de ir cortar uma fita não sei onde, Muito bem, senhor presidente, mandarei informar o seu gabinete. Pensou o primeiro-ministro que já era mais que tempo de dizer uma palavra simpática ao ministro do interior, felicitá-lo pela eficácia da comunicação, que diabo, antipatizar com ele não é razão para não reconhecer que desta vez esteve à altura do problema que tinha para resolver. A mão já ia para o telefone quando uma súbita alteração na voz do repórter da televisão o fez olhar para o ecrã. O helicóptero descera quase quase a roçar os telhados, viam-se distintamente pessoas a saírem de alguns dos prédios, homens e mulheres que se deixavam ficar no passeio, como se estivessem à espera de alguém, Acabamos de ser informados, dizia alarmado o repórter, de que as imagens que os nossos telespectadores estão a ver, pessoas que saem dos prédios e esperam nos passeios, se estão repetindo neste momento por toda a cidade, não queremos pensar o pior, mas tudo indica que os habitantes destes prédios, evidentemente insurrectos, se dispõem a impedir o acesso àqueles de quem até ontem foram vizinhos e a quem provavelmente acabaram de saquear as casas, se assim for, por muito que nos doa ter de o dizer aqui, haverá que pedir contas a um governo que mandou retirar da capital as corporações policiais, com o espírito angustiado perguntamos como se vai poder evitar, se tal é possível ainda, que corra sangue na confrontação física que manifestamente se aproxima, senhor presidente, senhor primeiro-ministro, digam-nos onde estão os polícias para defender pessoas inocentes dos bárbaros tratos que outras já se estão preparando para infligir-lhes, meu deus, meu deus, que irá acontecer, quase soluçava o repórter. O helicóptero mantinha-se imóvel, podia ver-se tudo quanto se passava na rua. Dois automóveis pararam diante do prédio. Abriram-se as portas, os ocupantes saíram. Então as pessoas que esperavam no passeio avançaram, É agora, é agora, preparemo-nos para o pior, berrou o repórter, rouco de excitação, então aquelas pessoas disseram algumas palavras que não puderam ser ouvidas, e, sem mais, começaram a descarregar os carros e a transportar para dentro dos prédios, à luz do dia, o que deles tinha saído sob a capa de uma negra noite de chuva. Merda, exclamou o primeiro-ministro, e deu um soco na mesa.

Em tão escassas letras, a escatológica interjeição, com uma potência expressiva que valia por um discurso completo sobre o estado da nação, resumiu e concentrou a profundidade da decepção que tinha vindo destroçar as forças anímicas do governo, em particular as daqueles ministros que, pela própria natureza das suas funções, tinham estado mais ligados às diferentes fases do processo político-repressivo da sedição, isto é, os responsáveis pelas pastas da defesa e do interior, os quais, de um momento para o outro, viram perder todo o luzimento dos bons serviços que, cada um em sua área própria, tinham prestado ao país durante a crise. Ao longo do dia, até à hora do início do conselho de ministros, se não mesmo durante ele, a suja palavra foi muitas vezes resmungada no silêncio do pensamento, e até, não havendo testemunhas por ali perto, atirada em voz alta ou murmurada como um incontível desabafo, merda, merda, merda. A nenhum deles, defesa e interior, mas também ao primeiro-ministro, e isto, sim, é imperdoável, lhes havia ocorrido meditar um pouco, nem sequer em estrito e desinteressado sentido académico, sobre o que poderia ter acontecido aos malogrados fugitivos quando regressassem às suas casas, no entanto, se se tivessem entregado a esse trabalho, o mais provável seria que se ficassem pela terrífica profecia do repórter do helicóptero que antes nos esquecemos de registar, Coitadinhos, dizia ele quase em lágrimas, aposto que vão ser massacrados, aposto que vão ser massacrados. Afinal, e não foi só naquela rua nem só naquele prédio que o maravilhoso caso se produziu, rivalizando com os mais nobres exemplos históricos de amor ao próximo, tanto da espécie religiosa como da profana, os caluniados e insultados brancosos desceram a ajudar os vencidos da facção adversária, cada um decidiu por sua conta e a sós com a sua consciência, não se deu fé de qualquer convocatória vinda de cima nem de palavra de ordem que fosse preciso aprender de cor, mas a verdade é que todos desceram a dar a ajuda que as suas forças permitiam, e então tinham sido eles quem havia dito, cuidado com o piano, cuidado com o serviço de chá, cuidado com a salva de prata, cuidado com o retrato, cuidado com o avô. Compreende-se portanto que se vejam tantas caras carrancudas ao redor da grande mesa do conselho, tanto sobrolho franzido, tanto olhar congestionado pela irritação e pela falta de sono, provavelmente quase todos estes homens teriam preferido que corresse algum sangue, não até ao ponto do massacre anunciado pelo repórter da televisão, mas algo que chocasse a sensibilidade da população de fora da capital, algo de que se pudesse falar em todo o país durante as próximas semanas, um argumento, um pretexto, uma razão mais para demonizar os malditos sediciosos. E também por isso se compreende que o ministro da defesa, torcendo os lábios, muito à boca pequena, tenha acabado de sussurrar ao ouvido do seu colega do interior, Que merda vamos fazer agora. Se alguém mais houve que tivesse dado pela pergunta, teve a inteligência de fingir-se desentendido, porque justamente para saber que merda iam fazer agora é que se tinham reunido ali e decerto não sairiam daquela sala com as mãos vazias.

A primeira intervenção foi do presidente da república, Meus senhores, disse, em minha opinião, e creio que nisto coincidiremos todos, estamos a viver o momento mais difícil e complexo desde que o primeiro acto eleitoral revelou a existência de um movimento subversivo de enorme envergadura que os serviços de segurança nacional não haviam detectado, e não é que o tenhamos descoberto nós, ele é que resolveu mostrar-se de cara descoberta, o senhor ministro do interior, cuja acção, por outra parte, sempre tem contado com o meu apoio pessoal e institucional, estará certamente de acordo comigo, o pior, porém, é que até hoje não demos um só passo efectivo no caminho para a solução do problema, e, talvez mais grave ainda, fomos obrigados a assistir, impotentes, ao genial golpe táctico que foi pôr os sediciosos a ajudar os nossos votantes a meter os tarecos em casa, isto, meus senhores, só um cérebro maquiavélico podia tê-lo conseguido, alguém que se mantém escondido por trás da cortina e vai manipulando as marionetas a seu bel-prazer, sabemos todos que mandar aquela gente para trás foi para nós uma dolorosa necessidade, mas agora devemos preparar-nos para um mais que provável desencadear de acções que impulsem novas tentativas de retirada, não já de famílias inteiras, não já de espectaculares caravanas de automóveis, mas de pessoas isoladas ou de reduzidos grupos, e não pelas estradas, mas através dos campos, o senhor ministro da defesa dir-me-á que tem patrulhas no terreno, que tem sensores electrónicos instalados ao longo da fronteira, e eu não me permitirei duvidar da eficácia relativa desses meios, porém, é meu parecer que uma contenção que se pretenda total só poderá ser conseguida pela construção de um muro a toda a volta da capital, um muro intransponível feito com placas de cimento, calculo que de uns oito metros de altura, obviamente apoiado pelo sistema de sensores electrónicos já existente e reforçado por quantas barreiras de arame farpado venham a ser julgadas necessárias, estou firmemente convencido de que por ali ninguém passará, e se não digo nem uma mosca, permitam-me o chiste, não é tanto porque as moscas não pudessem passar, mas porque, tanto quanto posso deduzir do seu comportamento habitual, não têm nenhum motivo para voar tão alto. O presidente da república fez uma pausa para aclarar a voz, e terminou, O senhor primeiro-ministro é conhecedor da proposta que acabo de apresentar e decerto a submeterá em breve à discussão do governo, que, naturalmente, como lhe compete, decidirá sobre a conveniência e a praticabilidade da sua realização, quanto a mim, e isso me basta, não tenho dúvida de que lhe ireis dedicar todo o vosso saber. Ao redor da mesa passeou-se um murmúrio diplomático que o presidente da república interpretou como de tácita aprovação, ideia que obviamente corrigiria se se tivesse apercebido do que o ministro das finanças havia deixado escapar entredentes, E onde é que nós iríamos buscar o dinheiro que uma loucura destas custaria.

Após mover de um lado para outro, como era seu costume, os documentos dispostos na sua frente, o primeiro-ministro tomou a palavra, O senhor presidente da república, com o brilho e o rigor a que desde há muito nos tem habituado, acaba de traçar o retrato da difícil e complexa situação em que nos encontramos, portanto seria pura redundância da minha parte acrescentar à sua exposição uns quantos pormenores que, no fim de contas, só serviriam para acentuar as sombras do desenho, dito isto, e à vista dos recentes acontecimentos, considero que estamos necessitados de uma mudança radical de estratégia, a qual deverá dar particular atenção, entre todos os restantes factores, à possibilidade de que na capital tenha nascido e possa vir a desenvolver-se um ambiente de certa pacificação social na sequência do gesto de inequívoca solidariedade, não duvido que maquiavélico, não duvido que determinado politicamente, de que o país inteiro foi testemunha nas últimas horas, leiam-se os comentários das edições especiais, todos elogiativos, por conseguinte, e em primeiro lugar, teremos de reconhecer que as tentativas para chamar os contestatários à razão fracassaram, uma por uma, estrondosamente, e que a causa do fracasso, pelo menos é essa a minha opinião, poderá ter sido a severidade dos meios repressivos de que nos temos servido, e em segundo lugar, se perseverarmos na estratégia até agora seguida, se intensificarmos a escalada de coacções, e se a resposta dos contestatários continuar a mesma que tem sido até agora, isto é, nenhuma, teremos forçosamente de recorrer a medidas drásticas, de carácter ditatorial, como seria, por exemplo, retirar por tempo indeterminado os direitos civis à população da cidade, incluindo os nossos próprios votantes, para evitar favoritismos de identidade ideológica, aprovar para aplicação em todo o país, e a fim de evitar o alastramento da epidemia, uma lei eleitoral de excepção em que se equivalessem os votos em branco a votos nulos, e sei lá que mais. O primeiro-ministro fez uma pausa para beber um gole de água, e prosseguiu, Falei da necessidade de uma mudança de estratégia, porém não disse que a tivesse já definida e preparada para aplicação imediata, há que dar tempo ao tempo, deixar que o fruto amadureça e os ânimos apodreçam, devo confessar, até, que pessoalmente preferiria apostar por um período de certa distensão durante o qual trabalharíamos para extrair o maior proveito possível dos leves sinais de concórdia que parecem estar a emergir. Fez outra pausa, pareceu que ia prosseguir o discurso, mas só disse, Escutarei as vossas opiniões.

O ministro do interior levantou a mão, Noto que o senhor primeiro-ministro está confiado na acção persuasiva que os nossos votantes possam vir a exercer no espírito daqueles a quem, confesso que com estupefacção, ouvi referir como meros contestatários, mas não me parece que tivesse falado da eventualidade contrária, a de que os partidários da subversão venham a confundir com as suas teorias deletérias os cidadãos respeitadores da lei, Tem razão, efectivamente não recordo haver aludido a essa eventualidade, respondeu o primeiro-ministro, mas, imaginando que tal caso se desse, nada viria modificar no fundamental, o pior que poderia suceder seria que os actuais oitenta por cento de pessoas que votaram em branco passassem a cem, a alteração quantitativa introduzida no problema não teria qualquer influência na sua expressão qualitativa, salvo, obviamente, pelo facto de estabelecer uma unanimidade. Que fazemos então, perguntou o ministro da defesa, Precisamente para isso é que estamos aqui, para analisar, ponderar e decidir, Incluindo, suponho, a proposta do senhor presidente da república, que desde já declaro apoiar com entusiasmo, A proposta do senhor presidente, pela dimensão da obra e pela diversidade das implicações que envolve, requer um estudo aturado de que deverá encarregar-se uma comissão ad hoc que para o efeito haverá que nomear, por outro lado, creio ser bastante evidente que o levantamento de um muro de separação não resolveria, no imediato, nenhuma das nossas dificuldades e infalivelmente viria criar outras, o senhor presidente conhece o meu pensamento sobre o assunto, e a lealdade pessoal e institucional que lhe devo não me permitiria silenciá-lo perante o conselho, o que não significa, torno a dizer, que os trabalhos da comissão não se iniciem o mais rapidamente possível, logo que se encontre instalada, antes de uma semana. Era visível a contrariedade do presidente da república, Sou presidente, não sou papa, portanto não presumo de nenhum tipo de infalibilidade, mas desejaria que a minha proposta fosse debatida com carácter de urgência, Eu mesmo o tinha dito antes, senhor presidente, acudiu o primeiro-ministro, dou-lhe a minha palavra de que em menos tempo do que imagina terá notícias do trabalho da comissão, Entretanto, andaremos para aqui às apalpadelas, às cegas, queixou-se o presidente. O silêncio foi daqueles que embotariam o gume da mais afiada das facas. Sim, às cegas, repetiu sem se aperceber do constrangimento geral. Do fundo da sala, ouviu-se a voz tranquila do ministro da cultura, Tal como há quatro anos. Rubro, como se tivesse sido ofendido por uma obscenidade brutal, inadmissível, o ministro da defesa levantou-se e, apontando um dedo acusador, disse, O senhor acaba de romper vergonhosamente um pacto nacional de silêncio que todos havíamos aceitado, Que eu saiba, não houve nenhum pacto, e muito menos nacional, há quatro anos já eu era bastante crescido, e não tenho a menor lembrança de que a população tivesse sido chamada a assinar um pergaminho em que se comprometesse a não pronunciar, nunca, uma só palavra sobre o facto de que durante algumas semanas estivemos todos cegos,

Tem razão, pacto em sentido formal não houve, interveio o primeiro-ministro, mas todos pensámos, sem que para isso tivesse sido necessário pôr-nos de acordo e escrevê-lo num papel, que a terrível provação por que havíamos passado deveria, para a saúde do nosso espírito, ser considerada apenas como um pesadelo abominável, algo que tivesse existido como sonho, não como realidade, Em público, é possível, mas o senhor primeiro-ministro não quererá certamente convencer-me de que na intimidade do seu lar nunca se falou do acontecido, Que se tenha falado, ou não, pouco importa, na intimidade dos lares passam-se muitas coisas que não saem das suas quatro paredes, e, se me permite que lho diga, a alusão à ainda hoje inexplicável tragédia ocorrida entre nós há quatro anos foi uma manifestação de mau gosto que eu não esperaria de um ministro da cultura, O estudo do mau gosto, senhor primeiro-ministro, deveria ser um capítulo da história das culturas, e dos mais extensos e suculentos, Não me refiro a esse género de mau gosto, mas a outro, àquele a que também costumamos dar o nome de falta de tacto, O que o senhor primeiro-ministro crê, pelos vistos, é algo parecido à ideia de que o que faz que a morte exista é o nome que tem, que as coisas não têm existência real se não tivermos um nome para lhes dar, Há inúmeras coisas de que desconheço o nome, animais, vegetais, instrumentos e aparelhos de todas as formas e tamanhos e para todas as serventias, Mas sabe que o têm, e isso dá-lhe tranquilidade, Estamos a afastar-nos do assunto, Sim senhor primeiro-ministro, afastamo-nos do assunto, eu só disse que há quatro anos estivemos cegos e agora digo que provavelmente cegos continuamos. A indignação foi geral, ou quase, os protestos saltavam, atropelavam-se, todos queriam intervir, até o ministro dos transportes, que, por ser dotado de uma voz estrídula, em geral falava pouco, dava agora trabalho às cordas vocais, Peço a palavra, peço a palavra. O primeiro-ministro olhou o presidente da república como a pedir-lhe conselho, mas tratava-se de puro teatro, o tímido movimento do presidente, qualquer que fosse o seu significado à nascença, foi morto pela mão levantada do seu chefe de governo, Tendo em atenção o tom emotivo e apaixonado que deixam prever as interpelações, o debate nada adiantaria, por isso não darei a palavra a nenhum dos senhores ministros, tanto mais que, talvez sem se dar conta, o senhor ministro da cultura acertou em cheio ao comparar a praga que estamos padecendo a uma nova forma de cegueira, Não fiz essa comparação, senhor primeiro-ministro, limitei-me a recordar que estivemos cegos e que, provavelmente, cegos continuamos a estar, qualquer extrapolação que não esteja logicamente contida na proposição inicial é ilegítima, Mudar de lugar as palavras representa, muitas vezes, mudar-lhes o sentido, mas elas, as palavras, ponderadas uma por uma, continuam, fisicamente, se assim posso exprimir-me, a ser exactamente o que haviam sido, e portanto, Nesse caso, permita-me que o interrompa, senhor primeiro-ministro, quero que fique claro que a responsabilidade das mudanças de lugar e de sentido das minhas é unicamente sua, eu não meti para aí prego nem estopa, Digamos que pôs a estopa e eu contribuí com o prego, e que a estopa e o prego juntos me autorizam a afirmar que o voto em branco é uma manifestação de cegueira tão destrutiva como a outra, Ou de lucidez, disse o ministro da justiça, Quê, perguntou o ministro do interior, que julgou ter ouvido mal, Disse que o voto em branco poderia ser apreciado como uma manifestação de lucidez por parte de quem o usou, Como se atreve, em pleno conselho do governo, a pronunciar semelhante barbaridade antidemocrática, deveria ter vergonha, nem parece um ministro da justiça, explodiu o da defesa, Pergunto-me se alguma vez terei sido tão ministro da justiça, ou de justiça, como neste momento, Com um pouco mais ainda me vai fazer acreditar que votou em branco, observou o ministro do interior ironicamente, Não, não votei em branco, mas pensá-lo-ei na próxima ocasião. Quando o burburinho escandalizado resultante desta declaração começou a diminuir, uma pergunta do primeiro-ministro fê-lo cessar de golpe, Está consciente do que acaba de dizer, Tão consciente que deposito nas suas mãos o cargo que me foi confiado, apresento a minha demissão, respondeu o que já não era nem ministro nem da justiça. O presidente da república empalidecera, parecia um trapo que alguém distraidamente tivesse deixado no espaldar da cadeira e depois esquecido, Nunca imaginei que teria de viver para ver o rosto da traição, disse, e pensou que a história não deixaria de registar a frase, pelo sim pelo não ele se encarregaria de lha fazer lembrar. O que até agora havia sido ministro da justiça levantou-se, inclinou a cabeça na direcção do presidente e do primeiro-ministro e saiu da sala. O silêncio foi interrompido pelo súbito arrastar de uma cadeira, o ministro da cultura tinha-se levantado e anunciava lá do fundo com voz forte e clara, Peço a minha demissão, Ora essa, não me diga que, tal como o seu amigo acabou de nos prometer num momento de louvável franqueza, também o senhor o pensará na próxima ocasião, tentou ironizar o chefe do governo, Não creio que venha a ser preciso, já o havia pensado na última, Isso significa, Apenas aquilo que ouviu, nada mais, Queira retirar-se, Ia no caminho, senhor primeiro-ministro, se voltei atrás foi só para me despedir. A porta abriu-se, fechou-se, ficaram duas cadeiras vazias na mesa. E esta, hem, exclamou o presidente da república, ainda não nos tínhamos recomposto do primeiro choque, e apanhámos com nova bofetada, As bofetadas são outra coisa, senhor presidente, ministros que entram e ministros que saem, é o que mais se encontra na vida, disse o primeiro-ministro, de todo o modo, se o governo entrou aqui completo, completo sairá, eu assumo a pasta da justiça e o senhor ministro das obras públicas tomará conta dos assuntos da cultura, Temo que me falte a competência necessária, observou o aludido, Tem-na toda, a cultura, segundo não param de dizer-me algumas pessoas entendidas, é também obra pública, portanto ficará perfeitamente nas suas mãos. Tocou a campainha e ordenou ao contínuo que apareceu à porta, Retire essas cadeiras, depois, dirigindo-se ao governo, Vamos fazer uma pausa de quinze, vinte minutos, o senhor presidente e eu estaremos na sala ao lado.

Meia hora depois os ministros voltavam a sentar-se ao redor da mesa. Não se notavam as ausências. O presidente da república entrou trazendo na cara uma expressão de perplexidade, como se tivesse acabado de receber uma notícia cujo significado se encontrasse fora do alcance da sua compreensão. O primeiro-ministro, pelo contrário, parecia satisfeito com a sua pessoa. Não tardaria a saber-se porquê. Quando aqui chamei a vossa atenção para a necessidade urgente de uma mudança de estratégia, visto o falhanço de todas as acções delineadas e executadas desde o começo da crise, começou ele, estava longe de esperar que uma ideia capaz de nos levar com grandes probabilidades ao triunfo pudesse vir precisamente de um ministro que já não se encontra entre nós, refiro-me, como certamente já calculam, ao ex-ministro da cultura, graças a quem ficou uma vez mais provado quanto é conveniente examinar as ideias do adversário com vista a descobrir aquilo que nelas pode aproveitar às nossas. Os ministros da defesa e do interior trocaram olhares indignados, era só o que lhes faltava, ter de ouvir elogios à inteligência de um traidor renegado. Apressadamente, o ministro do interior rabiscou algumas palavras num papel que passou ao outro, O meu faro não me enganava, desconfiei dos tipos desde o princípio desta história, ao que o ministro da defesa respondeu pela mesma via e com os mesmos cuidados, Andámos a querer infiltrá-los, e afinal infiltraram-nos eles a nós. O primeiro-ministro continuava a expor as conclusões a que havia chegado partindo da sibilina declaração do ex-ministro da cultura sobre ter estado cego ontem e continuar cego hoje, O nosso equívoco, o nosso grande equívoco, cujas consequências estamos agora a pagar, foi precisamente essa tentativa de obliteração, não da memória, uma vez que todos poderíamos recordar o que se passou há quatro anos, mas da palavra, do nome, como se, conforme fez notar o ex-colega, para que a morte deixasse de existir bastasse não pronunciar o termo com que a designamos, Não lhe parece que estamos a fugir à questão principal, perguntou o presidente da república, precisamos de propostas concretas, objectivas, o conselho terá de tomar decisões importantes, Pelo contrário, senhor presidente, é esta justamente a questão principal, e é ela, se não estou em erro, que nos vai trazer de bandeja a possibilidade de resolver de uma vez um problema em que apenas temos conseguido, quando muito, aplicar pequenos remendos que não tardam a descoser-se e que deixam tudo na mesma, Não alcanço aonde quer chegar, explique-se, por favor, Senhor presidente, meus senhores, ousemos dar um passo em frente, substituamos o silêncio pela palavra, acabemos com este estúpido e inútil fingimento de que nada aconteceu antes, falemos abertamente sobre o que foi a nossa vida, se era vida aquilo, durante o tempo em que estivemos cegos, que os jornais recordem, que os escritores escrevam, que a televisão mostre as imagens da cidade tomadas depois de termos recuperado a visão, convençam-se as pessoas a falar dos males de toda a espécie que tiveram de suportar, falem dos mortos, dos desaparecidos, das ruínas, dos incêndios, do lixo, da podridão, e depois, quando tivermos arrancado os farrapos de falsa normalidade com que temos andado a querer tapar a chaga, diremos que a cegueira desses dias regressou sob uma nova forma, chamaremos a atenção da gente para o paralelo entre a brancura da cegueira de há quatro anos e o voto em branco de agora, a comparação é grosseira e enganosa, sou o primeiro a reconhecê-lo, e não faltará quem liminarmente a rejeite como uma ofensa à inteligência, à lógica e ao senso comum, mas é possível que muitas pessoas, e espero que depressa se venham a converter em esmagadora maioria, se deixem impressionar, que se perguntem diante do espelho se não estarão outra vez cegas, se esta cegueira, ainda mais vergonhosa que a outra, não os estará a desviar da direcção correcta, a empurrar para o desastre extremo que seria o desmoronamento talvez definitivo de um sistema político que, sem que nos tivéssemos apercebido da ameaça, transportava desde a origem, no seu núcleo vital, isto é, no exercício do voto, a semente da sua própria destruição ou, hipótese não menos inquietante, de uma passagem a algo completamente novo, desconhecido, tão diferente que, aí, criados como fomos à sombra de rotinas eleitorais que durante gerações e gerações lograram escamotear o que vemos agora ser um dos seus trunfos mais importantes, nós não teríamos com certeza lugar. Creio firmemente, continuou o primeiro-ministro, que a mudança estratégica de que necessitávamos está à vista, creio que a recondução do sistema ao statu quo ante está ao nosso alcance, porém, eu sou o primeiro-ministro deste país, não um vulgar vendedor de banha da cobra que vem prometer maravilhas, em todo o caso dir-vos-ei que, se não conseguirmos resultados em vinte e quatro horas, confio que começaremos a percebê-los antes que passem vinte e quatro dias, mas a luta será longa e trabalhosa, reduzir a nova peste branca à impotência exigirá tempo e custará muitos esforços, sem esquecer, ah, sem esquecer, a cabeça maldita da ténia, essa que se encontra escondida em qualquer parte, enquanto nós não a descobrirmos no interior nauseabundo da conspiração, enquanto nós não a arrancarmos para a luz e para o castigo que merece, o mortal parasita continuará a reproduzir os seus anéis e a minar as forças da nação, mas a última batalha ganhá-la-emos nós, a minha palavra e a vossa palavra, hoje e até à vitória final, serão o penhor dessa promessa. Arrastando as cadeiras, os ministros levantaram-se como um só homem, e, de pé, aplaudiram com entusiasmo. Finalmente, expurgado dos elementos perturbadores, o conselho era um bloco coeso, um chefe, uma vontade, um projecto, um caminho. Sentado no cadeirão, como à dignidade do seu cargo competia, o presidente da república aplaudia com as pontas dos dedos, assim deixando perceber, também pela severa expressão da sua cara, a contrariedade que lhe causara não ter sido objecto de uma referência, sequer mínima, no discurso do primeiro-ministro. Deveria saber com quem lidava. Quando o ruidoso estralejar das palmas já começava a esmorecer, o primeiro-ministro levantou a mão direita a pedir silêncio e disse, Toda a navegação necessita um comandante, e esse, na perigosa travessia a que o país foi desafiado, é e terá de ser o seu primeiro-ministro, mas ai do barco que não leve uma bússola capaz de guiá-lo pelo vasto oceano e através das procelas, ora, meus senhores, essa bússola que me guia a mim e ao barco, essa bússola que, em suma, nos vem guiando a todos, está aqui, ao nosso lado, sempre a orientar-nos com a sua vasta experiência, sempre a animar-nos com os seus sábios conselhos, sempre a instruir-nos com o seu exemplo ímpar, mil palmas portanto sejam dadas, e mil agradecimentos, a sua excelência o senhor presidente da república. A ovação foi ainda mais calorosa que a primeira, parecia não querer terminar, e não terminaria enquanto o primeiro-ministro continuasse a bater palmas, enquanto o relógio da sua cabeça não lhe dissesse, Basta, podes ficar por aí, ele já ganhou. Ainda dois minutos mais para confirmar a vitória, e, ao cabo deles, o presidente da república, com as lágrimas nos olhos, estava abraçado ao primeiro-ministro. Momentos perfeitos, e até mesmo sublimes, podem ocorrer na vida de um político, disse depois com a voz embargada pela comoção, mas, seja o que for que me reserve o dia de amanhã, juro-vos que este não se me apagará nunca da memória, será a minha coroa de glória nas horas felizes, o meu consolo nas horas amargas, de todo o coração vos agradeço, com todo o coração vos abraço. Mais aplausos.

Os momentos perfeitos, sobretudo quando raiam o sublime, têm o gravíssimo contra da sua curta duração, o que, por óbvio, dispensaria ser mencionado se não fosse a circunstância de existir uma contrariedade maior, que é não sabermos que fazer depois. Este embaraço, porém, reduz-se a quase nada no caso de se encontrar presente um ministro do interior. Mal o gabinete tinha reocupado o seu lugar, ainda com o ministro das obras públicas e cultura a enxugar uma lágrima furtiva, o do interior levantou a mão para pedir a palavra, Faça o favor, disse o primeiro-ministro, Como o senhor presidente da república tão emotivamente sublinhou, há na vida momentos perfeitos, verdadeiramente sublimes, e nós tivemos aqui o alto privilégio de desfrutar de dois deles, o do agradecimento do presidente e o da exposição do primeiro-ministro quando defendeu uma nova estratégia unanimemente aprovada pelos presentes e à qual me reportarei nesta intervenção, não para retirar o meu aplauso, longe de mim semelhante ideia, mas para ampliar e facilitar os efeitos dessa estratégia, se tanto pode pretender a minha modesta pessoa, refiro-me a ter dito o senhor primeiro-ministro que não conta obter resultados em vinte e quatro horas, mas que está certo de que eles começarão a surgir antes de decorridos vinte e quatro dias, ora, com todo o respeito, eu não creio que estejamos em condições de esperar vinte e quatro dias, ou vinte, ou quinze, ou dez, o edifício social apresenta brechas, as paredes oscilam, os alicerces tremem, em qualquer momento tudo pode vir abaixo, Tem algo para nos propor, além de descrever o quadro de um prédio a ameaçar ruína, perguntou o primeiro-ministro, Sim senhor, respondeu impassível o ministro do interior, como se não tivesse percebido o sarcasmo, Ilumine-nos, então, por favor, Antes de mais, devo esclarecer, senhor primeiro-ministro, que esta minha proposta não tem outra intenção senão complementar as que nos apresentou e aprovámos, não emenda, não corrige, não aperfeiçoa, é simplesmente outra coisa que espero possa vir merecer a atenção de todos, Adiante, deixe-se de rodeios, vá direito ao assunto, O que proponho, senhor primeiro-ministro, é uma acção rápida, de choque, com helicópteros, Não me diga que está a pensar em bombardear a cidade, Sim senhor, estou a pensar em bombardeá-la com papéis, Com papéis, Precisamente, senhor primeiro-ministro, com papéis, em primeiro lugar, por ordem de importância, teríamos uma proclamação assinada pelo senhor presidente da república e dirigida à população da capital, em segundo lugar, uma série de mensagens breves e eficazes que abram caminho e preparem os espíritos para as acções de efeito previsivelmente mais lento que o senhor primeiro-ministro preconizou, isto é, os jornais, a televisão, as recordações de vivências do tempo em que estivemos cegos, relatos de escritores, etc., a propósito, lembro que o meu ministério dispõe da sua própria equipa de redactores, pessoas muito treinadas na arte de convencer as pessoas, o que, segundo tenho entendido, só com muito esforço e por pouco tempo os escritores conseguem, A ideia parece-me excelente, interrompeu o presidente da república, mas evidentemente o texto terá de vir à minha aprovação, introduzirei as alterações que achar convenientes, de todo o modo acho bem, é uma ideia estupenda, que tem, além do resto, a enorme vantagem política de colocar a figura do presidente da república na primeira linha de combate, é uma boa ideia, sim senhor. O murmúrio de aprovação que se ouviu na sala mostrou ao primeiro-ministro que este lance havia sido ganho pelo ministro do interior, Assim se fará, tome as providências necessárias, disse, e, mentalmente, pôs-lhe outra nota negativa na página correspondente do caderno de aproveitamento escolar do governo.

A tranquilizadora ideia de que, mais tarde ou mais cedo, e antes mais cedo que mais tarde, o destino sempre acabará por abater a soberba, encontrou fragorosa confirmação no humilhante opróbrio sofrido pelo ministro do interior, que, crendo haver ganho in extremis o mais recente assalto na pugna pugilística que vem travando com o chefe do governo, viu irem por água abaixo os seus planos por efeito de uma inesperada intervenção do céu, que, à última hora, decidiu bandear-se para o lado do adversário. Em última análise, porém, e igualmente em primeira, segundo a opinião dos observadores mais atentos e abalizados, a culpa teve-a toda o presidente da república por haver demorado a aprovação do manifesto que, com a sua assinatura e para edificação moral dos habitantes da cidade, deveria ser lançado dos helicópteros. Durante os três dias seguintes à reunião do conselho de ministros a abóbada celeste mostrou-se ao mundo no seu magnificente traje de inconsútil azul, um tempo liso, sem pregas nem costuras, e sobretudo sem vento, perfeito para lançar papéis do ar e vê-los descer depois dançando o bailado dos elfos, até serem recolhidos por quem nas ruas passasse ou a elas saísse movido pela curiosidade de saber que novas ou mandadas lhe chegavam do alto. Durante esses três dias o manuseado texto afadigou-se em viagens de ida e volta entre o palácio presidencial e o ministério do interior, umas vezes mais profuso de razões, outras vezes mais conciso de conceitos, com palavras riscadas e substituídas por outras que logo sofreriam idêntica sorte, com frases desamparadas daquilo que as precedia e que não quadravam com o que vinha a seguir, quanta tinta gasta, quanto papel rasgado, a isto é que se chama o tormento da obra, a tortura da criação, é bom que se fique sabendo de uma vez. Ao quarto dia, o céu, cansado de esperar, vendo que lá em baixo as coisas não atavam nem desatavam, resolveu amanhecer tapado por um capote de nuvens baixas e escuras, das que costumam cumprir a chuva que prometem. Pela última hora da manhã começaram a cair umas gotículas esparsas, de vez em quando paravam, de vez em quando voltavam, um chuvisco aborrecido que, apesar das ameaças, parecia não ter muito mais para dar. Ficou neste chove-não-molha até ao meio da tarde, e de súbito, sem aviso, como quem se fartou de fingir o que não sentia, o céu abriu-se para dar passagem a uma chuva contínua, certa, monótona, intensa ainda que não violenta, daquelas que são capazes de estar chovendo assim uma semana inteira e que a agricultura em geral agradece. Não o ministério do interior. Supondo que o comando supremo da força aérea desse autorização para os helicópteros levantarem voo, o que por si só já seria altamente problemático, lançar papéis do ar com um tempo destes era mais do que caricato, e não só porque nas ruas andaria pouquíssima gente, e a pouca que houvesse estaria ocupada, principalmente, em molhar-se o menos possível, o pior seria cair o manifesto presidencial na lama do chão, ser engolido pelas sarjetas devoradoras, amolecer e desfazer-se nos charcos que as rodas dos automóveis, grosseiramente, levantam em sujos repuxos, em verdade, em verdade vos digo, só um fanático da legalidade e do respeito devido aos superiores se curvaria para levantar do ignominioso chapuz a explicação do parentesco entre a cegueira geral de há quatro anos e esta, maioritária, de agora. O vexame do ministro do interior foi ter de testemunhar, impotente, como, a pretexto de uma impostergável urgência nacional, o primeiro-ministro punha em movimento, ainda por cima com a forçada concordância do presidente da república, a maquinaria mediática que, englobando imprensa, rádio, televisão e todas as mais subexpressões escritas, auditivas e visualizáveis disponíveis, quer decorrentes quer concorrentes, haveria de convencer a população da capital de que, desgraçadamente, estava outra vez cega. Quando, dias depois, a chuva parou e os ares se vestiram outra vez de azul, só a teimosa e por fim já irritada insistência do presidente da república sobre o seu chefe de governo logrou que a postergada primeira parte do plano fosse cumprida, Meu caro primeiro-ministro, disse o presidente, tome boa nota de que não desisti nem penso desistir do que ficou decidido no conselho de ministros, continuo a considerar ser minha obrigação dirigir-me pessoalmente à nação, Senhor presidente, creia que não vale a pena, a acção de esclarecimento já se encontra em marcha, não tardaremos a obter resultados, Ainda que eles estejam para aparecer à volta da esquina depois de amanhã, quero que o meu manifesto seja lançado antes, Claro que depois de amanhã é uma maneira de dizer, Pois então melhor ainda, distribua-se o manifesto já, Senhor presidente, creia que, Aviso-o de que, se não o fizer, o responsabilizarei pela perda de confiança pessoal e política que desde logo se criará entre nós, Permito-me recordar, senhor presidente, que continuo a ter maioria absoluta no parlamento, a perda de confiança com que me ameaça seria algo de carácter meramente pessoal, sem qualquer repercussão política, Tê-la-á se eu for ao parlamento declarar que a palavra do presidente da república foi sequestrada pelo primeiro-ministro, Senhor presidente, por favor, isso não é verdade, É verdade suficiente para que eu o diga, no parlamento ou fora dele, Distribuir agora o manifesto, O manifesto e os outros papéis, Distribuir agora o manifesto seria redundante, Esse é o seu ponto de vista, não o meu, Senhor presidente, Se me chama presidente será porque me reconhece como tal, portanto faça o que lhe mando, Se põe a questão nesses termos, Ponho-a nestes termos, e mais lhe digo ainda, estou cansado de assistir às suas guerras com o ministro do interior, se ele não lhe serve, demita-o, mas se não quer ou não pode demiti-lo aguente-se, estou convencido de que se a ideia de um manifesto assinado pelo presidente tivesse saído da sua cabeça, provavelmente seria capaz de o mandar entregar porta a porta, Isso é injusto, senhor presidente, Talvez o seja, não digo que não, a gente enerva-se, perde a serenidade e acaba por dizer o que não queria nem pensava, Daremos então este incidente por encerrado, Sim, o incidente fica encerrado, mas amanhã de manhã quero esses helicópteros no ar, Sim senhor presidente.

Se esta acerba discussão não tivesse acontecido, se o manifesto presidencial e os mais papéis volantes tivessem, por desnecessários, terminado no lixo a sua breve vida, a história que estamos a contar seria, daqui para diante, completamente diferente. Não imaginamos com precisão como e em quê, só sabemos que seria diferente. Claro está que um leitor atento aos meandros do relato, um leitor daqueles analíticos que de tudo esperam uma explicação cabal, não deixaria de perguntar se a conversação entre o primeiro-ministro e o presidente da república foi metida aqui à última hora para dar pé à anunciada mudança de rumo, ou se, tendo que suceder porque esse era o seu destino e dela havendo resultado as consequências que não tardarão a conhecer-se, o narrador não teria tido outro remédio que pôr de lado a história que trazia pensada para seguir a nova rota que de repente lhe apareceu traçada na sua carta de navegação. É difícil dar a um tal isto ou aquilo uma resposta capaz de satisfazer totalmente esse leitor. Salvo se o narrador tivesse a insólita franqueza de confessar que nunca esteve muito seguro de como levar a bom termo esta nunca vista história de uma cidade que decidiu votar em branco e que, por conseguinte, a violenta troca de palavras entre o presidente da república e o primeiro-ministro, tão ditosamente terminada, foi para ele como ver cair a sopa no mel. Doutra maneira não se compreenderia que tivesse abandonado sem mais nem menos o trabalhoso fio da narrativa que vinha desenrolando para se meter em excursões gratuitas não sobre o que não foi, mas poderia ter sido, e sim sobre o que foi, mas poderia não ter sido. Referimo-nos, sem outros rodeios, à carta que o presidente da república recebeu três dias depois de os helicópteros terem feito chover sobre as ruas, praças, parques e avenidas da capital os papéis coloridos em que se explanavam as ilações dos escritores do ministério do interior sobre a mais do que provável conexão entre a trágica cegueira colectiva de há quatro anos e o desvario eleitoral de agora. A sorte do signatário foi ter a carta ido parar às mãos de um secretário escrupuloso, daqueles que vão ler a letra pequena antes de começarem a ler a grande, daqueles que são capazes de discernir entre troços mal alinhavados de palavras a minúscula semente que convém regar quanto antes, que mais não seja para saber no que dará. Eis o que dizia a carta, Excelentíssimo senhor presidente da república. Tendo lido com a merecida e devida atenção o manifesto que vossa excelência dirigiu ao povo e em particular aos habitantes da capital, com a plena consciência do meu dever como cidadão deste país e certo de que a crise em que a pátria está mergulhada exige de nós todos o zelo de uma contínua e estrita vigilância sobre tudo quanto de estranho se manifeste ou tenha manifestado à nossa vista, peço licença para trazer ao preclaro juízo de vossa excelência alguns factos desconhecidos que talvez possam ajudar a compreender melhor a natureza do flagelo que nos caiu em cima. Isto digo porque, embora não seja mais que um homem comum, creio, como vossa excelência, que alguma ligação terá de haver entre a recente cegueira de votar em branco e aquela outra cegueira branca que, durante semanas que não será possível esquecer, nos pôs a todos fora do mundo. Quero eu dizer, senhor presidente da república, que talvez esta cegueira de agora possa vir a ser explicada pela primeira, e as duas, talvez, pela existência, não sei se também pela acção, de uma mesma pessoa. Antes de prosseguir, porém, guiado como apenas estou sendo por um espírito cívico de que não permito que ninguém se atreva a duvidar, quero deixar claro que não sou um delator, nem um denunciante, nem um chivato, sirvo simplesmente a minha pátria na situação angustiosa em que se encontra, sem um farol que lhe ilumine o caminho para a salvação. Não sei, e como poderia eu sabê-lo, se a carta que estou escrevendo será bastante para acender essa luz, mas, repito, o dever é o dever, e neste momento vejo-me a mim mesmo como um soldado que dá um passo em frente e se apresenta como voluntário para a missão, e essa missão, senhor presidente da república, consiste em revelar, escrevo a palavra por ser a primeira vez que falo deste assunto a alguém, que há quatro anos, com a minha mulher, fiz casualmente parte de um grupo de sete pessoas que, como tantas outras, lutou desesperadamente por sobreviver. Parecerá que não estou a dizer nada que vossa excelência, por experiência própria, não tenha conhecido, mas o que ninguém sabe é que uma das pessoas do grupo nunca chegou a cegar, uma mulher casada com um médico oftalmologista, o marido estava cego como todos nós, mas ela não. Nessa altura fizemos uma jura solene de que jamais falaríamos do assunto, ela dizia que não queria que a vissem depois como um fenómeno raro, ter de sujeitar-se a perguntas e de submeter-se a exames agora que já todos havíamos recuperado a visão, o melhor seria esquecer, fazer de conta que nada se tinha passado. Respeitei o juramento até hoje, mas já não posso continuar calado. Senhor presidente da república, consinta que lhe diga que me sentiria ofendido se esta carta fosse lida como uma denúncia, embora por outro lado talvez o devesse ser, porquanto, e isso também o ignora vossa excelência, um crime de assassínio foi cometido naqueles dias precisamente pela pessoa de quem falo, mas isso é uma questão com a justiça, eu contento-me com cumprir o meu dever de patriota pedindo a superior atenção de vossa excelência para um facto até agora mantido em segredo e de cujo exame poderá, porventura, sair uma explicação para o ataque despiedado de que o sistema político vigente tem vindo a ser alvo, essa nova cegueira branca que, permito-me reproduzir aqui, humildemente, as próprias palavras de vossa excelência, atinge em cheio o coração dos fundamentos da democracia como nunca qualquer sistema totalitário tinha conseguido fazê-lo antes. Escusado seria dizer, senhor presidente da república, que estou ao dispor de vossa excelência ou da entidade que vier a ser encarregada de prosseguir uma investigação a todas as luzes necessária, para ampliar, desenvolver e completar as informações de que esta carta já é portadora. Juro que não me move qualquer animosidade contra a pessoa em causa, porém esta pátria que tem em vossa excelência o mais digno dos representantes está acima de tudo, essa é a minha lei, a única a que me acolho com a serenidade de quem acaba de cumprir o seu dever. Respeitosamente. Seguia-se a assinatura, e, em baixo, no lado esquerdo, o nome completo do signatário, a direcção, o telefone, e também o número do bilhete de identidade e o endereço electrónico.

O presidente da república pousou devagar a folha de papel sobre a mesa de trabalho e, depois de um breve silêncio, perguntou ao seu chefe de gabinete, Quantas pessoas têm conhecimento disto, Nenhuma mais além do secretário que abriu e registou a carta, É pessoa de confiança, Suponho que poderemos confiar nele, senhor presidente, é do partido, em todo o caso talvez fosse conveniente que alguém lhe fizesse perceber que a mais leve inconfidência da sua parte lhe poderia vir a custar muito caro, se o senhor presidente me permite a sugestão, esse aviso haveria que fazê-lo directamente, Por mim, Não, senhor presidente, pela polícia, uma simples questão de eficácia, chama-se o homem à sede central, o agente mais bruto mete-o num gabinete de interrogatórios e prega-lhe um bom susto, Não tenho dúvidas quanto à bondade dos resultados, mas vejo aí uma grave dificuldade, Qual, senhor presidente, Antes que o caso chegue à polícia ainda terão de passar alguns dias, e entretanto o tipo dá com a língua nos dentes, conta à mulher, aos amigos, capaz mesmo de falar com um jornalista, em suma, entorna-nos o caldo, Tem razão, senhor presidente, a solução seria dar uma palavrinha urgente ao director da polícia, encarrego-me disso com todo o gosto, se quiser, Curtocircuitar a cadeia hierárquica do governo, saltar por cima do primeiro-ministro, é essa a sua ideia, Não me atreveria se o caso não fosse tão sério, senhor presidente, Meu caro, neste mundo, e outro não há, que nos conste, tudo acaba por saber-se, acredito em si quando me diz que o secretário lhe merece confiança, mas já não poderei dizer o mesmo do director da polícia, imagine que ele anda feito com o ministro do interior, hipótese aliás mais que provável, imagine o sarilho que daqui sairia, o ministro do interior a pedir contas ao primeiro-ministro por não poder pedi-las a mim, o primeiro-ministro a querer saber se pretendo sobrepor-me à sua autoridade e às suas competências, em poucas horas seria público o que pretendemos manter em segredo, Tem razão uma vez mais, senhor presidente, Não direi, como o outro, que nunca me engano e raramente tenho dúvidas, mas quase, quase, Que faremos então, senhor presidente, Traga-me aqui o homem, O secretário, Sim, esse que conhece a carta, Agora, Daqui a uma hora pode ser tarde de mais. O chefe do gabinete serviu-se do telefone interno para chamar o funcionário, Imediatamente ao gabinete do senhor presidente, rápido. Para percorrer os vários corredores e as várias salas costumam ser necessários pelo menos uns cinco minutos, mas o secretário apareceu à porta ao fim de três. Vinha ofegante e tremiam-lhe as pernas. Homem, não precisava de correr, disse o presidente fazendo um sorriso bondoso, O senhor chefe do gabinete disse que viesse rapidamente, senhor presidente, arquejou o homem, Muito bem, mandei chamá-lo por causa desta carta, Sim senhor presidente, Leu-a, claro, Sim senhor presidente, Recordase do que nela está escrito, Mais ou menos, senhor presidente, Não use esse género de frases comigo, responda à pergunta, Sim senhor presidente, recordo-me como se a tivesse acabado de ler neste momento, Acha que poderia fazer um esforço para se esquecer do que ela contém, Sim senhor presidente, Pense bem, deve saber que não é a mesma coisa fazer o esforço e esquecer, Não senhor presidente, não é a mesma coisa, Portanto, o esforço não deve bastar, será preciso algo mais, Empenho a minha palavra de honra, Estive quase tentado a repetir-lhe que não use esse género de frases, mas prefiro que me explique que significado real tem para si, no presente caso, isso a que romanticamente chama empenhar a palavra de honra, Significa, senhor presidente, a declaração solene de que de nenhuma maneira, suceda o que suceder, divulgarei o conteúdo da carta, É casado, Sim senhor presidente, Vou fazer-lhe uma pergunta, E eu responderei, Supondo que revelaria à sua mulher, e só a ela, a natureza da carta, considera que estaria, no sentido rigoroso do termo, a divulgá-la, refiro-me à carta, evidentemente, não à sua mulher, Não senhor presidente, divulgar é espalhar, tornar público, Aprovado, verifico com satisfação que os dicionários não lhe são estranhos, Não o diria nem à minha própria mulher, Quer dizer que não lhe contará nada, A ninguém, senhor presidente, Dá-me a sua palavra de honra, Desculpe, senhor presidente, agora mesmo, Imagine, esqueci-me de que já a havia dado, se tornar a varrer-se-me da memória o senhor chefe do gabinete se encarregará de mo recordar, Sim senhor, disseram as duas vozes ao mesmo tempo. O presidente guardou silêncio durante alguns segundos, depois perguntou, Suponhamos que vou ver o que escreveu no registo, pode evitar-me que me levante desta cadeira e dizer-me o que lá encontrarei, Uma única palavra, senhor presidente, Deve ter uma extraordinária capacidade de síntese para resumir em uma só palavra uma carta tão extensa como esta, Petição, senhor presidente, Quê, Petição, a palavra que está no registo, Nada mais, Nada mais, Mas assim não se poderá saber de que trata a carta, Foi justamente o que pensei, senhor presidente, que não convinha que se soubesse, a palavra petição serve para tudo. O presidente recostou-se comprazido, sorriu com todos os dentes ao prudente secretário e disse, Devia ter começado por aí, podia dispensar-se de empenhar algo tão sério como a palavra de honra, Uma cautela garante a outra, senhor presidente, Não está mal, não senhor, não está mal, mas de vez em quando dê uma vista de olhos ao registo, não seja o caso de alguém se lembrar de acrescentar alguma coisa à palavra petição, A linha está trancada, senhor presidente, Pode retirar-se, Às suas ordens, senhor presidente. Quando a porta se fechou, o chefe do gabinete disse, Tenho de confessar que não esperava que ele fosse capaz de tomar uma iniciativa destas, creio que acaba de nos dar a melhor prova de que é merecedor de toda a nossa confiança, Talvez da sua, disse o presidente, não da minha, Mas eu pensei, Pensou bem, meu caro, mas ao mesmo tempo pensou mal, a mais segura diferença que poderíamos estabelecer entre as pessoas não seria dividi-las em espertas e estúpidas, mas em espertas e demasiado espertas, com as estúpidas fazemos o que quisermos, com as espertas a solução é pô-las ao nosso serviço, ao passo que as demasiado espertas, mesmo quando estão do nosso lado, são intrinsecamente perigosas, não o conseguem evitar, o mais curioso é que com os seus actos estão constantemente a dizer-nos que tenhamos cuidado com elas, em geral não damos atenção aos avisos e depois aguentamos as consequências, Quer então dizer, senhor presidente, Quero dizer que o nosso prudente secretário, esse funâmbulo do registo capaz de transformar em simples petição uma carta tão inquietante como esta, não tardará a ser chamado à polícia para que lhe seja metido o susto que cá entre nós lhe havíamos prometido, ele mesmo o disse sem imaginar todo o alcance das palavras, uma cautela garante a outra, Tem sempre razão, senhor presidente, os seus olhos vêem muito longe, Sim, mas o maior erro da minha vida como político foi permitir que me sentassem nesta cadeira, não percebi a tempo que os braços dela têm algemas, Consequência de o regime não ser presidencialista, Pois não, por isso pouco mais me deixam para fazer que cortar fitas e beijar criancinhas, Agora veio-lhe às mãos uma carta de trunfo, No momento em que a entregar ao primeiro-ministro, passa a ser dele, eu não terei sido mais que o carteiro, E no momento em que ele a entregar ao ministro do interior, passará a ser da polícia, a polícia é o que está no extremo da linha de montagem, Tem aprendido muito, Estou numa boa escola, senhor presidente, Sabe uma coisa, Sou todo ouvidos, Vamos deixar o pobre diabo em paz, se calhar, eu mesmo, quando chegar a casa, ou à noite entre os lençóis, contarei à minha mulher o que diz a carta, e você, meu caro chefe de gabinete, fará provavelmente o mesmo, a sua mulher olhará para si como para um herói, o maridinho querido que conhece os segredos e as malhas que o estado tece, que bebe do fino, que respira sem máscara o odor pútrido das sarjetas do poder, Senhor presidente, por favor, Não faça caso, julgo não ser tão mau como os piores, mas de vez em quando vem-me a consciência de que isso não basta, e então a alma dói-me muito mais do que seria capaz de lhe dizer, Senhor presidente, a minha boca está e estará fechada, E a minha também, e a minha também, mas há ocasiões em que me ponho a imaginar o que este mundo poderia ser se todos abríssemos as bocas e não as calássemos enquanto, Enquanto quê, senhor presidente, Nada, nada, deixe-me só.

Tinha passado menos de uma hora quando o primeiro-ministro, convocado de urgência ao palácio, entrou no gabinete. O presidente fez sinal de que se sentasse e pediu, enquanto lhe estendia a carta, Leia isto e diga-me o que lhe parece. O primeiro-ministro acomodou-se na cadeira e principiou a ler. Devia ir a meio da carta quando levantou a cabeça com uma expressão interrogativa, como quem teve dificuldade em perceber o que lhe acabaram de dizer, depois prosseguiu e, sem interrupções nem outras manifestações gestuais, concluiu a leitura. Um patriota carregado de boas intenções, disse, e ao mesmo tempo um canalha, Porquê um canalha, perguntou o presidente, Se o que aqui se narra é certo, se essa mulher, supondo que existiu, realmente não cegou e ajudou os outros seis naquela desgraça, não é de excluir a possibilidade de que o autor desta carta lhe deva a fortuna de estar vivo, quem sabe se os meus pais ainda o estariam hoje se tivessem tido a sorte de a encontrar, Diz-se aí que assassinou alguém, Senhor presidente, ninguém sabe ao certo quantas pessoas foram mortas durante aqueles dias, decidiu-se que todos os cadáveres encontrados resultavam de acidentes ou causas naturais e pôs-se uma pedra sobre o assunto, Até as pedras mais pesadas podem ser removidas, Assim é, senhor presidente, mas o meu parecer é deixar esta pedra onde está, imagino que não haja testemunhas presenciais do crime, e se naquele momento as houve não passaram de cegos entre cegos, seria um absurdo, um disparate, levar essa mulher a tribunal por um crime que ninguém viu cometer e cujo corpo de delito não existe, O autor da carta afirma que ela matou, Sim, mas não diz que foi testemunha do crime, além disso, senhor presidente, torno a dizer que a pessoa que escreveu essa carta é um canalha, Não vêm ao caso juízos morais, Bem o sei, senhor presidente, mas sempre se pode desabafar. O presidente pegou na carta, olhou para ela como se não a visse e perguntou, Que pensa fazer, Por mim, nada, respondeu o primeiro-ministro, este assunto não tem uma única ponta por onde se lhe pegue, Reparou que o autor da carta insinua a possibilidade de que haja relação entre o facto de essa mulher não ter cegado e a maciça votação em branco que nos empurrou para a difícil situação em que nos encontramos, Senhor presidente, algumas vezes não temos estado de acordo um com o outro, É natural, Sim, é natural, tão natural como eu não ter a menor dúvida de que a sua inteligência e o seu senso comum, que respeito, se recusam a aceitar a ideia de que uma mulher, pelo facto de não ter cegado há quatro anos, seja hoje a responsável por umas quantas centenas de milhares de pessoas, que nunca ouviram falar dela, terem votado em branco quando chamadas a umas eleições, Dito assim, Não há outra maneira de o dizer, senhor presidente, o meu parecer é que se arquive essa carta na secção dos escritos alucinados, que se deixe cair o assunto e continuemos a procurar soluções para os nossos problemas, soluções reais, não fantasias ou despeitos de um imbecil, Creio que tem razão, tomei demasiado a sério um chorrilho de tolices e fi-lo perder o seu tempo, pedindo-lhe que viesse falar comigo, Não tem importância, senhor presidente, o meu tempo perdido, se lhe quer chamar assim, foi mais do que compensado por termos chegado a acordo, Apraz-me muito reconhecê-lo e agradeço-lhe, Deixo-o entregue ao seu trabalho e regresso ao meu. O presidente da república ia a estender a mão para se despedir quando, bruscamente, o telefone tocou. Levantou o auscultador e ouviu a secretária, O senhor ministro do interior deseja falar-lhe, senhor presidente, Ponha-me em comunicação com ele. A conversação foi demorada, o presidente ia escutando, e, à medida que os segundos passavam, a expressão do seu rosto mudava, algumas vezes murmurou Sim, numa ocasião disse É um caso a estudar, e finalizou com as palavras Fale com o senhor primeiro-ministro. Pousou o auscultador, Era o ministro do interior, disse, Que queria esse simpático homem, Recebeu uma carta redigida nos mesmos termos e está decidido a iniciar investigações, Má notícia, Disse-lhe que falasse consigo, Eu ouvi, mas continua a ser uma má notícia, Porquê, Se conheço bem o ministro do interior, e creio que poucos o conhecerão tão bem como eu, a esta hora já falou com o director da polícia, Trave-o, Tentarei, mas temo bem que seja inútil, Use a sua autoridade, Para que me acusem de bloquear uma investigação sobre factos que afectam a segurança do estado, precisamente quando todos sabemos que o estado se encontra em grave perigo, é isso, senhor presidente, perguntou o primeiro-ministro, e acrescentou, O senhor seria o primeiro a retirar-me o seu apoio, o acordo a que chegámos não teria passado de uma ilusão, é já uma ilusão, uma vez que não serve para nada. O presidente fez um gesto afirmativo com a cabeça, depois disse, Há bocado, o meu chefe de gabinete, a propósito desta carta, saiu-se com uma frase bastante ilustrativa, Que foi que ele disse, Que a polícia é o que está no extremo da cadeia de montagem, Felicito-o, senhor presidente, tem um bom chefe de gabinete, no entanto seria conveniente avisá-lo de que há verdades de que não convém falar em voz alta, A sala está insonorizada, Isso não significa que não lhe tenham escondido por aqui alguns microfones, Vou mandar fazer uma inspecção, Em todo o caso, senhor presidente, rogo-lhe que acredite que, se vierem a encontrá-los, não fui eu que os mandei pôr, Boa piada, É uma piada triste, Lamento, meu caro, que as circunstâncias o tenham metido neste beco sem saída, Alguma saída terá, mas é certo que neste momento não a vejo, e voltar para trás é impossível. O presidente acompanhou o primeiro-ministro à porta, Estranho, disse, que o homem da carta não lhe tenha escrito também a si, Deve tê-lo feito, o que acontece é que, pelos vistos, os serviços de secretaria da presidência da república e do ministério do interior são mais diligentes que os do primeiro-ministro, Boa piada, Não é menos triste que a outra, senhor presidente.

A carta dirigida ao primeiro-ministro, sempre era certo que havia, tardou dois dias a chegar-lhe às mãos. Apercebeu-se ele imediatamente de que o encarregado de registá-la havia sido menos discreto que o da presidência da república, confirmando-se assim a solvência dos rumores que corriam desde há dois dias, os quais, por sua vez, ou eram resultado de uma inconfidência entre funcionários de escalão médio, ansiosos por demonstrar que bebiam do fino, isto é, que estavam no segredo dos deuses, ou tinham sido deliberadamente postos a correr pelo ministério do interior como maneira de cortar pela raiz qualquer eventual veleidade de oposição ou de simples dificultação simbólica à investigação policial por parte do primeiro-ministro. Restava ainda a suposição a que chamaremos conspirativa, isto é, que a conversa supostamente sigilosa entre o primeiro-ministro e o seu ministro do interior, ao entardecer do dia em que aquele foi chamado à presidência da república, tivesse sido muito menos reservada do que é lícito esperar de umas paredes acolchoadas, as quais, sabe-se lá, estariam ocultando uns quantos microfones da última geração, desses que só um perdigueiro electrónico com o mais apurado pedigree consegue farejar e rastrear. Fosse como fosse, o mal já não tinha remédio, os segredos de estado estão realmente pela hora da amargura, não há quem os defenda. Tão consciente desta deplorável certeza está o primeiro-ministro, tão convencido da inutilidade do segredo, sobretudo quando já deixou de o ser, que, com o gesto de quem observasse o mundo de muito alto, como se dissesse Sei tudo, não me macem, dobrou devagar a carta e meteu-a num dos bolsos interiores do casaco, Veio directamente da cegueira de há quatro anos, guardá-la-ei comigo, disse. O ar de escandalizada surpresa do chefe de gabinete fê-lo sorrir, Não se preocupe, meu caro, existem pelo menos duas cartas iguais a esta, sem falar das muitas e mais do que prováveis fotocópias que já por aí andarão circulando. A expressão da cara do chefe de gabinete tornou-se de repente desentendida, desatenta, como se não tivesse percebido bem o que tinha ouvido, ou como se a consciência lhe tivesse saltado de chofre ao caminho, acusando-o de qualquer antiga, quando não recentíssima, malfeitoria praticada. Pode retirar-se, chamá-lo-ei quando precisar, disse o primeiro-ministro, levantando-se da cadeira e dirigindo-se a uma das janelas. O ruído a abri-la cobriu o do fechar da porta. Dali pouco mais se via que uma sucessão de telhados baixos. Sentiu a nostalgia da capital, do tempo feliz em que os votos eram obedientes ao mando, do monótono passar das horas e dos dias entre a pequeno-burguesa residência oficial dos chefes de governo e o parlamento da nação, das agitadas e não raras vezes joviais e divertidas crises políticas que eram como fogachos de duração prevista e intensidade vigiada, quase sempre a fazer de conta, e com as quais se aprendia, não só a não dizer a verdade como a fazê-la coincidir ponto por ponto, quando fosse útil, com a mentira, da mesma maneira que o avesso, com toda a naturalidade, é o outro lado do direito. Perguntou a si mesmo se a investigação já teria principiado, deteve-se a especular sobre se os agentes que iriam participar na acção policial seriam daqueles que infrutiferamente haviam permanecido na capital com a missão de captar informações e despachar relatórios, ou se o ministro do interior teria preferido enviar para a missão gente da sua mais directa confiança, da que se encontra ao alcance da vista e à mão de semear, e, quem sabe, seduzida pelo aparatoso ingrediente de aventura cinematográfica que seria uma travessia clandestina do bloqueio, rastejando de punhal à cinta sob os arames farpados, enganando com insensibilizadores magnéticos os temíveis sensores electrónicos, e surdindo do outro lado, no campo inimigo, rumo ao objectivo, como toupeiras dotadas de agilidade gatuna e óculos de visão nocturna. Conhecendo o ministro do interior tão bem como conhecia, um pouco menos sanguinário que drácula, mas muito mais teatral que rambo, esta seria a modalidade de acção que mandaria adoptar. Não se enganava. Escondidos num pequeno maciço florestal que quase bordeja o perímetro do cerco, três homens aguardam que a noite se torne madrugada. No entanto, nem tudo o que havia sido livremente fantasiado pelo primeiro-ministro à janela do seu gabinete corresponde à realidade que se oferece aos nossos olhos. Por exemplo, estes homens estão vestidos à paisana, não levam punhal à cinta, e a arma que trazem no coldre é simplesmente a pistola a que se dá o nome tranquilizador de regulamentar. Quanto aos temíveis insensibilizadores magnéticos, não se vê por aqui, entre a diversa aparelhagem, nada que sugira uma tão decisiva função, o que, pensando melhor, poderia apenas significar que os insensibilizadores magnéticos não têm, propositada e justamente, o aspecto de insensibilizador magnético. Não tardaremos a saber que, a uma hora combinada, os sensores electrónicos neste troço da cerca permanecerão desligados durante cinco minutos, tempo considerado mais do que suficiente para que três homens, um a um, sem pressas nem precipitações, transponham a barreira de arame farpado, a qual, para esse fim, foi hoje adequadamente cortada para evitar rasgões nas calças e poupar a pele aos arranhões. Os sapadores do exército acudirão a repará-la antes que os róseos dedos da aurora agucem de novo, mostrando-as, as ameaçadoras puas por tão breve tempo inofensivas, e também os rolos enormes de arame estendidos ao longo da fronteira, para um lado e para outro. Os três homens já passaram, vai à frente o chefe, que é o mais alto, e em fila indiana atravessam um prado cuja humidade ressumbra e geme debaixo dos sapatos. Numa estrada arrabaldina secundária, a uns quinhentos metros dali, está esperando o automóvel que os vai levar pela calada da noite ao seu destino na capital, uma falsa empresa de seguros & resseguros que a falta de clientes, tanto locais como do exterior, ainda não logrou levar à falência. As ordens que estes homens receberam directamente da boca do ministro do interior são claras e terminantes, Tragam-me resultados e eu não perguntarei por que meios os obtiveram. Não levam consigo nenhuma instrução escrita, nenhuma salvaguarda que os cubra e que possam exibir como defesa ou como justificação se algo vier a correr pior do que se espera, não estando excluída, portanto, a possibilidade de que o ministério os abandone simplesmente à sua sorte se cometerem alguma acção susceptível de prejudicar a reputação do estado e a pureza imaculada dos seus objectivos e processos. São, estes três homens, como um comando de guerra largado em território inimigo, aparentemente não se vêem razões para pensar que vão arriscar ali as suas vidas, mas todos têm consciência dos melindres de uma missão que exige talento no interrogatório, flexibilidade na estratégia, rapidez na execução. Tudo em grau máximo. Não penso que venham a precisar de matar alguém, dissera o ministro do interior, mas se, numa situação extrema, considerarem que não há outra saída, não hesitem, eu me encarregarei de resolver o assunto com a justiça, Cuja pasta foi ultimamente assumida pelo senhor primeiro-ministro, atreveu-se o chefe do grupo a observar. O ministro do interior fez que não tinha percebido, limitou-se a olhar fixamente o importuno, que não teve outro remédio que desviar a vista. O automóvel já entrou na cidade, deteve-se numa praça para mudar de motorista, e finalmente, depois de dar trinta voltas para despistar qualquer improvável seguidor, foi deixá-los à porta do edifício de escritórios onde a empresa de seguros & resseguros se encontra instalada. O porteiro não apareceu a saber quem entrava a hora tão desacostumada para a rotina de um prédio de escritórios, é de supor que alguém com boas palavras o tenha vindo persuadir na tarde de ontem a ir para a cama cedo, aconselhando-o a não se separar dos lençóis, ainda que a insónia o impedisse de fechar os olhos. Os três homens subiram no ascensor até ao décimo quarto andar, meteram por um corredor à esquerda, depois outro à direita, um terceiro à esquerda, enfim chegaram ao escritório da providencial, s. a., seguros & resseguros, conforme qualquer pode ler no letreiro da porta, em letras pretas sobre uma chapa rectangular de latão embaciado, fixada com cravos de cabeça em tronco de pirâmide, do mesmo metal. Entraram, um dos subordinados acendeu a luz, o outro fechou a porta e pôs a corrente de segurança. Entretanto o chefe dava uma volta pelas instalações, verificava ligações, conectava aparelhos, entrava na cozinha, nos quartos e nas casas de banho, abria a porta do compartimento destinado a arquivo, passava os olhos rapidamente pelas diversas armas ali guardadas ao mesmo tempo que respirava o cheiro familiar a metal e a lubrificante, amanhã inspeccionará tudo isto, peça por peça, munição por munição. Chamou os auxiliares, sentou-se e mandou-os sentar, Esta manhã, às sete horas, disse, darão começo ao trabalho de seguimento do suspeito, notem que se lhe estou a chamar suspeito não é apenas para simplificar a comunicação entre nós, que se saiba não terá cometido nenhum crime, mas porque não convém, por razões de segurança, que o seu nome seja pronunciado, ao menos nestes primeiros dias, acrescento ainda que com esta operação, que espero não tenha de prolongar-se por mais de uma semana, o que pretendo em primeiro lugar é obter um quadro dos movimentos do suspeito na cidade, onde trabalha, por onde anda, com quem se encontra, isto é, a rotina de uma averiguação primária, o reconhecimento do terreno antes de passarmos à abordagem directa, Deixamos que ele se dê conta de que está a ser seguido, perguntou o primeiro auxiliar, Não nos quatro primeiros dias, mas depois, sim, quero sabê-lo preocupado, inquieto, Tendo escrito aquela carta deverá estar à espera de que alguém apareça a procurá-lo, Procurá-lo-emos nós quando chegar o momento, o que eu desejo, e vocês arranjem-se para que tal suceda, é levá-lo a temer que esteja a ser seguido por aqueles a quem denunciou, Pela mulher do médico, Pela mulher, não, claro, mas pelos seus cúmplices, esses do voto em branco, Não estaremos a andar depressa de mais, perguntou o segundo auxiliar, ainda não começámos o trabalho e já estamos aqui a falar de cúmplices, O que estamos a fazer é a traçar um esboço, um simples esboço e nada mais, quero colocar-me no ponto de vista do tipo que escreveu a carta e, de lá, tentar ver o que ele vê, Seja como for, uma semana de seguimento parece-me demasiado tempo, disse o primeiro auxiliar, se trabalharmos bem, ao fim de três dias temo-lo em ponto de rebuçado. O chefe franziu o sobrolho, ia insistir Uma semana, disse que será uma semana e será uma semana, mas lembrou-se do ministro do interior, não recordava se ele tinha expressamente reclamado resultados rápidos, mas, sendo esta a exigência que mais vezes é ouvida da boca de quem dirige, e não havendo motivo para pensar que o presente caso devesse ser uma excepção, muito pelo contrário, não mostrou mais relutância em concordar com o período de três dias do que aquela que é considerada normal na relação entre um superior e um subordinado, nas pouquíssimas vezes em que aquele que manda se vê obrigado a ceder às razões daquele que é mandado. Dispomos de fotografias de todos os adultos que residem no prédio, refiro-me, claro está, aos de sexo masculino, disse o chefe, e acrescentou escusadamente, Uma delas corresponde ao homem que procuramos, Enquanto não o tivermos identificado, nenhum seguimento poderá ter lugar, lembrou o primeiro auxiliar, Assim é, condescendeu o chefe, mas, seja como for, às sete horas estareis colocados estrategicamente na rua onde ele mora para seguir os dois homens que vos parecerem mais próximos do tipo de pessoa que escreveu a carta, por aí começaremos, para alguma coisa terão de servir a intuição, o faro policial, Posso dar a minha opinião, perguntou o segundo auxiliar, Fala, A avaliar pelo teor da carta, o tipo deve ser um rematado filho de puta, Significa isso, perguntou o primeiro auxiliar, que seguiremos os que tiverem cara de filho de puta, e acrescentou, A mim, a experiência tem-me ensinado que os piores filhos de puta são alguns que não têm aspecto de o serem, Realmente, teria sido muito mais lógico ir aos serviços de identificação e pedir uma cópia da fotografia que lá existe do tipo, ganhava-se tempo e poupava-se trabalho. O chefe decidiu cortar, Presumo que não estarão a pensar em ensinar o pai-nosso ao cura nem a salve-rainha à madre superiora, se não se ordenou essa diligência foi para não levantar curiosidades que poderiam fazer abortar a operação, Com sua licença, comissário, permito-me discrepar, disse o primeiro auxiliar, tudo indica que o tipo está ansioso por despejar o saco, creio mesmo que se soubesse onde nos encontramos estaria neste momento a bater àquela porta, Suponho que sim, respondeu o chefe contendo com dificuldade a irritação que lhe estava a produzir o que tinha todos os visos de crítica demolidora do plano de acção que trazia, mas a nós convém-nos conhecer o máximo a seu respeito antes de chegarmos ao contacto directo, Tenho uma ideia, disse o segundo auxiliar, Outra ideia, perguntou de mau modo o comissário, Garanto que esta é das boas, um de nós disfarça-se de vendedor de enciclopédias e dessa maneira poderá ver quem lhe apareça à porta, Esse truque do vendedor de enciclopédias já tem barbas brancas, disse o primeiro auxiliar, além disso, são geralmente as mulheres quem vem abrir a porta, seria uma excelente ideia se o nosso homem vivesse sozinho, mas, se mal não recordo o que vem escrito na carta, está casado, Bolas, exclamou o segundo auxiliar. Ficaram em silêncio, olhando uns para os outros, os dois subalternos conscientes de que o mais seguro agora seria esperar que o superior tivesse uma ideia própria. Em princípio, estariam dispostos a aplaudi-la mesmo que metesse água por todos os lados. O chefe sopesava tudo quanto havia sido dito antes, tentava encaixar as diversas sugestões umas nas outras com a esperança de que do casual ajuste das peças do puzzle pudesse surgir algo tão inteligente, tão holmesco, tão poirotiano, que obrigasse aqueles sujeitos às suas ordens a abrir a boca de puro pasmo. E, de repente, como se as escamas lhe tivessem caído dos olhos, viu o caminho, As pessoas, disse, salvo absoluta incapacidade física, não estão todo o tempo metidas em casa, saem para os seus empregos, para fazer compras, para passear, então a minha ideia consiste em entrarmos na casa onde o tipo mora quando lá não houver ninguém, a direcção vem escrita na carta, gazuas não nos faltam, há sempre retratos em cima dos móveis, não seria difícil identificar o tipo no conjunto de fotografias e assim já o poderíamos seguir sem problemas, e para sabermos se não há gente em casa usaremos o telefone, amanhã averiguaremos o número pelas informações da companhia, também poderemos consultar a lista, uma coisa ou outra, tanto faz. Com esta infeliz maneira de terminar a frase, o chefe compreendia que o puzzle não tinha ajuste possível. Embora, como foi explicado antes, a disposição de ambos os subordinados tivesse sido de total benevolência para com os resultados da meditação do chefe, o primeiro auxiliar sentiu-se obrigado a observar, esforçando-se por usar um tom que não lhe melindrasse a susceptibilidade, Se não estou em erro, o melhor de tudo, conhecendo nós já a direcção do tipo, seria ir bater-lhe à porta directamente e perguntar a quem aparecesse Mora aqui Fulano de Tal, se fosse ele diria Sim senhor, sou eu, se fosse a mulher o mais provável seria que ela dissesse Vou chamar o meu marido, deste modo ficávamos logo com o pássaro na mão sem precisar de dar tantas voltas. O chefe levantou o punho cerrado como quem vai desferir um valente soco no tampo da mesa, mas no último instante travou a violência do gesto, baixou lentamente o braço e disse em voz que parecia declinar a cada sílaba, Examinaremos essa hipótese amanhã, agora vou dormir, boas noites. Dirigia-se já à porta do quarto que ocuparia durante o tempo que durasse a investigação quando ouviu o segundo auxiliar, que perguntava, Sempre começamos a operação às sete. Sem se virar, respondeu, A acção prevista fica suspensa até nova ordem, receberão instruções amanhã, quando eu tiver concluído a revisão das directrizes que recebi do ministério e, se for caso disso, em ordem a agilizar o trabalho, procederei a todas as alterações que considerar convenientes. Deu outra vez as boas-noites, Boas noites, chefe, responderam os subordinados, e entrou no quarto. Mal a porta se fechou, o segundo auxiliar preparou-se para continuar a conversação, mas o outro levou rapidamente o dedo indicador aos lábios e abanou a cabeça, fazendo-lhe sinal para que não falasse. Foi ele o primeiro a arredar a cadeira e a dizer, Vou-me deitar, se ainda ficas tem cuidado quando fores a entrar, não me acordes. Ao contrário do chefe, estes dois homens, como subordinados que são, não têm direito a quarto individual, vão ambos dormir numa ampla divisão com três camas, uma espécie de pequena camarata que poucas vezes está completamente ocupada. A cama do meio é sempre a que menos serve. Quando, como neste caso, os agentes eram dois, utilizavam invariavelmente as camas laterais, e se era um só polícia a dormir aqui, era certo e sabido que também preferia dormir em uma delas, nunca na do centro, talvez porque lhe daria a impressão de estar cercado ou de ser levado sob prisão. Mesmo os polícias mais duros, mais coriáceos, e estes ainda não tiveram oportunidade para mostrar que o são, necessitam sentir-se protegidos pela proximidade de uma parede. O segundo auxiliar, que tinha percebido o recado, levantou-se e disse, Não, não fico, também vou dormir. Respeitando as patentes, primeiro um, depois o outro, passaram por uma casa de banho provida de todo o necessário ao asseio do corpo, como assim teria de ser, uma vez que em nenhum momento deste relato foi mencionado que os três polícias trouxessem consigo mais que uma pequena mala ou simples mochila com uma muda de roupa, escova de dentes e máquina de barbear. De surpreender seria que uma empresa baptizada com o feliz nome de providencial não se preocupasse com facultar àqueles a quem temporariamente dava abrigo os artigos e os produtos de higiene indispensáveis à comodidade e ao bom desempenho da missão de que haviam sido encarregados. Meia hora depois os auxiliares estavam nas suas respectivas camas, enfiado cada um no pijama da ordem, com o distintivo da polícia sobre o coração. Afinal, o plano do ministério de planificador não tinha nada, disse o segundo auxiliar, É o que sempre sucede quando não se toma a precaução elementar de pedir a opinião das pessoas com experiência, respondeu o primeiro auxiliar, Ao nosso chefe não lhe falta experiência, disse o segundo auxiliar, se não a tivesse, não seria o que é hoje, Às vezes, estar demasiado próximo dos centros de decisão provoca miopia, encurta o alcance da vista, respondeu sabiamente o primeiro auxiliar, Quer dizer que se algum dia chegarmos a desempenhar um lugar de mando autêntico, como o chefe, também nos virá a suceder o mesmo, perguntou o segundo auxiliar, Não há, neste particular, nenhuma razão para que o futuro seja diferente do presente, respondeu com sageza o primeiro auxiliar. Quinze minutos depois ambos dormiam. Um roncava, o outro não.

Ainda não eram oito horas da manhã quando o chefe, já lavado, barbeado e de traje posto, entrou na sala onde o plano de acção do ministério, ou, para falar com precisão, do ministro do interior, logo malamente atirado para as pacientes costas da direcção da polícia, havia sido feito em pedaços por dois subordinados, é verdade que com aplaudível discrição e apreciável respeito, e até com um leve toque de elegância dialéctica. Reconhecia-o sem qualquer dificuldade e não lhes guardava o menor rancor, pelo contrário, era claramente perceptível o alívio que sentia. Com a mesma enérgica vontade com que tinha conseguido dominar um princípio de insónia que o obrigara a dar não poucas voltas na cama, assumia em pessoa o comando total das operações, cedendo generosamente a césar o que a césar não poderia ser negado, mas deixando bem claro que, no fim das contas, é a deus e à autoridade, seu outro nome, que todos os benefícios, mais tarde ou mais cedo, acabarão por reverter. Foi portanto um homem tranquilo, seguro de si, que os dois ensonados auxiliares vieram encontrar quando, minutos mais tarde, apareceram por sua vez na sala, ainda de roupão, com o distintivo da polícia, e pijama, e arrastando, lânguidos, os chinelos de quarto. O chefe calculara isto mesmo, previra que o primeiro ponto marcado seria seu, e já o tinha apontado no placar. Bons dias, rapazes, saudou em tom cordial, espero que tenham descansado, Sim senhor, disse um, Sim senhor, disse o outro, Vamos lá então ao pequeno-almoço, depois tratem de arranjar-se, talvez ainda consigamos apanhar o tipo na cama, seria divertido, a propósito, que dia é hoje, sábado, hoje é sábado, ninguém madruga ao sábado, vão ver que nos aparece à porta como vocês estão agora, de roupão e pijama, a chinelar pelo corredor, e em consequência com as defesas baixas, psicologicamente diminuído, depressa, depressa, quem é o valente que se apresenta como voluntário para preparar o pequeno-almoço, Eu, disse o segundo auxiliar, sabendo muito bem que não havia ali um terceiro auxiliar disponível. Numa situação diferente, isto é, se o plano do ministério, em vez de destroçado, tivesse sido aceite sem discussão, o primeiro ajudante ter-se-ia deixado ficar com o chefe para assentar e precisar, mesmo que tal não fosse realmente necessário, algum pormenor da diligência a que iam proceder, mas, assim, e ainda por cima reduzido, ele também, à inferioridade do chinelo de quarto, resolveu fazer um grande gesto de camaradagem e dizer, Vou ajudá-lo. O chefe assentiu, pareceu-lhe bem, e sentou-se a repassar algumas notas que tinha apontado antes de adormecer. Não haviam decorrido ainda quinze minutos quando os dois auxiliares reapareceram com os tabuleiros, a cafeteira, a leiteira, uma embalagem de bolos secos, sumo de laranja, iogurte, compota, não havia dúvida, mais uma vez o serviço de catering da polícia política não havia desmerecido da reputação conquistada em tantos anos de labor. Resignados a beber o café com leite frio ou a requentá-lo, os auxiliares disseram que se iam arranjar e que já voltavam, O mais depressa

205

possível. De facto, parecia-lhes uma falta grave de consideração, estando o superior de fato e gravata, sentarem-se eles naquela figura, naquele desalinho, com a barba por fazer, os olhos piscos, o cheiro nocturno e espesso dos corpos por lavar. Não foi preciso que o explicassem, a meia palavra que nem sempre basta sobrava neste caso. Naturalmente, sendo de paz o ambiente e repostos os ajudantes nos seus lugares, ao comissário não lhe custou nada dizer que se sentassem e partilhassem com ele o pão e o sal, Somos colegas de trabalho, estamos juntos na mesma barca, triste autoridade será aquela que necessite puxar dos galões a toda a hora para se fazer obedecer, quem me conhece sabe que não pertenço a esse número, sentem-se, sentem-se. Um tanto constrangidos os auxiliares sentaram-se, conscientes de que, diga-se o que se diga, havia algo de impróprio na situação, dois vagabundos a tomar o pequeno-almoço com uma pessoa que em comparação parecia um dândi, eles é que deveriam ter tirado o cu da cama cedo, e mais, deveriam ter a mesa posta e servida quando o chefe saísse do quarto, de roupão e pijama, se lhe apetecesse, mas nós, não, nós, vestidos e penteados como deus mandou, são estas pequenas rachas no verniz do comportamento, e não as revoluções aparatosas, que, com vagar, repetição e constância, acabam por arruinar o mais sólido dos edifícios sociais. Sábio é o antigo ditado que ensina, Se queres que te respeitem não lhes dês confiança, oxalá, para bem do serviço, que este chefe não tenha que se arrepender. Por enquanto mostra-se seguro da sua responsabilidade, não temos mais que ouvi-lo, A nossa expedição traz dois objectivos, um principal, outro secundário, o objectivo secundário, que despacho já para não perdermos tempo, é averiguar tudo quanto for possível, mas em princípio sem excessivo empenho, sobre o suposto crime cometido pela mulher que guiava o grupo de seis cegos de que se fala na carta, o objectivo principal, em cujo cumprimento aplicaremos todas as nossas forças e capacidades e para o qual utilizaremos todos os meios aconselháveis, quaisquer que tenham de ser, é averiguar se existe alguma relação entre essa mulher, de quem se diz ter conservado a vista quando todos nós andávamos por aí cegos, aos tombos, e a nova epidemia que é o voto em branco, Não será fácil encontrá-la, disse o primeiro auxiliar, Para isso é que aqui estamos, todos os intentos para descobrir as raízes do boicote falharam até agora e pode ser que a carta do tipo também não nos leve muito longe, mas pelo menos abre uma linha nova de investigação, Custa-me a acreditar que essa mulher esteja por trás de um movimento que abrange algumas centenas de milhares de pessoas e que, amanhã, se não se cortar o mal pela raiz, poderá vir a reunir milhões e milhões, disse o segundo agente, Tão impossível deveria ser uma coisa como a outra, mas, se uma delas sucedeu, a outra pode igualmente suceder, respondeu o chefe, e rematou fazendo cara de quem sabe mais do que o que está autorizado a dizer e sem imaginar até que ponto virá a ser verdade, Um impossível nunca vem só. Com esta feliz frase de fecho, perfeita chave de ouro para um soneto, chegou também o pequeno-almoço ao termo. Os auxiliares limparam a mesa e levaram as louças e o que restava da comida para cozinha, Agora vamo-nos arranjar, não tardamos nada, disseram, Esperem, cortou o chefe, e depois, dirigindo-se ao primeiro auxiliar, Serve-te da minha casa de banho, se não nunca mais sairemos daqui. O agraciado corou de satisfação, a sua carreira tinha acabado de dar um grande passo em frente, ia mijar na retrete do chefe.

Na garagem subterrânea esperava-os um automóvel cujas chaves, no dia anterior, alguém viera deixar sobre a mesa-de-cabeceira do chefe, com uma breve nota explicativa em que se indicavam a marca, a cor, a matrícula e o lugar cativo onde o veículo havia sido deixado. Sem passar pelo porteiro, desceram até lá no elevador e encontraram imediatamente o carro. Eram quase dez horas. O chefe disse ao segundo auxiliar, que lhe abria a porta do banco de trás, Conduzes tu. O primeiro auxiliar sentou-se à frente, ao lado do condutor. A manhã estava agradável, com muito sol, o que serve para demonstrar à saciedade que os castigos de que o céu foi tão pródiga fonte no passado vieram perdendo força com o andar dos séculos, bons e justos tempos foram aqueles em que por uma simples e casual desobediência aos ditames divinos umas quantas cidades bíblicas eram fulminadas e arrasadas com todos os habitantes dentro. Aqui está uma cidade que votou em branco contra o senhor e não houve um raio que lhe caísse em cima e a reduzisse a cinzas como, por culpa de vícios muito menos exemplares, aconteceu a sodoma e a gomorra, e também a adnia e a seboyim, queimadas até aos alicerces, se bem que destas duas cidades não se fala tanto como das primeiras, cujos nomes, talvez pela sua irresistível musicalidade, ficaram para sempre no ouvido das pessoas. Hoje, tendo deixado de obedecer cegamente às ordens do senhor, os raios só caem onde lhes apetece, e já se tornou evidente e manifesto que não será possível contar com eles para reconduzir ao bom caminho a pecadora cidade do voto em branco. Para fazer-lhes as vezes enviou o ministério do interior três dos seus arcanjos, estes polícias que aqui vão, chefe e subalternos, a quem, de ora em diante, passaremos a designar pelas graduações oficiais correspondentes, que são, seguindo a escala hierárquica, comissário, inspector e agente de segunda classe. Os dois primeiros vão observando as pessoas que passam na rua, nenhuma delas inocente, todas culpadas de algo, e perguntam-se se aquele velho de aspecto venerando, por exemplo, não será o grão-mestre das últimas trevas, se aquela rapariga abraçada ao namorado não encarnará a imorredoura serpente do mal, se aquele homem que avança cabisbaixo não estará a dirigir-se ao antro desconhecido onde se destilam os filtros que envenenaram o espírito da cidade. As preocupações do agente, que, pela sua condição de último subalterno, não tem a obrigação de sustentar pensamentos elevados nem de alimentar suspeitas abaixo da superfície das coisas, são mais de trazer por casa, como esta com que se vai atrever a interromper a meditação dos superiores, Com um tempo assim, o homem até pode ter ido passar o dia ao campo, Qual campo, quis saber o inspector em tom irónico, O campo, qual há-de ser, O autêntico, o verdadeiro, está do outro lado da fronteira, do lado de cá é tudo cidade. Era certo. O agente tinha perdido uma boa ocasião de estar calado, mas ganhara uma lição, a de que, por este caminho, nunca viria a sair da cepa torta. Concentrou-se na condução e jurou de si para si que só abriria a boca para responder a perguntas. Foi então que o comissário tomou a palavra, Seremos duros, implacáveis, não usaremos nenhuma das habilidades clássicas, como aquela, velha e caduca, do polícia mau que assusta e do polícia simpático que convence, somos um comando de operacionais, os sentimentos aqui não contam, imaginaremos que somos máquinas feitas para determinada tarefa e executá-la-emos simplesmente, sem olhar para trás, Sim senhor, disse o inspector, Sim senhor, disse o agente, faltando ao seu juramento. O automóvel entrou na rua onde vive o homem que escreveu a carta, é aquele o prédio, o andar, o terceiro. Arrumaram o carro um pouco mais à frente, o agente abriu a porta para o comissário sair, o inspector saiu pelo outro lado, o comando está completo, em linha de atiradores e de punhos cerrados, acção.

Agora vemo-los parados no patamar. O comissário faz sinal ao agente, este carrega no botão da campainha. Silêncio total do outro lado. O agente pensa, Querem ver que foi mesmo passar o dia ao campo, querem ver que eu tinha razão. Novo sinal, novo toque. Poucos segundos depois ouviu-se alguém, um homem, perguntar lá de dentro, Quem é. O comissário olhou o seu subordinado imediato, e este, enchendo a voz, soltou a palavra, Polícia, Um momento, por favor, disse o homem, tenho de me vestir. Quatro minutos passaram. O comissário fez o mesmo sinal, o agente tornou a carregar na campainha, desta vez sem levantar o dedo. Um momento, um momento, por favor, abro agora mesmo, tinha acabado de me levantar, as últimas palavras já foram ditas com a porta aberta por um homem vestido com calças e camisa, também de chinelos, Hoje é o dia dos chinelos, pensou o agente. O homem não parecia atemorizado, tinha na cara a expressão de alguém que vê chegar finalmente os visitantes que esperava, se alguma surpresa se notava devia ser a de que fossem tantos. O inspector perguntou-lhe o nome, ele disse-o, e acrescentou, Queiram entrar, peço desculpa pela desarrumação da casa, não imaginei que aparecessem tão cedo, aliás estava convencido de que me chamariam a declarar, afinal vieram os senhores, suponho que é por causa da carta, Sim, por causa da carta, confirmou, sem mais, o inspector, Passem, passem. O agente foi o primeiro, em alguns casos a hierarquia procede ao contrário, logo o inspector, depois o comissário, no couce do cortejo. O homem avançou chinelando pelo corredor fora, Sigam-me, venham por aqui, abriu uma porta que dava para uma pequena sala de estar, disse, Sentem-se, por favor, se me dão licença vou calçar uns sapatos, isto não é maneira de receber visitas, Não somos precisamente aquilo a que se chama visitas, corrigiu o inspector, Claro, é um modo de falar, Vá lá calçar os sapatos e não se demore, temos pressa, Não, não temos pressa, não temos mesmo nenhuma pressa, negou o comissário, que ainda não havia dito palavra. O homem olhou-o, agora sim, com um leve ar de susto, como se o tom com que o comissário falara estivesse fora do que havia sido combinado, e não achou nada melhor que dizer, Asseguro-lhe que pode contar com a minha inteira colaboração, senhor, Comissário, senhor comissário, disse o agente, Senhor comissário, repetiu o homem, e o senhor, Sou apenas um agente, não se preocupe. O homem voltou-se para o terceiro membro do grupo, substituindo a pergunta por um interrogativo levantar de sobrancelhas, mas a resposta veio-lhe do comissário, Este senhor é inspector e meu imediato, e acrescentou, Agora vá calçar os sapatos, ficamos à sua espera. O homem saiu. Não se ouve outra pessoa, dá todo o ar de estar sozinho em casa, segredou o agente, O mais certo foi a mulher ter ido passar o dia ao campo, sorriu-se o inspector. O comissário fez sinal para que se calassem, Eu farei as primeiras perguntas, disse, baixando a voz. O homem entrou, disse ao sentar-se, Com licença, como se não estivesse na sua casa, e logo, Aqui me têm, estou à vossa disposição. O comissário assentiu com benevolência, depois principiou, A sua carta, ou, melhor dizendo, as suas três cartas, porque foram três, Pensei que assim era mais seguro, podia extraviar-se alguma, explicou o homem, Não me interrompa, responda às perguntas quando eu lhas fizer, Sim senhor comissário, As suas cartas, repito, foram lidas com muito interesse pelos destinatários, especialmente no ponto em que diz que uma certa mulher não identificada cometeu há quatro anos um assassínio. Não havia nenhuma pergunta na frase, era simplesmente uma reiteração, por isso o homem deixou-se ficar em silêncio. Tinha no rosto uma expressão de confusão, de desconcerto, não percebia por que não ia o comissário directo ao cerne do assunto em vez de perder tempo com um episódio que só para escurecer as sombras de um retrato já de si inquietante havia sido evocado. O comissário fingiu não ter reparado, Conte-nos o que sabe desse crime, pediu. O homem conteve o impulso de recordar ao senhor comissário que o mais importante na carta não era isso, que o episódio do assassinato, comparado com a situação do país, era o de menos, mas não, não o faria, a prudência mandava que seguisse a música que o convidavam a dançar, mais adiante, com certeza, mudariam de disco, Sei que ela matou um homem, Viu, estava lá, perguntou o comissário, Não senhor comissário, mas ela própria o confessou, A si, A mim e a outras pessoas, Suponho que conhece o significado técnico da palavra confissão, Mais ou menos, senhor comissário, Mais ou menos não é bastante, ou conhece, ou não conhece, Nesse sentido que diz, não conheço, Confissão significa declaração dos próprios erros ou culpas, também pode significar reconhecimento da culpa ou acusação, por parte do arguido, perante a autoridade ou a justiça, acha que estas definições se ajustam rigorosamente ao caso, Rigorosamente, não, senhor comissário, Muito bem, continue, A minha mulher estava lá, a minha mulher foi testemunha da morte do homem, Que é lá, Lá, o antigo manicómio em que havíamos sido postos de quarentena, Suponho que a sua mulher também estava cega, Como já disse, a única pessoa que não cegou foi ela, Ela, quem, A mulher que matou, Ah, Estávamos numa camarata, O crime foi cometido aí, Não senhor comissário, noutra camarata, Então nenhuma das pessoas que ocupavam a sua se encontrava presente no lugar do crime, Só as mulheres, Porquê só as mulheres, É difícil de explicar, senhor comissário, Não se preocupe, temos tempo, Houve uns quantos cegos que tomaram o poder e impuseram o terror, O terror, Sim senhor comissário, o terror, Como foi isso, Apoderaram-se da comida, se queríamos comer tínhamos de pagar, E exigiram mulheres como pagamento, Sim senhor comissário, E então a tal mulher matou um homem, Sim senhor comissário, Matou-o, como, Com uma tesoura, Quem era esse homem, Era o que mandava nos outros cegos, Uma mulher valente, não há dúvida, Sim senhor comissário, Agora explique-nos por que motivo a denunciou, Eu não a denunciei, só falei do caso por vir a propósito, Não percebo, O que quis dizer na carta é que quem fez uma coisa podia fazer outra. O comissário não perguntou que coisa outra era essa, limitou-se a olhar para aquele a quem tinha chamado, em linguagem de marinharia, seu imediato, convidando-o a continuar o interrogatório. O inspector tardou alguns segundos, Pode chamar aqui a sua mulher, perguntou, gostaríamos de falar com ela, A minha mulher não está, Quando voltará, Não volta, estamos divorciados, Desde há quanto tempo, Três anos, Vê algum inconveniente em dizer-nos por que se divorciaram, Motivos pessoais, Claro que teriam de ser pessoais, Motivos íntimos, Como em todos os divórcios. O homem olhou os insondáveis rostos que tinha na sua frente e compreendeu que não o deixariam em sossego enquanto não lhes dissesse o que queriam. Tossiu a limpar a garganta, cruzou e descruzou as pernas, Sou uma pessoa de princípios, começou, Estamos certos disso, saltou o agente sem se poder conter, quer dizer, estou certo disso, tive o privilégio de tomar conhecimento da sua carta. O comissário e o inspector sorriram, o golpe era merecido. O homem olhou o agente com estranheza, como se não esperasse um ataque vindo daquele lado, e, baixando os olhos, continuou, Teve tudo que ver com os tais cegos, não pude suportar que a minha mulher se tivesse ido meter debaixo daqueles bandidos, durante um ano ainda aguentei a vergonha, mas por fim tornou-se-me insuportável, separei-me, divorciei-me, Uma curiosidade, creio ter-lhe ouvido que os outros cegos cediam a comida em paga das mulheres, disse o inspector, Assim era, Suponho, portanto, que os seus princípios não lhe permitiram tocar no alimento que a sua mulher lhe trouxe depois de se ter ido meter debaixo daqueles bandidos, para usar a sua enérgica expressão. O homem baixou a cabeça e não respondeu. Compreendo a sua discrição, disse o inspector, de facto trata-se de um assunto íntimo de mais para ser badalado diante de desconhecidos, desculpe-me, longe de mim a ideia de magoá-lo na sua sensibilidade. O homem olhou para o comissário como a implorar socorro, ao menos que lhe substituíssem a tortura da tenaz pelo castigo do torniquete. O comissário fez-lhe a vontade, usou o garrote, Na sua carta referiu-se a um grupo de sete pessoas, Sim senhor comissário, Quem eram, Além da mulher e do marido, Qual mulher, Aquela que não cegou, Aquela que os guiava, Sim senhor comissário, Aquela que para vingar as companheiras matou o chefe dos bandidos com uma tesoura, Sim senhor comissário, Prossiga, O marido era oftalmologista, Já o sabíamos, Também havia uma prostituta, Foi ela quem lhe disse que era prostituta, Que me lembre, não, senhor comissário, Como soube então que se tratava de uma prostituta, Pelos modos, os modos dela não enganavam, Ah, sim, os modos nunca enganam, continue, Estava ainda um velho que era cego de um olho e usava uma venda preta, e que depois foi viver com ela, Com ela, quem, Com a prostituta, E foram felizes, Disso não sei nada, Algo deverá saber, Durante o ano que nos demos pareceu-me que sim. O comissário contou pelos dedos, Ainda me falta um, disse, É certo, havia um garoto estrábico que se tinha perdido da família no meio da confusão, Quer dizer que se conheceram todos na camarata, Não senhor comissário, já nos tínhamos visto antes, Onde, No consultório do médico aonde a minha ex-mulher me levou quando ceguei, acho que fui eu a primeira pessoa a ficar cega, E contagiou os outros, toda a cidade, incluindo estas suas visitas de hoje, Não tive culpa, senhor comissário, Conhece os nomes dessas pessoas, Sim senhor comissário, De todas, Menos do garoto, dele, se o soube, não me lembro, Mas lembra-se dos outros, Sim senhor comissário, E das moradas, Se não mudaram de casa nestes três anos, Claro, se não mudaram de casa nestes três anos. O comissário passou os olhos pela pequena sala, demorou-se no televisor como se esperasse dele uma inspiração, depois disse, Agente, passe o seu caderno de notas a este senhor e empreste-lhe a sua esferográfica para que ele escreva os nomes e as moradas das pessoas de quem tão amavelmente acabou de nos falar, menos do rapaz estrábico, que de todo o modo não valeria a pena. As mãos do homem tremiam quando recebeu a esferográfica e o caderno, continuaram a tremer enquanto escrevia, consigo mesmo ia dizendo que não havia motivo para se sentir assustado, que se os polícias aqui estavam era porque de alguma maneira ele próprio os tinha mandado vir, o que não conseguia compreender era por que não falavam dos votos em branco, da insurreição, da conspiração contra o estado, do autêntico e único motivo por que havia escrito a carta. Por causa da tremura das mãos as palavras liam-se mal, Posso usar outra folha, perguntou, As que quiser, respondeu o agente. A caligrafia começou a sair mais firme, a letra já não o envergonharia. Enquanto o agente recolhia a esferográfica e entregava o caderno de notas ao comissário, o homem perguntava-se que gesto, que palavra poderia atrair-lhe, nem que fosse no último instante, a simpatia dos polícias, a sua benevolência, a sua cumplicidade. De repente, lembrou-se, Tenho uma fotografia, exclamou, sim, creio que ainda a tenho, Que fotografia, perguntou o inspector, Uma do grupo, tirada pouco depois de termos recuperado a vista, a minha mulher não a levou, disse que arranjaria uma cópia, que eu ficasse com ela para não perder a memória, Foram essas as suas palavras, perguntou o inspector, mas o homem não respondeu, tinha-se posto de pé, ia sair da sala, foi então que o comissário ordenou, Agente, acompanhe esse senhor, se ele tiver dificuldade em achar a fotografia, trate de a encontrar, não volte sem ela. Demoraram poucos minutos. Aqui está, disse o homem. O comissário chegou-se a uma janela para ver melhor. Em fila, ao lado uns dos outros, emparceiravam-se os seis adultos, casal por casal. À direita estava o dono da casa, perfeitamente reconhecível, e a ex-mulher, à esquerda, sem sombra de dúvida, o velho da venda preta e a prostituta, ao meio, por exclusão de partes, uns que só poderiam ser a mulher do médico e o marido. Diante, ajoelhado como um jogador de futebol, o rapazinho estrábico. Junto à mulher do médico, um grande cão olhava em frente. O comissário fez um gesto ao homem para que se aproximasse, É ela, perguntou, apontando, Sim, senhor comissário, é ela, E o cão, Se quer, posso contar a história, senhor comissário, Não vale a pena, ela ma contará. O comissário saiu à frente, depois o inspector, depois o agente. O homem que tinha escrito a carta ficou a vê-los descer a escada. O prédio não tem elevador nem se espera que o venha a ter algum dia.

Os três polícias deram uma volta de carro pela cidade a fazer tempo para o almoço. Não comeriam juntos. Arrumariam o automóvel próximo de uma zona de restaurantes e dispersar-se-iam, cada qual ao seu, para voltarem a encontrar-se noventa exactos minutos depois numa praça um pouco afastada, onde o comissário, por esta vez ao volante, iria recolher os seus subordinados. Evidentemente, ninguém por aqui sabe quem eles são, além disso, nenhum leva um P maiúsculo na testa, mas o senso comum e a prudência aconselham a que não andem a passear em grupo pelo centro de uma cidade por muitos motivos inimiga. É certo que vão ali três homens, e além adiante outros três, mas um rápido olhar bastará para perceber que se trata de gente normal, pertencente à vulgar espécie dos transeuntes, pessoas correntes, ao abrigo de qualquer suspeita, tanto a de serem representantes da lei, como a de serem perseguidos por ela. Durante o passeio de carro, o comissário quis conhecer as impressões que os dois subordinados haviam recolhido da conversa com o homem da carta, precisando, no entanto, que não estava interessado em escutar juízos morais, Que ele é um safado de marca maior, já o sabemos, portanto não vale a pena que percamos tempo à cata doutros qualificativos. O inspector foi o primeiro a tomar a palavra para dizer que havia apreciado, sobretudo, a maneira como o senhor comissário tinha orientado o interrogatório, omitindo com superior habilidade qualquer referência à maldosa insinuação contida na carta, a de que a mulher do médico, dada a excepcionalidade pessoal que havia manifestado quando da cegueira de há quatro anos, poderia ser causa ou de algum modo estar implicada na acção conspirativa que levou a capital a votar em branco. Foi notório, disse, o desconcerto do tipo, ele esperava que o assunto principal, se não único, da diligência da polícia, fosse esse, e afinal saíram-lhe os cálculos furados. Quase dava pena vê-lo, terminou. O agente concordou com a percepção do inspector, notando, além disso, o estupendo que havia sido para o derrubamento das defesas do inquirido a alternância das perguntas, ora pelo senhor comissário ora pelo senhor inspector. Fez uma pausa e, em voz baixa, acrescentou, Senhor comissário, é meu dever informá-lo de que usei a pistola quando me mandou ir com o homem, Usaste, como, perguntou o comissário, Encostei-lha às costelas, provavelmente ainda lá tem a marca do cano, E porquê, Pensei que a fotografia iria levar tempo a encontrar, que o tipo se aproveitaria da interrupção para inventar algum truque que empatasse a investigação, algo que obrigasse o senhor comissário a alterar a linha de interrogatório no sentido que a ele mais lhe conviesse, E agora que queres que faça, que te ponha uma medalha ao peito, perguntou o comissário, em tom escarninho, Ganhou-se tempo, senhor comissário, a fotografia apareceu num instante, E eu estou quase tentado a fazer-te desaparecer a ti, Peço desculpa, senhor comissário, Vamos a ver se não me esquecerei de te avisar quando te tiver desculpado, Sim senhor comissário, Uma pergunta, Às suas ordens, senhor comissário, Levavas a arma destravada, Não senhor comissário, ia travada, Travada porque te tinhas esquecido de a destravar, Não senhor comissário, juro, a pistola era só para assustar o tipo, E conseguiste assustá-lo, Sim, senhor comissário, Pelos vistos tenho de dar-te mesmo a medalha, e agora faz-me o favor de não te pores nervoso, não atropeles essa velhinha nem saltes o semáforo, se há algo em que não estou nada interessado é em dar explicações a um polícia, Não há polícia na cidade, senhor comissário, foi retirada quando se declarou o estado de sítio, disse o inspector, Ah, agora compreendo, por isso estava a estranhar a tranquilidade. Seguiam ao longo de um jardim onde se viam crianças a brincar. O comissário olhou com um ar que parecia distraído, ausente, mas o suspiro que subitamente lhe saiu do peito mostrou que devia ter estado a pensar noutros tempos e noutros lugares. Depois de termos almoçado, disse, levam-me à base, Sim senhor comissário, disse o agente, Tem alguma ordem para nos dar, perguntou o inspector, Passeiem, andem a pé pela cidade, entrem nos cafés e nas lojas, abram os olhos e os ouvidos, e regressem à hora de jantar, esta noite não sairemos, suponho que haverá latas de reserva na cozinha, Sim senhor comissário, disse o agente, E tomem nota de que amanhã trabalharemos isoladamente, o audaz condutor do nosso carro, o polícia da pistola, irá falar com a ex-mulher do homem da carta, o que vai sentado no lugar do morto visitará o velho da venda preta e a sua prostituta, eu reservo-me a mulher do médico e o marido, quanto à táctica, seguiremos fielmente a que foi usada hoje, nenhuma menção ao assunto do voto em branco, nada de cair em debates políticos, encaminhem as perguntas às circunstâncias em que se deu o crime, à personalidade da sua suposta autora, façam-nos falar do grupo, de como se constituiu, se já se conheciam antes, que relações passaram a ter depois de terem recuperado a vista, que relações existem hoje, é provável que sejam amigos e queiram proteger-se uns aos outros, mas é natural que cometam erros se não se tiverem posto de acordo sobre o que deverão dizer e sobre o que lhes convirá calar, a nossa tarefa é ajudá-los a cometer esses erros, e, como a perorata já vai longa, apontem na memória o mais importante, que o nosso aparecimento, amanhã de manhã, nas casas dessas pessoas, deverá dar-se exactamente às dez e meia, não digo que se ponham a acertar os relógios porque isso só se usa nas fitas de comandos, o que temos é de evitar que os suspeitos possam passar palavra, avisar-se uns aos outros, e agora vamos ao almoço, ah, quando voltarem à base entrem pela garagem, na segunda-feira terei de me informar se o porteiro é de confiança. Uma hora e quarenta e cinco minutos mais tarde o comissário estava a recolher os ajudantes que o esperavam na praça, para logo os ir despejando, sucessivamente, primeiro o agente, depois o inspector, em bairros diferentes, onde fariam por cumprir as ordens que haviam recebido, isto é, passear, entrar nos cafés e nas lojas, abrir os olhos e os ouvidos, em suma, farejar o crime. Regressarão à base para o anunciado jantar de lata e dormir, e quando o comissário lhes perguntar que novidades trazem, confessarão que nem uma única para amostra, que os habitantes desta cidade não serão certamente menos faladores que os de qualquer outra, mas não para o que mais lhes importaria ouvir. Tenham esperança, dirá, a prova de que existe uma conspiração está precisamente no facto de não se falar dela, o silêncio, neste caso, não contradiz, confirma. A frase não era dele, mas sim do ministro do interior, com quem, depois de entrar na providencial, s. a., havia mantido uma rápida conversação por telefone, a qual, embora a via fosse seguríssima, satisfez todos os preceitos da lei de secretismo oficial básico. Eis o resumo do diálogo, Boas tardes, fala papagaio-do-mar, Boas tardes, papagaio-do-mar, respondeu albatroz, Primeiro contacto com a fauna avícola local, recepção sem hostilidade, interrogatório eficaz com a participação de gaivoto e gaivota, obtidos bons resultados, Substanciais, papagaio-do-mar, Muito substanciais, albatroz, conseguimos excelente fotografia do bando de pássaros, amanhã principiaremos o reconhecimento das espécies, Parabéns, papagaio-do-mar, Obrigado, albatroz, Ouça, papagaio-do-mar, À escuta, albatroz, Não se deixe enganar por ocasionais silêncios, papagaio-do-mar, se as aves estão caladas, isso não quer dizer que não se encontrem nos ninhos, é o tempo calmo que esconde a tempestade, não o contrário, acontece o mesmo com as conspirações dos seres humanos, o facto de não se falar delas não prova que não existam, compreendeu, papagaio-do-mar, Sim, albatroz, compreendi perfeitamente, Que vai fazer amanhã, papagaio-do-mar, Atacarei a águia-pesqueira, Quem é a águia-pesqueira, papagaio-do-mar, esclareça-me, A única que existe em toda a costa, albatroz, que se saiba nunca houve outra, Ah, sim, estou a compreender, Dê-me as suas ordens, albatroz, Cumpra rigorosamente as que lhe dei antes de partir, papagaio-do-mar, Serão rigorosamente cumpridas, albatroz, Mantenha-me ao corrente, papagaio-do-mar, Assim farei, albatroz. Depois de se certificar que os microfones estavam desligados, o comissário resmungou um desabafo, Que palhaçada ridícula, ó deuses da polícia e da espionagem, eu papagaio-do-mar, ele albatroz, só falta que comecemos a comunicar-nos por meio de guinchos e grasnidos, tempestade, pelo menos, já a temos. Quando enfim os subordinados chegaram, cansados de tanto calcorrear a cidade, perguntou-lhes se traziam novidades e eles responderam que não, que tinham posto todos os seus cuidados em ver e em escutar, mas infelizmente os resultados foram nulos, Esta gente fala como se não tivesse nada que esconder, disseram. Foi então que o comissário, sem citar a fonte, pronunciou a frase do ministro do interior acerca das conspirações e dos seus modos de se esconderem.

Na manhã seguinte, após tomarem o pequeno-almoço, comprovaram no mapa e no roteiro da cidade a localização das ruas que lhes interessavam. A mais próxima do edifício onde se encontra instalada a providencial, s. a. é a da ex-mulher do homem da carta, em tempos designado pelo nome de primeiro cego, na intermédia moram a mulher do médico com o marido, e na mais distante é que vivem o velho da venda preta e a prostituta. Oxalá estejam todos em casa. Como no dia anterior, desceram à garagem pelo elevador, em verdade, para clandestinos esta não é a melhor manobra, porque se é certo que até agora escaparam à bisbilhotice do porteiro, Quem serão estes pardais que nunca por aqui tinha visto, perguntar-se-ia ele, à curiosidade do encarregado da garagem não vão escapar, logo saberemos se com consequências. Desta vez conduzirá o inspector, que vai para mais longe. O agente perguntou ao comissário se tinha alguma instrução especial a dar-lhe e recebeu como resposta que as instruções para ele eram todas gerais, nenhuma especial, Só espero que não faças asneiras e deixes a arma sossegada no coldre, Não sou pessoa para ameaçar uma mulher com uma pistola, senhor comissário, Depois me contarás, e não te esqueças, estás proibido de lhe bater à porta antes das dez e meia, Sim senhor comissário, Dá uma volta, toma um café se encontrares onde, compra o jornal, olha para as montras, penso que não te terás esquecido das lições que te deram na escola da polícia, Não senhor comissário, Muito bem, a tua rua é esta, salta, E onde nos iremos encontrar quando tivermos acabado o serviço, perguntou o agente, suponho que vamos precisar de fixar um ponto de reunião, é o problema de só haver uma chave da providencial, se eu, por exemplo, for o primeiro a terminar o interrogatório, não poderei recolher à base, Nem eu, disse o inspector, É o que faz não nos terem fornecido telefones móveis, insistiu o agente, seguro da sua razão e confiando que a beleza da manhã dispusesse o superior à benevolência. O comissário deu-lhe razão, Por enquanto governar-nos-emos com a prata da casa, na eventualidade de a investigação o necessitar requisitarei outros meios, quanto às chaves, se o ministério autorizar o gasto, amanhã cada um de vocês terá a sua, E se não autorizar, Arranjarei maneira, E afinal em que ficamos sobre a questão do ponto de encontro, perguntou o inspector, Pelo que já sabemos desta história, tudo indica que a minha diligência será a mais demorada, portanto venham ter aqui comigo, tomem nota da direcção, veremos o efeito que causará no ânimo das pessoas interrogadas o aparecimento inesperado de mais dois polícias, Excelente ideia, senhor comissário, disse o inspector. O agente contentou-se com um movimento afirmativo de cabeça, uma vez que não poderia expressar em voz alta o que pensava, isto é, que o mérito da ideia lhe pertencia, é certo que de um modo muito indirecto e por caminho desviado. Tomou nota da direcção no seu canhenho de investigador e saiu. O inspector pôs o carro em movimento ao mesmo tempo que dizia, Ele esforça-se, coitado, essa justiça lhe devemos fazer, lembro-me de que ao princípio eu era como ele, tão ansioso estava por acertar em alguma coisa que só fazia disparates, já me cheguei a perguntar como foi que consegui ser promovido a inspector, E eu ao que sou hoje, Também, senhor comissário, Também, também, meu caro, a massa de polícia é a mesma para todos, o resto é uma questão de mais ou menos sorte, De sorte e de saber, O saber, só por si, nem sempre é bastante, enquanto com sorte e tempo se alcança quase tudo, mas não me pergunte o que ela é porque não saberia como responder-lhe, o que tenho observado é que, muitas vezes, só por ter amigos nos sítios certos ou alguma factura a cobrar se atinge o que se quer, Nem todos nasceram para ascender a comissários, Pois não, Aliás, uma polícia toda feita de comissários não funcionaria, Nem um exército todo feito de generais. Entraram na rua onde vive o médico oftalmologista. Deixa-me aqui, pediu o comissário, andarei os metros que faltam, Desejo-lhe sorte, senhor comissário, E eu a ti, Oxalá este assunto se resolva rapidamente, confesso-lhe que me sinto como se me encontrasse perdido no meio de um campo minado, Homem, tem calma, não há nenhum motivo para preocupação, olha para estas ruas, repara como a cidade está sossegada, tranquila, Pois é justamente isso o que me inquieta, senhor comissário, uma cidade como esta, sem autoridades, sem governo, sem vigilância, sem polícia, e ninguém parece importar-se, há aqui algo muito misterioso que não consigo entender, Para entender é que nos enviaram cá, temos o saber e espero que o resto não nos falte, A sorte, Sim a sorte, Boa sorte então, senhor comissário, Boa sorte, inspector, e se essa fulana a quem chamam prostituta te lançar a flecha de um olhar sedutor ou te deixar ver metade da coxa, faz de conta que não percebes, concentra-te nos interesses da investigação, pensa na eminente dignidade da corporação de que somos servidores, Estará lá com certeza o velho da venda preta, e os velhos, segundo tenho ouvido de gente bem informada, são terríveis, disse o inspector. O comissário sorriu, A mim, a velhice já me vem tocando, vamos a ver se ela me dará também tempo de me tornar terrível. Depois olhou o relógio, Já são dez e um quarto, espero que consigas chegar à hora ao teu destino, Desde que o senhor e o agente cumpram o horário não tem importância que eu chegue atrasado, disse o inspector. O comissário despediu-se Até logo, saiu do carro, e, mal assentou o pé no chão, como se ali mesmo tivesse um encontro marcado com a sua própria falta de discernimento, compreendeu que não tivera qualquer sentido fixar rigorosamente a hora a que deveriam bater à porta dos suspeitos, uma vez que eles, com um polícia dentro de casa, não teriam nem o sangue-frio nem a ocasião de telefonar aos amigos a avisá-los do suposto perigo, imaginando, ainda por cima, que fossem argutos, tão excepcionalmente argutos que lhes pudesse ocorrer a ideia de que o facto de irem ser objecto da atenção policial significaria que esses amigos o seriam também, Além disso, pensava irritado o comissário, é claro, é óbvio que essas não são as únicas relações que têm, e, sendo assim, a quantos amigos teriam de telefonar cada um deles, a quantos, a quantos. Já não se limitava a pensar em silêncio, murmurava acusações, impropérios, insultos, Alguém que me diga como é que este imbecil conseguiu chegar a comissário, alguém que me diga como é que precisamente a este imbecil confiou o governo a responsabilidade de uma investigação da qual talvez venha a depender a sorte do país, alguém que me diga donde é que este imbecil tirou a estúpida ordem que deu aos seus subordinados, oxalá não estejam neste momento a rir-se de mim, o agente não creio, mas o inspector é esperto, é mesmo muito esperto, embora à primeira vista pareça não se notar, ou então disfarça bem, o que, claro está, o torna duplamente perigoso, não há dúvida, tenho de usar de todo o cuidado com ele, tratá-lo com atenção, impedir que isto se espalhe, outros se têm visto em situações semelhantes e com resultados catastróficos, não sei quem foi que disse que o ridículo de um instante pode arruinar a carreira de uma vida. A implacável autoflagelação fez bem ao comissário. Vendo-o pisado, rebaixado ao rés da lama, a fria reflexão tomou a palavra para lhe demonstrar que a ordem não havia sido disparatada, muito pelo contrário, Imagina tu que não tinhas dado essas instruções, que o inspector e o agente iam às horas que lhes apetecessem, um de manhã, outro à tarde, seria preciso que fosses tu imbecil de todo, imbecil rematado, para não preveres o que inevitavelmente sucederia, as pessoas que tivessem sido interrogadas de manhã apressar-se-iam a avisar as que o iriam ser à tarde, e quando este investigador da tarde fosse bater à porta dos suspeitos que lhe tinham sido destinados encontrar-se-ia pela frente com a barreira de uma linha de defesa que talvez não tivesse maneira de deitar abaixo, portanto, comissário és, comissário continuarás a ser, não só com o direito de quem sabe mais do ofício, mas também com a sorte de me teres aqui a mim, fria reflexão, para pôr as coisas nos seus lugares, a começar pelo inspector, a quem não já terás de tratar com paninhos quentes, como era tua intenção, aliás, bastante cobarde, se não levas a mal que to diga. O comissário não levou a mal. Com todo este ir e vir, este pensar e tornar a pensar, atrasou-se no cumprimento da sua própria ordem, eram já onze horas menos quinze minutos quando levantou a mão para carregar no botão da campainha. O ascensor levara-o ao quarto andar, a porta é esta.

O comissário esperava que lhe perguntassem de dentro Quem é, mas a porta abrira-se simplesmente e uma mulher apareceu e disse, Faça favor. O comissário levou a mão ao bolso e mostrou o cartão de identificação, Polícia, disse, E que pretende a polícia das pessoas que vivem nesta casa, perguntou a mulher, Que respondam a algumas perguntas, Sobre que assunto, Não creio que um patamar de escada seja o lugar mais próprio para dar princípio a um interrogatório, Trata-se então de um interrogatório, perguntou a mulher, Minha senhora, ainda que eu só tivesse duas perguntas para lhe fazer, isso já seria um interrogatório, Vejo que aprecia a precisão de linguagem, Sobretudo nas respostas que me dão, Essa, sim, que é uma boa resposta, Não era difícil, serviu-ma de bandeja, Servir-lhe-ei outras, se vem à procura de alguma verdade, Procurar a verdade é o objectivo fundamental de qualquer polícia, Alegra-me ouvir dizê-lo com essa ênfase, e agora passe, o meu marido foi à rua comprar os jornais, não tardará, Se preferir, se achar mais conveniente, espero aqui fora, Que ideia, entre, entre, em que melhores mãos que as da polícia poderia alguém sentir-se seguro, perguntou a mulher. O comissário entrou, a mulher foi à frente e abriu-lhe a porta para uma sala de estar acolhedora onde se percebia uma atmosfera amigável e vivida, Queira sentar-se, senhor comissário, disse, e perguntou, Posso servir-lhe uma chávena de café, Muito obrigado, não aceitamos nada quando estamos de serviço, Claro, assim começam sempre as grandes corrupções, um café hoje, um café amanhã, ao terceiro já está tudo perdido, É um princípio nosso, minha senhora, Vou pedir-lhe que me satisfaça uma pequena curiosidade, Que curiosidade, Disse-me que é da polícia, mostrou-me o cartão que o acredita como comissário, mas, tanto quanto eu julgava saber até hoje, a polícia retirou-se da capital há já umas quantas semanas, deixando-nos entregues às garras da violência e do crime que por toda a parte campeiam, deverei então entender que a sua presença aqui significa que a nossa polícia regressou ao lar, Não minha senhora, não regressámos ao lar, para usar a sua expressão, continuamos no outro lado da linha divisória, Fortes devem ser então os motivos que o fizeram atravessar a fronteira, Sim, muito fortes, As perguntas que vem fazer têm que ver, naturalmente, com esses motivos, Naturalmente, Portanto devo esperar que elas sejam feitas, Assim é. Três minutos depois ouviu-se abrir a porta. A mulher saiu da sala e disse à pessoa que havia entrado, Imagina, temos uma visita, um comissário da polícia, nada mais nada menos, E desde quando se interessam os comissários da polícia por pessoas inocentes. As

226

últimas palavras já foram ditas dentro da sala, o médico adiantara-se à mulher e interrogava assim o comissário, que respondeu, levantando-se da cadeira em que se havia sentado, Não há pessoas inocentes, quando não se é culpado de um crime, é-se culpado de uma falta, nunca falha, E nós, de que crime ou de que falta somos culpados ou acusados, Não tenha pressa, senhor doutor, comecemos por acomodar-nos, conversaremos melhor. O médico e a mulher sentaram-se num sofá e esperaram. O comissário guardou silêncio durante alguns segundos, de repente entrara-lhe uma dúvida sobre qual seria a melhor táctica a seguir. Que, para não levantarem prematuramente a lebre, o inspector e o agente se limitassem, de acordo com as instruções que lhes dera, a fazer perguntas sobre o assassínio do cego, bem estava, mas ele, comissário, tinha as vistas postas num objectivo bem mais ambicioso, averiguar se a mulher que se encontra diante de si, sentada ao lado do marido, tranquila como se, por nada dever, nada tivesse que temer, além de ser uma assassina, faz também parte da diabólica manobra que mantém humilhado o estado de direito, que o pôs de cabeça baixa e de joelhos. Não se sabe quem foi que no departamento oficial da cifra decidiu contemplar o comissário com o grotesco cognome de papagaio-do-mar, sem dúvida teria sido algum inimigo pessoal, porquanto o apodo mais justo e merecido seria o de alekhine, o grande mestre de xadrez por infelicidade já retirado do número dos vivos. A dúvida surgida dissipou-se como fumo e uma sólida certeza tomou o seu lugar. Observe-se com que sublime arte combinatória vai ele desenvolver os lances que o conduzirão, assim pelo menos o crê, ao xeque-mate final. Sorrindo com finura, disse, Aceitaria agora o café que teve a amabilidade de me oferecer, Recordo-lhe que os polícias não aceitam nada quando estão de serviço, respondeu, consciente do jogo, a mulher do médico, Os comissários têm autorização para infringir as regras sempre que o considerem conveniente, Quer dizer, útil aos interesses da investigação, Também poderia ser expressado dessa maneira, E não tem medo de que o café que lhe vou trazer seja já um passo no caminho da corrupção, Lembro-me de lhe ter ouvido que isso só acontece ao terceiro café, Não, o que eu disse é que com o terceiro café fica consumado de vez o processo corruptor, o primeiro abriu a porta, o segundo segurou-a para que o aspirante à corrupção entrasse sem tropeçar, o terceiro fechou-a definitivamente, Obrigado pelo aviso, que recebo como um conselho, ficar-me-ei então pelo primeiro café, Que será servido imediatamente, disse a mulher, e saiu da sala. O comissário olhou o relógio. Tem pressa, perguntou com intenção o médico, Não senhor doutor, não tenho pressa, só me estava perguntando se não terei vindo prejudicar o vosso almoço, Para almoçar, ainda é demasiado cedo, É que também me interrogava sobre quanto tempo tardarei a levar daqui as respostas que pretendo, Já sabe as respostas que pretende, ou pretende que as perguntas lhe sejam respondidas, perguntou o médico, e acrescentou, É que não é a mesma coisa, Tem razão, não é a mesma coisa, durante a breve conversa que tive a sós com a sua esposa, ela teve ocasião de perceber que aprecio a precisão da linguagem, vejo que é também o seu caso, Na minha profissão não é raro que os erros de diagnóstico resultem apenas de imprecisões de linguagem, Tenho estado a tratá-lo por senhor doutor, e não me perguntou como soube eu que é médico, Porque me parece tempo perdido perguntar a um polícia como soube ele o que sabe ou afirma saber, Bem respondido, sim senhor, a deus também ninguém lhe vai perguntar como foi que se fez omnisciente, omnipresente e omnipotente, Não me diga que os polícias são deus, Somos apenas os seus modestos representantes na terra, senhor doutor, Pensava que o fossem as igrejas e os sacerdotes, As igrejas e os sacerdotes são só a segunda linha.

A mulher entrou com o café, três chávenas numa bandeja, alguns bolos secos. Parece que neste mundo tudo tem de repetir-se, pensou o comissário, enquanto o paladar revivia os sabores do pequeno-almoço na providencial, s. a., Tomarei apenas o café, disse, muito obrigado. Quando pousou a chávena na bandeja, voltou a agradecer e acrescentou com um sorriso entendido, Excelente café, minha senhora, talvez venha a reconsiderar a decisão de não vir a tomar segundo. O médico e a mulher já haviam terminado. Nenhum deles tinha tocado nos bolos. O comissário extraiu de um bolso exterior do casaco o caderno de notas, aprontou a esferográfica, e deixou que a voz lhe saísse num tom neutro, sem expressão, como se não lhe interessasse realmente a resposta, Que explicação poderá dar-me, minha senhora, para o facto de não ter cegado há quatro anos, quando da epidemia. O médico e a mulher entreolharam-se surpreendidos, e ela perguntou, Como sabe que não ceguei há quatro anos, Agora mesmo, disse o comissário, o seu marido, com muita inteligência, considerou ser tempo perdido perguntar a um polícia como soube ele o que sabe ou afirma saber, Eu não sou o meu marido, E eu não tenho que desvelar, quer a si quer a ele, os segredos do meu ofício, sei que não cegou, e isso me basta. O médico fez um gesto como para intervir, mas a mulher pôs-lhe a mão no braço, Muito bem, agora diga-me, suponho que isso não será segredo, em que pode interessar à polícia que eu tenha estado cega ou não há quatro anos, Se tivesse cegado como toda a gente cegou, se tivesse cegado como eu próprio ceguei, pode ter a certeza de que não me encontraria aqui neste momento, Foi crime não ter cegado, perguntou ela, Não ter cegado não foi nem poderia ser crime, embora, já que me obriga a dizê-lo, a senhora tenha cometido um crime precisamente graças a não estar cega, Um crime, Um assassínio. A mulher olhou o marido como se estivesse a pedir-lhe um conselho, depois voltou-se rapidamente para o comissário e disse, Sim, é verdade, matei um homem. Não prosseguiu, manteve fixo o olhar, à espera. O comissário simulou que tomava uma nota no caderno, mas o que pretendia era somente ganhar tempo, pensar na jogada seguinte. Se a reacção da mulher o havia desconcertado, não fora tanto pelo facto de haver confessado o assassínio, mas por se ter remetido ao silêncio logo a seguir, como se sobre tal assunto não houvesse mais nada para dizer. E na verdade, pensou, não é o crime que me interessa. Suponho que disporá de uma boa justificação para me dar, aventurou, A respeito de quê, perguntou a mulher, A respeito do crime, Não foi um crime, Que foi então, Um acto de justiça, Para aplicar a justiça existem os tribunais, Não podia ir queixar-me da ofensa à polícia, o senhor comissário acabou mesmo agora de dizer que, como toda a gente nessa altura, estava cego, Excepto a senhora, Sim, excepto eu, A quem matou, A um violador, a um ser repugnante, Está a dizer-me que matou alguém que a estava violando, Não a mim, a uma companheira, Cega, Sim, cega, E o homem também estava cego, Sim, Como foi que o matou, Com uma tesoura, Espetou-lha no coração, Não, na garganta, Olho para si e não lhe vejo cara de assassina, Não sou uma assassina, Matou um homem, Não era um homem, senhor comissário, era um percevejo. O comissário tomou outra nota e virou-se para o médico, E o senhor, onde se encontrava enquanto a sua mulher se entretinha a matar o percevejo, Na camarata do antigo manicómio onde nos haviam metido quando ainda pensavam que isolando os primeiros cegos que apareceram se impediria o alastramento da cegueira, Creio saber que é oftalmologista, Sim, tive o privilégio, se assim se lhe pode chamar, de atender na minha consulta a primeira pessoa que cegou, Um homem, ou uma mulher, Um homem, Foi parar à mesma camarata, Sim, como algumas outras pessoas que se encontravam no consultório, Pareceu-lhe bem que a sua mulher tivesse assassinado o violador, Pareceu-me necessário, Porquê, Não faria essa pergunta se lá tivesse estado, É possível, mas não estava, por isso torno a perguntar-lhe por que lhe pareceu necessário que a sua mulher matasse o percevejo, isto é, o violador da companheira, Alguém teria de fazê-lo, e ela era a única que podia ver, Só porque o percevejo era um violador, Não apenas ele, todos os outros que estavam na mesma camarata exigiam mulheres em troca de comida, ele era o chefe, A sua mulher também foi violada, Sim, Antes, ou depois da companheira, Antes. O comissário tomou mais uma nota no caderno, depois perguntou, Em seu entender, como oftalmologista, que explicação pode haver para o facto de a sua mulher não ter cegado, Em meu entender de oftalmologista, respondo que não há nenhuma explicação, Tem uma mulher muito singular, senhor doutor, Assim é, mas não somente por essa razão, Que aconteceu depois às pessoas que tinham sido internadas nesse tal antigo manicómio, Houve um incêndio, a maior parte delas devem ter morrido carbonizadas ou esmagadas pelos desabamentos, Como sabe que houve desabamentos, Muito simples, ouvimo-los quando já estávamos fora, E como foi que se salvaram o senhor e a sua mulher, Conseguimos escapar a tempo, Tiveram sorte, Sim, foi ela que nos guiou, A quem se refere quando diz nos, A mim e a algumas outras pessoas, as que haviam estado no consultório, Quem eram elas, O primeiro cego, esse a quem me referi antes, e a mulher, uma rapariga que padecia de conjuntivite, um homem de idade com uma catarata, um rapazinho estrábico acompanhado pela mãe, Foi a todos esses que a sua mulher ajudou a escapar do incêndio, Todos, menos a mãe do rapazinho, essa não estava no manicómio, tinha-se perdido do filho e só o voltou a encontrar semanas depois de termos recuperado a visão, Quem tomou conta do garoto nesse meio tempo, Nós, A sua mulher e o senhor, Sim, ela porque podia ver, os outros ajudávamos o melhor que podíamos, Quer dizer que viveram juntos, em comunidade, tendo a sua mulher como guia, Como guia e como provedora, Realmente tiveram sorte, repetiu o comissário, Assim se lhe pode chamar, Mantiveram relações com as pessoas do grupo depois da situação se ter normalizado, Sim, como era natural, E ainda as mantêm, Com excepção do primeiro cego, sim, Porquê essa excepção, Não era uma pessoa simpática, Em que sentido, Em todos, É demasiado vago, Admito que o seja, E não quer precisar, Fale com ele e faça o seu próprio juízo, Sabe onde moram, Quem, O primeiro cego e a mulher, Separaram-se, divorciaram-se, Têm relações com ela, Com ela, sim, Mas não com ele, Com ele, não, Porquê, Já lhe disse, não é uma pessoa simpática. O comissário voltou ao caderno de apontamentos e escreveu o seu próprio nome para não parecer que não havia aproveitado nada de tão extenso interrogatório. Ia passar ao lance seguinte, o mais problemático, o mais arriscado do jogo. Levantou a cabeça, olhou para a mulher do médico, abriu a boca para falar, mas ela antecipou-se, O senhor é comissário de polícia, veio, identificou-se como tal e tem estado a fazer-nos toda a espécie de perguntas, mas, pondo de parte a questão do assassínio premeditado que cometi e que confessei, mas do qual não há testemunhas, umas porque morreram, todas porque estavam cegas, sem contar com o facto de que a ninguém importa hoje saber o que se passou há quatro anos numa situação de caos absoluto em que todas as leis se tornaram letra-morta, ainda estamos à espera de que nos diga o que é que o trouxe aqui, creio portanto que chegou a hora de pôr as cartas na mesa, deixe-se de rodeios e vá direito ao assunto que realmente interessa a quem o mandou a esta casa. Até este momento o comissário havia tido muito claro na sua cabeça o objectivo da missão de que fora encarregado pelo ministro do interior, nada mais que averiguar se haveria alguma relação entre o fenómeno do voto em branco e a mulher que tinha na sua frente, mas a interpelação dela, seca e directa, deixara-o desarmado, e, pior do que isso, com a súbita consciência do tremendo ridículo em que cairia se lhe perguntasse, de olhos baixos porque não teria coragem para a olhar cara a cara, Por acaso não será a senhora a organizadora, a responsável, a chefe do movimento subversivo que veio pôr o sistema democrático numa situação de perigo a que talvez não seja exagerado chamar mortal, Qual movimento subversivo, quereria ela saber, O do voto em branco, Está a dizer-me que o voto em branco é subversivo, tornaria ela a perguntar, Se for em quantidades excessivas, sim senhor, E onde é que isso está escrito, na constituição, na lei eleitoral, nos dez mandamentos, no regulamento de trânsito, nos frascos de xarope, insistiria ela, Escrito, escrito, não está, mas qualquer pessoa tem de perceber que se trata de uma simples questão de hierarquia de valores e de senso comum, primeiro estão os votos explícitos, depois vêm os brancos, depois os nulos, finalmente as abstenções, está-se mesmo a ver que a democracia ficará em perigo se uma destas categorias secundárias passar à frente da principal, se os votos estão aí é para que façamos deles um uso prudente, E eu sou a culpada do sucedido, É o que estou tratando de averiguar, E como foi que consegui levar a maioria da população da capital a votar em branco, metendo panfletos debaixo das portas, por meio de rezas e esconjuros à meia-noite, lançando um produto químico no abastecimento de água, prometendo o primeiro prémio da lotaria a cada pessoa, ou gastando a comprar votos o que o meu marido ganha no consultório, A senhora conservou a visão quando toda a gente estava cega e ainda não foi capaz ou recusa-se a explicar-me porquê, E isso torna-me agora culpada de conspiração contra a democracia mundial, É o que trato de averiguar, Pois então averigúe e quando tiver chegado ao fim da investigação venha-me cá dizer, até lá não ouvirá da minha boca nem mais uma palavra. Ora isto, acima de tudo, era o que o comissário não queria. Preparava-se para dizer que não tinha mais perguntas a fazer neste momento, mas que no dia seguinte voltaria para prosseguir o interrogatório, quando a campainha da porta tocou. O médico levantou-se e foi ver quem chamava. Regressou à sala acompanhado do inspector, Este senhor diz que é inspector da polícia e que o senhor comissário lhe tinha dado ordem para vir aqui, Efectivamente assim é, disse o comissário, mas o trabalho, por hoje, está terminado, continuaremos amanhã à mesma hora, Recordo ao senhor comissário aquilo que nos disse, a mim e ao agente, atreveu-se o inspector, mas o comissário interrompeu, O que eu tenha dito ou não dito não interessa para agora, E amanhã, viremos os três, Inspector, a pergunta é impertinente, as minhas decisões são sempre tomadas no lugar próprio e na ocasião própria, a seu tempo o saberá, respondeu irritado o comissário. Virou-se para a mulher do médico e disse, Amanhã, tal como reclamou, não perderei tempo com circunlóquios, irei direito ao assunto, e o que tenho para lhe perguntar não lhe deve parecer mais extraordinário que a mim o facto de a senhora não ter perdido a vista durante a epidemia geral de cegueira branca de há quatro anos, eu ceguei, o inspector cegou, o seu marido cegou, a senhora não, veremos se neste caso se confirma o antigo ditado que dizia Quem fez a panela fez o testo para ela, De panelas se trata então, senhor comissário, perguntou em tom irónico a mulher do médico, De testos, minha senhora, de testos, respondeu o comissário ao mesmo tempo que se retirava, aliviado por a adversária lhe ter fornecido a resposta para uma saída mais ou menos airosa. Tinha uma leve dor de cabeça.

Não almoçaram juntos. Fiel à sua táctica de dispersão controlada, o comissário lembrou ao inspector e ao agente, quando se separaram, que não deveriam repetir os restaurantes aonde tinham ido no dia anterior, e, da mesma maneira que o faria se fosse subordinado de si próprio, cumpriu disciplinadamente a ordem que havia dado. Também com espírito de sacrifício, porque o restaurante que acabou por escolher, das três estrelas que a ementa prometia, só lhe pôs uma no prato. Desta vez não houve um ponto de encontro, mas dois, no primeiro esperava o agente, no segundo estava o inspector. Perceberam logo estes que o superior não estava de ânimo para conversas, provavelmente tinha-lhe corrido mal o encontro com o oftalmologista e a mulher. E dado que eles, por seu turno, das diligências que haviam executado não traziam resultados que se aproveitassem, a reunião para intercâmbio e exame das informações na providencial, s. a., seguros & resseguros, não se apresentava como uma navegação em mar de rosas. A esta tensão profissional tinha vindo juntar-se a insólita e preocupante pergunta que lhes fez o encarregado da garagem quando entraram com o carro, Os senhores, donde são. É certo que o comissário, honra lhe seja feita e à experiência do ofício, não perdeu os estribos, Somos da providencial, respondeu secamente, e logo, com mais secura ainda, Vamos arrumar onde devemos, no espaço que é pertença da empresa, portanto a sua pergunta, além de impertinente, é de má educação, Talvez seja impertinente e de má educação, mas eu, aos senhores, não me lembro de os ter visto por cá antes, É que, respondeu o comissário, além de ser mal-educado, tem péssima memória, estes meus colegas, por serem novos na empresa, é a primeira vez que vêm, mas eu já cá tenho estado, e agora afaste-se para o lado porque o condutor é um pouco nervoso e pode atropelá-lo sem querer. Arrumaram o carro e entraram no ascensor. Sem pensar na possibilidade de estar a cometer uma imprudência, o agente quis explicar que de nervoso não tinha nada, que nos exames feitos para entrar na polícia havia sido classificado como altamente tranquilo, mas o comissário, com um gesto brusco, reduziu-o ao silêncio. E agora, já sob a protecção das reforçadas paredes e dos insonorizados tecto e soalho da providencial, s. a., fulminava-o sem piedade, Nem ao menos lhe passou pela cabeça, seu idiota, que pode haver microfones instalados no elevador, Senhor comissário, estou desolado, realmente não me lembrei, balbuciou o pobre, Amanhã não sai daqui, fica a guardar o local e aproveita o tempo para escrever quinhentas vezes Sou um idiota, Senhor comissário, por favor, Deixe, não faça caso, já sei que estou a exagerar, mas esse tipo da garagem irritou-me, temos andado nós a evitar servir-nos da porta da entrada para não dar nas vistas e agora sai-nos esta bisca, Talvez fosse conveniente fazer-lhe chegar um recado dos nossos, como se fez com o porteiro antes de chegarmos, sugeriu o inspector, Seria contraproducente, o que era preciso era que ninguém tivesse dado por nós, Receio que já seja demasiado tarde para isso, senhor comissário, se os serviços dispusessem de outro local na cidade, o melhor ainda seria que nos transferíssemos para lá, Dispor, dispõem, mas, tanto quanto creio saber, não se encontra operativo, Podíamos experimentar, Não, não há tempo, e, além de que o ministério não ficaria nada contente com a ideia, este assunto tem de ser resolvido com toda a rapidez, com a máxima urgência, Permite-me que fale francamente, senhor comissário, perguntou o inspector, Diga, Temo que nos tenham metido num beco sem saída, pior ainda, num vespeiro envenenado, Que é que o leva a pensar assim, Não saberei explicar, mas a verdade é que me sinto como se estivesse em cima de um barril de pólvora e com a mecha acesa, tenho a impressão de que isto vai estoirar de um momento para o outro. Ao comissário parecia-lhe estar a ouvir os seus próprios pensamentos, mas o posto que ocupava e a responsabilidade da missão não lhe consentiriam tergiversações ao recto caminho do dever, Não sou da sua opinião, disse, e com estas poucas palavras deu o assunto por encerrado.

Agora estavam sentados à mesa onde haviam tomado o pequeno-almoço nessa manhã, com os cadernos de apontamentos abertos, preparados para o brainstorm. Principia tu, ordenou o comissário ao agente, Logo que entrei na casa, disse ele, percebi que ninguém tinha avisado a mulher, Claro que não podiam, tínhamos combinado chegar todos às dez e meia, Eu atrasei-me um bocadinho, eram dez e trinta e sete quando bati à porta, confessou o agente, Isso agora já não interessa, segue para diante, não percamos tempo, Mandou-me entrar, perguntou-me se me podia oferecer um café, eu respondi-lhe que sim, não tinha importância, era como se estivesse ali de visita, então disse-lhe que tinha sido encarregado de investigar o que aconteceu há quatro anos no manicómio, mas aí pensei que o melhor seria não tocar de momento na questão do cego assassinado, por isso resolvi desviar o caso para as circunstâncias em que se havia produzido o incêndio, ela estranhou que quatro anos passados estivéssemos a voltar ao que toda a gente tinha querido esquecer, e eu disse que a ideia, agora, era registar o maior número possível de dados porque as semanas em que aquilo aconteceu não podiam ficar em branco na história do país, mas ela de parva não tinha nada, chamou-me logo a atenção para a incongruência, incongruência foi a palavra que usou, de ser precisamente na situação em que nos encontramos, com a cidade isolada e posta sob estado de sítio por causa do voto em branco, que alguém se tinha lembrado de averiguar o que havia sucedido quando da epidemia de cegueira branca, tenho que reconhecer, senhor comissário, que no primeiro momento fiquei mesmo atrapalhado, sem saber que responder, por fim lá consegui inventar uma explicação, e foi que a averiguação tinha sido decidida antes que acontecesse o do voto em branco, mas que se atrasou por problemas burocráticos e só agora tinha sido possível iniciá-la, então ela disse que das causas do incêndio nada sabia, teria sido uma coisa casual que até poderia ter acontecido antes, então perguntei-lhe como se tinha conseguido salvar, e aí ela começa-me a falar da mulher do médico elogiando-a de todas as maneiras, uma pessoa extraordinária como nunca havia conhecido outra na sua vida, em tudo fora do comum, tenho a certeza de que se não fosse por ela, não estaria aqui a conversar consigo, salvou-nos a todos, e não foi só por ter-nos salvo, fez mais, protegeu-nos, alimentou-nos, cuidou de nós, então eu perguntei-lhe a quem se referia aquele pronome pessoal, e ela mencionou, uma por uma, todas as pessoas de que já temos conhecimento, e no fim disse que também estava no grupo o seu então marido, mas que sobre ele não queria falar porque se encontravam divorciados desde há três anos, e isto foi tudo o que resultou da conversa, senhor comissário, a impressão com que saí de lá é que a mulher do médico deve ser a modos que uma espécie de heroína, uma alma grande. O comissário fez de conta que não percebera as últimas palavras. Fingindo-se desentendido não teria que repreender o agente por haver classificado como heroína e alma grande uma mulher que se encontra sob suspeita de estar implicada no pior dos crimes que, nas actuais circunstâncias, poderiam ser cometidos contra a pátria. Sentia-se cansado. E foi com voz surda, apagada, que pediu ao inspector o relato do que se havia passado em casa da prostituta e do velho da venda preta, Se foi prostituta, não me parece que o seja ainda, Porquê, perguntou o comissário, Não tem nem os modos, nem os gestos, nem as palavras, nem o estilo, Você parece perceber muito de prostitutas, Não o creia, senhor comissário, apenas o trivial, alguma

238

experiência directa, sobretudo muitas ideias feitas, Continue, Receberam-me correctamente, mas não me ofereceram café, Estão casados, Pelo menos, aliança no dedo tinham-na, E o velho, que tal lhe pareceu, É velho, e está tudo dito, Aí é que você se engana, dos velhos está tudo por dizer, o que acontece é que não se lhes pergunta nada, e então calam-se, Pois este não se calou, Melhor para ele, prossiga, Comecei por falar do incêndio, como fez aqui o colega, mas logo me apercebi de que por esse caminho não chegaria a nenhuma parte, então resolvi passar ao ataque frontal, falei de uma carta recebida na polícia em que se descrevem certos actos delituosos cometidos no manicómio antes do incêndio, como, por exemplo, um assassinato, e perguntei-lhes se sabiam algo a respeito do assunto, então ela disse-me que sim, que sabia, que ninguém mesmo o poderia saber melhor, uma vez que tinha sido a assassina, E disse qual foi a arma do crime, perguntou o comissário, Sim, uma tesoura, Cravada no coração, Não senhor comissário, na garganta, E que mais, Tenho de confessar que me deixou completamente desconcertado, Imagino, De repente passávamos a ter duas autoras para o mesmo crime, Continue, O que vem agora é um quadro pavoroso, O incêndio, Não senhor comissário, ela começou a descrever cruamente, quase com ferocidade, o que se passou com as mulheres violadas na camarata dos cegos, E ele, que fazia ele enquanto a mulher descrevia tudo isso, Olhava-me simplesmente a direito, de frente, com o seu único olho, como se estivesse a ver-me por dentro, Ilusão sua, Não senhor comissário, a partir de agora fiquei a saber que um olho vê melhor que dois porque, não tendo o outro para o ajudar, terá de fazer o trabalho todo, Talvez seja por isso que se diz que na terra dos cegos quem tem um olho é rei, Talvez, senhor comissário, Siga, continue, Quando ela se calou, ele tomou a palavra para dizer que não acreditava que o motivo da minha visita, foi esta a expressão que usou, consistisse em averiguar as causas de um incêndio de que já nada restava ou apurar as circunstâncias que haviam rodeado um assassínio que não poderia ser provado, e que, se não tinha nada mais para acrescentar que valesse a pena, fizesse o favor de me retirar, E você, Invoquei a minha autoridade de polícia, que tinha ido ali com uma missão e que a levaria até ao fim, custasse o que custasse, E ele, Respondeu que nesse caso eu deveria ser o único agente de autoridade em serviço na capital, uma vez que as corporações policiais tinham desaparecido há não sei quantas semanas, e que portanto me agradecia muito ter-me preocupado com a segurança do casal e, esperava ele, também de mais alguém, porquanto não podia acreditar que se tivesse enviado um polícia de propósito só por causa das duas pessoas que ali estavam, E depois, A situação tornara-se difícil, eu não podia ir mais longe, a única forma que encontrei para cobrir a retirada foi dizer que se preparassem para uma acareação, dado que, de acordo com as informações de que dispúnhamos, absolutamente fidedignas, não tinha sido ela quem havia assassinado o chefe da camarata dos cegos delinquentes, mas outra pessoa, uma mulher que já havia sido identificada, E eles, como reagiram, No primeiro momento pareceu-me que os tinha assustado, mas o velho recompôs-se imediatamente para dizer que ali, na sua casa, ou aonde quer que fossem, estaria também com eles um advogado que soubesse mais de leis que a polícia, Crê realmente que lhes meteu medo, perguntou o comissário, Pareceu-me que sim, mas claro que a certeza não a posso ter, Medo é possível que o tenham tido, em todo o caso não por si próprios, Por quem, então, senhor comissário, Pela verdadeira assassina, pela mulher do médico, Mas a prostituta, Não sei se temos o direito de continuar a chamar-lhe assim, inspector, Mas a mulher do velho da venda preta afirmou que foi ela quem matou, ainda que seja certo que a carta do outro tipo não é a ela a quem denuncia, mas à mulher do médico, Que foi, de facto, a verdadeira autora do crime, ela mesma mo confessou e confirmou. Nesta altura, era lógico esperarem o inspector e o agente que o superior, uma vez que já entrara na matéria das suas averiguações pessoais, lhes fizesse um relato mais ou menos completo do que tinha ficado a saber depois da diligência, mas o comissário limitou-se a dizer que voltaria a casa dos suspeitos no dia seguinte para interrogá-los e que depois disso decidiria quais deveriam ser os passos seguintes, E nós, que serviço temos para amanhã, perguntou o inspector, Operações de seguimento, nada mais que operações de seguimento, você ocupa-se da ex-mulher do tipo que escreveu a carta, não terá problemas, ela não o conhece, E eu, automaticamente e por exclusão de partes, disse o agente, ocupo-me do velho e da prostituta, Salvo que venhas a provar que ela realmente o seja, ou continue a ser se alguma vez o foi, o uso da palavra prostituta fica excluído das nossas conversas, Sim senhor comissário, E mesmo que o seja, arranjarás outra maneira de te referires a ela, Sim senhor comissário, usarei o nome, Os nomes foram passados ao meu caderno de notas, deixaram de estar no teu, O senhor comissário dir-me-á como ela se chama e dessa maneira acaba-se a prostituta, Não digo, trata-se de informação que por enquanto considero reservada, O nome dela, ou os de todos, perguntou o agente, De todos, Então assim não sei como lhe haverei de chamar, Podes chamar-lhe, por exemplo, a rapariga dos óculos escuros, Mas ela não levava óculos escuros, isso posso eu jurar, Toda a gente usou óculos escuros pelo menos uma vez na vida, respondeu o comissário levantando-se. De costas curvadas, dirigiu-se à parte do escritório que ocupava e fechou a porta. Aposto que vai comunicar com o ministério, pedir instruções, disse o inspector, Que se passa com ele, perguntou o agente, Sente-se como nós, desconcertado, Parece que não acredita no que está a fazer, E tu, acreditas, Eu cumpro ordens, mas ele é o chefe, não pode estar a dar-nos sinais de desorientação, depois as consequências sofremo-las nós, quando a onda bate no rochedo, quem paga sempre é o mexilhão, Tenho muitas dúvidas sobre a propriedade dessa frase, Porquê, Porque os mexilhões parecem-me contentíssimos quando a água escorre por eles abaixo, Não sei, nunca ouvi rir os mexilhões, Pois não só riem, como dão gargalhadas, o barulho das ondas é que não deixa percebê-las, tem que se lhes chegar bem o ouvido, Nada disso é verdade, está a divertir-se à custa do agente de segunda classe, É uma maneira inofensiva de passar o tempo, não te zangues, Acho que há outra melhor, Qual, Dormir, estou cansado, vou-me deitar, O comissário pode precisar de ti, Para ir bater outra vez com a cabeça numa parede, não acredito, Deves ter razão, disse o inspector, sigo-te o exemplo, vou também descansar um bocado, mas deixo aqui uma nota a dizer que nos chame no caso de precisar de algum de nós, Parece-me bem.

O comissário tirara os sapatos e tinha-se estendido em cima da cama. Estava de costas, com as mãos cruzadas atrás da nuca e olhava o tecto como se esperasse que lá de cima lhe viesse algum conselho ou, se não tanto, ao menos aquilo a que geralmente chamamos uma opinião sem compromisso. Talvez porque fosse insonorizado, e portanto surdo, o tecto não teve nada para lhe dizer, sem contar que, passando a maior parte do tempo sozinho, já havia perdido, praticamente, o dom da palavra. O comissário revivia a conversação que tivera com a mulher do médico e o marido, o rosto de um, o rosto do outro, o cão que se havia levantado rosnando ao vê-lo entrar e que tornara a deitar-se à voz da dona, uma candeia de latão amarelo com três bicos que lhe recordava uma igual que havia na casa dos pais, mas que tinha desaparecido ninguém soube como, misturava estas lembranças com o que acabara de escutar da boca do inspector e do agente e perguntava a si mesmo que merda estava a fazer ali. Atravessara a fronteira no mais puro estilo de um detective de cinema, convencera-se de que vinha resgatar a pátria de um perigo mortal, em nome desse convencimento dera aos seus subordinados ordens disparatadas que eles lhe tinham feito o favor de desculpar, tentara sustentar de pé uma periclitante montagem de suspeitas que se lhe vinha abaixo a cada minuto que passava, e agora perguntava-se, surpreendido por uma indefinida angústia que lhe comprimia o diafragma, que informação mais ou menos merecedora de crédito poderia, ele, papagaio-do-mar, inventar para transmitir a um albatroz que, a estas horas, já deveria estar a perguntar impaciente porque tardavam tanto as notícias. Que vou eu dizer-lhe, perguntou-se, que se confirmam as suspeitas sobre a águia-pesqueira, que o marido e os outros fazem parte da conspiração, ele então perguntará quem são esses outros, e eu direi que há um velho com uma venda preta a quem assentaria bem o nome de código de peixe-lobo, e uma rapariga de óculos escuros a quem poderíamos chamar peixe-gato, e a ex-mulher do tipo que escreveu a carta, e essa ficaria a chamar-se peixe-agulha, no caso de concordar com estas designações, albatroz. O comissário já se tinha levantado, agora falava pelo telefone vermelho, dizia, Sim, albatroz, estes que acabei de mencionar-lhe não são, efectivamente, peixes gordos, o que tiveram foi a sorte de encontrar a águia-pesqueira, que os protegeu, E essa águia-pesqueira, que tal a achou, papagaio-do-mar, Pareceu-me uma mulher decente, normal, inteligente, e se tudo o que os outros dizem dela é verdade, albatroz, e eu inclino-me a pensar que sim, então trata-se de uma pessoa absolutamente fora do comum, Tão fora do comum que foi capaz de matar um homem à tesourada, papagaio-do-mar, Segundo as testemunhas, tratava-se de um abominável violador, de um ser em todos os aspectos repugnante, albatroz, Não se deixe iludir, papagaio-do-mar, para mim está claro que essa gente se pôs de acordo para apresentar uma versão única dos acontecimentos no caso de algum dia vir a ser interrogada, tiveram quatro anos para combinar o plano, tal como eu vejo as coisas a partir dos dados que me está a dar e das minhas próprias deduções e intuições, aposto o que quiser em como esses cinco constituem uma célula organizada, provavelmente, mesmo, a cabeça da ténia de que falávamos há tempos, Nem eu nem os meus colaboradores ficámos com essa impressão, albatroz, Pois não vai ter outro remédio, papagaio-do-mar, se não passar a tê-la, Precisaríamos de provas, sem provas nada podemos fazer, albatroz, Encontrem-nas, papagaio-do-mar, procedam a uma busca rigorosa nas casas, Mas nós só podemos fazer buscas com autorização de um juiz, albatroz, Recordo-lhe que a cidade se encontra sob estado de sítio e que todos os direitos e garantias dos habitantes estão suspensos, papagaio-do-mar, E que fazemos se não encontrarmos provas, albatroz, Recuso-me a admitir que não as encontre, papagaio-do-mar, para comissário parece-me demasiado ingénuo, desde que me conheço como ministro do interior, as provas que não havia, afinal estavam lá, O que me está a pedir não é fácil nem agradável, albatroz, Não peço, ordeno, papagaio-do-mar, Sim, albatroz, em todo o caso peço licença para notar que não estamos perante um crime evidente, não há provas de que a pessoa a quem se decidiu considerar suspeita o seja na realidade, todos os contactos estabelecidos, todos os interrogatórios feitos, apontam, pelo contrário, para a inocência dessa pessoa, A fotografia que se faz a um detido, papagaio-do-mar, é sempre a de um presuntivo inocente, depois é que se vem a saber que o criminoso já lá estava, Posso fazer uma pergunta, albatroz, Faça-a que eu responderei, papagaio-do-mar, sempre fui bom a dar respostas, Que acontecerá se não se encontrarem provas da culpabilidade, O mesmo que aconteceria se não se encontrassem provas da inocência, Como devo entendê-lo, albatroz, Que há casos em que a sentença já está escrita antes do crime, Sendo assim, se entendi bem aonde quer chegar, rogo-lhe que me retire da missão, albatroz, Será retirado, papagaio-do-mar, prometo-lho, mas não agora nem a seu pedido, será retirado quando este caso ficar encerrado, e este caso só ficará encerrado graças ao seu meritório esforço e dos seus ajudantes, ouça-me bem, dou-lhe cinco dias, note bem, cinco dias, nem mais um, para me entregar toda a célula atada de pés e mãos, a sua águia-pesqueira e o marido, a quem não se chegou a dar nome, coitado, e os três peixinhos que agora apareceram, o lobo, o gato e a agulha, quero-os esmagados pela carga de provas de culpabilidade impossíveis de negar, ladear, contrariar ou refutar, isto é o que quero, papagaio-do-mar, Farei o que puder, albatroz, Fará exactamente o que acabei de lhe dizer, no entanto, para que não fique com más ideias a meu respeito, e sendo eu, como de facto sou, uma pessoa razoável, compreendo que precise de alguma ajuda para levar o seu trabalho a bom termo, Vai-me mandar outro inspector, albatroz, Não, papagaio-do-mar, a minha ajuda será de outra natureza, mas tão eficaz, ou mais ainda, como se eu lhe despachasse daqui toda a polícia às minhas ordens, Não compreendo, albatroz, Será o primeiro a compreender quando o gongo soar, O gongo, O gongo do último assalto, papagaio-do-mar. A ligação foi cortada.

O comissário saiu do quarto quando o relógio marcava seis horas e vinte minutos. Leu o recado que o inspector havia deixado sobre a mesa e escreveu por baixo dele, Tenho um assunto a tratar, esperem por mim. Desceu para a garagem, entrou no carro, pô-lo em marcha e dirigiu-se à rampa de saída. Aí parou e fez sinal ao encarregado para que se aproximasse. Ainda ressentido da troca de palavras e do mau tratamento recebido do inquilino da providencial, s. a., o homem, receoso, chegou-se à janela do carro e usou a fórmula habitual, Faça o favor de dizer, Há bocado fui um tanto violento consigo, Não tem importância, aqui acostumamonos a tudo, Não era minha intenção ofendê-lo, Nem creio que tivesse razão para isso, senhor, Comissário, sou comissário da polícia, aqui tem o meu crachá, Desculpe, senhor comissário, nunca eu poderia imaginar, e os outros senhores, O mais novo é agente, o outro é inspector, Fiquei ciente, senhor comissário, e garanto-lhe que não o importunarei mais, mas era com a melhor das intenções, Temos estado aqui em trabalhos de investigação, mas terminámos o serviço, agora somos umas pessoas iguais a quaisquer outras, é como se estivéssemos em férias, ainda que, para seu sossego, o aconselho a usar da máxima discrição, lembre-se de que, pelo facto de estar em férias, um polícia nunca deixará de ser um polícia, está-lhe, por assim dizer, na massa do sangue, Compreendo muito bem, senhor comissário, mas, sendo assim, e se me autoriza a franqueza, teria sido preferível que não me tivesse dito nada, olhos que não vêem, coração que não sente, quem não sabe é como quem não vê, Necessitava desabafar com alguém, e você é a pessoa que tinha mais à mão. O carro já começava a subir a rampa, mas o comissário ainda tinha algo mais para recomendar, Conserve a boca fechada, não seja que eu tenha de vir a arrepender-me do que lhe disse. Ter-se-ia arrependido com certeza se tivesse voltado atrás, pois encontraria o encarregado a falar ao telefone com ar de segredo, talvez a contar à mulher que tinha acabado de conhecer um comissário de polícia, talvez a informar o porteiro de quem são afinal os três homens de fato escuro que sobem directamente da garagem ao andar onde se encontra a providencial, s. a., seguros & resseguros, talvez isto, talvez aquilo, o mais provável é que sobre esta chamada telefónica nunca venha a conhecer-se a verdade. Poucos metros adiante o comissário parou o carro junto do passeio, sacou do bolso exterior do casaco o caderno de apontamentos, folheou-o até chegar à página para onde transcrevera os nomes e as direcções dos antigos companheiros do autor da carta delatora, depois consultou o roteiro e o mapa, e viu que a morada que lhe ficava mais próxima era a da ex-mulher do denunciante. Tomou nota também do percurso que teria de seguir para chegar a casa do velho da venda preta e da rapariga dos óculos escuros. Sorriu ao lembrar-se da confusão do agente quando lhe dissera que este nome assentaria na perfeição à mulher do velho da venda preta, Mas ela não levava óculos escuros, tinha respondido, desconcertado, o pobre agente de segunda classe. Não fui leal, pensou o comissário, devia ter-lhe mostrado a fotografia do grupo, a rapariga tem o braço direito caído ao longo do corpo e segura na mão uns óculos escuros, elementar meu caro watson, sim, mas para isso era preciso ter olhos de comissário. Pôs o carro em marcha. Um impulso o tinha obrigado a sair da providencial, s. a., um impulso o tinha feito dizer ao encarregado da garagem quem era, um impulso o está a levar agora a casa da divorciada, um impulso o levará a casa do velho da venda preta, e o mesmo impulso o conduziria depois a casa da mulher do médico se não lhes tivesse dito, a ela e ao marido, que voltará amanhã, à mesma hora, para continuar o interrogatório. Que interrogatório, pensou, dizer-lhe, por exemplo, a senhora é suspeita de ser a organizadora, a responsável, a dirigente máxima do movimento subversivo que veio pôr em grave perigo o sistema democrático, refiro-me ao movimento do voto em branco, não se faça de novas, e não perca tempo a perguntar-me se tenho provas do que afirmo, a senhora é quem terá de demonstrar a sua inocência, uma vez que as provas tenha a senhora a certeza de que hão-de aparecer quando forem precisas, é só questão de inventar uma ou duas que sejam irrefutáveis, e ainda que não o pudessem ser completamente, as provas circunstanciais, mesmo que remotas, nos bastariam, como o facto incompreensível de a senhora não ter cegado há quatro anos quando toda a gente na cidade andava por aí aos tombos e a dar com o nariz nos candeeiros da rua, e antes que me responda que uma coisa nada tem que ver com a outra, eu digo-lhe que quem fez um cesto fará um cento, pelo menos é esta, ainda que expressada noutros termos, a opinião do meu ministro, que eu tenho obrigação de acatar mesmo que me doa o coração, que a um comissário não lhe dói o coração, diz a senhora, isso é o que julga, a senhora pode saber muito de comissários, mas garanto-lhe que deste não sabe nada, é certo que não vim aqui com o honesto propósito de apurar a verdade, é certo que da senhora se poderá dizer que já está condenada antes de ter sido julgada, mas este papagaio-do-mar, que é como me chama o meu ministro, tem uma dor no coração e não sabe como livrar-se dela, aceite o meu conselho, confesse, confesse mesmo que não tenha culpa, o governo dirá ao povo que foi vítima de um caso de hipnose colectiva nunca antes visto, que a senhora é um génio nessa arte, provavelmente as pessoas até irão achar graça e a vida voltará aos carris de sempre, a senhora passa uns anos na prisão, os seus amigos também lá irão se nós quisermos, e entretanto, já sabe, reforma-se a lei eleitoral, acaba-se com os votos em branco, ou então distribuem-se equitativamente por todos os partidos como votos de facto expressos, de maneira que a percentagem não sofra alteração, a percentagem, minha senhora, é o que conta, quanto aos eleitores que se abstiverem e não apresentem atestado médico uma boa ideia seria publicar-lhes os nomes nos jornais da mesma maneira que antigamente os criminosos eram exibidos na praça pública, atados ao pelourinho, se lhe falo assim é porque a senhora me cai bem, e para que veja até que ponto vai a minha simpatia, só lhe direi que a maior felicidade da minha vida, há quatro anos, tirando não ter perdido parte da família naquela tragédia, como desgraçadamente perdi, teria sido andar junto com o grupo que a senhora protegeu, nessa altura ainda não era comissário, era um inspector cego, nada mais que um inspector cego que depois de recuperar a vista estaria na fotografia com aqueles a quem a senhora salvou do incêndio, e o seu cão não me teria rosnado quando me viu aparecer aí, e se tudo isso e muito mais tivesse acontecido eu poderia declarar sob palavra de honra ao ministro do interior que ele está enganado, que uma experiência como aquela e quatro anos de amizade dão para conhecer bem uma pessoa, e afinal, veja lá, entrei em sua casa como um inimigo e agora não sei como sair dela, se sozinho para confessar ao ministro que falhei na minha missão, se acompanhado para a conduzir à prisão. Os últimos pensamentos já não foram do comissário, agora mais preocupado em encontrar um sítio para arrumar o carro do que em antecipar decisões sobre o destino de um suspeito e sobre o seu próprio. Consultou novamente o caderno de apontamentos e tocou a campainha do andar onde vive a ex-mulher do homem que escreveu a carta. Tocou outra vez, e outra, mas a porta não se abriu. Estendia a mão para fazer nova tentativa quando viu abrir-se uma janela do rés-do-chão e aparecer a cabeça enfeitada de rolos de uma mulher idosa, vestida com uma bata de trazer por casa, A quem procura, perguntou, Procuro a senhora que mora no primeiro andar direito, respondeu o comissário, Não está, por acaso até a vi sair, Sabe quando regressará, Não tenho ideia, se quer deixar-lhe algum recado, é só dizer-me, ofereceu-se a mulher, Muito obrigado, não vale a pena, voltarei outro dia. Não lhe passava pela cabeça ao comissário que a mulher dos rolos na cabeça pudesse ter ficado a pensar que, pelos vistos, à vizinha divorciada do primeiro andar direito lhe dera agora para receber visitas de homens, aquele que veio esta manhã, este já com idade de ser pai dela. O comissário deitou um olhar ao mapa aberto sobre o assento ao lado, pôs o carro em marcha e dirigiu-se ao segundo objectivo. Desta vez não apareceram vizinhas à janela. A porta da escada estava aberta, por isso pôde subir directamente ao segundo andar, é aqui que moram o velho da venda preta e a rapariga dos óculos escuros, que estranha parceria, compreende-se que o desamparo da cegueira os tenha aproximado, mas haviam passado quatro anos, e se para uma mulher nova quatro anos não são nada, para um velho é como se contassem a dobrar. E continuam juntos, pensou o comissário. Tocou a campainha e esperou. Ninguém veio atender. Encostou o ouvido à porta e escutou. Silêncio do outro lado. Tocou mais uma vez por rotina, não por esperar que alguém lhe respondesse. Desceu a escada, entrou no carro e murmurou, Sei onde estão. Se tivesse o telefone directo no automóvel e ligasse para o ministro a dizer-lhe aonde ia, tinha a certeza de que ele responderia mais ou menos isto, Bravo, papagaio-do-mar, assim é que se trabalha, apanhe-me esses gajos com a boca na botija, mas tenha cautela, o melhor seria levar reforços, um homem isolado contra cinco facínoras dispostos a tudo, isso só se vê no cinema, além disso você não sabe caraté, não é do seu tempo, Esteja descansado, albatroz, não sei caraté, mas sei o que faço, Entre de pistola em punho, acagace-os, faça-os borrar-se de medo, Sim, albatroz, Vou já começar a tratar da sua condecoração, Não há pressa, albatroz, ainda nem sabemos se sairei vivo desta empresa, Ora, são favas contadas, papagaio-do-mar, deposito toda a minha confiança em si, eu bem sabia o que fazia quando o designei para essa missão, Sim, albatroz.

Os candeeiros das ruas acendem-se, o crepúsculo já vem deslizando pela rampa do céu, dentro em pouco principiará a noite. O comissário tocou à campainha, não há por que surpreender-se, a maior parte das vezes os polícias tocam à campainha, nem sempre arrombam as portas. A mulher do médico apareceu, Só o esperava amanhã, senhor comissário, agora não o posso atender, disse, estamos com visitas, Sei quem são as suas visitas, não as conheço pessoalmente, mas sei quem são, Não creio que seja razão suficiente para o deixar passar, Por favor, Os meus amigos nada têm que ver com o assunto que o trouxe aqui, Nem sequer a senhora sabe que assunto me trouxe aqui, e é já tempo de que o saiba, Entre.

Corre por aí a ideia de que a consciência de um comissário de polícia é no geral, por profissão e princípio, bastante acomodatícia, para não dizer resignada com o facto incontroverso, teórica e praticamente comprovado, de que o que tem de ser, tem de ser, e, além disso, tem toda a força de que necessita. Pode no entanto acontecer, embora, para falar verdade, não seja do que mais se vê, que um desses prestimosos funcionários públicos, por azares da vida e quando nada o faria esperar, se encontre entalado entre a cruz e a caldeirinha, isto é, entre aquilo que deveria ser e aquilo que não quereria ser. Para o comissário da providencial, s. a., seguros & resseguros, esse dia chegou. Não se tinha demorado mais que meia hora em casa da mulher do médico, mas esse pouco tempo foi suficiente para revelar ao estupefacto grupo ali reunido os tenebrosos fundos da sua missão. Disse que iria fazer tudo quanto estivesse ao seu alcance para desviar daquele lugar e daquelas pessoas as mais do que inquietantes atenções dos seus superiores, mas que não garantia que fosse capaz de o conseguir, disse que lhe haviam dado o curtíssimo prazo de cinco dias para concluir a investigação e que de antemão sabia que só lhe aceitariam um veredicto de culpabilidade, e disse mais, dirigindo-se à mulher do médico, A pessoa a quem querem transformar em bode expiatório, com perdão da óbvia impropriedade da expressão, é a senhora, e também, por tabela, possivelmente, o seu marido, quanto aos restantes não creio que no imediato corram um perigo real, o seu crime, minha senhora, não foi ter assassinado aquele homem, o seu grande crime foi não ter cegado quando todos éramos cegos, o incompreensível pode ser desprezado, mas nunca o será se houver maneira de o usarem como pretexto. São três horas da madrugada, e o comissário dá voltas na cama, sem poder conciliar o sono. Faz mentalmente planos para o dia seguinte, repete-os obsessivamente e volta ao princípio, dizer ao inspector e ao agente que, como estava previsto, irá a casa do médico para prosseguir o interrogatório da mulher, recordar-lhes a eles o serviço de que os havia encarregado, fazer o seguimento dos outros membros do grupo, mas nada disto, no ponto em que as coisas estão, tem já sentido, agora o que é preciso é empatar, entreter os acontecimentos, inventar para a investigação progressos e retrocessos que ao mesmo tempo alimentem e embaracem, sem que se perceba demasiado, os planos do ministro, esperar para ver, enfim, em que consiste a ajuda por ele prometida. Eram quase três horas e meia quando o telefone vermelho tocou. O comissário levantou-se de um salto, enfiou nos pés os chinelos com o distintivo da corporação e, meio trôpego, correu à mesa onde estava o aparelho. Antes mesmo de se sentar já estava pegando no auscultador e perguntando, Quem fala, Daqui, albatroz, foi a resposta do outro lado, Boas noites, albatroz, aqui papagaio-do-mar, Tenho instruções para si, papagaio-do-mar, faça o favor de tomar nota, Às suas ordens, albatroz, Hoje, às nove horas, da manhã, não da noite, estará uma pessoa à sua espera no posto seis-norte da fronteira, o exército foi avisado, não haverá qualquer problema, Devo entender que essa pessoa virá para me substituir, albatroz, Não há qualquer motivo para tal, papagaio-do-mar, a sua actuação tem sido bem conduzida e espero que assim continue até ao final do caso, Obrigado, albatroz, e as suas ordens são, Como disse, estará às nove horas da manhã uma pessoa à sua espera no posto seis-norte da fronteira, Sim, albatroz, já tinha tomado nota, Entregará a essa pessoa a fotografia de que me falou, aquela do grupo em que aparece a suspeita principal, entregar-lhe-á igualmente a lista de nomes e moradas que obteve e tem em seu poder. O comissário sentiu um súbito frio nas costas, Mas essa fotografia ainda é necessária à minha investigação, aventurou, Não creio que o seja tanto quanto diz, papagaio-do-mar, suponho mesmo que não precisa dela para nada, uma vez que, por si próprio ou por meio dos seus subordinados, já travou conhecimento com todos os componentes da quadrilha, Quererá dizer do grupo, albatroz, Uma quadrilha é um grupo, Sim, albatroz, mas nem todos os grupos são quadrilhas, Não o sabia tão preocupado com a correcção das definições, vejo que faz bom uso dos dicionários, papagaio-do-mar, Peço que me desculpe tê-lo emendado, albatroz, ainda sinto a cabeça um pouco atordoada, Dormia, Não, albatroz, pensava no que tinha para fazer amanhã, Pois agora já sabe, a pessoa que estará à sua espera no posto-seis norte é um homem mais ou menos da sua idade e leva uma gravata azul com pintas brancas, calculo que não haverá muitas iguais nos postos militares de fronteira, Conheço-o, albatroz, Não conhece, não pertence ao serviço, Ah, Responderá à sua palavra de passe com a frase Oh não, o tempo sempre falta, E a minha, qual é, O tempo sempre chega, Muito bem, albatroz, as suas ordens serão cumpridas, às nove horas estarei na fronteira para esse encontro, Agora volte para a cama e durma bem o resto da noite, papagaio-do-mar, que eu vou fazer o mesmo, tenho estado a trabalhar até agora, Posso fazer-lhe uma pergunta, albatroz, Faça, mas não se alargue muito, Terá a fotografia algo que ver com a ajuda que me prometeu, Parabéns pela perspicácia, papagaio-do-mar, realmente não se lhe pode esconder nada, Portanto tem algo que ver, Sim, tem tudo que ver, mas não esperará que eu lhe diga de que maneira, se lho dissesse perder-se-ia o efeito de surpresa, Mesmo sendo eu o responsável directo das investigações, Exactamente, Quer então dizer que não tem confiança em mim, albatroz, Desenhe um quadrado no chão, papagaio-do-mar, e coloque-se lá dentro, no espaço delimitado pelos lados do quadrado confio em si, mas fora dele não tenho mais confiança que em mim mesmo, a sua investigação é o quadrado, contente-se com ele e com ela, Sim, albatroz, Durma bem, papagaio-do-mar, receberá notícias minhas antes que a semana acabe, Aqui estarei esperando-as, albatroz, Boas noites, papagaio-do-mar, Boas noites, albatroz. Apesar dos convencionais votos do ministro, o pouco de noite que restava não serviu de muito ao comissário. O sono não acabava por chegar, os corredores e as portas do cérebro estavam fechados, e lá dentro, rainha e senhora absoluta, governava a insónia. Para que pediu ele a fotografia, perguntou-se uma e outra vez, que quis ele dizer com a ameaça de que terei notícias suas antes que a semana termine, as palavras, uma por uma, não seriam bem de ameaça, mas o tom, sim, o tom era ameaçador, se um comissário, depois de levar a vida a interrogar pessoas de todo o tipo, termina por aprender a distinguir no emaranhado labiríntico das sílabas o caminho que o pode conduzir à saída, também será muito capaz de perceber as zonas de penumbra que cada palavra produz e leva atrás de si de cada vez que é pronunciada. Diga-se em voz alta a frase Antes que a semana se acabe terá notícias minhas, e ver-se-á como é fácil introduzir-lhe uma gota de insidioso temor, o odor pútrido do medo, a autoritária vibração do fantasma do pai. O comissário preferia pensar coisas tão tranquilizadoras como estas, Mas eu não tenho qualquer motivo para ter medo, faço o meu trabalho, cumpro as ordens que recebo, porém, lá no fundo da sua consciência, sabia que não era assim, que não estava a cumprir essas ordens porque não acreditava que a mulher do médico, pelo facto de não ter cegado há quatro anos, fosse agora a culpada de terem votado em branco oitenta e três por cento da população eleitora da capital, como se a primeira singularidade a tornasse automaticamente responsável da segunda. Nem ele acredita, pensou, a ele só lhe interessa um alvo qualquer a que apontar, se falhar este procurará outro, e outro, e outro, e tantos quantos forem necessários até acertar de vez, ou até que as pessoas a quem pretende convencer dos seus méritos acabem por se tornar, pela repetição, indiferentes aos métodos e processos usados. Num caso e no outro sempre haverá ganho a partida. Graças à gazua das divagações o sono tinha conseguido abrir uma porta, esgueirar-se por um corredor, e acto contínuo pôr o comissário a sonhar que o ministro do interior lhe havia pedido a fotografia para espetar com uma agulha os olhos da mulher do médico, ao mesmo tempo que cantarolava um encantamento de bruxedo, Cega não foste, cega serás, branco tiveste, negro verás, com este pico te pico, por diante e por detrás. Angustiado, encharcado em suor, sentindo que o coração lhe saltava disparado, o comissário despertou com os gritos da mulher do médico e as gargalhadas do ministro, Que sonho horroroso, balbuciou enquanto acendia a luz, que monstruosas coisas é capaz de gerar o cérebro. O relógio marcava as sete e meia. Fez contas ao tempo de que precisaria para chegar ao posto militar seis-norte e esteve quase tentado a agradecer ao pesadelo a atenção de tê-lo acordado. Levantou-se a custo, a cabeça pesava-lhe como chumbo, as pernas mais do que a cabeça, e, mal andando, arrastou-se até à casa de banho. Saiu de lá vinte minutos depois um pouco revigorado pelo duche, barbeado, pronto para o trabalho. Pôs uma camisa limpa, acabou de se vestir, Ele traz uma gravata azul com pintas brancas, pensou, e entrou na cozinha para aquecer uma chávena do café que sobejara da véspera. O inspector e o agente ainda deviam estar a dormir, pelo menos não davam sinal de si. Mastigou com pouca vontade um bolo, ainda mordeu outro, depois voltou à casa de banho para lavar os dentes. Entrou no quarto, meteu num sobrescrito de tamanho médio a fotografia e a lista de nomes e moradas, esta depois de tê-la copiado para outro papel, e quando passou à sala percebeu rumores na parte da casa onde os subordinados dormiam. Não esperou por eles nem foi chamá-los à porta. Escreveu rapidamente, Tive de sair mais cedo, levo o carro, façam o seguimento que lhes mandei, concentrem-se nas mulheres, a do homem da venda preta e a ex do tipo da carta, almocem se puderem, estarei aqui ao fim da tarde, espero resultados. Ordens claras, informações precisas, assim pudesse ser tudo na dura vida deste comissário. Saiu da providencial, s. a., desceu à garagem. O encarregado já estava, deu-lhe os bons-dias e recebeu-os, ao mesmo tempo que se perguntava se o homem dormiria ali mesmo, Parece que não há horário de trabalho nesta garagem. Eram quase oito e trinta, Tenho tempo, pensou, em menos de meia hora estou lá, aliás não devo ser o primeiro a chegar, o albatroz foi muito explícito, muito claro, o homem estará à minha espera às nove horas, portanto posso chegar um minuto depois, ou dois, ou três, ao meio-dia se me apetecer. Sabia que não era assim, que só não devia chegar antes do homem com quem ia encontrar-se, Talvez seja porque os soldados de guarda ao posto seis-norte se ponham nervosos vendo gente parada do lado de cá da linha de separação, pensou enquanto acelerava para subir a rampa. Manhã de segunda-feira, mas o trânsito era reduzido, o comissário não demoraria nem vinte minutos a chegar ao posto seis-norte. E onde diabo está o posto seis-norte, perguntou de repente em voz alta. No norte está, evidentemente, mas o seis, onde estará metido o sacana do seis. O ministro dissera seis-norte com o ar mais natural deste mundo, como se se tratasse de um ilustre monumento da capital ou da estação de metro destruída pela bomba, lugares selectos da urbe que toda a gente tem a obrigação de conhecer, e a ele, estupidamente, não lhe tinha ocorrido perguntar, E isso onde fica, ó albatroz. Em um só momento a quantidade de areia dentro do depósito superior da ampulheta tinha-se tornado muito menor do que antes, os minúsculos grãos precipitavam-se velozmente para a abertura, cada qual a querer sair mais depressa que os demais, o tempo é igualzinho às pessoas, há ocasiões em que lhe custa arrastar as pernas, mas outras vezes corre como um gamo e salta como um cabrito, o que, se repararmos bem, não é dizer grande coisa, pois a chita, ou gato-pardo, é o mais veloz dos animais e a ninguém lhe passou alguma vez pela cabeça a ideia de dizer doutra pessoa Corre e salta como uma chita, talvez porque aquela primeira comparação venha dos tempos prestigiosos da baixa idade média, quando os cavaleiros iam de montaria e ainda nenhum tinha visto correr a chita ou havia tido notícia da sua existência. As linguagens são conservadoras, andam sempre com os arquivos às costas e aborrecem actualizações. O comissário encostara o carro de qualquer maneira, agora tinha o mapa da cidade desdobrado em cima do volante e, ansioso, procurava o lugar do posto seis-norte na periferia setentrional da capital. Seria relativamente fácil situá-lo se a cidade, salvo a excepção da forma em rombo ou losango, estivesse inscrita num paralelogramo, como, no frio dizer do albatroz, se encontra circunscrito o espaço da confiança que lhe merece, mas o contorno dela é irregular, e nos extremos, para um lado e para outro, já não se sabe se aquilo ainda é o norte ou é já o nascente ou o poente. O comissário olha o relógio e sente-se assustado como um agente de segunda classe à espera da repreensão do seu superior. Não vai conseguir chegar a tempo, é impossível. Faz um esforço para serenar e raciocinar. A lógica, Mas desde quando rege a lógica as decisões humanas, ordenaria que os postos tivessem sido numerados a partir do extremo ocidental do sector norte, seguindo o sentido dos ponteiros de um relógio, o recurso à ampulheta, evidentemente, não serve para estes casos. Talvez o raciocínio esteja errado, Mas desde quando rege o raciocínio as decisões humanas, ainda que não seja fácil responder à pergunta, sempre será melhor ter um remo que nenhum, além disso está escrito que barco parado não faz viagem, portanto o comissário traçou uma cruz onde lhe pareceu que deveria ser o seis e arrancou. Sendo o trânsito escasso e não se vislumbrando a sombra de um polícia nas ruas, a tentação de saltar quantos semáforos vermelhos lhe aparecessem pela frente era forte e o comissário não lhe resistiu. Não corria, voava, mal levantava o pé do acelerador, se tinha de travar era em derrapagem controlada, como via fazer àqueles acrobatas do volante que nos filmes em que há perseguições de automóvel obrigam os espectadores mais nervosos a dar pulinhos nas cadeiras. Nunca o comissário havia conduzido desta maneira, nunca desta maneira voltará a conduzir. Quando, passadas eram já as nove, chegou enfim ao posto seis-norte, o soldado que veio saber o que queria o agitado automobilista disse-lhe que aquele era o posto cinco-norte. O comissário soltou uma praga, ia dar a volta, mas emendou a tempo o precipitado gesto e perguntou para que lado estava o seis. O soldado apontou a direcção do nascente e, para que não ficassem dúvidas, emitiu um som breve, Pralá. Felizmente, uma rua mais ou menos paralela à linha da fronteira abria-se naquele sentido, eram apenas três quilómetros, o caminho está livre, aqui nem semáforos há, o carro arrancou, acelerou, travou, fez uma curva arrebatada digna de prémio, estacou quase a tocar a linha amarela que cruzava a estrada, ali está, ali está o posto seis-norte. Junto à barreira, a uns trinta metros, esperava um homem de meia-idade, Afinal é bastante mais novo do que eu, pensou o comissário. Pegou no sobrescrito e saiu do carro. Não se via um único militar, deviam ter recebido ordens para se manterem recolhidos ou a olhar para outro lado enquanto durasse a cerimónia do reconhecimento e entrega. O comissário avançou. Levava o sobrescrito na mão e pensava, Não devo justificar o atraso, se eu dissesse Olá, bons dias, desculpe a demora, tive um problema com o mapa, imagine que o albatroz se esqueceu de me informar onde ficava o posto seis-norte, não é preciso ser muito inteligente para perceber que esta extensa e mal alinhada frase podia ser entendida pelo outro como uma senha falsa, e então, de duas uma, ou o homem chamava os militares para virem prender o embusteiro provocador, ou então sacava da pistola e ali mesmo, abaixo o voto branco, abaixo a sedição, morram os traidores, fazia sumária justiça. O comissário chegara à barreira. O homem olhou-o sem se mover. Tinha o polegar da mão esquerda enganchado no cinto, a mão direita metida na algibeira da gabardina, tudo demasiado natural para ser autêntico.

Vem armado, traz pistola, pensou o comissário, e disse, O tempo sempre chega. O homem não sorriu, não pestanejou, disse, Oh não, o tempo sempre falta, e então o comissário entregou-lhe o sobrescrito, talvez agora dessem os bons-dias um ao outro, talvez conversassem uns minutos sobre a agradável manhã de segunda-feira que fazia, mas o outro limitou-se a dizer, Muito bem, agora pode retirar-se, eu me encarregarei de fazer chegar isto ao seu destino. O comissário entrou no carro, fez a inversão de marcha e arrancou para a cidade. Amargado, com um sentimento de absoluta frustração, tentava consolar-se imaginando a boa partida que teria sido entregar ao tipo um sobrescrito vazio e ficar depois à espera dos resultados. Despedindo raios de ira e coriscos de fúria, o ministro telefonaria imediatamente a pedir explicações e ele juraria por todos os santos da corte do céu, incluindo os que na terra ainda esperam canonização, que o sobrescrito levava lá dentro a fotografia e a lista de nomes e moradas, tal como lhe tinha sido ordenado, A minha responsabilidade, albatroz, cessou no momento em que o seu mensageiro, depois de largar a pistola que empunhava, sim, eu bem vi que tinha uma pistola, tirou a mão direita da algibeira da gabardina para pegar no sobrescrito, Mas o sobrescrito vinha vazio, abri-o eu, gritaria o ministro, Isso já não é da minha conta, albatroz, responderia com a serenidade de quem está em perfeita paz com a consciência, O que você quer, bem eu sei, tornaria o ministro a gritar, o que você quer é que eu não toque nem com um dedo no cabelo da sua protegida, Não é minha protegida, é uma pessoa inocente do crime de que a acusam, albatroz, Não me chame albatroz, albatroz era o seu pai, albatroz era a sua mãe, eu sou o ministro do interior, Se o ministro do interior deixou de ser albatroz, então o comissário de polícia também deixará de ser papagaio-do-mar, O mais certo é que o papagaio-do-mar vá deixar de ser comissário, Tudo pode acontecer, Sim, mandar-me hoje mesmo outra fotografia, está a ouvir o que lhe digo, Não a tenho, Mas vai tê-la, e até mais que uma, se fosse precisa, Como,

Muito fácil, indo aonde elas estão, em casa da sua protegida e nas outras duas casas, com certeza não quererá você convencer-me de que a fotografia que desapareceu era exemplar único. O comissário abanou a cabeça, Ele não é parvo, não adiantaria nada entregar um sobrescrito vazio. Estava quase no centro da cidade, onde a animação era naturalmente maior, embora sem exageros, sem demasiado ruído. Via-se que as pessoas que encontrava pelo caminho levavam preocupações, mas, ao mesmo tempo, também pareciam tranquilas. O comissário fazia pouco caso da óbvia contradição, o facto de não poder explicar por palavras aquilo que percebia não significava que não o sentisse, que não o percebesse pelo sentir. Aquele homem e aquela mulher que ali vão, por exemplo, vê-se que gostam um do outro, que se querem bem, que se amam, vê-se que são felizes, agora mesmo sorriram, e, contudo, não só estão preocupados, como têm, apetece dizê-lo assim, a tranquila e clara consciência disso. Vê-se que o comissário também está preocupado, talvez esse motivo, seria apenas uma contradição mais, o tenha impelido a entrar nesta cafetaria para tomar um pequeno-almoço dos autênticos que o distraia e o faça esquecer o café requentado e o bolo resseco e duro da providencial, s. a., seguros & resseguros, agora acaba de encomendar um sumo fresco de laranja natural, torradas e um café a sério com leite. No céu esteja quem vos inventou, murmurou piedosamente para as torradas quando o empregado veio pôr-lhe o prato diante, envolvidas num guardanapo para não arrefecerem, à antiga usança. Pediu um jornal, as notícias da primeira página eram todas internacionais, de interesse local nada, salvo uma declaração do ministro dos negócios estrangeiros comunicando que o governo se preparava para consultar diversos organismos internacionais sobre a anómala situação da antiga capital, principiando pela organização das nações unidas e terminando no tribunal da haia, com passagem pela união europeia, pela organização de cooperação e desenvolvimento económico, pela organização dos países exportadores de petróleo, pelo tratado do atlântico norte, pelo banco mundial, pelo fundo monetário internacional, pela organização mundial do comércio, pela organização mundial da energia atómica, pela organização mundial do trabalho, pela organização meteorológica mundial e por alguns organismos mais, secundários ou ainda em fase de estudo, portanto não mencionados. O albatroz não deve estar nada satisfeito, parece que estão a querer tirar-lhe o chocolate da boca, pensou o comissário. Levantou os olhos do jornal como quem subitamente precisou de ver mais longe e disse consigo mesmo que talvez esta notícia fosse a causa da inesperada e instante exigência da fotografia, Nunca foi pessoa para deixar que lhe passem à frente, alguma jogada estará a preparar, e o mais provável é que seja das sujas ou sujíssimas, murmurou. Depois pensou que tinha todo o dia por sua conta, podia fazer o que muito bem entendesse. Havia marcado serviço, inútil serviço ele iria ser, ao inspector e ao agente, escondidos a esta hora no vão de uma porta ou atrás de uma árvore, com certeza já estariam de plantão à espera de quem primeiro saísse de casa, sem dúvida o inspector preferiria que fosse a rapariga dos óculos escuros, quanto ao agente, porque não haveria outra pessoa, teria de se contentar com a ex-mulher do fulano da carta. Ao inspector, o pior que lhe poderia suceder seria que aparecesse o velho da venda preta, não tanto por aquilo que estão a pensar, seguir uma mulher nova e bonita é evidentemente mais atractivo que ir atrás de um velho, mas porque estes tipos que têm um só olho vêem a dobrar, não têm outro que os distraia ou que teime em ver outra coisa, algo parecido com isto já o havíamos dito antes, mas às verdades há que repeti-las muitas vezes para que não venham, pobres delas, a cair no esquecimento. E eu que faço, perguntou-se o comissário. Chamou o empregado, a quem devolveu o jornal, pagou a conta e saiu. Quando se sentava ao volante lançou um olhar ao relógio, Dez e meia, pensou, é boa hora, exactamente a que tinha marcado para o segundo interrogatório. Pensara que a hora era boa, mas o que não saberia era dizer porquê nem para quê. Poderia, se quisesse, voltar à providencial, s. a., descansar até à hora do almoço, talvez mesmo dormir um pouco, compensar o sono perdido durante a maldita noite que tivera de sofrer, o penoso diálogo com o ministro, o pesadelo, os gritos da mulher do médico quando o albatroz lhe furava os olhos, mas a ideia de ir encerrar-se entre aquelas paredes soturnas pareceu-lhe repulsiva, não tinha nada que fazer ali, e ainda menos ocupar-se a passar em revista o depósito de armas e munições, como havia pensado à chegada e era, com firmeza de relatório escrito, sua obrigação de comissário. A manhã ainda conservava algo da luminosidade do amanhecer, o ar estava fresco, o melhor tempo que há para dar um passeio a pé. Saiu do carro e começou a caminhar. Foi até ao fim da rua, virou à esquerda e encontrou-se numa praça, atravessou-a, meteu por outra rua e chegou a outra praça, lembrava-se de ter estado ali há quatro anos, cego no meio de cegos, escutando oradores que também estavam cegos, os últimos ecos que ainda ali havia, se se pudesse ouvi-los, seriam os dos comícios políticos mais recentes que nestes lugares se haviam realizado, o do p.d.d. na primeira praça, o do p.d.m. na segunda, e quanto ao p.d.e., como se esse fosse o seu destino histórico, não tivera mais remédio que contentar-se com um descampado já quase fora de portas. O comissário andou e andou, e de súbito, sem perceber como havia chegado, encontrou-se na rua onde vivem o médico e a mulher, porém o seu pensamento não foi, É a rua em que ele mora. Abrandou o passo, seguiu pelo lado oposto, e estava talvez a uns vinte metros quando a porta do prédio se abriu e a mulher do médico saiu com o cão. Com um movimento instantâneo o comissário virou as costas, aproximou-se de uma montra e ficou a olhar, à espera, se ela viesse para este lado vê-la-ia reflectida no vidro. Não veio. Cautelosamente, o comissário olhou na direcção contrária, a mulher do médico já lá ia adiante, o cão sem trela caminhava ao seu lado. Então o comissário pensou que a devia seguir, que não lhe cairiam os parentes na lama se fizesse o que a esta hora andam a fazer o agente de segunda classe e o inspector, que se eles calcorreavam a cidade atrás dos suspeitos, ele tinha a obrigação de fazer o mesmo por muito comissário que fosse, saberá deus aonde irá agora aquela mulher, provavelmente leva o cão para disfarçar, ou então a coleira do animal serve-lhe para transportar mensagens clandestinas, ditosos tempos aqueles em que os cães são-bernardo levavam ao pescoço barrilinhos de brande e com esse pouco quantas vidas que se julgavam perdidas foram salvas nos nevados alpes. A perseguição do suspeito, se assim lhe quisermos continuar a chamar, não foi longe. Num lugar recolhido do bairro, como uma aldeia esquecida no interior da cidade, havia um jardim um tanto abandonado, com grandes árvores de sombra, áleas de saibro e canteiros de flores, bancos rústicos pintados de verde, ao centro um lago onde uma escultura, representando uma figura feminina, inclinava para a água um cântaro vazio. A mulher do médico sentou-se, abriu a bolsa que trazia e tirou de dentro um livro. Enquanto não o abrisse e não começasse a leitura, o cão não se moveria dali. Ela levantou os olhos da página e ordenou, Vai, e ele foi correndo, foi aonde tinha de ir, lá aonde, como noutro tempo eufemisticamente se dizia, ninguém poderia ir por ele. O comissário olhava de longe, recordava a sua pergunta depois do pequeno-almoço, E eu que faço. Durante uns cinco minutos esperou a coberto da vegetação, foi uma sorte o cão não ter vindo para este lado, seria capaz de o reconhecer e fazer-lhe desta vez algo mais que rosnar. A mulher do médico não estava à espera de ninguém, tinha trazido simplesmente o seu cão à rua, como tantas pessoas. O comissário caminhou direito a ela fazendo ranger o saibro e deteve-se a poucos passos. Lentamente, como se lhe custasse separar-se da leitura, a mulher do médico ergueu a cabeça e olhou. No primeiro instante não pareceu tê-lo reconhecido, certamente por não esperar vê-lo ali, depois disse, Temos estado à sua espera, mas como não aparecia e o cão estava impaciente por sair trouxe-o à rua, o meu marido está em casa, poderá atendê-lo enquanto eu não chegar, isto no caso de não ter muita pressa, Não tenho pressa, Então vá andando, que eu já lá vou ter, é só dar tempo ao cão, ele não tem culpa nenhuma de que as pessoas tenham votado em branco, Se não se importa, já que a ocasião ajudou, preferiria conversar consigo aqui, sem testemunhas, E eu, se não estou enganada, creio que este interrogatório, para continuar a chamar-lhe assim, seria igualmente com o meu marido, tal como foi o primeiro, Não se trataria de um interrogatório, o caderno de notas não sairá do meu bolso, também não tenho um gravador escondido, além disso, confesso-lhe que a minha memória já não é o que era, esquece facilmente, sobretudo quando não lhe digo que registe o que ouve, Não sabia que a memória ouve, É o segundo ouvido, o de fora só serve para levar o som para dentro, Então que quer, Já lhe disse, gostaria de falar consigo, Sobre quê, Sobre o que se está a passar nesta cidade, Senhor comissário, estou-lhe muito grata por ter vindo ontem à tarde a minha casa e contar-nos, também aos meus amigos, que há pessoas no governo muito interessadas no fenómeno da mulher do médico que há quatro anos não cegou e agora, pelos vistos, é a organizadora duma conspiração contra o estado, ora, com toda a franqueza, a não ser que tenha alguma coisa mais para dizer-me sobre o assunto, não creio que valha a pena qualquer outra conversa entre nós, O ministro do interior exigiu-me que lhe fizesse chegar a fotografia em que a senhora está com o seu marido e com os seus amigos, esta manhã fui a um posto da fronteira para a entregar, Então sempre tinha alguma coisa para me dizer, em todo o caso era escusado ter-se dado ao trabalho de me seguir, ia directamente a minha casa, já conhece o caminho, Não a segui, não estive escondido atrás de uma árvore ou a fingir que lia o jornal à espera de que saísse de casa para vir atrás de si, como agora estarão a fazer aos seus amigos o inspector e o agente que participam comigo na investigação, se mandei que os seguissem foi para mantê-los ocupados, nada mais, Quer dizer que está aqui graças a uma coincidência, Exactamente, passava por acaso na rua e vi-a sair, É difícil acreditar que fosse o simples e puro acaso a trazê-lo à rua onde moro, Chame-lhe o que quiser, De todo o modo tratou-se, se prefere que lhe chame assim, de uma feliz casualidade, se não fosse ela ficaria eu sem saber que a fotografia se encontra nas mãos do seu ministro, Dir-lho-ia noutra ocasião, E para que a quer ele, se não é demasiada curiosidade da minha parte, Não sei, não mo disse, mas tenho a certeza de que não será para nada de bom, Então não vinha fazer-me o segundo interrogatório, perguntou a mulher do médico, Nem hoje, nem amanhã, nem nunca, se depender da minha vontade, já tenho o que precisava de saber desta história, Terá de explicar-se melhor, sente-se, não fique aí especado como aquela senhora do cântaro vazio. O cão apareceu de repente, saiu aos saltos, ladrando de trás de uns arbustos, e correu direito ao comissário, que instintivamente recuou dois passos, Não tenha medo, disse a mulher do médico segurando à passagem o animal pela coleira, ele não lhe vai morder, Como sabe que tenho receio dos cães, Não sou bruxa, observei-o quando esteve em minha casa, Nota-se assim tanto, Nota-se o bastante, tranquilo, a última palavra dirigiu-se ao cão, que deixara de ladrar e agora produzia na garganta um som rouco e contínuo, um rosnido ainda mais inquietante, de órgão mal afinado nas notas graves. É melhor que se sente para ele perceber que o senhor não me quer fazer mal. O comissário sentou-se com todas as cautelas, guardando a distância, Tranquilo é o nome dele, perguntou, Não, chama-se Constante, mas para nós e para os meus amigos é o cão das lágrimas, pusemos-lhe o nome de Constante por ser mais curto, Cão das lágrimas porquê, Porque há quatro anos eu chorava e este animal veio lamber-me a cara, No tempo da cegueira branca, Sim, no tempo da cegueira branca, este que aqui vê é o segundo prodígio daqueles miseráveis dias, primeiro a mulher que não cegou quando parece que tinha obrigação disso, depois o cão compassivo que lhe veio beber as lágrimas, Aconteceu isso realmente, ou estarei a sonhar, Aquilo que sonhamos também acontece realmente, senhor comissário, Oxalá que nem tudo, Tem algum motivo particular para dizer isso, Não, foi só um falar por falar. O comissário mentia, a frase completa que não permitiu que lhe saísse da boca teria sido outra, Oxalá que o albatroz não venha a furar-te os olhos. O cão tinha-se aproximado quase a tocar com o focinho os joelhos do comissário. Olhava para ele e os seus olhos diziam, Não te faço mal, não tenhas medo, ela também não o teve naquele dia. Então o comissário estendeu a mão devagar e tocou-lhe na cabeça. Apetecia-lhe chorar, deixar que as lágrimas lhe escorregassem pela cara abaixo, talvez o prodígio se repetisse. A mulher do médico guardou o livro na bolsa e disse, Vamos, Aonde, perguntou o comissário, Almoçará connosco se não tem nada mais importante que fazer, Tem a certeza, De quê, De querer sentar-me à sua mesa, Sim, tenho a certeza, E não tem medo de que eu esteja a enganá-la, Com essas lágrimas nos olhos, não.

Quando o comissário chegou à providencial, s. a., eram passadas já as sete horas da tarde, encontrou os subordinados à sua espera. Via-se que não estavam satisfeitos. Que tal lhes correu o dia, que novidades me trazem, perguntou-lhes em tom animado, quase jovial, simulando um interesse que, como sabemos melhor que ninguém, não poderia sentir, Quanto ao dia, muito mal, quanto às novidades, pior ainda, respondeu o inspector, Mais valia que tivéssemos ficado na cama a dormir, disse o agente, Expliquem-se, Em toda a minha vida não me lembro de alguma vez ter entrado numa investigação a tal ponto absurda e disparatada, principiou o inspector. Ao comissário não lhe importaria manifestar o seu acordo, Não sabes tu da missa a metade, mas preferiu ficar calado. O inspector prosseguiu, Eram dez horas quando cheguei à rua da mulher do tipo que escreveu a carta, Perdão, da ex-mulher, apressou-se o agente a corrigir, não é correcto dizer ex-mulher neste caso, Porquê, Porque dizer ex-mulher significaria que a mulher tinha deixado de o ser, E não foi isso o que aconteceu precisamente, perguntou o inspector, Não, a mulher continua a ser mulher, o que deixou de ser foi esposa, Bom, então deveria ter dito que às dez horas cheguei à rua da ex-esposa do tipo da carta, Precisamente, Esposa soa ridículo e pretensioso, quando apresentas a tua mulher a outra pessoa, com certeza não vais dizer aqui está a minha esposa. O comissário cortou a discussão, Guardem isso para outra altura, vamos ao que importa, O que importa, prosseguiu o inspector, é que estive ali até quase ao meio-dia, e ela sem sair de casa, de certa maneira não estranhei muito, a organização da cidade está transtornada, há empresas que fecharam ou trabalham a meio horário, pessoas que não precisam de se levantar cedo, Quem me dera a mim, disse o agente, Mas finalmente saiu, ou não saiu, perguntou o comissário começando a impacientar-se, Saiu exactamente às doze e quinze minutos, Foi por alguma razão particular que disseste exactamente, Não senhor comissário, olhei o relógio como é natural, e lá estava, doze e quinze. Continua, Sempre com um olho nos táxis que passavam, não se desse o caso de ela entrar num e deixar-me no meio da rua com cara de parvo, segui-a, mas não tardei a perceber que, aonde quer que se dirigisse, iria a pé, E aonde foi, Agora vai-se rir, senhor comissário, Duvido, Caminhou mais de meia hora em passo rápido, nada fácil de acompanhar, como se fosse um exercício, e de repente, sem esperar, achei-me na rua onde moram o velho da venda preta e a tal gaja dos óculos escuros, a prostituta, Não é prostituta, inspector, Se não é, foi, dá no mesmo, Dá no mesmo na tua cabeça, não na minha, e como é comigo que estás a falar e eu sou teu superior, utiliza as palavras de modo que eu possa entender-te, Nesse caso direi ex-prostituta, Diz mulher do velho da venda preta como há pouco disseste mulher do tipo da carta, como vês, estou a usar a tua argumentação, Sim senhor, Encontraste-te na rua, e depois, que aconteceu depois, Ela entrou no prédio onde vivem os outros, e lá ficou, E tu que fazias, perguntou o comissário ao agente, Estava escondido, quando ela entrou fui ter com o inspector para combinarmos a estratégia, E então, Resolvemos trabalhar juntos enquanto fosse possível, disse o inspector, e assentámos em como haveria que proceder se tivéssemos de separar-nos outra vez, E depois, Como eram horas de comer, aproveitámos a pausa, Foram almoçar, Não senhor comissário, ele tinha comprado duas sanduíches e deu-me uma, esse foi o nosso almoço. O comissário sorriu enfim, Mereces uma medalha, disse ao agente, que, posto em confiança, se atreveu a responder, Alguns a terão ganho por menos, senhor comissário, Não podes imaginar quanta razão tens, Então ponha-me a mim na lista. Sorriram os três, mas por pouco tempo, a cara do comissário tinha voltado a anuviar-se, Que aconteceu a seguir, perguntou, Eram duas horas e meia quando saíram todos, deviam ter almoçado juntos lá em casa, disse o inspector, pusemonos logo alerta porque não sabíamos se o velho tinha carro, pelo menos não se serviu dele, talvez esteja a poupar gasolina, fomos atrás deles, se era trabalho fácil para um, imagine-se para dois, E onde acabou isso, Acabou num cinema, foram ao cinema, Verificaram se havia outra porta por onde pudessem ter saído sem que vocês dessem por isso, Havia uma, mas estava fechada, em todo o caso, à cautela disse-lhe a ele que ficasse a vigiar durante meia hora, Por ali não saiu ninguém, afirmou o agente. O comissário sentia-se cansado da comédia, Vamos ao resto, resumam-me o resto, ordenou com uma voz tensa. O inspector olhou-o com surpresa, O resto, senhor comissário, é nada, saíram juntos quando o filme terminou, tomaram um táxi, nós tomámos outro, demos ao condutor a ordem clássica Polícia, siga aquele carro, era mais um passeio, a mulher do tipo da carta foi a primeira a sair, Onde, Na rua onde mora, já lhe tínhamos dito, senhor comissário, que não trazíamos novidades, depois o táxi foi levar os outros a casa, E vocês, que fizeram, Eu tinha ficado na primeira rua, disse o agente, Eu fiquei na segunda, disse o inspector, E depois, Depois nada, nenhum deles voltou a sair, ainda estive ali quase uma hora, ao fim tomei um táxi, passei pela outra rua para recolher o colega e regressámos juntos aqui, tínhamos acabado de chegar, Um trabalho inútil, portanto, disse o comissário, Assim parece, disse o inspector, mas o mais interessante é que esta história até não tinha começado nada mal, o interrogatório ao tipo da carta, por exemplo, valeu a pena, chegou mesmo a ser divertido, o pobre diabo que não sabia onde se havia de meter e acabou com o rabo entre as pernas, mas depois, não sei como, atascámo-nos, quero dizer, atascámo-nos nós, o senhor comissário deve saber alguma coisa mais, visto que pôde interrogar por duas vezes os suspeitos directos, Quem são os suspeitos directos, perguntou o comissário, Em primeiro lugar a mulher do médico, e depois o marido, para mim é muito claro, se compartem a cama também deverão compartir a culpa, Que culpa, O senhor comissário sabe-o tão bem como eu, Imaginemos que não sei, explica-mo tu, A culpa da situação em que nos achamos, Que situação, Os votos em branco, a cidade em estado de sítio, a bomba na estação de metro, Acreditas sinceramente no que estás a dizer, perguntou o comissário, Foi para isso que viemos, para investigar e capturar o culpado, Queres dizer, a mulher do médico, Sim senhor comissário, para mim as ordens do ministro do interior a esse respeito foram bastante explícitas, O ministro do interior não disse que a mulher do médico fosse culpada, Senhor comissário, eu não passo de um inspector de polícia que talvez não chegue nunca a comissário, mas aprendi da experiência deste ofício que as meias palavras existem para dizer o que as inteiras não podem, Apoiarei a tua promoção a comissário quando se abrir a primeira vaga, mas, até lá, exige-me a verdade que te informe de que, para essa mulher do médico, a palavra, não meia, mas inteira, é a de inocência. O inspector olhou de relance o agente a pedir-lhe auxílio, mas o outro tinha na cara a expressão absorta de quem acaba de ser hipnotizado, o que significava que com ele não se poderia contar. Cautelosamente, o inspector perguntou, Quer o senhor comissário insinuar que nos iremos daqui de mãos a abanar, Também poderemos ir de mãos nos bolsos, se preferires esta expressão, E que assim nos apresentaremos diante do ministro, Se não há culpado, não o podemos inventar, Gostaria que me dissesse se essa frase é sua, ou se é do ministro, Não creio que seja do ministro, pelo menos não me lembro de lha ouvir alguma vez, Tão-pouco a ouvi eu desde que estou na polícia, senhor comissário, e com isto me calo, não abro mais a boca. O comissário levantou-se, olhou o relógio e disse, Vão jantar a um restaurante, praticamente não almoçaram, devem ter fome, mas não se esqueçam de trazer a factura para eu visar, E o senhor, perguntou o agente, Eu comi bem, no entanto, se o apetite apertar sempre estarão aí o chá e as bolachas para as primeiras impressões. O inspector disse, A minha consideração por si, senhor comissário, obriga-me a dizer-lhe que estou muito preocupado com a sua pessoa, Porquê, Nós somos subordinados, não nos pode acontecer nada pior que uma repreensão, mas o senhor comissário é responsável pelo êxito desta diligência e parece estar decidido a declarar que fracassou, Pergunto-te se dizer que um acusado está inocente é fracassar numa diligência, Sim, se a diligência foi desenhada para fazer de um inocente culpado, Ainda há pouco afirmavas a pés juntos que a mulher do médico era culpada, agora estás quase a ponto de jurar sobre os santos evangelhos que ela é inocente, Talvez o jurasse sobre os evangelhos, mas nunca em presença do ministro do interior, Compreendo, tens a tua família, a tua carreira, a tua vida, Assim é, senhor comissário, também lhes poderá acrescentar, se quiser, a minha falta de coragem, Sou humano como tu, não me permitiria ir tão longe, só te aconselho a tomares daqui por diante o nosso agente de segunda classe sob a tua protecção, tenho o pressentimento de que vocês irão precisar muito um do outro. O inspector e o agente disseram, Então, até já, e o comissário respondeu, Comam bem, não tenham pressa. A porta fechou-se.

O comissário foi beber água à cozinha, depois entrou no quarto. A cama estava por fazer, no chão as peúgas usadas, uma aqui, outra ali, a camisa suja atirada ao acaso sobre uma cadeira, e isto sem ir ver como estará a casa de banho, é uma questão que a providencial, s. a., seguros & resseguros, terá de resolver mais cedo ou mais tarde, se sim ou não é compatível com a natural discrição que envolve o trabalho de um serviço secreto colocar ao dispor dos agentes que aqui vêm instalar-se uma assistente que seja, ao mesmo tempo, ecónoma, cozinheira e criada de quartos. O comissário puxou de repelão o lençol e a colcha, deu dois socos na almofada, enrolou a camisa e as peúgas e meteu-as numa gaveta, o aspecto desolador do quarto melhorou um pouco, mas, evidentemente, qualquer mão feminina teria feito melhor. Olhou o relógio, a hora era boa, o resultado já se iria saber. Sentou-se, acendeu o candeeiro de mesa e marcou o número. Ao quarto toque atenderam, Diga, Fala papagaio-do-mar, Daqui albatroz, diga, Venho dar parte das operações do dia, albatroz, Espero que tenha resultados satisfatórios a comunicar-me, papagaio-do-mar, Depende do que se considere satisfatório, albatroz, Não tenho tempo nem paciência para matizações mais ou menos subtis, papagaio-do-mar, vá direito ao que importa, Permita-me antes que lhe pergunte, albatroz, se a encomenda chegou ao seu destino, Qual encomenda, A encomenda das nove da manhã, posto militar seis-norte, Ah, sim, chegou em perfeito estado, vai ser-me muito útil, a seu tempo saberá quanto, papagaio-do-mar, agora conte-me o que fizeram aí hoje, Não há muito para dizer, albatroz, umas operações de seguimento e um interrogatório, Vamos por partes, papagaio-do-mar, que resultado tiveram esses seguimentos, Praticamente nenhuns, albatroz, Porquê, Aqueles a quem designaríamos como suspeitos de segunda linha tiveram, em todas as ocasiões do seguimento, um comportamento absolutamente normal, albatroz, E o interrogatório dos suspeitos de primeira linha, que, segundo creio recordar, tinha ficado a seu cargo, papagaio-do-mar, Em honra à verdade, Que foi que lhe ouvi, Em honra à verdade, albatroz, E a que propósito vem isso agora, papagaio-do-mar, É uma maneira como qualquer outra de começar a frase, albatroz, Então faça-me o favor de deixar de honrar a verdade e diga-me, simplesmente, se já se encontra em condições de afirmar, sem mais rodeios nem mais circunlóquios, que essa mulher do médico, cujo retrato tenho aqui diante de mim, é culpada, Confessou-se culpada de um assassínio, albatroz, Sabe perfeitamente que, por muitas razões, incluindo a falta do corpo de delito, não é isso o que nos interessa, Sim, albatroz, Então vá directamente ao assunto e responda-me se pode afirmar que a mulher do médico tem responsabilidade no movimento organizado para o voto em branco, que talvez mesmo seja ela a cabeça de toda a organização, Não, albatroz, não o posso afirmar, Porquê, papagaio-do-mar, Porque nenhum polícia do mundo, e eu considero-me o último de todos eles, albatroz, encontraria o menor indício que lhe permitisse fundamentar uma acusação dessa natureza, Parece ter-se esquecido de que havíamos acordado em que plantaria as provas necessárias, papagaio-do-mar, E que provas poderiam ser essas num caso como este, albatroz, se me é permitida a pergunta, Isso não era nem é da minha conta, isso deixei-o ao seu critério, papagaio-do-mar, quando ainda tinha confiança em que seria capaz de levar a sua missão a bom termo, Chegar à conclusão de que um suspeito está inocente do crime que lhe é imputado parece-me o melhor dos termos para uma missão policial, albatroz, digo-o com todo o respeito, A partir deste momento dou por terminada a comédia dos nomes em cifra, você é um comissário da polícia e eu sou o ministro do interior, Sim senhor ministro, Para ver se nos entendemos de uma vez, vou formular de maneira diferente a pergunta que há pouco lhe fiz, Sim senhor ministro, Está disposto, à margem das suas convicções pessoais, a afirmar que a mulher do médico é culpada, responda sim ou não, Não senhor ministro, Mediu as consequências do que acaba de dizer, Sim senhor ministro, Muito bem, então tome nota das decisões que acabo eu de tomar, Estou a ouvir, senhor ministro, Dirá ao inspector e ao agente de segunda classe que têm ordem de regressar amanhã de manhã, que às nove horas deverão estar no posto seis-norte da fronteira, onde os esperará a pessoa que os acompanhará aqui, um homem mais ou menos da sua idade com uma gravata azul de pintas brancas, eles que tragam o carro de que se têm servido para as deslocações e que deixa de ser aí necessário, Sim senhor ministro, Quanto a si, Quanto a mim, senhor ministro, Manter-se-á na capital até receber novas ordens, que certamente não tardarão, E a investigação, Você mesmo disse que não há nada que investigar, que a pessoa suspeita está inocente, É essa, de facto, a minha convicção, senhor ministro, Então tem o seu caso resolvido, não se poderá queixar, E que faço eu enquanto aqui estiver, Nada, não faça nada, passeie, distraia-se, vá ao cinema, ao teatro, visite os museus, se gosta, convide a jantar as suas novas amizades, o ministério paga, Não compreendo, senhor ministro, Os cinco dias que lhe dei para a investigação ainda não terminaram, talvez daqui até lá ainda se lhe acenda uma luz diferente na sua cabeça, Não creio, senhor ministro, Mesmo assim, cinco dias são cinco dias, e eu sou um homem de palavra, Sim senhor ministro, Boas noites, durma bem, comissário, Boas noites, senhor ministro.

O comissário pousou o telefone. Levantou-se da cadeira e foi à casa de banho. Precisava de ver a cara do homem a quem tinham acabado de despedir sumariamente. A palavra não havia sido pronunciada, mas poderia ser destapada, letra por letra, em todas as outras, até naquelas que lhe tinham desejado um bom sono. Não estava surpreendido, conhecia de sobra o seu ministro do interior e sabia que iria pagar por não ter acatado as instruções que dele tinha recebido, as expressas, mas sobretudo as subentendidas, finalmente tão claras como as outras, mas surpreendia-o, isso sim, a serenidade da cara que via ao espelho, uma cara donde as rugas pareciam haver desaparecido, uma cara onde os olhos se haviam tornado límpidos e luminosos, a cara de um homem de cinquenta e sete anos, de profissão comissário de polícia, que acabava de passar pela prova do fogo e dela saíra como de um banho lustral. Era uma boa ideia, tomar um banho. Despiu-se e meteu-se debaixo do duche. Deixou correr a água à vontade, não tinha por que preocupar-se, o ministério pagaria a conta, depois ensaboou-se lentamente, e outra vez a água correu para levar-lhe do corpo o resto da sujidade, então a memória transportou-o às costas quatro anos para trás, quando todos eram cegos e vagueavam imundos e famintos pela cidade, dispostos a tudo por um resto de pão duro coberto de bolor, por qualquer coisa que pudesse ser ingerida, ao menos mastigada, de modo a enganar a fome com os seus pobres sucos, imaginou a mulher do médico a guiar pelas ruas, debaixo da chuva, o seu pequeno rebanho de desgraçados, seis ovelhas perdidas, seis pássaros caídos do ninho, seis gatitos cegos acabados de nascer, talvez em um daqueles dias, numa rua qualquer, tivesse esbarrado com eles, talvez por medo eles o tivessem repelido, talvez por medo os tivesse repelido ele, era o tempo do salve-se quem puder, rouba antes que te roubem a ti, bate antes que te batam a ti, o teu pior inimigo, segundo ensina a lei dos cegos, é sempre aquele de quem mais perto estiveres, Mas não é só quando não temos olhos que não sabemos aonde vamos, pensou. A água quente caía-lhe rumorosa sobre a cabeça e os ombros, escorregava-lhe pelo corpo abaixo e, limpa, desaparecia gorgolejando no escoadouro. Saiu do duche, enxugou-se à toalha de banho marcada com o brasão da polícia, recolheu a roupa que havia deixado pendurada no cabide e passou ao quarto. Vestiu roupa interior limpa, a última que lhe restava, o fato é que teria de ser o mesmo, para uma missão de apenas cinco dias não se contava que fosse preciso mais. Olhou o relógio, eram quase nove horas. Foi à cozinha, aqueceu água para o chá, meteu-lhe dentro o lúgubre saquinho de papel e esperou os minutos que as instruções de uso recomendavam. Os bolos pareciam feitos de granito com açúcar. Trincava-os com força, reduzia-os a pedaços mais cómodos de mastigar, depois lentamente desfazia-os. Bebia o chá a pequenos goles, ele preferia o verde, mas tinha de contentar-se com este, preto e quase sem sabor de tão velho que deveria ser, já eram demasiados os luxos que a providencial, s. a., seguros & resseguros, condescendia em facultar aos seus hóspedes de passagem. As palavras do ministro ressoavam-lhe sarcásticas nos ouvidos, Os cinco dias que lhe dei para a investigação ainda não terminaram, até lá passeie, distraia-se, vá ao cinema, o ministério paga, e perguntava-se que iria suceder depois, mandá-lo-iam regressar à central, alegando incapacidade para o serviço activo sentá-lo-iam a uma secretária a ordenar papéis, um comissário rebaixado à baixa condição de manga-de-alpaca, esse iria ser o seu futuro, ou então reformavam-no compulsivamente e esqueciam-se dele para só voltarem a pronunciar o seu nome quando morresse e o riscassem do registo do pessoal. Acabou de comer, atirou o saquinho de papel húmido e frio para o caixote do lixo, lavou a chávena e, com o cutelo da mão, recolheu as migalhas que deixara cair na mesa. Fazia-o concentradamente para manter os pensamentos à distância, para só os deixar entrar um a um, depois de lhes ter perguntado o que traziam lá dentro, é que com os pensamentos todo o cuidado é pouco, alguns apresentam-se-nos com um arzinho de ingenuidade hipócrita e logo, mas demasiado tarde, manifestam o quão malvados que são. Olhou outra vez o relógio, dez menos um quarto, como o tempo passa. Foi da cozinha à sala, sentou-se num sofá e esperou. Acordou com o ruído da fechadura. O inspector e o agente entraram, via-se que ambos vinham bem comidos e bem bebidos, porém, sem qualquer recriminável exagero. Deram as boas-noites, depois o inspector, em nome dos dois, desculpou-se por terem chegado um pouco tarde. O comissário olhou o relógio, passava das onze, Tarde, não é, disse, o que acontece é que vão ter de levantar-se mais cedo do que provavelmente pensavam, Temos outro serviço, perguntou o inspector, pondo um embrulho em cima da mesa, Se assim se lhe pode chamar. O comissário fez uma pausa, tornou a olhar o relógio e prosseguiu, Às nove da manhã terão de estar no posto militar seis-norte com todos os vossos pertences, Para quê, perguntou o agente, Foram desligados da missão de investigação que os trouxe aqui, Foi uma decisão sua, senhor comissário, perguntou o inspector com expressão séria, Foi uma decisão do ministro, Porquê, Não mo disse, mas não se preocupem, estou convencido de que nada tem contra vocês, vai fazer-vos uma quantidade de perguntas, vocês saberão como responder, Quer isso dizer que o senhor comissário não vem connosco, perguntou o agente, Sim, eu fico,

Vai continuar a investigação sozinho, A investigação está encerrada, Sem resultados concretos, Nem concretos nem abstractos, Então não percebo por que não nos acompanha, disse o inspector, Ordem do ministro, permanecerei aqui até terminar o prazo de cinco dias que ele tinha dado, portanto até quinta-feira, E depois, Talvez ele vo-lo diga quando vos interrogar, Interrogar sobre quê, Sobre como a investigação correu, sobre como eu a conduzi, Mas se o senhor comissário acaba de nos dizer que a investigação foi encerrada, Sim, mas também é possível que se queira continuá-la por outros caminhos, de todo o modo não comigo, Não percebo nada, disse o agente. O comissário levantou-se, entrou no escritório e voltou com um mapa que estendeu em cima da mesa, para o que teve de afastar o embrulho um pouco para o lado. O posto seis-norte é aqui, disse pondo-lhe um dedo em cima, não se enganem, à vossa espera estará um homem que o ministro diz que tem mais ou menos a minha idade, mas que é bastante mais novo, identificá-lo-ão pela gravata que traz, azul e com pintas brancas, quando ontem me encontrei com ele tivemos de trocar um santo-e-senha, desta vez suponho que não será necessário, pelo menos o ministro nada me disse a esse respeito, Não compreendo, disse o inspector, É bastante claro, ajudou o agente, vamos ao posto seis-norte, O que não compreendo não é isso, o que não compreendo é porque nos vamos nós e o comissário fica, O ministro terá as suas razões, Os ministros têm-nas sempre, E nunca as comunicam. O comissário interveio, Não se cansem a discutir, a melhor atitude ainda será a de não pedir explicações e logo duvidar delas no improvável caso de que as tenham dado, quase sempre são mentirosas. Dobrou o mapa com todo o cuidado e, como se acabasse de lhe ocorrer, disse, Levam o carro, Também não fica com carro, perguntou o inspector, Não faltam na cidade autocarros e táxis, além disso, andar a pé faz bem à saúde, Cada vez percebo menos, Não há nada que perceber, meu caro, recebi ordens e cumpro-as, e vocês limitem-se a fazer o mesmo, quaisquer análises e considerações não alteram um milímetro a esta realidade. O inspector empurrou o embrulho para a frente, Tínhamos trazido isto, disse, Que há aí dentro, O que nos puseram cá para o pequeno-almoço é quase tudo tão mau que resolvemos comprar uns bolos diferentes, frescos, um pouco de queijo, manteiga de qualidade, fiambre e pão de forma, Ou o levam, ou o deixam, disse o comissário sorrindo, Amanhã, se estiver de acordo, tomaremos o pequeno-almoço juntos e o que sobejar fica, sorriu também o inspector. Tinham sorrido todos, o agente fazendo companhia aos outros, e agora estavam sérios os três e não sabiam que dizer. Por fim o comissário despediu-se, Vou-me deitar, dormi mal a noite passada, o dia foi agitado, começou com aquilo do posto seis-norte, Aquilo quê, senhor comissário, perguntou o inspector, não sabemos o que foi fazer ao posto seis-norte, Sim, não vos informei, não tive ocasião, por ordem do ministro fui entregar a fotografia do grupo ao homem da gravata azul com pintas brancas, aquele mesmo que vocês irão encontrar amanhã, E para que quereria o ministro essa fotografia, Nas próprias palavras dele, a seu tempo o saberemos, Não me cheira a boa coisa. O comissário acenou a cabeça, como quem concorda, e continuou, Depois quis a casualidade que encontrasse na rua a mulher do médico, almocei em casa deles e para rematar tive esta conversa com o ministro, Apesar de toda a estima que temos por si, disse o inspector, há uma coisa que jamais lhe perdoaremos, estou a falar em nome de nós dois porque já tínhamos conversado sobre o assunto, De que se trata, Nunca quis que fôssemos a casa dessa mulher, Tu chegaste a entrar na casa dela, Sim, para ser imediatamente posto fora, É certo, reconheceu o comissário, Porquê, Porque tinha medo, Medo de quê, nós não somos nenhumas feras, Medo de que a obsessão de descobrir um culpado a todo o custo vos impedisse de ver realmente quem tinham na vossa frente, Tão pouca confiança lhe merecíamos, senhor comissário, Não se tratava de uma questão de confiança, de a ter ou não a ter, era antes como se tivesse encontrado um tesouro e o quisesse guardar só para mim, não, que ideia, não se tratava de uma questão de sentimentos, não era isso que provavelmente estarão a pensar, o que sucedeu foi que temi pela segurança daquela mulher, pensei que quanto menos pessoas a interrogassem, mais segura poderia estar, Em palavras mais simples e dando menos voltas à língua, com perdão do atrevimento, disse o agente, não teve confiança em nós, Sim, é verdade, confesso-o, não tive confiança, Não precisará de pedir que o desculpemos, disse o inspector, já estava desculpado de antemão, sobretudo porque é possível que tivesse razão nos seus temores, possivelmente teríamos estragado tudo, teríamos avançado como um par de elefantes por uma loja de louça dentro. O comissário abriu o embrulho, tirou duas fatias de pão de forma, meteu-lhes dentro duas fatias de fiambre e sorriu a justificar-se, Confesso que tenho fome, só tomei um chá e quase parti os dentes naqueles malditos bolos. O agente foi à cozinha e trouxe uma lata de cerveja e um copo, Aqui tem, senhor comissário, assim o pão escorregará melhor. O comissário sentou-se a mastigar deliciado a sanduíche de fiambre, bebeu a cerveja como se estivesse a lavar a alma, e quando terminou disse, Agora sim, vou-me deitar, durmam vocês bem, obrigado pela ceia. Encaminhou-se para a porta que dava para o quarto, aí parou e voltou-se, Vou sentir a vossa falta, disse. Fez uma pausa e acrescentou, Não se esqueçam do que vos tinha dito quando foram jantar, A que se refere, senhor comissário, perguntou o inspector, Que tenho o pressentimento de que vão precisar muito um do outro, não se deixem enganar com falinhas mansas nem com promessas de avanço rápido na carreira, o responsável do resultado a que esta investigação chegou sou eu e ninguém mais, não estarão a trair-me enquanto disserem a verdade, mas neguem-se a aceitar mentiras em nome de uma verdade que não seja a vossa, Sim senhor comissário, prometeu o inspector, Ajudem-se, disse o comissário, e depois, É tudo quanto vos desejo, tudo quanto vos peço.

O comissário não quis aproveitar-se da pródiga munificência do ministro do interior. Não foi procurar distracção a teatros e cinemas, não visitou museus, quando saía da providencial, s. a., seguros & resseguros, era só para almoçar e jantar, e, depois de ter pago a despesa no restaurante, deixava sempre as facturas em cima da mesa com a gorjeta. Não voltou a casa do médico nem tinha motivo para voltar ao jardim onde havia feito as pazes com o cão das lágrimas, Constante de seu onomástico oficial, e onde, de olhos nos olhos, espírito com espírito, tinha conversado com a sua dona sobre culpa e inocência. Também não foi espreitar o que andariam a fazer a rapariga dos óculos escuros e o velho da venda preta, ou a divorciada do que fora o primeiro cego. Quanto a este, autor da nojenta carta de denúncia e fautor de desgraças, não tinha dúvidas, passaria para o outro lado da rua se o encontrasse no caminho. Todo o resto do tempo, horas e horas seguidas, manhã e tarde, passava-o sentado ao lado do telefone, esperando, e, mesmo quando dormia, o ouvido velava. Tinha a certeza de que o ministro do interior acabaria por telefonar, ou então não se compreenderia por que havia ele querido esgotar, até aos últimos minutos, ou, com mais propriedade significativa, até às últimas fezes, os cinco dias do prazo que tinha marcado para a investigação. O mais natural seria que lhe desse ordem de regressar ao serviço para logo ajustar as contas em aberto, fosse reforma compulsiva ou fosse demissão, mas a experiência já lhe mostrara que o natural era simples de mais para a mente sinuosa do ministro do interior. Lembrava as palavras do inspector, correntias, mas expressivas, Não me cheira a boa coisa, tinha ele dito quando lhe falou da fotografia que havia entregado ao homem da gravata azul com pintas brancas no posto militar seis-norte, e pensava que o essencial da questão deveria encontrar-se realmente ali, na fotografia, embora não fosse capaz de imaginar de que maneira nem para quê. Nesta espera lenta que tinha os seus limites à vista, que não seria, como é hábito dizer-se quando se quer enriquecer a comunicação, interminável, e com estes pensamentos, que muitas vezes não foram mais que uma continuada e irreprimível sonolência de que a consciência meio vigilante o arrancava de vez em quando em sobressalto, se passariam os três dias que faltavam para completar o prazo, terça-feira, quarta-feira, quinta-feira, três folhas de calendário que custavam a soltar-se da costura da meia-noite e que depois ficavam como que pegadas aos dedos, transformadas numa massa glutinosa e informe de tempo, numa parede mole que lhe resistia, mas ao mesmo tempo o sugava para o seu interior. Foi finalmente na quarta-feira, eram já onze horas e trinta minutos da noite, que o ministro telefonou. Não cumprimentou, não deu as boas-noites, não perguntou ao comissário como se encontrava de saúde e como se tinha dado com a solidão, não disse se já havia interrogado o inspector e o agente, juntos ou separados, em conversa amena ou com severas ameaças, somente atirou como de passagem, como se não viesse a propósito, Imagino que lhe interessará ler os jornais de amanhã, Leio-os todos os dias, senhor ministro, Felicito-o, é um homem informado, mesmo assim recomendo-lhe vivamente que não deixe de ler estes de amanhã, vai apreciar, Assim farei, senhor ministro, E veja também o noticiário da televisão, não o perca por nada deste mundo, Não temos televisão na providencial, s. a., senhor ministro, É pena, no entanto parece-me bem, é melhor assim, para que não se lhes distraia o cérebro dos árduos problemas da investigação de que são encarregados, em todo o caso poderia ir visitar um qualquer desses seus recentes amigos, proponha-lhes que reúnam todo o grupo e desfrutem do espectáculo. O comissário não respondeu. Poderia ter perguntado qual passaria a ser a sua situação disciplinar a partir do dia seguinte, mas preferiu calar-se, se estava claro que a sua sorte se encontrava nas mãos do ministro, então que fosse ele a pronunciar a sentença, além disso tinha a certeza de que receberia uma frase seca como resposta, do tipo Não tenha pressa, amanhã o saberá. De súbito o comissário teve consciência de que o silêncio já durava mais do que aquilo que se poderia considerar como natural num diálogo ao telefone, maneira de comunicar em que as pausas ou descansos entre as frases são, em geral, breves ou brevíssimas. Não reagira à mal-intencionada sugestão do ministro do interior e isso não parecia que a ele lhe tivesse importado, mantinha-se silencioso como se estivesse a dar tempo ao interlocutor para pensar na resposta. O comissário pronunciou cautelosamente, Senhor ministro. Os impulsos eléctricos levaram as duas palavras ao longo da linha, mas do outro extremo não veio sinal de vida. O albatroz tinha desligado. O comissário pousou o telefone no descanso e saiu do quarto. Foi à cozinha, bebeu um copo de água, não era a primeira vez que se apercebia de que falar com o ministro do interior lhe causava uma sede quase aflitiva, era como se durante todo o tempo da conversa tivesse estado a queimar-se por dentro e agora acudisse a apagar o seu próprio incêndio. Foi sentar-se no sofá da sala, mas não ficou ali muito tempo, o estado de meia letargia em que vivera estes três dias havia desaparecido, como que se desvanecera à primeira palavra do ministro, agora as coisas, essa vagueza a que costumamos dar o nome genérico e preguiçoso de coisas quando levaria demasiado tempo e ocuparia demasiado espaço a explicá-la ou simplesmente a defini-la, tinham começado a precipitar-se e não se deteriam mais até final, que final, e quando, e como, e onde. De algo tinha a certeza, não era necessário que se chamasse maigret, poirot ou sherlock holmes para saber o que os jornais publicariam no dia seguinte. A espera tinha acabado, o ministro do interior já não voltaria a telefonar, alguma ordem que ainda tivesse para dar chegaria por intermédio de um secretário ou directamente do comando da polícia, cinco dias e cinco noites, não mais, tinham bastado para passar de comissário encarregado de uma difícil investigação a fantoche a que se havia partido a corda e atiravam ao lixo. Foi então que pensou que tinha ainda uma obrigação a cumprir. Procurou um nome na lista telefónica, conferiu a morada mentalmente e marcou o número. Respondeu-lhe a mulher do médico, Diga, Boas noites, sou eu, o comissário, desculpe estar a telefonar-lhe a esta hora da noite, Não tem importância, nunca vamos para a cama cedo, Recorda-se de que lhe disse, quando conversávamos no jardim, que o ministro do interior me havia exigido a fotografia do vosso grupo, Recordo, Pois tenho todas as razões para pensar que essa fotografia será publicada amanhã nos jornais e apresentada na televisão, Não lhe pergunto porquê, mas recordo-me de me ter dito que não seria para nada de bom que o ministro a tinha pedido, Sim, em todo o caso não esperava que a utilizasse desta maneira, Que pretende ele, Amanhã veremos o que os jornais fazem além de exibir a fotografia, mas imagino que a vão estigmatizar perante a opinião pública, De não haver cegado há quatro anos, Bem sabe que para o ministro é altamente suspeito que a senhora não tenha cegado quando toda a gente estava a perder a visão, agora esse facto tornou-se motivo mais que suficiente, desse ponto de vista, para a considerar responsável, no todo ou em parte, do que está a suceder, Refere-se ao voto em branco, Sim, ao voto em branco, É absurdo, é completamente absurdo, Aprendi neste ofício que os que mandam não só não se detêm diante do que nós chamamos absurdos, como se servem deles para entorpecer as consciências e aniquilar a razão, Que lhe parece que devamos fazer, Escondam-se, desapareçam, mas não o façam em casa dos vossos amigos, aí não estaríeis em segurança, não tardará muito que os ponham a eles sob vigilância, se não o estão já, Tem razão, mas, fosse como fosse, nunca nos permitiríamos pôr em risco a segurança de alguém que tivesse decidido acolher-nos, agora mesmo, por exemplo, estou a pensar se não terá feito mal em telefonar-nos, Não se preocupe, a linha é segura, no país não existem muitas tão seguras como esta, Senhor comissário, Diga, Há uma pergunta que gostaria de lhe fazer, mas não sei se me atreva, Pergunte, não duvide, Por que está a fazer isto por nós, por que nos ajuda, Simplesmente por causa de uma pequena frase que encontrei num livro, há muitos anos, e de que me tinha esquecido, mas que me regressou à memória num destes dias, Que frase, Nascemos, e nesse momento é como se tivéssemos firmado um pacto para toda a vida, mas o dia pode chegar em que nos perguntemos Quem assinou isto por mim, Realmente, são umas belas palavras, daquelas que fazem pensar, como se chama o livro, Tenho vergonha de confessar que sou incapaz de me recordar, Deixe lá, ainda que dele não possa recordar nada mais, nem mesmo o título, Nem sequer o nome do autor, Essas palavras, que, provavelmente, tal como se apresentam, ninguém as haveria dito antes, essas palavras tiveram a sorte de não se perderem umas das outras, tiveram quem as juntasse, quem sabe se o mundo não seria um pouco mais decente se soubéssemos como reunir umas quantas palavras que andam por aí soltas, Duvido que alguma vez as pobres desprezadas venham a encontrar-se, Também eu, mas sonhar é barato, não custa dinheiro, Vamos a ver o que esses jornais dirão amanhã, Vamos a ver, estou preparada para o pior, Seja o que for que vá resultar disto no imediato, pense no que lhe disse, escondam-se, desapareçam, Falarei com o meu marido, Oxalá ele a consiga convencer, Boas noites, e obrigada por tudo, Não há nada para agradecer, Tenha cuidado. Depois de desligar o telefone, o comissário perguntou-se se não teria sido uma estupidez afirmar, como se fosse coisa sua, que a linha era segura, que em todo o país não existiam muitas tão seguras como esta. Encolheu os ombros, murmurou, Que importa, nada é seguro, ninguém está seguro.

Não dormiu bem, sonhou com uma nuvem de palavras que fugiam e se dispersavam enquanto ele as ia perseguindo com uma rede de caçar borboletas e lhes rogava Detenham-se, por favor, não se mexam, esperem aí por mim. Então, de repente, as palavras pararam e juntaram-se, amontoaram-se umas sobre as outras como um enxame de abelhas à espera de uma colmeia onde se deixassem cair, e ele, com uma exclamação de alegria, lançou a rede. Tinha apanhado um jornal. Fora um sonho mau, mas pior seria se o albatroz tivesse voltado para picar os olhos à mulher do médico. Despertou cedo. Arranjou-se sumariamente e desceu. Já não passava pela garagem, pela porta dos cavaleiros, agora saía pelo portal comum, a que se poderia chamar da peonagem, saudava o porteiro com um aceno de cabeça quando o via metido no seu nicho, dizia uma palavra se o encontrava fora, mais não era preciso, de alguma maneira estava ali de empréstimo, ele, não o porteiro. Os candeeiros das ruas ainda estavam acesos, as lojas ainda tardariam mais de duas horas a abrir. Procurou e encontrou um quiosque de venda de jornais, dos maiores, dos que receberiam os jornais todos, e ali se deixou ficar à espera. Felizmente não chovia. Os candeeiros apagaram-se deixando a cidade imersa por uns momentos numa derradeira e breve obscuridade, logo dissipada quando os olhos se acomodaram à mudança e a azulada claridade da primeira manhã baixou às ruas. O camião da distribuição chegou, descarregou os pacotes e continuou a sua rota. O empregado do quiosque começou a abri-los e a arrumar os jornais segundo a quantidade de exemplares recebidos, da esquerda para a direita, do maior para o menor. O comissário aproximou-se, deu os bons dias, disse, Dê-me todos. Enquanto o empregado lhos enfiava dentro de um saco de plástico, olhou a fila, com excepção dos dois últimos todos traziam a fotografia na primeira página por baixo de enormes parangonas. A manhã começava bem para o quiosque,

286

um cliente curioso e de posses, e o resto do dia, adiantamos já, não irá ser diferente, todos os jornais se vão vender, com excepção daqueles dois montinhos da direita, donde não serão comprados mais que os do costume. O comissário já não estava ali, tinha corrido a apanhar um táxi que aparecera na esquina próxima, e agora, nervosamente, depois de dar a direcção da providencial, s. a. e pedir desculpa pela curteza do trajecto, tirava os jornais do saco, desdobrava-os. Além da fotografia do grupo, com uma seta assinalando a mulher do médico, havia ao lado, metida num círculo, uma ampliação da cara. E os títulos eram, a negro e a vermelho, Descoberto Finalmente O Rosto Da Conspiração, Esta Mulher Não Cegou Há Quatro anos, Resolvido O Enigma Do Voto Em Branco, A Investigação Policial Dá Os Primeiros Frutos. A ainda escassa luz e a trepidação do carro sobre o empedrado da calçada não permitiam a leitura da letra pequena. Em menos de cinco minutos o táxi parava à porta do edifício. O comissário pagou, deixou o troco na mão do motorista e entrou rapidamente. Como um sopro, passou pelo porteiro sem lhe dirigir a palavra, meteu-se no elevador, o nervosismo quase o fazia bater os pés de impaciência, vamos, vamos, mas a maquinaria, que levava toda a vida a subir e a descer gente, a ouvir conversas, monólogos inacabados, fragmentos de canções mal trauteadas, algum incontido suspiro, algum perturbado murmúrio, fazia de conta que nada disso era com ela, tanto tempo para cima, tanto tempo para baixo, como o destino, se tem muita pressa vá pela escada. O comissário meteu enfim a chave à porta da providencial, s. a., seguros & resseguros, acendeu a luz e precipitou-se para a mesa onde tinha estendido o mapa da cidade e onde tomara o último pequeno-almoço com os seus ajudantes ausentes. Tremiam-lhe as mãos. Forçando-se a ir devagar, a não saltar linhas, palavra a palavra, leu uma após outra as notícias dos quatro jornais que publicavam a fotografia. Com pequenas mudanças de estilo, com ligeiras diferenças de vocabulário, a informação era igual em todos e sobre ela poderia calcular-

287

se uma espécie de média aritmética muito provavelmente ajustada à fonte original, elaborada pelos assessores de escrita do ministério do interior. A prosa primeva rezaria mais ou menos assim, Quando pensávamos que o governo havia deixado entregue à acção do tempo, a esse tempo que tudo desgasta e tudo reduz, o trabalho de circunscrever e secar o tumor maligno inopinadamente nascido na capital do país sob a abstrusa e aberrante forma de uma votação em branco que, como é do conhecimento dos nossos leitores, excedeu largamente a de todos os partidos políticos democráticos juntos, eis que chega à nossa redacção a mais inesperada e grata das notícias. O génio investigador e a persistência do instituto policial, substanciados nas pessoas de um comissário, de um inspector e de um agente de segunda classe cujos nomes, por razões de segurança, não estamos autorizados a revelar, lograram trazer à luz o que é, com altíssima probabilidade, a cabeça da ténia cujos anéis têm mantido paralisada, e atrofiando-a perigosamente, a consciência cívica da maioria dos habitantes desta cidade em idade de votar. Uma certa mulher, casada com um médico oftalmologista e que, assombro dos assombros, foi, segundo testemunhos dignos de suficiente crédito, a única pessoa que há quatro anos escapou à terrível epidemia que fez da nossa pátria um país de cegos, essa mulher é considerada pela polícia como a provável culpada da nova cegueira, felizmente limitada por esta vez ao âmbito da ex-capital, que veio introduzir na vida política e no nosso sistema democrático o mais perigoso germe da perversão e da corrupção. Só um cérebro diabólico, como no passado o foram os dos maiores criminosos da história da humanidade, poderia ter concebido o que, segundo fonte fidedigna, mereceu a sua excelência o senhor presidente da república o expressivo qualificativo de torpedo disparado abaixo da linha de flutuação contra a majestosa nave da democracia. Assim é. Se vier a provar-se, sem o mais ligeiro resquício de dúvida, como tudo indica, que a tal mulher do médico é culpada, então os cidadãos respeitadores da ordem e do direito exigirão que o máximo rigor da justiça caia sobre a sua cabeça. E veja-se como são as coisas. Esta mulher, que, vista a singularidade do seu caso de há quatro anos, poderia constituir um importantíssimo elemento de estudo para a nossa comunidade científica, e que, como tal, seria merecedora de um lugar de relevo no historial clínico da especialidade de oftalmologia, será agora apontada à execração pública como inimiga da sua pátria e do seu povo. É motivo para dizer que mais lhe valeria ter cegado.

A última frase, claramente ameaçadora, soava já como uma condenação, o mesmo que se estivesse escrito Mais valia não teres nascido. O primeiro impulso do comissário foi telefonar à mulher do médico, perguntar-lhe se já havia lido os jornais, confortá-la no pouco que fosse possível, mas deteve-o a ideia de que as probabilidades de que o telefone dela estivesse sob escuta tinham passado a ser, da noite para a manhã, de cem em cem. Quanto aos telefones da providencial, s. a., o vermelho ou o cinzento, desses nem valia a pena falar, estão directamente ligados à rede particular do estado. Folheou os outros dois jornais, não publicavam uma única palavra sobre o assunto. Que devo fazer agora, perguntou em voz alta. Voltou à notícia, releu-a, achara estranho que nela não se identificassem as pessoas que apareciam na imagem, especialmente a mulher do médico e o marido. Foi então que reparou na legenda da fotografia, redigida nestes termos, A suspeita está assinalada por uma seta. Ao que parece, embora não exista ainda confirmação total deste dado, a mulher do médico tomou o grupo sob a sua protecção durante a epidemia de cegueira. Segundo fontes oficiais, a identificação completa destas pessoas encontra-se em fase adiantada e deverá ser tornada pública amanhã. O comissário murmurou, Se calhar andam a querer saber onde mora o rapaz, como se isso lhes servisse de alguma coisa. Depois, reflectindo, À primeira vista a publicação da fotografia, sem vir acompanhada doutras medidas, parece não ter qualquer sentido, uma vez que todos eles, como eu próprio aconselhei, poderão aproveitar para desaparecerem da paisagem, mas o ministro adora o espectáculo, uma caça ao homem bem sucedida dar-lhe-ia maior peso político, mais influência no governo e no partido, e quanto às outras medidas, o mais provável é que as casas destas pessoas já estejam a ser vigiadas durante as vinte e quatro horas do dia, o ministério teve suficiente tempo para infiltrar agentes na cidade e montar o respectivo esquema. Nada disto, porém, por muito certo que estivesse, lhe dava resposta à pergunta Que devo fazer agora. Podia telefonar para o ministério do interior usando o pretexto de querer saber, uma vez que já estamos em quinta-feira, que decisão havia sido tomada sobre a sua situação disciplinar, mas seria inútil, tinha a certeza de que o ministro não o atenderia, um secretário qualquer viria dizer-lhe que se pusesse em contacto com o comando da polícia, os tempos do palreio entre o albatroz e o papagaio-do-mar terminaram, senhor comissário. Que faço então, tornou a perguntar, deixar-me ficar aqui a apodrecer até que alguém se lembre de mim e mande retirar o cadáver, tentar sair da cidade quando é mais do que provável que tenham sido dadas rigorosas ordens a todos os postos da fronteira para que não me deixem passar, que faço. Olhou novamente a fotografia, o médico e a mulher ao centro, a rapariga dos óculos escuros e o velho da venda preta à esquerda, o tipo da carta e a mulher à direita, o rapazinho estrábico ajoelhado como um jogador de futebol, o cão sentado aos pés da dona. Releu a legenda, A identificação completa deverá ser tornada pública amanhã, deverá ser tornada pública, amanhã, amanhã, amanhã. Nesse momento uma súbita determinação veio e se apoderou dele, mas já no momento seguinte a cautela lhe protestava que seria uma rematada loucura, Prudente, dizia, é não despertar o dragão que dorme, estúpido é aproximar-se dele quando está acordado. O comissário levantou-se da cadeira, deu duas voltas à sala, tornou à mesa onde estavam os jornais, olhou outra vez a cabeça da mulher do médico metida numa circunferência branca que já era como um laço de forca, a esta hora metade da cidade está a ler os jornais e a outra metade sentou-se diante da televisão para ouvir o que vai dizer o locutor do primeiro noticiário ou escuta a voz da rádio avisando que o nome da mulher será tornado público amanhã, e não só o nome, também a morada, para que toda a população fique a saber onde tinha ido a maldade fazer o ninho. Então o comissário foi buscar a máquina de escrever e trouxe-a para esta mesa. Dobrou os jornais, arredou-os para um lado e sentou-se a trabalhar. O papel de que se servia tinha o timbre da providencial, s. a., seguros & resseguros, e poderia, não já amanhã, mas seguramente depois de amanhã, vir a ser apresentado pela acusação do estado como prova da sua segunda culpabilidade, isto é, utilizar material de escrita da administração pública para seu próprio uso, com as circunstâncias agravantes da natureza reservada desse material e das características conspirativas dessa utilização. O que o comissário estava a escrever ali era nada mais nada menos que um relato pormenorizado dos acontecimentos dos últimos cinco dias, desde a madrugada de sábado, quando com os seus dois auxiliares tinha atravessado clandestinamente o bloqueio da capital, até ao dia de hoje, até este momento em que lhe escrevo. Como é óbvio, a providencial, s. a. dispõe de uma fotocopiadora, mas ao comissário não lhe parece da melhor educação ir entregar a carta original a uma pessoa, e a uma segunda pessoa uma simples e desqualificada cópia, por muito que as mais modernas técnicas de reprografia nos assegurem de que nem os olhos de um falcão seriam capazes de perceber a diferença entre uma e outra. O comissário pertence à segunda geração mais velha das que ainda comem pão neste mundo, conserva por isso um resto de respeito pelas formas, o que significa que, terminada a primeira carta, começou, atentamente, a copiá-la para uma nova folha de papel. Cópia irá ser, sem nenhuma dúvida, mas não da mesma maneira. Terminado o trabalho, dobrou e introduziu cada carta em seu sobrescrito igualmente timbrado, fechou-os e escreveu os endereços respectivos. É certo que a entrega será feita em mão própria, mas os destinatários compreenderão, nada mais que pela discreta elegância do gesto, que as cartas que lhes estão chegando da firma providencial, s. a., seguros & resseguros, tratam de assuntos importantes e merecedores de toda a atenção informativa.

Agora o comissário vai sair outra vez. Guardou as duas cartas num dos bolsos interiores do casaco, vestiu a gabardina, embora a meteorologia esteja do mais ameno que se poderia desejar nesta altura do ano, conforme aliás pôde comprovar de visu abrindo a janela e olhando as esparsas e lentas nuvens brancas que passavam lá em cima. É possível que outra forte razão também tivesse pesado, na verdade a gabardina, sobretudo na modalidade trincheira, com cinto, é uma espécie de sinal distintivo dos detectives da era clássica, pelo menos desde que raymond chandler criou a figura de marlowe, a tal ponto que ver passar um sujeito com um chapéu de aba derrubada na cabeça e a gola da gabardina levantada, e imediatamente proclamar que ali vai humphrey bogart dardejando obliquamente o seu olhar penetrante entre a fímbria da gola e a fímbria do chapéu, é ciência ao alcance fácil de qualquer leitor de livros de polícias-e-ladrões apartado morte. Este comissário não usa chapéu, vai de cabeça descoberta, assim o tem determinado a moda de uma modernidade que aborreceu o pitoresco e, como se costuma dizer, dispara a matar antes de perguntar se ainda está vivo. Já desceu no elevador, já passou pelo porteiro que lhe fez um aceno de dentro do nicho, e agora está na rua para cumprir os três objectivos da manhã, a saber, tomar o seu atrasado pequeno-almoço, passar pela rua onde vive a mulher do médico e levar as cartas aos seus destinos. O primeiro resolve-o nesta cafetaria, um copo de café com leite, umas torradas com manteiga, não tão macias e untuosas como as do outro dia, mas não nos admiremos, a vida é assim mesmo, umas coisas que se ganham, outras que se perdem, e para esta das torradas com manteiga já são pouquíssimos os cultores, tanto no que toca ao preparar como ao consumir. Perdoadas sejam estas banalíssimas considerações gastronómicas a um homem que leva no bolso uma bomba. Já comeu, já pagou, agora caminha em passo largo em direcção ao segundo objectivo. Demorou quase vinte minutos a lá chegar. Atrasou o andamento quando entrou na rua, tomou o ar de quem vai de passeio, sabe que se há polícias de vigia o mais provável é que o reconheçam, mas isso não lhe importa. Se algum destes o vir e informar do que viu o seu chefe directo, e se este passar a informação ao superior imediato, e este ao director da polícia, e este ao ministro do interior, é certo e sabido que o albatroz grasnará com o seu mais cortante tom de voz, Não vale a pena que me venham contar aquilo que já sei, digam-me o que preciso de saber, isto é, que é que esse comissário de má morte anda a tramar. A rua está mais concorrida que de costume. Há pequenos grupos em frente do prédio onde a mulher do médico mora, são pessoas que vivem neste bairro e que, movidas por uma bisbilhotice em certos casos inocente, mas de mau agoiro em outros, vieram, de jornal na mão, ao lugar onde habita a acusada, a quem mais ou menos conhecem de vista ou de ocasional trato, dando-se a inevitável coincidência de que dos olhos de algumas delas tem cuidado o saber do marido oftalmologista. O comissário já viu onde estão os vigias, um deles tinha-se juntado a um dos grupos mais numerosos, o outro, encostado com simulada indolência a uma parede, lê uma revista de desportos como se para ele não existisse, no mundo das letras, nada que pudesse ter maior importância. Que esteja a ler uma revista e não um jornal, tem fácil explicação, uma revista, sendo protecção suficiente, rouba muito menos espaço ao campo visual de um vigilante e mete-se rapidamente no bolso se de repente for necessário ir atrás de alguém. Os polícias sabem estas coisas, ensinam-lhas desde o jardim-de-infância. Ora, acontece que estes aqui não estão ao corrente das tormentosas relações entre o comissário que ali vem e o ministério de que dependem, por isso pensam que ele também faz parte da operação e veio verificar se tudo se encontra em conformidade com os planos. Não é de estranhar. Embora em certos níveis da corporação já se tenha começado a murmurar que o ministro não está satisfeito com o trabalho do comissário, e a prova disso está em ter mandado regressar os ajudantes, deixando-o a ele em pousio, outros dizem stand by, a murmuração ainda não chegou às camadas mais inferiores a que estes agentes pertencem. Há que esclarecer, no entanto, e antes que esqueça, que os ditos murmuradores não têm qualquer ideia precisa sobre o que o comissário veio fazer à capital, o que serve para demonstrar que o inspector e o agente, lá onde agora se encontrem, têm mantido a boca calada. O interessante, porém sem nada de divertido, foi ver como os polícias se aproximaram com ar conspirativo do comissário para lhe segredarem pelo canto da boca, Sem novidade. O comissário assentiu com a cabeça, olhou as janelas do quarto andar e afastou-se, pensando, Amanhã, quando os nomes e as moradas forem publicados, haverá aqui muito mais gente. Pouco adiante viu passar um táxi livre e chamou-o. Entrou, deu os bons-dias e, tirando os sobrescritos do bolso, leu as direcções e perguntou ao motorista, Qual destas fica mais perto, A segunda, Leve-me lá então, por favor. No banco ao lado do condutor havia um jornal dobrado, aquele que tinha posto por cima da notícia, em letras de sangue, o impactante título de Descoberto Finalmente O Rosto Da Conspiração. O comissário sentia-se tentado a perguntar ao motorista qual era a sua opinião sobre a sensacional notícia publicada nos jornais de hoje, mas desistiu da ideia com medo de que um tom demasiado inquisitivo da voz lhe denunciasse o ofício, A isto se chama, pensou, sofrer de uma excessiva consciência da sua própria deformação profissional. Foi o condutor quem entrou na matéria, Eu não sei o que o senhor pensa, mas essa história da mulher que dizem não ter cegado parece-me uma aldrabice de marca maior inventada para vender jornais, se eu fiquei cego, se todos ficámos cegos, como é que essa mulher continuou a ver, é uma balela que não entra na cabeça de ninguém, E isso que dizem de ser ela a causadora do voto branco, Essa é outra, uma mulher é uma mulher, não se mete nessas coisas, ainda se fosse um homem, vá que não vá, poderia ser, agora uma mulher, pffff, Já veremos como isto acabará, Quando à história se lhe acabar o sumo, inventarão logo outra, é o que sempre sucede, nem o senhor imagina quantas coisas se aprendem agarrado a este volante, e ainda lhe vou dizer mais uma coisa, Diga, diga, Ao contrário do que toda a gente julga, o espelho retrovisor não serve só para controlar os carros que vêm atrás, também serve para ver a alma dos passageiros, aposto que nunca tinha pensado nisto, Deixa-me assombrado, realmente nunca pensei, Pois é como lhe digo, este volante ensina muito. Depois de semelhante revelação o comissário achou mais prudente deixar cair a conversa. Só quando o motorista parou o carro e disse, Cá estamos, se animou a perguntar se aquilo do espelho retrovisor e da alma se aplicava a todos os carros e a todos os condutores, mas o motorista foi peremptório, Só nos táxis, meu caro senhor, só nos táxis.

O comissário entrou no edifício, dirigiu-se ao balcão da recepção e disse, Bons dias, represento a firma providencial, s. a., seguros & resseguros, desejaria falar com o senhor director, Se o assunto que o traz aqui é de seguros, talvez fosse mais aconselhável falar com um administrador, Em princípio, sim, tem toda a razão, mas o que me trouxe ao vosso jornal não é de natureza somente técnica, portanto seria indispensável que pudesse falar directamente com o senhor director, O senhor director não está no jornal, suponho que não virá antes do meio da tarde, Com quem lhe parece então que deverei falar, qual é a pessoa mais indicada, Creio que o chefe de redacção, Sendo assim, peço-lhe o favor de me anunciar, lembre-se, a firma providencial, s. a., seguros & resseguros, Não quer dizer-me o seu nome, Providencial bastará, Ah, compreendo, a firma tem o seu nome, Exactamente. A recepcionista fez a chamada, explicou o caso e disse, após ter desligado, Já o vêm buscar, senhor Providencial. Poucos minutos depois apareceu uma mulher, Sou secretária do chefe da redacção, queira fazer o favor

295

de me acompanhar. Seguiu-a por um corredor, ia sossegado, tranquilo, mas, de repente, sem prevenir, a consciência do temerário passo que estava a ponto de dar cortou-lhe a respiração como se tivesse sido golpeado em cheio no diafragma. Ainda estava a tempo de voltar atrás, dar uma desculpa qualquer, que maçada, esqueci-me de um documento importantíssimo sem o qual não poderei falar com o senhor chefe da redacção, mas não era verdade, o documento estava ali, no bolso interior do casaco, o vinho foi servido, comissário, agora não terás mais remédio que bebê-lo. A secretária fê-lo passar a uma saleta modestamente mobilada, uns sofás usados que para aqui tinham vindo a fim de terminarem em razoável paz a sua longa vida, sobre uma mesa ao centro uns quantos jornais, uma estante com livros mal arrumados, Faça o favor de se sentar, o senhor chefe da redacção pede-lhe que espere um pouco, neste momento encontra-se ocupado, Muito bem, esperarei, disse o comissário. Era a sua segunda oportunidade. Se saísse daqui, se desandasse o caminho que o trouxe a esta armadilha, ficaria a salvo, como alguém que tendo visto a sua própria alma num espelho retrovisor achou que ela é uma insensata, que as almas não podem andar por aí a arrastar as pessoas aos piores desastres, mas, pelo contrário, deveriam apartá-las deles, e comportar-se bem, porque as almas, se saem do corpo, quase sempre estão perdidas, não sabem para onde ir, não é só atrás do volante de um táxi que se aprendem estas coisas. O comissário não saiu, já era tempo de que o vinho servido, etc., etc. O chefe da redacção entrou, Peço-lhe desculpa de o ter feito esperar tanto, mas tinha um assunto entre mãos e não podia deixá-lo a meio, Não tenho nada que desculpar, e agradeço-lhe que me tenha recebido, Diga-me então, senhor Providencial, em que lhe posso ser útil, ainda que me pareça, pelo que me comunicaram, que o assunto é mais da competência da administração. O comissário levou a mão ao bolso e tirou o primeiro sobrescrito, Agradecer-lhe-ia que lesse a carta que vem aí dentro, Agora, perguntou o chefe da redacção,

Sim, por favor, mas antes é meu dever informá-lo de que não me chamo Providencial, No entanto o nome, Quando tiver lido compreenderá. O chefe da redacção rasgou o sobrescrito, desdobrou a folha de papel e começou a ler. Suspendeu a leitura logo às primeiras linhas, olhou perplexo o homem que tinha na sua frente, como se lhe perguntasse se não seria mais sensato ficarem por ali. O comissário fez-lhe um gesto para que prosseguisse. Até ao fim o chefe da redacção não levantou mais a cabeça, pelo contrário, parecia que se ia afundando a cada palavra, que não poderia regressar à superfície com a sua mesma cara de chefe de redacção depois de ter visto as pavorosas criaturas que habitam a profundidade abissal. Foi um homem transtornado que olhou finalmente o comissário e disse, Desculpe a rudeza da pergunta, quem é o senhor, O meu nome está aí a assinar a carta, Sim, bem vejo, há aqui um nome, mas um nome não é mais que uma palavra, não explica nada sobre quem é a pessoa, Preferiria não ter de lho dizer, mas compreendo perfeitamente que necessite sabê-lo, Nesse caso, diga, Não enquanto não me derem a vossa palavra de honra de que a carta virá a ser publicada, Na ausência do director não estou autorizado a assumir esse compromisso, Disseram-me na recepção que o director só virá à tarde, Da facto, assim é, ao redor das quatro, Então voltarei a essa hora, no entanto quero que fique ciente desde já que trago comigo uma carta em tudo igual a essa e que entregarei ao respectivo destinatário no caso de o assunto não vos interessar, Uma carta dirigida a outro jornal, imagino, Sim, mas não a nenhum daqueles que publicaram a fotografia, Compreendo, em todo o caso não pode ter a certeza de que esse outro jornal esteja disposto a aceitar os riscos que inevitavelmente resultariam da divulgação dos factos que descreve, Não tenho nenhuma certeza, aposto em dois cavalos e arrisco-me a perder em ambos, Creio que se arriscará a muito mais no caso de ganhar, Tal como os senhores, se se decidirem a publicar. O comissário levantou-se, Virei às quatro e um quarto, Aqui tem a sua carta, uma vez que não há ainda um acordo entre nós não posso nem devo ficar com ela, Obrigado por me ter evitado pedir-lha. O chefe da redacção serviu-se do telefone da saleta para chamar a secretária, Acompanha este senhor à saída, disse, e toma nota de que voltará às quatro e um quarto, estarás ali para o receber e acompanhar ao gabinete da direcção, Sim senhor. O comissário disse, Então, até logo, o outro respondeu, Até logo, apertaram-se as mãos. A secretária abriu a porta para deixar passar o comissário, Queira seguir-me, senhor Providencial, disse, e já no corredor, Se me permite a observação, é a primeira vez que encontro na minha vida uma pessoa com esse apelido, nem imaginava que pudesse existir, Agora já sabe, Deve ser bonito uma pessoa chamar-se Providencial, Porquê, Por isso mesmo, por ser providencial, Essa é realmente a melhor das respostas. Tinham chegado à recepção, Estarei aqui à hora combinada, disse a secretária, Obrigado, Até logo, senhor Providencial, Até logo.

O comissário olhou o relógio, ainda não era uma hora da tarde, cedo de mais para almoçar, além disso, não sentia nenhum apetite, as torradas com manteiga e o café continuavam a fazer-se lembrar no estômago. Tomou um táxi e mandou seguir para o jardim onde na segunda-feira se havia encontrado com a mulher do médico, uma primeira ideia não tem por que ser seguida para todo o sempre ao pé da letra. Não pensava voltar ao jardim, mas aqui o temos. Seguirá depois a pé como um comissário de polícia que anda tranquilamente a fazer a sua ronda, verá como estará a rua de afluência de gentio e talvez ainda troque umas quantas impressões profissionais com os dois vigilantes. Atravessou o jardim, parou por um momento a olhar a estátua da mulher com o cântaro vazio, Deixaram-me aqui, parecia ela dizer, e hoje não sirvo para mais que contemplar estas águas mortas, houve uma época, quando a pedra de que sou feita ainda era branca, em que um manancial jorrava dia e noite deste cântaro, nunca me disseram donde tanta água provinha, eu apenas estava aqui para inclinar o cântaro, agora nem uma gota escorre por ele, e tão-pouco vieram dizer-me por que se acabou. O comissário murmurou, É como a vida, minha filha, começa não se sabe para quê e termina não se sabe porquê. Molhou as pontas dos dedos da mão direita e levou-as à boca. Não pensou que o gesto pudesse ter qualquer significado, porém, alguém que estivesse de parte a olhar para ele juraria que havia beijado aquela água que nem limpa estava, verde de limosidades, com vasa no fundo do tanque, impura como a vida. O relógio não avançara muito, teria tempo para sentar-se a uma destas sombras, mas não o fez. Repetiu o caminho que havia percorrido com a mulher do médico, entrou na rua, o espectáculo havia mudado por completo, agora mal se pode avançar, já não são pequenos grupos, mas um enorme ajuntamento que impede o trânsito dos automóveis, parece que todos os moradores nas proximidades saíram das suas casas para vir presenciar qualquer anunciada aparição. O comissário chamou os dois agentes ao portal de um prédio e perguntou-lhes se tinha ocorrido alguma novidade durante a sua ausência. Disseram-lhe que não, que ninguém havia saído, que as janelas tinham estado sempre fechadas, e contaram que duas pessoas desconhecidas, um homem e uma mulher, haviam subido ao quarto andar para perguntar se os da casa precisavam de alguma coisa, mas de dentro responderam-lhes que não e agradeceram o cuidado. Nada mais, perguntou o comissário, Que nós saibamos, nada mais, respondeu um dos agentes, o relatório vai ser fácil de escrever. Disse-o a tempo, cortou as asas à imaginação do comissário, já desdobradas, a levá-lo pela escada acima, a tocar a campainha, a anunciar-se, Sou eu, e logo a entrar, a narrar os últimos acontecimentos, as cartas que havia escrito, a conversa com o chefe de redacção do jornal, e depois a mulher do médico dir-lhe-ia Almoce connosco, e ele almoçaria, e o mundo estaria em paz. Sim, em paz, e os agentes escreveriam no relatório, Esteve connosco um comissário que subiu ao quarto andar e só desceu uma hora depois, não nos disse nada sobre o que lá se passou, o que ficámos foi com a impressão de que já vinha almoçado. O comissário foi comer a outro sítio, pouca coisa e sem dar nenhuma atenção ao prato que lhe tinham posto diante, às três horas encontrava-se outra vez no jardim a olhar para a estátua da mulher com o cântaro inclinado como quem ainda estivesse esperando o milagre do renovo das águas. Três horas e meia dadas levantou-se do banco onde se sentara e foi andando a pé para o jornal. Tinha tempo, não precisava de utilizar um táxi em que, mesmo sem o querer, não poderia impedir-se de se olhar no espelho retrovisor, o que sabia da sua alma já lhe bastava e não tinha a certeza de que não lhe saísse do espelho algo de que não gostaria. Ainda não eram quatro e um quarto quando entrou no jornal. A secretária já estava na recepção, O senhor director espera-o, disse. Não acrescentou as palavras senhor Providencial, talvez lhe tivessem dito que afinal o nome não era esse e agora se sentisse ofendida pelo logro em que de boa-fé a tinham feito cair. Passaram pelo corredor de antes, mas desta vez foram até ao fundo, aí viraram, na segunda porta à direita há um pequeno letreiro que diz Direcção. A secretária bateu discretamente, de dentro responderam, Entre. Ela passou primeiro e segurou a porta para que o comissário entrasse. Obrigado, por enquanto não precisamos mais de si, disse o chefe da redacção à secretária, que imediatamente saiu. Agradeço-lhe ter acedido a falar comigo, senhor director, começou o comissário, Com toda a franqueza lhe confesso já que prevejo as maiores dificuldades para uma divulgação eficaz do assunto que o senhor chefe da redacção me resumiu, de todo o modo, escusado seria dizê-lo, terei o maior gosto em conhecer o documento completo, Aqui está, senhor director, disse o comissário entregando-lhe o sobrescrito, Sentemo-nos, disse o director, e dêem-me dois minutos, por favor. A leitura não o fez vergar tanto a cabeça como acontecera com o chefe da redacção, mas era sem dúvida um homem confuso e preocupado quando levantou os olhos, Quem é o senhor, perguntou, sem saber que o chefe da redacção tinha feito a mesma pergunta,

Se o seu jornal aceitar tornar público o que aí está, saberão quem sou, se não aceitar, recuperarei a carta e ir-me-ei embora sem uma palavra mais, salvo para lhes agradecer o tempo que perderam comigo, Informei o meu director de que o senhor tem uma carta igual a esta para entregar noutro jornal, disse o chefe da redacção, Exactamente, respondeu o comissário, tenho-a aqui, e será entregue ainda hoje se não chegarmos a acordo, é absolutamente necessário que isto se publique amanhã, Porquê, Porque amanhã talvez consiga ir ainda a tempo de impedir que seja cometida uma injustiça, Refere-se à mulher do médico, Sim senhor director, pretende-se, de qualquer maneira, fazer dela o bode expiatório da situação política em que o país se encontra, Mas isso é um disparate, Não mo diga a mim, diga-o antes ao governo, diga-o ao ministério do interior, diga-o aos seus colegas que escrevem o que lhes mandam. O director trocou um olhar com o chefe da redacção e disse, Como deve calcular, ser-nos-ia impossível publicar a sua declaração tal qual se encontra redigida, com todos esses pormenores, Porquê, Não se esqueça de que estamos a viver em estado de sítio, a censura tem os olhos postos em cima da imprensa, em particular de um jornal como o nosso, Publicar isto equivaleria a ter o jornal fechado nesse mesmo dia, disse o chefe da redacção, Então não há nada a fazer, perguntou o comissário, Poderemos tentar, mas não temos a certeza de que dê resultado, Como, tornou o comissário a perguntar. Depois de uma nova e rápida troca de olhares com o chefe da redacção, o director disse, É a altura de o senhor nos dizer de uma vez quem é, há um nome na carta, é certo, mas nada nos diz que não seja falso, o senhor pode, muito simplesmente, ser um provocador enviado aqui pela polícia para nos pôr à prova e comprometer, não estou dizendo que o seja, note bem, o que quero é deixar claro que não há nenhuma maneira de continuarmos esta conversa se o senhor não se identificar agora mesmo. O comissário meteu a mão no bolso, tirou a carteira, Aqui tem, disse, e entregou ao director o seu cartão de comissário da polícia. A expressão da cara do director passou instantaneamente da reserva à estupefacção, Quê, o senhor é comissário da polícia, perguntou, Comissário da polícia, repetiu pasmado o chefe da redacção a quem o director passara o documento, Sim, foi a serena resposta, e agora creio que já poderemos prosseguir a conversação, Se me permite a curiosidade, perguntou o director, que é o que levou a dar um passo destes, Razões minhas, Diga-me ao menos uma para que eu me convença de que não estou a sonhar, Quando nascemos, quando entramos neste mundo, é como se firmássemos um pacto para toda a vida, mas pode acontecer que um dia tenhamos de nos perguntar Quem assinou isto por mim, eu perguntei e a resposta é esse papel, Está consciente do que poderá vir a suceder-lhe, Sim, tive tempo suficiente para pensar nisso. Houve um silêncio, que o comissário rompeu, Disseram que se poderia tentar, Tínhamos pensado num pequeno truque, disse o director, e fez sinal ao chefe da redacção para que continuasse, A ideia, disse este, seria publicar, em termos obviamente diferentes, sem as retóricas de mau gosto, o que por aí saiu hoje, e na parte final entremeá-lo com a informação que nos trouxe, não será fácil, em todo o caso não me parece impossível, é uma questão de habilidade e sorte, Tratar-se-ia de apostar na distracção ou mesmo na preguiça do funcionário da censura, acrescentou o director, rezar para que ele pense que uma vez que já conhece a notícia não merece a pena continuar a leitura até ao fim, Quantas probabilidades teríamos a nosso favor, perguntou o comissário, Falando francamente, não muitas, reconheceu o chefe da redacção, teremos de contentar-nos com as possibilidades, E se o ministério do interior quiser saber qual foi a vossa fonte da informação, Começaremos por acolher-nos ao segredo profissional, embora isso de pouco nos vá servir em situação de estado de sítio, E se insistirem, e se ameaçarem, Então, por muito que nos custe, não teremos outro remédio que revelá-la, seremos punidos, evidentemente, mas a carga mais pesada das consequências irá cair sobre a sua cabeça, disse o director, Muito bem, respondeu o comissário, agora que já todos sabemos com o que poderemos contar, sigamos para a frente, e se rezar serve para alguma coisa, então eu rezarei para que os leitores não façam o mesmo que esperamos venha a ser feito pelo censor, isto é, que os leitores leiam a notícia até ao fim, Amém, disseram em coro o director e o chefe da redacção.

Passava um pouco das cinco horas quando o comissário saiu. Poderia ter aproveitado o táxi que nesse preciso momento largava uma pessoa à porta do jornal, mas preferiu caminhar. Curiosamente, sentia-se leve, desanuviado, como se lhe tivessem extraído de um órgão vital o corpo estranho que a pouco e pouco o vinha carcomendo, a espinha na garganta, o prego no estômago, o veneno no fígado. Amanhã todas as cartas do baralho estarão em cima da mesa, o jogo de esconde-esconde terminará, porquanto não tem a menor dúvida de que o ministro, no caso de a notícia chegar a sair à luz, e, mesmo não saindo, lhe seja comunicada, saberá contra quem apontar imediatamente o dedo acusador. A imaginação parecia disposta a ir mais além, chegou mesmo a dar um primeiro e inquietante passo, mas o comissário segurou-a pelo pescoço, Hoje é hoje, minha senhora, amanhã já veremos, disse. Tinha decidido voltar à providencial, s. a., sentiu que de repente as pernas lhe pesavam, os nervos frouxos eram como um elástico que tivesse permanecido esticado demasiado tempo, uma urgente necessidade de fechar os olhos e dormir. Apanho o primeiro táxi que apareça, pensou. Ainda teve de andar bastante, os táxis passavam ocupados, um nem sequer ouviu que o chamavam, e finalmente, quando já mal conseguia arrastar os pés, um escaler de socorro recolheu o náufrago a ponto de afogar-se. O elevador içou-o caridosamente até ao décimo quarto andar, a porta deixou-se abrir sem resistência, o sofá recebeu-o como a um amigo querido, daí a poucos minutos o comissário, de pernas estendidas, dormia a sono solto, ou com o sono dos justos, como também era costume dizer no tempo em que se acreditava que eles existissem.

Aconchegado no maternal regaço da providencial, s. a., seguros & resseguros, cujo sossego fazia justiça aos nomes e atributos que lhe haviam sido conferidos, o comissário dormiu uma boa hora, ao cabo da qual despertou, assim pelo menos lhe pareceu, com nova energia. Espreguiçando-se sentiu na algibeira interior do casaco o segundo sobrescrito, aquele que não tinha chegado a ser entregue, Talvez tenha cometido um erro apostando tudo em um único cavalo, pensou, mas rapidamente compreendeu que lhe teria sido impossível manter duas vezes a mesma conversação, ir de um jornal ao outro para contar a mesma história e, pela repetição, desgastar-lhe a veracidade, O que está, está, pensou, não adianta dar-lhe outras voltas. Entrou no quarto e viu brilhar a luz intermitente do gravador. Alguém tinha telefonado e havia deixado mensagem. Carregou no botão, primeiro saiu a voz do telefonista, depois a do director da polícia, Queira tomar nota de que amanhã, às nove horas, repito, às nove, não às vinte e uma, estarão à sua espera no posto seis-norte o inspector e o agente de segunda classe que trabalharam aí consigo, devo dizer-lhe que, além de a sua missão ter caducado por incapacidade técnica e científica do respectivo responsável, a sua presença na capital passou a ser considerada inconveniente, quer pelo ministério do interior quer por mim próprio, resta-me acrescentar que o inspector e o agente são oficialmente responsáveis por trazê-lo à minha presença, podendo dar-lhe ordem de prisão se resistir. O comissário ficou parado a olhar fixamente o gravador, e depois, devagar, como quem se está despedindo de alguém que já vai longe, estendeu a mão e carregou no botão de apagar. Logo, entrou na cozinha, tirou o sobrescrito do bolso, empapou-o em álcool e, dobrando-o em forma de V invertido dentro do lava-louças, pegou-lhe fogo. Um jorro de água levou as cinzas pelo cano abaixo. Feito isto regressou à sala, acendeu todas as luzes e dedicou-se à leitura compassada dos jornais, dando atenção especial àquele a que ou a quem, de alguma maneira, tinha deixado entregue o seu destino. Chegando a hora, foi ver ao frigorífico se poderia preparar com o que lá houvesse algo parecido a um jantar, mas desistiu, a raridade, ali, não era sinónimo nem de frescura nem de qualidade, Deveriam pôr aqui um frigorífico novo, pensou, este já deu o que tinha a dar. Saiu, comeu rapidamente no primeiro restaurante que encontrou no caminho e regressou à providencial, s. a. Tinha de levantar-se cedo no dia seguinte.

O comissário estava acordado quando o telefone tocou. Não se levantou para ir atender, tinha a certeza de que seria alguém da direcção da polícia a recordar-lhe a ordem de se apresentar às nove horas, atenção, às nove, não às vinte e uma, no posto militar seis-norte. O mais provável é que não voltem a telefonar, e facilmente se compreenderá porquê, na sua vida profissional, e quem sabe se também na vida particular, os polícias fazem grande consumo do processo mental a que chamamos dedução, também conhecido por inferência lógica do raciocínio, Se ele não responde, diriam, será porque já vem a caminho. Quanto se enganavam. É certo que o comissário já saiu da cama, é certo que entrou na casa de banho para os convenientes alívios e asseios do corpo, é certo que se vestiu e vai sair, mas não para mandar parar o primeiro táxi que lhe apareça e dizer ao motorista que o olha expectante pelo espelho retrovisor, Leve-me ao posto seis-norte, Posto seis-norte, desculpe, não tenho ideia de onde isso fica, deverá ser alguma rua nova, É um posto militar, posso indicar-lho se tem por aí um mapa. Não, este diálogo não acontecerá jamais, nem agora nem nunca, o que o comissário vai fazer é comprar os jornais, a pensar nisso é que foi ontem cedo para a cama, não para descansar o que necessitava e chegar a tempo ao encontro no posto seis-norte. Os candeeiros da rua estão acesos, o empregado do quiosque acaba de levantar os taipais, começa a colocar as revistas da semana, e quando termina este trabalho, como um sinal, os candeeiros apagam-se e o camião da distribuição aparece. O comissário aproxima-se quando o empregado ainda está a arrumar os jornais pela ordem que já conhecemos, mas, desta vez, de um dos de menos venda vêem-se quase tantos exemplares como dos de maior tiragem habitual. Ao comissário pareceu-lhe o augúrio bom, porém a esta agradável sensação de esperança sucedeu-se imediatamente um violento choque, os títulos dos primeiros jornais da fila eram sinistros, inquietantes, e todos em vermelho intenso, Assassina, Esta Mulher Matou, Outro Crime Da Mulher Suspeita, Um Assassinato Há Quatro Anos. No outro extremo, o jornal onde o comissário esteve ontem perguntava, Que Mais Nos Falta Saber. O título era ambíguo, tanto podia significar isto como aquilo, e igualmente os seus contrários, mas o comissário preferiu vê-lo como se fosse uma pequena lanterna posta à saída do vale das sombras para lhe guiar os passos aflitos. Dê-me todos, disse. O empregado do quiosque sorriu ao mesmo tempo que pensava que, pelos vistos, tinha ganho um bom cliente para o futuro e entregou-lhe o saco de plástico com os jornais dentro. O comissário girou um olhar em redor à procura de táxi, em vão esperou quase cinco minutos, por fim decidiu-se a ir andando até à providencial, s. a., já sabemos que não é longe daqui, mas a carga pesa, nada menos que um saco de plástico a abarrotar de palavras, mais fácil seria levar o mundo às costas. Quis porém a sorte que, tendo metido por uma rua estreita com a intenção de atalhar caminho, se lhe deparasse um modesto café à antiga, desses que abrem cedo porque o proprietário não tem mais nada que fazer e onde os clientes entram para se certificarem de que as coisas, ali, continuam nos seus lugares de sempre e o sabor do bolo de arroz emana da eternidade. Sentou-se a uma mesa, pediu um café com leite, perguntou se faziam torradas, com manteiga, claro, margarina nem cheirá-la. Veio o café com leite, e era apenas passável, mas as torradas tinham chegado directamente das mãos daquele alquimista que só não descobriu a pedra filosofal porque não conseguiu transpor a fase da putrefacção. Já abrira o jornal que mais o interessava hoje, fê-lo mal acabara de se sentar, e um relance de olhos lhe bastou para perceber que o ardil havia dado resultado, o censor tinha-se deixado enganar pela confirmação do que já conhecia, sem lhe passar pela cabeça que há que ter o máximo cuidado com aquilo que se julga saber, porque por detrás se encontra escondida uma cadeia interminável de incógnitas, a última das quais, provavelmente, não terá solução. Fosse como fosse, não valia a pena alimentar grandes ilusões, o jornal não irá estar durante todo o dia nos quiosques, podia mesmo imaginar o ministro do interior a brandi-lo possesso de fúria e a gritar, Apreendam-me esta merda imediatamente, averigúem-me quem foi que divulgou estas informações, a última parte da frase havia acudido ao discurso por arrastamento automático, de mais sabia ele que só de uma pessoa poderia ter saído a inconfidência e a traição. Foi então que o comissário decidiu que iria fazer a ronda dos quiosques até onde as forças lhe alcançassem para verificar se o jornal se estava vendendo muito ou pouco, para ver a cara das pessoas que o compravam e se directamente iam à notícia ou se se deixavam perder em futilidades. Passou uma rápida vista de olhos pelos quatro jornais grandes. Grosseiramente elementar, mas eficaz, o trabalho de intoxicação do público prosseguia, dois e dois são quatro e sempre serão quatro, se ontem fizeste aquilo, hoje fizeste isto, e quem tiver o atrevimento de duvidar que uma coisa tenha forçosamente de levar a outra está contra a legalidade e a ordem. Agradecido, pagou a conta e saiu. Principiou pelo quiosque onde ele próprio havia comprado os jornais e teve a satisfação de ver que a pilha que lhe interessava já estava bastante mais baixa. Interessante, não, perguntou ao empregado, está a vender-se muito, Parece que alguma rádio falou num artigo que aí vem, Uma mão lava a outra e as duas lavam o rosto, disse misteriosamente o comissário, Tem razão, respondeu o empregado, sem ver a relação. Para não perder tempo à procura dos quiosques, o comissário indagava em cada um onde ficava o seguinte mais próximo, e talvez por causa do seu aspecto respeitável sempre lhe davam a informação, mas percebia-se claramente que cada um desses empregados teria gostado de lhe perguntar Que tem lá o outro que eu não tenha aqui. Passaram horas, já o inspector e o agente, lá no posto seis-norte, se cansaram de esperar e pediram instruções à direcção da polícia, já o director informou o ministro, já o ministro deu conhecimento da situação ao chefe do governo, já o chefe do governo lhe respondeu, O problema não é meu, é seu, resolva-o. Então aconteceu o que se esperava, chegando ao décimo quiosque, o comissário não encontrou o jornal. Pediu-o a fazer de conta que era comprador, mas o empregado disse, Chegou tarde, levaram-nos todos há menos de cinco minutos, Levaram-nos, porquê, Andam a recolhê-los em toda a parte, Recolhê-los, É outra maneira de dizer apreendê-los, E porquê, que trazia o jornal para que o apreendessem, Era alguma coisa que tinha que ver com a mulher da conspiração, veja aí nesses, agora parece que matou um homem, Não poderá arranjar-me um jornal, seria um grande favor, Não tenho, e mesmo que tivesse não lho venderia, Porquê, Quem me diz a mim que o senhor não é um polícia que anda por aqui a ver se caímos na esparrela, Tem toda a razão, coisas piores se têm visto neste mundo, disse o comissário, e afastou-se. Não se queria ir meter na providencial, s. a., seguros & resseguros, para escutar a chamada da manhã e certamente algumas outras que exigiriam saber por onde raio andava ele, por que motivo não respondia ao telefone, por que não tinha cumprido a ordem que lhe haviam dado de estar às nove horas no posto seis-norte, mas a verdade é que não tem aonde ir, diante da casa da mulher do médico deverá haver agora um mar de pessoas a gritar, uns a favor, outros contra, o mais provável é que sejam todos a favor, os outros estão em minoria, decerto não vão querer arriscar-se a ser desfeiteados ou coisa pior. Também não poderá ir ao jornal que publicou a notícia, se não há polícias vestidos à civil na entrada da porta, estarão por ali perto, não poderá nem telefonar porque as comunicações se encontram com certeza sob escuta, e ao pensar isto compreendeu, enfim, que também a providencial, s. a., seguros & resseguros, estará vigiada, que os hotéis foram avisados, que não existe nesta cidade uma só alma que o possa acolher, ainda que o quisesse. Adivinha que o jornal recebeu a visita da polícia, adivinha que o director foi forçado, pelas boas ou pelas más, a revelar a identidade da pessoa que havia fornecido as subversivas informações publicadas, talvez até tenha caído na fraqueza de mostrar a carta com o timbre da providencial, s. a., escrita de punho e letra pelo comissário em fuga. Sentia-se cansado, arrastava os pés, tinha o corpo banhado em suor, apesar do calor não ser para tanto. Não podia andar todo o dia por estas ruas a fazer horas sem saber para quê, de súbito sentiu um desejo enorme de ir ao jardim da mulher do cântaro inclinado, sentar-se na borda do tanque, afagar a água verde com as pontas dos dedos e levá-los à boca. E depois, que irei fazer depois disso, perguntou. Depois, nada, voltar ao labirinto das ruas, desorientar-se, perder-se e tornar atrás, caminhar, caminhar, comer sem apetite, só para conseguir aguentar de pé o corpo, entrar num cinema por duas horas, distrair-se a ver as aventuras de uma expedição a marte no tempo em que ainda lá existiam homenzinhos verdes, e sair piscando os olhos à luz brilhante da tarde, pensar em entrar noutro cinema e gastar outras duas horas a navegar vinte mil léguas no submarino do capitão nemo, e logo desistir da ideia porque algo de estranho tinha acontecido na cidade, estes homens e estas mulheres que andam a distribuir uns pequenos papéis que as pessoas param a ler e logo guardam no bolso, agora mesmo acabaram de entregar um ao comissário, e é a fotocópia do artigo do jornal apreendido, aquele que tem o título de Que Mais Nos Falta Saber, aquele que nas entrelinhas conta a verdadeira história dos cinco dias, então o comissário não consegue reprimir-se, e ali mesmo, como uma criança, desata num choro convulsivo, uma mulher da sua idade vem perguntar-lhe se se sente mal, se precisa de ajuda, e ele só pode acenar que não, que está bem, que não se preocupe, muito obrigado, e, como o acaso às vezes faz bem as coisas, alguém de um andar alto deste prédio lança um punhado de papéis, e outro, e outro, e cá em baixo as pessoas levantam os braços para agarrá-los, e os papéis descem, adejam como pombos, e um deles descansou por um momento no ombro do comissário e resvalou para o chão. Afinal, ainda nada está perdido, a cidade tomou o assunto nas suas mãos, pôs centenas de máquinas fotocopiadoras a trabalhar, e agora são grupos animados de raparigas e de rapazes que andam a meter os papéis nas caixas de correio ou a entregá-los às portas, alguém pergunta se é publicidade e eles respondem que sim senhor, e da melhor que há. Estes felizes sucessos deram uma alma nova ao comissário, como por um passe de magia, da bran-ca, não da negra, fizeram-lhe desaparecer a fadiga, é outro homem este que avança por estas ruas, é outra a cabeça que vai pensando, vendo claro o que antes era obscuro, emendando conclusões que antes pareciam de ferro e agora se desfazem entre os dedos que as apalpam e ponderam, por exemplo, não é nada provável que a pro-videncial, s. a., seguros & resseguros, sendo como é uma base reservada, tenha sido posta sob vigilância, colocar ali polícias à espreita poderia dar ocasião a que se levantassem suspeitas sobre a importância e o significado do local, o que, por outro lado, não seria tão grave como isso, levava-se a providencial, s. a. para outro sítio e o caso ficava resolvido. Esta nova e negativa conclusão relançou sombras de tempestade sobre o ânimo do comissário, mas a conclusão seguinte, ainda que não tranquilizadora em todos os seus aspectos, serviu, ao menos, para lhe resolver o grave pro-blema da habitação ou, por outras palavras, a dúvida de saber aonde iria dormir esta noite. O caso explica-se em poucas pala-vras. Que o ministério do interior e a direcção da polícia tivessem visto com mais do que justificado desagrado como os contactos com o seu funcionário haviam sido por ele unilateralmente corta-dos, isso não quer dizer que lhes deixasse de interessar saber por onde andava e onde poderia ser encontrado em caso de imperiosa necessidade. Se o comissário tivesse resolvido perder-se nesta cidade, se se fosse esconder em alguma tenebrosa alfurja como por via de regra o fazem os foragidos e os homiziados, seria realmente o cabo dos trabalhos conseguir dar com ele, em particular se tivesse chegado a estabelecer uma rede de cumplicidades entre os meios da subversão, operação que, por outro lado, pela sua complexidade, não se monta em meia dúzia de dias, que tantos são os que levamos passados aqui. Logo, nada de mandar vigiar as duas entradas da providencial, s. a., deixar, pelo contrário, o caminho livre para que a querença natural, que não é só característica dos touros, faça regressar o lobo ao fojo, o papagaio-do-mar ao buraco da rocha. Cama conhecida e acolhedora poderá, portanto, ter ainda o comissário, supondo que não o virão acordar a meio da noite, aberta a porta por subtis gazuas e rendido ele à ameaça de três pistolas apontadas. É bem verdade que, como algumas vezes já teremos dito, há ocasiões tão nefastas na vida que quando de um lado nos chove, do outro nos faz vento, precisamente nesta situação se encontra o comissário, obrigado a escolher entre passar mal a noite debaixo de uma árvore do jardim, à vista da mulher do cântaro, como um vagabundo, ou confortavelmente agasalhado pelas mantas já murchas e pelos lençóis amarrotados da providencial, s. a., seguros & resseguros. Afinal, a explicação não foi tão sucinta quanto havíamos prometido acima, porém, como esperamos que se compreenda, não poderíamos abandonar sem a devida ponderação nenhuma das variáveis em causa, minudenciando com imparcialidade os diversos e contraditórios factores de segurança e de risco, para enfim concluirmos por aquilo que desde o princípio já deveríamos saber, que não vale a pena que corras a bagdad para evitar o encontro que te tinham marcado em samarra. Posto tudo na balança e desistindo de gastar mais tempo com a aferição dos pesos até ao último miligrama, até à última possibilidade, até à última hipótese, o comissário tomou um táxi para a providencial,

s. a., era isto já o fim da tarde, quando as sombras refrescam o passeio em frente e o som da água caindo nos tanques ganha alento e se torna subitamente perceptível para surpresa de quem passa. Não se vê um único papel abandonado nas ruas. Apesar de tudo, nota-se que o comissário vai um tanto apreensivo e na verdade não lhe faltam as razões. Que o seu próprio raciocínio e os conhecimentos adquiridos ao longo do tempo sobre as manhas policiais o tenham levado a concluir que nenhum perigo estará à sua espreita na providencial, s. a. ou o virá assaltar esta noite, não quer dizer que samarra não esteja onde tem de estar. Esta reflexão levou o comissário a levar a mão à pistola e a pensar, Pelo sim, pelo não, aproveito o tempo da subida do elevador para a engatilhar. O táxi parou, Chegámos, disse o motorista, e foi nesse instante que o comissário viu, pegada ao pára-brisas, uma fotocópia do artigo. Apesar do medo, as suas angústias e os seus temores tinham valido a pena. O átrio do prédio estava deserto, o porteiro ausente, o cenário era perfeito para o crime perfeito, a punhalada directa ao coração, o baque surdo do corpo caindo sobre o lajedo, a porta que se fecha, o automóvel com chapas falsas que se aproxima e parte levando o assassino, não há nada mais simples que matar e ser morto. O elevador estava em baixo, não precisava chamá-lo. Agora sobe, vai deixar a sua carga no décimo quarto andar, ali dentro uma sequência de inconfundíveis estalidos diz que uma arma está pronta para disparar. No corredor não se vê vivalma, a esta hora os escritórios já estão fechados. A chave deslizou suavemente na fechadura, quase sem ruído a porta deixou-se abrir. O comissário empurrou-a com as costas, acendeu a luz e agora vai percorrer todas as dependências, abrir os armários onde possa caber uma pessoa, espreitar debaixo das camas, afastar as cortinas. Ninguém. Sentia-se vagamente ridículo, um ferrabrás de pistola em punho apontando ao nada, mas o seguro, dizem, morreu de velho, deve sabê-lo bem esta providencial, s. a., sendo não só de seguros, mas também de resseguros. No quarto a luz do gravador está acesa, a indicação é de que há duas chamadas, talvez uma seja do inspector a pedir-lhe que tenha cuidado, outra será de um secretário do albatroz, ou são ambas do director da polícia, desesperado pela traição de um homem de confiança e preocupado quanto ao seu próprio futuro, embora a responsabilidade da escolha não tenha sido sua. O comissário pôs diante de si o papel com os nomes e endereços do grupo, a que tinha acrescentado o número do telefone do médico, e marcou. Ninguém atendeu. Tornou a marcar. Marcou uma terceira vez, mas agora, como se fosse um sinal, deixou que soassem três toques e desligou. Marcou quarta vez e enfim responderam, Diga, disse secamente a mulher do médico, Sou eu, o comissário, Ah, boas noites, temos estado à espera de que nos telefonasse, Como têm passado, Nada bem, em vinte e quatro horas conseguiu-se fazer de mim uma espécie de inimigo público número um, Lamento a parte que tive para que isso tivesse acontecido, Não foi o senhor quem escreveu o que saiu nos jornais, Sim, até aí não cheguei, Talvez o que saiu publicado hoje num deles e os milhares de cópias que se distribuíram ajudem a esclarecer este absurdo, Oxalá, Não parece muito esperançado, Esperanças, tenho-as, naturalmente, mas vai levar tempo, a situação não se resolverá de uma hora para a outra, Não podemos continuar a viver assim, fechados nesta casa, estamos como numa prisão, Fiz o que estava ao meu alcance, é tudo quanto lhe posso dizer, Não vai voltar aqui, A missão de que me tinham encarregado terminou, recebi ordem para regressar, Espero que nos tornemos a ver alguma vez, e em dias mais felizes, se ainda os houver, Pelos vistos perderam-se pelo caminho, Quem, Os dias felizes, Vai-me deixar ainda mais desanimada do que já estava, Há pessoas que continuam de pé mesmo quando são derrubadas, e a senhora é uma delas, Pois nesta altura bem gostaria eu que me ajudassem a levantar, Lamento não estar em condições de lhe dar essa ajuda, Desconfio que ajudou muito mais do que quer que se saiba, É só uma impressão sua, lembre-se de que está a falar com um polícia,

Não me esqueci, mas o certo é que deixei de o considerar como tal, Obrigado por essas palavras, agora só me resta despedir-me até um dia, Até um dia, Tenha cuidado, O mesmo digo eu, Boas noites, Boas noites. O comissário pousou o telefone. Tinha diante de si uma longa noite e nenhuma maneira de a passar a não ser dormindo, se a insónia não vier meter-se na cama com ele. Amanhã, provavelmente, virão buscá-lo. Não se apresentou no posto seis-norte como lhe tinham ordenado, por isso virão buscá-lo. Talvez uma das chamadas que apagou dissesse isso mesmo, talvez o avisassem de que os enviados para o prender estarão aqui às sete horas da manhã e de que qualquer intento de resistência só tornaria irremediável o mal já feito. E, claro, não precisarão de gazuas para entrar porque trarão a chave. O comissário devaneia. Tem ao alcance da mão um arsenal de armas prontas para disparar, poderá resistir até ao último cartucho, ou, pelo menos, vá lá, até à primeira cápsula de gás lacrimogéneo que lhe lançarem para dentro da fortaleza. O comissário devaneia. Sentou-se na cama, depois deixou-se cair para trás, fechou os olhos e implorou ao sono que não tardasse, Bem sei que a noite ainda mal começou, pensava, que ainda há alguma claridade no céu, mas quero dormir como parece que dorme a pedra, sem os enganos do sonho, encerrado para sempre num bloco de pedra negra, ao menos, por favor, se mais não puder ser, até de manhã, quando me vierem acordar às sete horas. O sono ouviu-lhe o desolado chamamento, veio a correr e deixou-se estar por ali uns instantes, depois retirou-se para que ele se despisse e metesse na cama, mas logo regressou, não tardou quase nada, para durante toda a noite permanecer ao seu lado, afugentando os sonhos para longe, para a terra dos fantasmas, lá onde, unindo o fogo com a água, nascem e se multiplicam.

Eram nove horas dadas quando o comissário despertou. Não estava a chorar, sinal de que os invasores não haviam utilizado os gases lacrimogéneos, não tinha os pulsos algemados nem pistolas apontadas à cabeça, quantas vezes nos vêm os temores amargurar a vida e afinal não tinham fundamento nem razão de ser. Levantou-se, fez a barba, asseou-se como de costume e saiu com a ideia posta no café onde na véspera havia tomado o pequeno-almoço. De passagem comprou os jornais, Já pensava que hoje não viria, disse o empregado do quiosque com a cordialidade de um conhecido, Falta aqui um, notou o comissário, Não saiu hoje, e a distribuidora não sabe quando voltará a publicar-se, talvez para a semana, parece que lhe caíram em cima com uma multa das pesadas, E porquê, Por causa do artigo, aquele de que se fizeram aquelas cópias, Ah, bom, Aqui tem o seu saco, hoje só leva cinco, vai ter menos que ler. O comissário agradeceu e foi à procura do café. Já não se lembrava de onde estava a rua e o apetite aumentava a cada passo, pensar nas torradas fazia-lhe crescer a água na boca, desculpemos a este homem o que à primeira vista há-de parecer uma deplorável gulodice imprópria da sua idade e da sua condição, mas há que recordar que ontem já levava o estômago vazio quando foi para a cama. Encontrou finalmente a rua e o café, agora está sentado à mesa, enquanto espera passa os olhos pelos jornais, eis os títulos, em negro e vermelho, para que fiquemos com uma ideia aproximada dos conteúdos respectivos, Nova Acção Subversiva Dos Inimigos Da Pátria, Quem Pôs A Funcionar As Fotocopiadoras, Os Perigos Da Informação Oblíqua, De Onde Saiu O Dinheiro Para Pagar As Fotocópias. O comissário comeu lentamente, saboreando até à última migalha, incluso o café com leite está melhor que o da véspera, e quando chegou ao final da refeição, estando o corpo já refeito, recordou-lhe o espírito que desde ontem se encontrava em dívida com o jardim e com o lago, com a água verde e com a mulher do cântaro inclinado, Tanto desejo de lá ir, e afinal não foste, Pois agora mesmo irei, respondeu o comissário. Pagou, juntou os jornais e pôs-se a caminho. Poderia ter tomado um táxi, mas preferiu ir a pé. Não tinha mais nada que fazer e era uma maneira de gastar o tempo. Quando chegou ao jardim foi sentar-se no banco onde havia estado com a mulher do médico e conhecera de verdade o cão das lágrimas. Dali via o lago e a mulher do cântaro inclinado. Debaixo da árvore fazia ainda um pouco de fresco. Tapou as pernas com as abas da gabardina e acomodou-se suspirando de satisfação. O homem da gravata azul com pintas brancas veio por trás e disparou-lhe um tiro na cabeça.

Duas horas depois o ministro do interior dava uma conferência de imprensa. Vinha de camisa branca e gravata preta, e trazia na cara uma expressão compungida, de profundo pesar. A mesa estava coberta de microfones e tinha por único ornamento um copo de água. Atrás, como sempre pendurada, a bandeira da pátria meditava. Senhoras e senhores, boas tardes, disse o ministro, convoquei-vos aqui para vos comunicar a infausta notícia da morte do comissário que havia sido encarregado por mim de averiguar a rede conspirativa cuja cabeça dirigente, como sabeis, já foi denunciada. Infelizmente não se tratou de um falecimento natural, mas sim de um homicídio deliberado e com premeditação, obra, sem dúvida, de um profissional da pior delinquência se tivermos em consideração que uma só bala foi suficiente para consumar o atentado. Escusado seria dizer que imediatamente todos os indícios apontaram a que se tenha tratado de uma nova acção criminosa dos elementos subversivos que continuam, na nossa antiga e infeliz capital, a minar a estabilidade do correcto funcionamento do sistema democrático, e, portanto, operando friamente contra a integridade política, social e moral da nossa pátria. Não creio ser necessário sublinhar que o exemplo de dignidade suprema que acaba de nos ser oferecido pelo comissário assassinado deverá ser objecto, para todo o sempre, não só do nosso total respeito, como também da nossa mais profunda veneração, porquanto o seu sacrifício lhe veio outorgar, a partir deste dia, a todos os títulos funesto, um lugar de honra no panteão dos mártires da pátria que, lá do além onde se encontram, têm em nós continuamente postos os olhos. O governo da nação, que aqui estou representando, soma-se ao luto e ao desgosto de quantos conheceram a extraordinária figura humana que acabámos de perder, e ao mesmo tempo assegura a todos os cidadãos e cidadãs deste país que não desanimará na luta que vem travando contra a maldade dos conspiradores e a irresponsabilidade daqueles que os apoiam. Ainda duas notas mais, a primeira para vos dizer que o inspector e o agente de segunda classe que colaboravam na investigação com o comissário assassinado haviam sido, a pedido deste, retirados da missão para salvaguarda das suas vidas, a segunda para informar que ao homem íntegro, ao exemplar servidor da pátria que desgraçadamente acabámos de perder, o governo examinará todas as possibilidades legais de que muito em breve lhe seja concedida, com carácter excepcional e a título póstumo, a mais alta condecoração com que a pátria distingue os seus filhos e filhas que mais a honraram. Hoje, minhas senhoras e meus senhores, é um dia triste para as pessoas de bem, mas as nossas responsabilidades exigem que clamemos sursum corda, isto é, corações ao alto. Um jornalista levantou a mão para fazer uma pergunta, mas o ministro do interior já se retirava, na mesa só tinha ficado o copo de água intacto, os microfones gravavam o silêncio respeitoso que se deve aos defuntos, e a bandeira, lá atrás, prosseguia, incansável, a sua meditação. As duas horas seguintes passou-as o ministro a elaborar com os seus assessores mais chegados um plano de acção imediata que consistiria, basicamente, em fazer regressar de maneira sub-reptícia à cidade uma parte importante dos efectivos policiais, os quais, por agora, trabalhariam vestidos à civil, sem nenhum sinal exterior que denunciasse a corporação a que pertenciam. Assim implicitamente se reconhecia que havia sido um erro gravíssimo deixar a antiga capital sem vigilância. Não é demasiado tarde para emendar a mão, disse o ministro. Neste preciso momento entrou um secretário, vinha comunicar que o primeiro-ministro desejava falar imediatamente com o ministro do interior e lhe pedia que fosse ao seu gabinete. O ministro murmurou que o chefe do governo bem poderia ter escolhido outra ocasião, mas não teve outro remédio que obedecer à ordem. Deixou os assessores a dar os últimos retoques logísticos no plano e saiu. O automóvel, com batedores à frente e atrás, levou-o ao edifício onde se encontrava instalada a presidência do conselho, nisto tardou dez minutos, aos quinze o ministro entrava no gabinete do chefe do governo, Boas tardes, senhor primeiro-ministro, Boas tardes, faça o favor de se sentar, Chamou-me exactamente quando estava a trabalhar num plano de rectificação da decisão que tomámos de retirar a polícia da capital, penso que lho poderei trazer amanhã, Não traga, Porquê, senhor primeiro-ministro, Porque não vai ter tempo, O plano está praticamente terminado, só lhe faltam uns pequenos retoques, Receio que não me tenha compreendido, quando digo que não vai ter tempo, quero dizer que amanhã já não será ministro do interior, Quê, a interjeição saiu assim, explosiva e pouco respeitosa, Ouviu perfeitamente o que disse, não precisa que lho repita, Mas, senhor primeiro-ministro, Poupemo-nos a um diálogo inútil, as suas funções cessaram a partir deste momento, É uma violência imerecida, senhor primeiro-ministro, e, permita-me que lho diga, uma estranha e arbitrária maneira de compensar os serviços que tenho prestado ao país, tem de haver uma razão, e espero que ma dê, para esta destituição brutal, brutal, sim, não retiro a palavra, Os seus serviços durante a crise foram uma fiada contínua de erros que me dispenso de enumerar, sou capaz de compreender que a necessidade faz lei, que os fins justificam os meios, mas sempre com a condição de que os fins sejam alcançados e a lei da necessidade se cumpra, e o senhor não cumpriu nem alcançou nenhum, agora mesmo esta morte do comissário, Foi assassinado pelos nossos inimigos, Não me venha com árias de ópera, por favor, já ando nisto há demasiado tempo para acreditar em histórias da carochinha, esses inimigos de quem fala tinham, pelo contrário, todos os motivos para fazer do comissário o seu herói e nenhum para o matar, Senhor primeiro-ministro, não havia outra saída, aquele homem tinha-se tornado num elemento perigoso,

Ajustaríamos contas com ele mais tarde, não agora, essa morte foi uma estupidez sem desculpa, e agora, como se ainda fora pouco, temos essas manifestações nas ruas, Insignificantes, senhor primeiro-ministro, as minhas informações, As suas informações não valem nada, metade da população já está na rua e a outra metade não tardará, Tenho a certeza de que o futuro me dará razão, senhor primeiro-ministro, De pouco lhe há-de servir se o presente lha nega, e agora ponto final, queira retirar-se, esta conversação chegou ao fim, Devo transmitir os assuntos em curso ao meu sucessor, Mandar-lhe-ei alguém para tratar disso, Mas o meu sucessor, O seu sucessor sou eu, quem já é ministro da justiça também pode ser ministro do interior, fica tudo em casa, eu me encarregarei.

Às dez horas da manhã deste dia em que estamos, dois polícias à paisana subiram ao quarto andar e tocaram à campainha. Veio abrir-lhes a mulher do médico, que perguntou, Quem são os senhores, que querem, Somos agentes da polícia e trazemos ordem de levar o seu marido para um interrogatório, não vale a pena que se canse a dizer-nos que saiu, a casa encontra-se vigiada, por isso não temos dúvidas de que ele esteja aqui, Não há qualquer razão para que tenham de interrogá-lo, a acusada de todos os crimes, pelo menos até agora, tenho sido eu, Esse assunto não é da nossa conta, as ordens que recebemos são estritas, levar o médico, não a mulher do médico, portanto, se não quiser que entremos à força, vá chamá-lo, e já agora prenda esse cão, não vá acontecer-lhe algum acidente. A mulher fechou a porta. Abriu-a outra vez pouco depois, o marido vinha com ela, Que desejam, Levá-lo para um interrogatório, já o tínhamos dito à sua mulher, não vamos levar o resto do dia a repeti-lo, Trazem credenciais, um mandado, Mandado não é necessário, a cidade está sob estado de sítio, quanto às credenciais, aqui estão os nossos cartões, veja se lhe servem, Terei de mudar primeiro de roupa, Um de nós acompanha-o, Têm medo de que eu fuja, de que me suicide, Só cumprimos ordens, nada mais. Um dos polícias entrou, a demora dentro não foi grande. Eu vou com o meu marido aonde ele for, disse a mulher, Já lhe disse que a senhora não vai, a senhora fica, não me obrigue a ser

323

desagradável, Não pode ser mais que o que está a ser, Ai posso, posso, nem imagina até que ponto, e para o médico, Vai algemado, estenda as mãos, Peço-lhe que não me ponha isso, por favor, dou-lhe a minha palavra de honra de que não tentarei escapar, Vamos, estenda as mãos e deixe-se de palavras de honra, muito bem, assim é melhor, vai mais seguro. A mulher abraçou-se ao marido, beijou-o a chorar, Não me deixam ir contigo, Fica sossegada, verás que antes da noite já estarei em casa, Vem depressa, Virei, meu amor, virei. O ascensor começou a descer.

Às onze horas o homem da gravata azul com pintas brancas subiu ao terraço de um prédio quase fronteiro às traseiras daquele em que vivem a mulher do médico e o marido. Leva uma caixa de madeira envernizada, de forma rectangular. Dentro há uma arma desmontada, um fuzil automático com mira telescópica, que não será utilizada porque a uma distância destas é impossível que um bom atirador possa falhar o alvo. Também não usará o silenciador, mas, neste caso, por motivos de ordem ética, ao homem da gravata azul com pintas brancas sempre lhe pareceu uma grosseira deslealdade para com a vítima o uso de tal aparelho. A arma já está montada e carregada, com cada peça no seu lugar, um instrumento perfeito para o fim a que se destina. O homem da gravata azul com pintas brancas escolhe o sítio donde disparará e põe-se à espera. É uma pessoa paciente, leva nisto muitos anos e sempre faz bem o seu trabalho. Mais cedo ou mais tarde a mulher do médico terá de vir à varanda. No entanto, para o caso de a espera se prolongar demasiado, o homem da gravata azul com pintas brancas traz consigo outra arma, uma fisga comum, dessas que atiram pedras e se especializaram em estilhaçar vidraças. Não há ninguém que ouça partirem-lhe um vidro e não venha correndo a ver quem foi o vândalo infantil. Passou uma hora, e a mulher do médico ainda não apareceu, tem estado a chorar, a pobre, mas agora virá respirar um pouco, não abre uma janela das que dão para a rua porque sempre há gente a olhar, prefere as traseiras, muito mais tranquilas desde que existe a televisão. A mulher aproxima-se da grade de ferro, põe-lhe as mãos em cima e sente a frescura do metal. Não podemos perguntar-lhe se ouviu os dois tiros sucessivos, jaz morta no chão e o sangue desliza e goteja para a varanda de baixo. O cão veio a correr lá de dentro, fareja e lambe a cara da dona, depois estica o pescoço para o alto e solta um uivo arripiante que outro tiro imediatamente corta. Então um cego perguntou, Ouviste alguma coisa, Três tiros, respondeu outro, Mas havia também um cão aos uivos, Já se calou, deve ter sido o terceiro tiro, Ainda bem, detesto ouvir os cães a uivar.

1ª EDIÇÃO [2004] 10 reimpressões

ESTA OBRA FOI COMPOSTA EM TIMES PELA SPRESS E IMPRESSA
PELA GEOGRÁFICA EM OFSETE SOBRE PAPEL PÓLEN SOFT DA SUZANO
PAPEL E CELULOSE PARA A EDITORA SCHWARCZ EM JANEIRO DE 2012